孙九

清末名将孙开华传

杨慈安 著

淡水唱，淡水欢，孙九大人坐台湾。
法寇见了丧了胆，夹起尾巴一溜烟。
家家红灯照，岁岁乐丰年……

作家出版社

目录

引子

　　二十世纪七十年代初，台湾淡水高尔夫球场北端，一场轰轰烈烈的改扩建工程刚刚拉开序幕。推土机一铲子下去，居然铲出一堆白骨，随之出现的是一截刻有"清光绪"字样的残碑。施工人员吓了一跳，原来这里是一处坟场啊！

　　负责现场施工的副经理黄德利闻讯赶来。他让施工人员再挖几铲子，没想到仍然挖出一些白骨和残碑。黄经理浑身冒出了冷汗，忽然想到了祖辈们口耳相传的发生在八九十年前的一场生死海战。那可是一场惊心动魄的浴血奋战啊，一批民族先烈，为了不使台湾落入法国人之手，他们饮弹洒血，舍生忘死，硬是没让法国人登上淡水之陆。黄德利的眼前迅速掠过杀声震天、硝烟滚滚的一幕。听先辈们说，那次惨烈的保卫战，参战者大都是湘军，也就是湖南人居多，死了成百上千人，这些白森森的尸骨是不是就是他们的？他连忙对那些挖出来的残碑仔细辨认起来，果然接连几块残碑上刻的都是湖南某某地方人氏。他不禁打了个寒战，这碑，这骨，怎么都这样乱糟糟地埋于地下？从挖出的残碑来看，这原本是有坟冢的，可为什么坟冢被毁，尸骨被弃？这是何人所为？这些人又为何如此胆大包天，这样残忍地对待为台湾抛头颅洒热血的中华民族的先烈？看来，这事非同小可！他的心在阵阵滴血，他不能容忍这种糟践祖先的行为，决不能让这些为民族、为台湾而战的先烈沦为孤魂野鬼，他要为他们找个安息之所，让他们受辱的在天之灵得以告慰！

在他看来，这是一桩天大的事。他赶紧向主管和球场的会长王永在报告。王会长一听，即刻涌出了一眶热泪，能有这事？淡水大捷（又称沪尾大捷）的硝烟虽已远去，但祖辈相传的历史记忆却是谁也无法抹杀。淡水的民众早已形成一种习俗，每年都要举行仪式，隆重地祭奠为保卫台湾而牺牲的先辈忠烈。这是淡水人独有的祭拜仪式，更是根植于他们心底的精神内核。这些，王永在岂不熟知？他跟着黄德利来到现场，眼前一片荒凉、凄惨的景象让他震撼，让他无比愤怒，"这都是什么人干的?!"他内心深处吼完这句后，忽然明白过来，这一定是那些强占台湾长达半个世纪的日本人干的。

王永在的判断没错，这正是日本人干的。自中日甲午战争后，日本人踏上了台湾岛，他们俨然主人，在台湾岛上强制推行"皇民化"，特别是日本全面侵华战争开始后，日本军队如洪水猛兽般侵入中国大陆，他们以为很快就会灭亡中国，因而更加助长了已统治台湾达四十多年的岛上日本人的嚣张气焰。他们视台湾为自己的国土，在岛上大肆修建具有浓厚殖民色彩的文化设施。于是，1939年，日本人看上了这块埋有上千具中华民族先烈忠骨的墓地，他们肆无忌惮，疯狂地损毁，疯狂地开挖。一群自发守墓的台湾民众，实在对日本人这种侮辱我祖先、践踏我忠灵的丑恶行径看不下去了，又自发地组织起来，坚决与之抗争和阻挠。然而，在当时的日治时期，他们的抗争却是那样地苍白无力，最终被日本人残酷地镇压下去了。日本人堂而皇之地在这块"风水宝地"上建起了一座"淡水神社"，以供他们，也强迫台湾民众祭祀他们的天皇和因侵略

淡水沙仑百姓公墓　熊子杰摄

而战死的军官（战犯）们……

王永忽然瞥见了耸立在不远处的淡水神社，气不打一处来，大声对黄德利下命令似的："黄经理，这事就交给你了，好好地将先辈们的尸骨全部找回来，集中供奉到那个屋子里去！"说着，大手坚定地指向"淡水神社"。

黄德利稍有犹豫，王会长语气更加坚定地说道："没错，就那里！把里面的东西全撤出来，烧了，重新改修一下，大门的牌子也换了，就叫'万善堂'吧！"

黄德利一阵激动，领命而去。

王会长要将淡水神社改修成万善堂的消息迅速传播开去，本就已对淡水大捷的英雄们敬奉有加的民众知悉后，更是纷纷捐资捐物，很快，承载着台湾民众对英雄先烈们一腔哀思与敬仰的万善堂，在淡水修葺一新了。经理黄德利先生对万善堂的管理特别上心，安排专人祭洒除尘，日复一日，年复一年，无论是海峡相隔，还是两岸分治，他们都默默无闻地共同守护着心底里那片精神家园，直至今日。

时光的列车滚滚向前，一晃便到了二十一世纪初。诚如藏酒一样，时间愈长，酒愈醇香；随着两岸逐渐"三通"，淡水民众那份久藏于心的情愫再也无法按捺。在前辈们的口口相传中，有一位叫胡峻德、绰号"杀虎胡五"的英雄，在人们心中的印象特别深刻。由于在乱石中怎么也没找到他的残碑，只是从前辈们的口传中知道他是当时指挥淡水大捷的孙提督——孙九大人的副将，不幸的是，他在此次保卫战中也壮烈捐躯了。前辈们说，胡峻德武功了得，是孙九大人的同乡，都为湖南慈利县人，两人亲如兄弟……有人查了一下地图发现，慈利，不就是现在世界闻名的风景区湖南张家界市下面的一个县吗？知此情况，一群仰慕民族英雄的男男女女，相邀成一个特殊的"两岸情"团队。他们虔诚地刻了石牌，还用一只精美的盒子装了淡水的沙石泥土，将其称之为"标土"。他们要奉送胡峻德这位如今连残碑都没找到的英雄魂归故里，顺便再看看张家界的风景。2002年9月，他们怀着激动的心情出发了。

9月27日，一行近二十人的团队，冒着蒙蒙细雨，终于边打听边寻找到了胡峻德的出生地——湖南省慈利县三官寺乡。可惜的是，胡峻德的亲族早已搬离，乡亲们只听说过去乡里面的确出了个本事很大的"杀虎胡五"。这对于"两岸情"团队来说，不啻莫大的鼓舞与安慰，毕竟找到了英雄终归故里啊。人们长舒一口气。

他们选择一座山岗，将刻有先烈名帖的石牌交给乡人，然后，将那只装有"标土"的精美盒子择地埋好，最后，这群先烈的膜拜者，按照台湾的习俗为英雄举行了隆重的"祭水"仪式。他们齐诵着祭文：

> 台澎路远，索溪水长。
>
> 湘西汉子，壮别爹娘。
>
> 镇守台湾，保卫海疆。
>
> 杀虎胡五，战死沙场。
>
> 孙九军门，痛失同乡。
>
> 全军举孝，喋血淡江。
>
> 沪尾大捷，勋贯永扬。
>
> 山呼海啸，祭我儿郎。

祭水完毕，他们当然没有忘记打听孙开华，因为他是领导和指挥当年淡水大捷的提督大人。在他们心里，孙提督不仅仅是英雄，他还是救台湾于水火的大救星！然而，接连打听数人，居然无人知晓，最后总算有一位老者知道点情况。他思索了半天反问道："你们打听的那个人是不是孙九大人啊？"众人高兴了："对对，就是孙九大人!"老者一脸的不屑:"他呀,清朝的,早死了。""是是,是清朝的。您老知不知道他老家是哪里的?"老者就茫然了:"具体是哪个乡的不清楚,只晓得他是'前河的'。"

众人一头雾水,他们岂能知道慈利县还有前河后河之分?所谓前河后河,实际上就是流经县境的澧水河的主干流与支流,慈利人习惯将澧水干流称为前河,将支流称为后河。

雨,还在淅淅沥沥地下着,远山在朦朦胧胧中隐现,让人生出一种飘忽与惆怅。因为时间与行程关系,"两岸情"团队此次寻找孙九大人故地的计划只好作罢,好在胡峻德的英灵已归故里,总算给英雄有了些许的告慰,至于孙九大人的故地,假以时日再来寻访吧。那是心底里一份永远的敬仰与祈祷!

无独有偶,就在一行台湾同胞寻找孙九大人故地未果,几年之后,孙九大人第六代亲侄孙媳覃长盛,则上演了一幕"千里走单骑,只身寻后裔"的壮举。

她,一位年逾花甲的老太太,那瘦弱的身子骨,乍看上去仿佛一刮风就能吹走,但她瘦弱的外表之内,包裹的恰恰是一颗坚定而强大的心!她推着一辆破旧的三轮车,扯开一面"寻找民族英雄孙开华后裔"的横幅,从湖南张家界的慈利县到福建的厦门、晋江等地找啊找啊。她的灵魂深处跳动着一个巨大的问号,她的祖爷爷孙开华——孙九大人,那么一位了不起的民族英雄,怎么就会没有几个人知道呢?为什么?这究竟是为什么?

为了孙开华,台湾同胞在寻找,覃长盛也在寻找。虽然他们寻找的方向与目的不同,但毫无疑问,这是海峡两岸一道特殊的风景。这风景里蕴藏的是中华民族五千年文化的传承,律动的是中华儿女血管里世世代代奔流不息的炎黄情结。

孙九大人到底怎么啦?

尘封的历史浓雾中,孙九大人向人们走来……

"巴图鲁"接旨

一

"你拍一我拍一，东南西北在起义。"

"你拍二我拍二，皇帝佬儿无宁日。"

"你拍三我拍三，全国各地都造反。"

"……"

一大群孩子，围在孙家大院那棵高大挺拔的古枫树下玩游戏，有踩高跷的，有踢毽子的，有打"飞棒"的，有打陀螺的……还有一帮孩子在玩"打铁"的游戏；不过，他们嘴里唱的，不是传统意义"打铁"歌谣，而是不知哪位乡绅为他们编的词儿，全是些对当朝的一种嘲讽，听起来大逆不道。

孙家大院，坐落在长沙清塘湾一个山包环绕的山冲里，左边的山包略高一些，山包连着山岗，弯弯地向右蜿蜒而去，迤逦成一段活灵活现的蛇形地；而院子正好就骑在蛇的"七寸"位置上。一条小溪从山冲里流出，绕院而过，到了院前又自然形成一个小潭，远远望去，孙家大院就倒映在小小的潭面上，一幅色彩明媚的山水画往往让人驻足养目。

就在孩子们兴高采烈玩得忘乎所以时，孙家大院内蹒跚跑过来一个三四岁的小男孩。他一身绫罗，梳一条油亮的小辫，与其他小伙伴比，明显家里要殷实得多。凑热闹是孩子们的天性，这小男孩本想跟小伙伴一起玩耍的，谁料，待他一凑上去，小伙伴们却一窝蜂似的散开不玩了，而且有几个大一点的男孩还围着他起哄："哦哦，你爹要娶新媳妇儿了，不要你喽。哦哦哦——"小男孩"哇"的一声，委屈得大哭起来。孩子们见状，顿时跑了个无影无踪。小男孩更是哭得伤心。

"哎哟喂，是哪个不懂事的惹俺元宝宝生气了呀，看俺曹阿姨不敲他的头。来来来，快莫哭，等会儿你爹回来就发喜糖吃。啊！"听到孩子哭，这个自称曹阿姨的保姆曹氏急急忙忙就从院子里跑来，一把抱起那小男孩哄起来。

谁知，那男孩仿佛有了倚恃，更是卖劲地发起飙来："我不嘛，呜呜呜，我不吃喜糖，不吃喜糖。吃了喜糖，爹就不要我了。呜呜呜……"

"哈哈哈，哪个烂嘴巴的瞎说八道啊，老爷怎么就会不要你呢？你是老爷的大公子，心肝宝贝，到时候说不定老爷天天把你揣着抱着哩。哈哈哈。"曹氏甚是觉得有趣，忙不迭地嬉笑着安慰道。

一边是不停地安慰，一边是呜呜地抽泣。曹氏将小男孩抱进屋去。

这小男孩名叫孙道元，字子堂，是孙开华与元配范氏所生。此时此刻，范氏正在厅堂里张罗丈夫孙开华纳妾的事。她像一位泰然自若、运筹帷幄的大将军，不时指挥这个劈柴、担水、扫院子、清垃圾；又安排那个擦桌、摆凳、剪喜字、贴婚联。孙家大院上上下下里里外外热闹非凡，忙而不乱，早已被夫人安排得妥妥帖帖，气象喜庆。对于丈夫纳妾，范氏似乎并不介意。在她看来，女人天生就是伺候男人的，只有男人气昂了，发达了，夫贵才能妻荣。她的男人是个兵头，把身家性命都交给了朝廷，常年在外征战，为朝廷打天下，拼老命，哪天脑壳搬家了都说不准，还不许他回到家里身心得到点慰藉与滋润？至于男人纳妾有了新欢，会不会冷落她或者抛弃她，她才不在乎。正反她都是正房，是老大，男人在外，一年也回不了几次家，平常守着偌大一个孙家大院，空落落的，娶个小姊妹进来，拉拉家常，聊聊天，互相安慰安慰，兴许才可以打发那份难耐的寂寞。由此，她干得十分卖劲。

眼见约定的典礼吉时将到，可她男人孙开华却还不见踪影。他捎信回来，说好昨晚就应该赶回家的，空等一晚上不说，可这大喜的日子总不该让人家新娘子跟俺这个大姐成亲拜堂吧？孙夫人急得像热锅上的蚂蚁团团转，这可如何是好，如何是好？她嘴里一边喃喃地念叨，双手便一边无所适从地搓捏着。当然，她的确像将军一样镇定。她赶紧分头派人，一边前往男人孙开华回家的来路上打探消息，一边着人飞速赶往迎亲途中让娶亲的队伍放慢脚步。

一个时辰过去，只差三刻就是拜堂吉时了。远远地听到了锣鼓声、唢呐声，还时不时传来夹杂其中的"响铳"爆炸声，尽管被告知脚步放慢，可吉时不容错过啊，迎亲队伍还是很快就要进院子了。

孙夫人急出了一身热汗。这死男人今日撞见鬼了？是不是战事吃紧脱不了身，还是回来的路上碰到了长毛贼子把他给杀了？她实在想不出所以然。吉凶未卜，孙夫人心里七上八下一团乱麻。她下意识地伸长脖子朝大路上望去。就在此时，一阵急促的马蹄声传进她的耳里，接着就发现大路上一片飞扬的尘土，从席卷的尘埃里兀自窜出三匹飞奔的骏马，马背上是青一色兵勇装束的大汉，威风凛凛。孙夫人心头一紧，莫非来了强盗打劫婚场？就在孙夫人不知如何应对而犹豫之时，三位大汉已驭着战马冲进院中，旋即，领头的

孙开华画像 孙培厚摄

那位大汉从马背上一跃而下，径直奔孙夫人而去。夫人躲犹不及，就被那大汉一把搂住提在了空中。突如其来的一幕，令众人惶恐傻眼。

"哈哈哈——"一阵炸雷般爽朗的笑声，打破了死寂的沉静。原来是男主人——当日的新郎官孙开华终于赶回来了，"夫人辛苦了。"

"哎呀呀，你个死鬼呀！快莫轻狂。"说着，孙夫人就挣脱下地，来不及责怪，也没时间问清缘由："看你这灰头土脸的，赶紧洗洗换妆，要拜堂了哩。"

孙开华嘴上"哦哦"地应着，却也并不十分着急。他回头招呼一路奔驰而来，已拴好战马的另两位随从，二人一为慈利三官寺人胡峻德，一为桃源马鬃岭人郭松涛，均为常德同乡（当时，慈利县属常德管辖），更是战场上的生死兄弟。"进屋看茶啊！"孙开华匆匆忙忙向他们喊了一声。

一切都已来不及准备，迎亲的队伍已经吹吹打打进了大院。随着三声"响铳"的爆响，红顶大轿已被人们簇拥着进来。看热闹的人们蜂拥着挤到轿前，都想一睹来自显赫家族的新娘子的风姿。这边，孙夫人还想将孙开华拖进内屋洗把脸换个新妆再出来，没想到外面司仪却拖长腔调高声喊道："迎新娘——"新郎官孙开华手忙脚乱，叫苦不迭，露出一脸的尴尬。

新娘子不是别人，正是当朝重臣、两江总督、威名赫赫的湘军统帅曾国藩出了五服的族侄女曾蓉蓉。谁也想不到，这桩婚事竟然还是曾国藩亲自牵线搭桥撮合成的。

二

同治三年（1864），太平军在曾国藩率领的湘军全面围剿下，已成强弩之末。因作战有功，已升任霆军主帅鲍超副将的孙开华，奉命随主帅鲍超援助江苏句容。曾国藩亲自写信给鲍超，阐明句容战略位置的重要性，及攻克句容对于剿灭整个太平军的重要意义；并嘱鲍超从东坝起兵。扼守句容的是太平军将领方海宗。当他得知湘军即将进攻句容，便邀金坛、宝堰的太平军前来共同守卫句容，加强防卫，严阵以待。三月初五，孙开华率所部弁勇首先攻破太平军的第一道关卡三岔，并一路追击太平军至距句容城仅十余里的塔岗。正待孙开华乘胜进逼句容时，不料，太平军两万余众潮水般地扑过来，阻住了孙开华的进攻。就在这当口，主帅鲍超命令驻镇江的霆军，分别从五里岗、周家边等地，向太平军发起了猛攻，迫使太平军首尾难顾。当孙开华得知已有三路大军围攻太平军，顿时士气大振。他不顾一切策马阵前，挥着大刀冲入太平军中。弁勇们见副将身先士卒，个个热血喷涌，齐声呐喊着奋勇向前。不到一日，已杀太平军六千余众，兵临句容城下。城内的守军方海宗生死不降，据城死守，拼组三四万兵力，与湘军展开了大战。三路大军围城猛攻，接连两日未能破城。就在湘军久攻不下时，太平军起了内讧。守军徐邦本早有异心，见湘军将句容城围得水泄不通，若再攻几日，句容必破。于是，他秘密带领一队兵勇，潜往云龙岗策应，打开小南门，直接将湘军引入城内。孙开华率部正游巡至此，便一路奔涌而入，兵分三路，一路由孙开华亲率迎战奔过来的主力，另两路则由胡峻德、郭松涛率军分头沿城墙根奔杀过去，大开城门。城外湘军一时间从各城门口鱼贯而入，直杀得守城太平军昏天黑地。守将方海宗见势不妙，忙带领一队人马弃城而逃，退守宝堰、金坛一线。随即，湘军收复了句容。紧接着，湘军乘胜追击，于茅山设伏，大败方海宗，又将金坛收复。孙开华督军擒斩最多。

句容一役，湘军统帅曾国藩大喜过望。没想到自己创建的湘军里面，除了自诩不凡、智比诸葛的左宗棠这头犟驴之外，还有勇猛无比、敢打敢拼、独树一帜的由鲍超所率的霆军。只听说霆军作战勇猛，所向披靡，原来有个得力战将孙开华啊！这是曾国藩第一次亲身感受、见证孙开华的智勇双全。上次，也是因战绩卓著，霆军为孙开华请功，他奉旨准允孙开华升任为霆军副将。而此次战句容、金坛，曾国藩亲自督战，见到孙开华如此神勇，果然名不虚传。于是，曾国藩亲拟奏本："克服东坝句容金坛各城隘口，随折保奖"请奖叙，奉旨副将孙开华着加总兵衔，并赏给"擢勇巴图鲁"名号。自此，霆军内外，都尊称孙开华为"巴图鲁"。

句容城池已破，金坛失守，江浙一带的太平军先后窜入江西，大股盘踞许湾，意在图扑抚州，扰犯省城；另一股盘踞金溪，意在图扑建昌。孙开华的"巴图鲁"名号还没叫热，又被紧急调往江西追剿太平军余部。作为霆军的前敌，孙开华于四月二十五先行驰抵抚州，巡查发现，自双凤岭至许湾一带四十余里，太平军已筑营垒七十余座。看来，又将是一场恶仗、硬仗，孙开华不禁倒抽一口凉气。就在孙开华还没有谋划好如何围剿太平军营垒时，霆军主帅鲍超却得到朝廷恩准，赏假四个月回籍省亲，霆军则由所部宋国永接统，娄云庆副之。这下让孙开华像失去了主心骨，要踏平营垒，顿时少了许多底气。

当然，孙开华身经百战，也不在乎是否得到支持，或者是否有人给他把舵，本身，他就是从死人堆里杀出来的"巴图鲁"，还惧怕这些残兵败将不成？恰在这段时日，即同治三年（1864），六月初三，洪秀全病逝天京，太平军统帅由洪秀全长子继位。正所谓树倒猢狲散，太平军各部开始弥散着一种悲观情绪。而且，一个多月后，洪秀全一度苦心经营的天京便已沦陷了。孙开华正是抓住太平军内患得患失的时机，于七月初一至初五，密嘱同哨弁勇，并授以计谋，向太平军各营垒奋力环攻，一举将双凤岭、许湾一带坚垒固堡悉心削平。旋即，大军通至，孙开华会合大军又追杀二十余里，毙太平军万余人，救出难民三千余众，夺获器械无数。初十进攻金溪，先将北门外营垒踏毁。城内守军出援，孙开华又乘虚由东门斩关而入，将金溪县收复，并毙太平军六七千人，生擒莫自成等大小头目一百八十七名，夺获骡马不计其数。七月十四进剿南丰，守城太平军出东门列阵以待。孙开华率大军分路抄击，守军溃逃，孙开华又收南丰一城。七月二十一，孙开华刚收复新城县城，因康王汪海洋许湾惨败后窜至瑞金，纠集李世贤部十万余太平军，继而大举进犯宁都。霆军总部命令孙开华部火速救援。孙开华不敢稍事休整，连夜率部疾驰，谁知未及安营，太平军已合众猛扑过来。孙开华凭着连胜锐气，亲自督师抵御，及至大军赶到，已大获全胜；接着又会合大军，追击太平军四十余里，只见尸骸遍野，城外数十座营垒悉数削平，遂解宁都之围……

接二连三的捷报，持续频传的辉煌战果，令湘军统帅曾国藩大喜。他亲自将孙开华召进曾府，特设香案，为他颁发了御赏奖武银牌。更令曾国藩欣喜的是，孙开华身材魁梧，浓眉大眼，是个罕见的美男子。这下让曾国藩不禁心思一动。上回，有个远房族弟不是托他帮忙找个军爷女婿么？他嘴上一口应承，可大半年过去，他一直也没能看上个入眼的。孙开华的出现，一下子触动了他的心事。颁完银牌，曾国藩特意将孙开华留下，问及家庭及妻室儿女情况，没想到这个在军中威猛如虎、狡黠似狐的孙开华，此时此刻竟实在得像一块石头。他不仅告知他自己出身贫寒，而且禀告他已有妻室，并生有一子。

顿时，曾国藩心凉了半截。他本想成就一桩美事，一个如花似玉，一个相貌堂堂；一个名门望族，一个军中名将，出身贫寒一点倒不碍什么，所谓江湖不问来路，英雄不问出身，也算得上门当户对。可你孙开华也不能如此实在吧，即便有了妻室孩子就不能婉转点说，非得这么直通通讲出来，岂不让他这个当朝重臣再也不好说出下文了？啊，一个堂堂的两江总督，总不能舰着脸向你推销本族侄女让她填二房吧？岂有此理！曾国藩一脸愠怒。他从来没有像今天这么尴尬、犹豫过，这不是自讨没趣，自寻烦恼吗？可是，孙开华的确是个难得的将才，他曾国藩的湘军正是靠着这些人打出来的威风，一将难求啊！他进行着激烈的思想斗争，在厅堂里踱来踱去。不行！这事岂容你一个小小的挂名总兵做主？若传出去，他这个两江总督岂不颜面扫地？他突然转身："没关系，哪个有本事的男人没有三妻四妾啊。就这么定了！"

曾国藩终于下定决心。

三

定什么？孙开华莫名其妙。虽然孙开华不像某些军爷见到上司那样显得畏畏葸葸，或者低声下气，但当他面对眼前这位明显欣赏、看重自己，当下朝廷都让他三分的权臣作出不容分辩的决定，尽管有些云里雾里，仍然不敢吭半声。他"哦哦"着，一脸错愕地杵在那里。

"我有个侄女，正值豆蔻，还未有婆家。眼下你尽管一心打仗，剿灭了长毛贼子，明年的今天你们就完婚。啊！"曾大人又是一副不容商量的口气。

原来如此。孙开华如释重负。不过，他没有受宠若惊的欣喜与快意。他脑子里闪现的，恰恰是如此重要的大事，回家后怎么跟夫人范氏解释清楚。

他满腹心事回到军营。弟兄们见他受奖回来，便一拥而上要他请客。这已成了孙开华所部军营里不成文的规矩，凡是军中有奖，包括他自己，都必须请客：大块吃肉，大碗喝酒，小奖小请，大奖大请，非闹个九死一生，个个舒畅。孙开华自然一口应承，只是没有往日那么爽快，好像心里总有个东西堵得慌。

席间，胡峻德、郭松涛等一帮生死兄弟凑到了孙开华一桌，其中，一个叫莫成金的教书匠出身的慈利老乡也凑了进来。酒过三巡，都有点兴奋，孙开华端着酒碗站起来："你们说，男人能娶几个老婆？"他终于憋不住了。

兄弟们一阵愕然，面面相觑，这"巴图鲁"今天是怎么了？兄弟们没谁接话，都傻傻地看着他。

倒是平日凡事都论个道理、军中早就被戏称为"程咬金"的莫成金没大没小地蹦出一句："唉嗨，大哥今天的肠子开花花了啊！几时给俺们喝喜酒啊？"

顿时，满桌哈哈大笑，急得孙开华抓耳挠腮："不，不是。是、是曾大人要结婚的。"

"哈哈哈……"满桌左右笑得更轻狂了，"呔，曾大人结婚，你备份厚礼就是，看把你为难的。他讨一百个老婆关你屁事啊！"郭松涛忍不住揶揄一句。满场子笑得更浪。

"哎！不是的。"孙开华明白过来，是自己没把话说圆，"是曾大人要把他的族侄女嫁给我。"

"呵呵，好事啊！"胡峻德一拍桌子站起来，"快快快，给大哥敬酒啊！"胡峻德带头起哄。于是，满场子的军爷都举着碗过来敬酒。

孙开华咕咕噜噜将一海碗烧酒喝了下去，打了一个嗝："你说，我回去怎么跟你嫂子交差？就知道好事好事的。"孙开华闷的就是这一点。

"嗨！这有什么，"郭松涛显得经验十足，"是曾大人奖给你的，又不是你满大街找的。曾大人是谁？他是湘军统帅，你是下级，军人以服从军令为天职，即使嫂子纠结也纠不过军令吧。再说，嫂子平日里，依我看也蛮通情达理的。"

"就是，就是啊。你有什么好担心的。"胡峻德很是附和。

"那——你们说，我就是一个打仗的，无钱无势，曾大人那么大的官，为什么要把他的族侄女嫁给我？"

一句话把大家问痴了，问哑了，一片"啧啧"品咂闷酒的声音。

许久，莫成金慢腾腾站起来，显得很有学问地干咳两声。他抿了抿，用巴掌摸摸嘴，又挠挠那一蓬乱草似的头发，偏着头，眨眨眼，煞有介事地分析起来："大哥，你也不想想，要把侄女嫁给你的是何许人也？是湘军头头曾国藩曾大人哩！咱们朝廷早期，汉人在政治上是没有地位的，除了八旗子弟，汉人莫想在朝廷里谋到一官半职。可是，到了后来，满人越来越不中用，朝廷里一派腐朽昏庸，便开始吸纳有本事、有能力的汉人；加上太平天国这长毛一闹，朝廷眼见招架不住，不得不重用汉人。于是，以镇压太平天国为使命的湘军异军突起，应运而生，我说得没错吧？但是，说到底，这只不过是以利益为目的而苟合在一起的政治团体。没听人说啊，这个团体就叫作'湘官集团'，而这团体又以曾国藩为代表，并将其发挥得淋漓尽致。他利用同乡、族亲、姻亲等关系，将这个团体死死地纠集在一起，在当下这个世道里，他们也是不得已而为之。如陶澍与胡林翼，陶澍与左宗棠，左宗棠与曾国藩，曾国藩与郭嵩焘，郭嵩焘又与左宗棠……哪个不是亲联亲，姻联姻，关系错综，裙带纠缠啊？我又没说错吧？要我讲，此番曾大人的好意，与其说是他看中你孙开华的一表人才，不如说是'湘官集团'的这个总帅，欲借此将大哥你这员难得的战将牢牢地拢在身边，是不是？"

他停顿一下，呷了一口酒，继续说："至于这桩婚事嘛，既不是他曾大人的亲侄女，更不是他自己的亲女儿，讲究不了那么多门当户对；一个远房族侄女，能嫁给你这薛仁贵一样了不起的大将军，也就给他们曾家撑了大面子。女人，不就是嫁个男人嘛，正室副室不照样生孩子过日子？何况大哥你人才一流，人品上乘，更重要的是你能打仗，会打仗，本事超人，给你绑上了姻亲这层关系，不就更好地为他所用？我说啊，大哥，你这是驮肚婆（孕妇）泡澡——喜上加喜（洗）。好事啊，好事！人家削尖脑壳都高攀不上哩。"他说得唾沫四溅，头头是道。

众人不得不佩服莫成金的一张好嘴。接下来，众人又是一片恭喜祝贺声。

只是孙开华从来也没想这么多，经莫成金这么一鼓噪，还真觉得有几分道理，莫非曾大人还有如此许多的弯弯绕绕？"用就用吧，丈八汉子，男人女人都可以用；不用，那才可惜了这百多斤哩！"孙开华终于释然，又恢复了往日的豪爽，"来来来，管他那么多，干了这碗！"

兄弟们一饮而尽。

这以后，孙开华率着兄弟们，按照曾大人的意思"尽管一心打仗"去了。

……

这一打，果真又是一年。不过，再怎么打，他也没敢忘记曾大人给他安排纳妾的事。中途，他回了一次家，战战兢兢一五一十地给夫人范氏汇报，本想还解释几句，没想到范氏并没有他设想的那样生气或发怒，只是给他约法三章：第一，她必须是正室，是老大，孙家的大小事宜由她掌管；第二，他必须善待他们母子俩，儿子长大后，要将他带在身边，教他保家卫国的本事；第三，以后不管他娶多少女人，都得一视同仁，不能喜新厌旧；第四，要对孙家负责，首要的是保住身坯子，莫丢了性命；再就是，在外不得乱搞，更不能惹一身病回家……

夫人的贤淑善良、豁达大度令孙开华感激不尽，更让他像吃了定心丸一样，信心满满。本来将太平军侍王李世贤、康王汪海洋等残部追至闽粤交界的镇平后，以为很快会将太平军余部一举歼灭，结果，汪海洋刺杀了侍王李世贤，纠集其他残部继续负隅顽抗。战事处于胶着状态。眼见曾大人指定的完婚日期逼近，孙开华实在是有些着急。一边是战事如火如荼，一边是湘军统帅指定的婚期日近，两边都不可稍事怠慢。幸好，近期闽浙总督左宗棠亲临前线正在调兵遣将，谋划布阵，战事并不十分吃紧，孙开华便试着给霆军主帅鲍超报告心事。没想到爱将如子的鲍超不仅准了孙开华的婚假，而且还允许他带两个兄弟前往。只有一条，办完婚礼，即刻返回战场。于是，孙开华、胡峻德、郭松涛三个生死兄弟日夜兼程，一路狂奔赶回长沙清塘湾。

这下可好，衣未换，脸未洗，司仪已宣他迎接新娘。孙开华满脸无奈与尴尬，只得一身脏兮兮的戎装上前，十分愧疚与歉意地掀开了轿帘……

草草办完婚礼，三兄弟又连夜返回战场，把个大家闺秀曾蓉蓉委屈、伤心得哭了几天几夜。孙开华倒好，既然已如期完成了曾大人交办的"任务"，上了战场便果真踏踏实实"尽管一心打仗"了。直到第二年正月，嘉应州大捷，将太平军汪海洋等残部剿灭，孙开华才终于稍稍松下一口气。他赶紧抽空回了一趟清塘湾，给受尽委屈的曾蓉蓉赔不是。

乡亲们听说这个昔日刚拜完堂就急匆匆返回战场的孙将军回家了，不约而至又聚集到孙家大院。人们不服气，婚礼大典那天，新郎官没看清面貌，新娘子整个泪人儿，喜酒没喝尽兴，洞房也没闹成，他们要孙将军补回一个热闹和喜庆。孙开华也乐意让乡亲们热闹热闹，便亲自吩咐酒宴。

这回曾蓉蓉高兴了，朱唇微启，春风杨柳一样跟着孙开华满场子敬酒；夫人范氏更像一位称职的大姐姐，满面春风地拎着酒壶不时给客人们斟酒。孙开华的大小老婆如此和谐默契的范儿，让客人们个个称赞，艳羡不已。正当大家闹得热火朝天时，一队快骑拥进孙家大院，为首的跳下马来，展开一张喜状，朗声宣读道："擢勇巴图鲁孙开华接旨——"

孙开华以为又来了军令，不禁心中一紧，丢开客人，连忙按朝规恭恭敬敬听旨。

"经闽浙总督左宗棠大人奏请：'总兵孙开华著军机处记名，遇有提督总兵缺出，请旨简放。'皇上恩准。"

原来如此，孙开华淡然一笑，忙将那一队官人请入上席。倒是左邻右舍的乡亲犯了糊涂，接着就议论开了。

"八驮篓？"乡亲们从未听说过这么个名号，将"巴图鲁"听成了"八驮篓"，"八驮篓什么东西啊？"

"这孙将军立了多大功啊，朝廷也真够大方的，奖了八驮篓哩！"

"啧啧，八驮篓，我的个天，八驮篓金元宝吗？"

"不止这些吧，刚才好像说，还加一提兜（提督）哩。"

"啧啧啧……"

清塘湾托梦

一

孙开华哭笑不得。

当然，他并不是觉得这些可爱的乡亲，对所谓的"巴图鲁""提督"等新鲜词儿不懂而好笑。他只是觉得，这些称号也好，头衔也好，都是一块一块伤疤累积而成的，掐指算起来，身上明显留有疤痕的伤已有十多处，好几次，他都险些丢了性命。可是，这些伤痛又能诉与谁说？

"巴图鲁"是他打句容后，曾国藩奏请获得的；"总兵""提督"头衔，是他率部荡平江西后，两江总督李鸿章早已奏保"请旨简放"；此次嘉应州大捷，他与大军合围，毙残余太平军四千，生擒二百多人，偕王谭体元、佑王李元济均毙于乱军之中；接着，又追至黄沙障，擒斩二万余残部，头目何天亮、丁德泰等全部诛灭，至此，东南太平军残部一律荡平。战功赫赫，左大人奏请"遇有提督总兵缺出"，却仍然是"请旨简放"。一个空挂的头衔而已。当然，孙开华倒是并不在乎这些头衔名号，即使给他封个实职，他心里清楚，这朝廷的官并不好做，尤其是像他这样的行伍之人，哪天又不是提着脑袋卖命呢？

"唉！"他长长地叹了一口气。"巴图鲁，"他自言自语，又摇摇头，"这算什么事？"乡亲们哪里知道，这只不过是朝廷为了笼络人心玩的一个把戏而已，跟狗皮帽子差不多，正反都可以戴。蒙古人早就有叫"拔都""拔都鲁""巴都儿"的，到了明朝末期，女真人也有叫"巴图鲁"的，只是到了当朝，则把它发展成为专门赏赐武士的封号，意思是"英雄""勇士"之类。

"巴图鲁"又分为普通勇号和专称勇号两种，普通勇号则在获封之人原名之下直呼巴图鲁；而专称勇号则是在巴图鲁之前冠以"某勇"。最初只使用满语，也就是说只有八旗子弟才有资格获此殊荣，如僧格林沁就被封为"湍多巴图鲁"，鳌拜曾号称为"满洲第一巴图鲁"；后来，由于内政腐败，国力衰弱，朝廷不得已将本授于满族勇士的荣誉称号，开始向那些英勇善战的汉人赏赐，并使用汉语，但仅限两字，即"某勇巴图鲁"。特别是到了咸丰、同治年间，巴图鲁勇号的赏赐更是越来越频繁，只要是为朝廷卖命取得一点战功，朝廷就会给你赏个勇号。在一般人看来，或许还算一份荣耀，但在满人眼里，却也没剩下几斤几两。因而，孙开华并没有把"擢勇巴图鲁"当多大一回事，只想安安心心守着老婆孩子，踏踏实实过几天日子。这打打杀杀的没多少意思，杀来杀去，都是一些没活路造反的人。俗话说官逼民反，哪天是个尽头啊！太平军是剿灭了，这世道就果真天下太平了？穷人仍然还是穷人，受苦的照样受苦，说不定哪天又有人站出来扯旗造反！孙开华有时真想一走了之，有时甚至觉得朝廷本来就不应该这样残酷地对待太平天国。

古枫树下，孙开华抱胸踱步，不时望望还未发芽、直指苍穹的枝干，又看看不很气派但也还讲究的孙家大院，不禁想起了自己贫寒的出身与苦难的童年。

他的祖辈本来在慈利县岩泊渡镇，因家庭贫穷，父亲帮人驾船，从澧水跑沅水、洞庭湖、长江一带，常年在外，有了一点积蓄后，迁居慈利商舟往来集中的柳林铺。父亲身高力大，性情耿直，不惑之年时，在津市码头因打抱不平，救下一受辱女子姜氏。父亲没想到的是那女子被救后为了感恩，非要以身相许，这样，父亲才成了一个家。本来日子刚有了一点起色，谁料父亲却患上严重的风湿病，行动越发不便，再也不能帮工驾船了。眼见家中生计日愈加困难，母亲狠心将大哥孙开荣过继给伯父后，自己则带着身孕外出乞讨。道光庚子那年（1840）九月初九，母亲行乞至慈利杨家溪的报国寺前，忽觉腹中剧痛难忍，疑是胎儿临盆，忙避至孟家桥下，九死一生产下一个男婴，这就是孙开华。母亲掐指一算，刚好怀胎九个月，又逢九月初九，而且这孩子差不多有八九斤重，就顺口给儿子唤了个小名"孙九儿"，后来孙开华有了出息，人们便称孙开华为"孙九大人"。母亲忍痛从身上扯下块破布，将儿子包裹好。此时不知是哪家办喜事，请了两条龙灯恰巧在桥上相遇，一条从报国寺舞出来，一条则往报国寺内舞进去，"铿铿锵锵""噼噼啪啪"好不热闹。母亲心中一喜，"九儿"出生贱是贱了点，可这兆头好啊，将来必定有点出息。强忍着产后的虚弱和晕眩，母亲打起精神，一步三撑地沿路乞讨将儿子抱回了家。父亲孙宏瑞，按开字排行，喻荣华富贵排序，给孙九儿取了孙开华的书名。只是父亲未能如愿，母亲生了老三孙开富后，父亲便撒手人寰了。

添丁进口，对于大户人家来说，是件喜庆高兴的事；而在穷人家庭，则是喜忧参半，旺了香火却养得艰辛。母亲因为坚信那个好兆头而断定儿子会有出息，忍饥挨饿也要孙开华去识几个字，因为没钱，又给那些宽裕人家说好话，让儿子跟他们的孩子搭个伴，合伙上私塾。勉强上了几天学，谁料父亲的病愈来愈重，日子实在过不下去了，哪还能交得起师傅钱呢？孙开华便辍学了。家里为了让孙开华吃口饱饭，就拜了一个剃头匠，跟人家学理发，只保证有饭吃，没一分工钱。他每天拎着工具箱跟着师傅走村串巷，但他似乎对上学识字有了瘾，一有空就跑去偷听人家上课，有好几次，先生要考试学生，他鼓起勇气求先生给张试卷，结果比那些正规学生考得还好，这让先生对他刮目相看，也让小小的孙九儿受到莫大的鼓舞与安慰。毕竟他不能像人家那样，安心坐在教室里听课，剃头匠师傅说声要走，他就得屁颠屁颠拎着工具箱跟着跑。

那天，师傅让他给人家刮胡子。不知是师傅有意识的安排，还是他活该出点差错，果真是初学剃头匠就碰上个络腮胡，那中年汉子满脸胡须不仅浓密，而且硬扎，他本是战战兢兢小心翼翼的，可那锋利的刀片就是不听使唤，终于他给人家脸上划了一条口，顿时，鲜血直流，他吓得几乎哭起来。那汉子火冒三丈，从凳子上跳起来抢起巴掌就要扇他，师傅赶紧赔不是，好说歹说才将那汉子劝住。最后，师傅罚他不准吃饭。自此，他再也不跟师傅学理发了。

不跟剃头匠跑了，孙开华的身心都获得了轻松与自由，尽管饥一顿饱一餐，但他感觉快活多了。无所事事，尽管偷听先生上课有瘾，但肚子里饿得慌啊！他便跟一帮野孩子下澧水河捕鱼捞虾。他天生身强体壮，才十来岁的孩子，身高、块头已赶上成年人了。令人称奇的是，他的水性超常，别的孩子潜水，最多三五分钟就得浮出水面，而他憋足气后一猛子扎下去，居然半个小时不冒泡。因此，在水底下摸鱼比谁都多，自然，换的钱也比别人多，这便给他的生计带来许多帮助。他还有一门无师自通的"踩水"（即在水中站立姿势游泳）功夫，别人踩水最多只能露出脖颈，而他却能将胸口全露在水面上，脑袋上还顶一麻袋东西过河不会溅湿，可以说这是他天生的独门绝招。上了岸跟孩子们打架，七八个小伙子拢不了他的身，他一拳就能将人打倒，一腿就能将人撂翻。因而，他成了孩子王。他常常招朋引伴，随着年龄的增长，他变得更加野性难驭，后来，他染上了赌博习气。一个穷孩子，哪来本钱可赌？他只有几个摸鱼换得的剩余零钱，有本无本就钻进了场子。赌赢了就吆三喝五海撮一顿；赌输了就跟人家要赖。打架他是不怕的，他尤其喜欢打群架，撂翻一大片后，他便吊儿郎当扬长而去。他赌运不佳，输多赢少，打架耍横成了他的家常便饭。问题是哪能次次都占上风占人家便宜轻松走人的？多少次他都被打得鼻青脸肿，遍体鳞伤。

　　童年是苦涩酸楚的……

二

　　"大哥，听说了吗？朝廷打长毛，湘军水师在常德招兵哩。"胡二哥这天帮孙开华打完架，把他拉到一边悄悄说。

　　"俺也听说了。"孙开华对这个兄弟很是感激。他叫胡峻德，兄弟五个，他排行第五，慈利三官寺人，也是高高大大的，只比孙开华稍矮，练得一手好武功，在家时，因单手杀死一只幼虎，所以又叫他"杀虎胡五"；因家里穷，十几岁就跑出来在外面混。孙开华在场子上赌博，虽然胡峻德自己不怎么参赌，但喜欢观赌看热闹，便与孙开华厮混得热络；孙开华输了跟人家打架，他一身哥们儿义气地帮忙，俩人关系越来越铁。因比孙开华小月份，在他们青皮圈子中，都把他称作胡二哥。见他神秘兮兮地提出这么个问题，孙开华对他睃了一眼："莫非二哥想去当兵？"

　　"是啊！"胡峻德毫不隐瞒，"你看啊，这澧水河里摸几个臭鱼烂虾也填不饱肚子，场子上输多赢少，动不动还打得头破血流，不如当兵去，说不定还可以混口饱饭哩。"胡峻德说的是心里话。

　　"俺也想过。就是不晓得俺只十六七岁，人家要不要呢？"孙开华讲的也是心里话。

“要不要试他一家伙再说。不要俺们回来就是。”

“……要得。”

两个人没给任何人打招呼，说走就走，直奔常德招兵点。令他们喜出望外的是，负责招兵的对他们左右一瞧，居然双双被招收了。咸丰六年（1856），孙开华、胡峻德均以武童身份走进了军营。

两个愣头儿青走进的不是清军的绿营，而是奉曾国藩之命刚刚组建的由鲍超统率的霆军队伍，属湘军序列。

鲍超，字春亭，祖籍湖北蒲圻，道光八年（1828）生于四川奉节都里六甲安坪藕塘。因家境极度贫寒，最初投入夔州清军绿营谋生，后转入湖南；曾国藩组建湘军后，被拨入湘军水师。由于英勇善战，屡建奇功，特别是与太平军作战，在湖北爹山搭救湖北巡抚胡林翼后，深得曾国藩、胡林翼的赏识与器重，曾国藩曾经表扬他“汝真善战者，汝不言功，而众人已代汝表著矣”。而胡林翼更是把他视为兄弟，甚至亲自为他改名。他字号本来为春亭，在胡林翼看来，“春亭”与他勇猛无比的作战风格不太相符，不如改成“春霆”，喻雷霆万钧之气势更为妥帖。及至咸丰六年八月，曾国藩下令，允许他以自己名号独立组建一支队伍时，鲍超已升至参将。当孙开华、胡峻德走进这支队伍，“霆军”或“霆字营”已名正言顺打出了旗号。自此，这支骁勇善战的部队，驰骋大江南北，并发展成为晚清军事史上的一支劲旅。

入伍后，孙开华、胡峻德两人几乎形影不离。“老二。”这天，新兵训练刚结束，孙开华忍不住问胡峻德，“你吃得饱吗？”

“饱啊。大哥吃不饱吗？”

“有点，每天总是差那么几口。”孙开华有些不好意思。

“谁让你个子大，饭量也大啊。不过，没关系，以后我给你匀点。”胡峻德始终很讲义气。

“那哪能行？我再怎么吃不饱，也不能让你饿肚子啊！”

"不会的，我练过气功。嘿嘿……"孙开华也不知道气功是否能当饭，半信半疑。这以后，胡峻德每当开饭时，要么给他匀几块肉，要么给他拨一坨饭。他吃没吃饱，孙开华也无从知道。

养兵千日，用兵一时。新兵训练三个月后，霆军被紧急派往湖北黄梅驰援，攻打小池口。俗话说，初生牛犊不怕虎，孙开华一听说要开赴前线，不禁热血沸腾，兴奋不已。他哪里知道，这是太平天国定都天京之后，一场实力最为强大的阵地战。太平军攻占了九江，据此，与对岸的黄梅形成掎角之势，拱卫天京，从而控制长江中上游。此前，曾国藩曾经亲率水陆大军一万五千余人大战九江，却数战皆败；之后，胡林翼又调兵东下围攻九江，却在太平军守将林启荣精心构筑的防御工事面前一筹莫展，其根本原因就是长江两岸的九江与黄梅两个重镇已形成了牢不可破的掎角天险。绿营清军、曾国藩的湘军等各路大军均拿太平军没有办法。因此，鲍超的霆军刚刚成军，就被紧急派往驰援黄梅并攻打小池口，可以说是受命于危难之时。

小池口，湖北黄梅县的一个集镇，濒临长江，与江西九江隔江相望，处鄂赣皖三省交界，素有"鄂东门户"和"金三角"之称，自古以来，都为兵家必争之地。霆军奉命驰援黄梅，较为顺利地攻下县城后，正待转攻小池口时，太平军已从宿松分三路赶来增援。鲍超心想这是霆军刚建军的首场作战，如果不打出威风来，以后便无立足之地，便与绿营将领多隆阿商量，以空城计诱敌深入，在险隘处设伏围剿。依计，多隆阿由城南向北进击，鲍超自己则率营由城西一带分路进兵。谁料，太平军骁勇异常，不仅守军死命抵抗，而且援军更是凶猛无比。眼见主帅被围，腹背受敌，孙开华大叫一声："不好！"随即一拍胡峻德的肩膀，"老二，跟我来。"眨眼间，一溜十多个新兵兄弟，斜刺里冲出去，搅入敌阵。只见大刀翻飞，在一片呐喊声中，数百名太平军一个个像树桩一样被砍倒撂翻，其余援军见状，纷纷弃甲逃跑。孙开华杀出了一条血路，反身增援主帅鲍超。就在这时，山顶上一阵滚木轰隆隆打下来，正砸中鲍超的左手。鲍超一个踉跄，险些倒下。孙开华不管不顾，一个箭步冲上去扶住鲍超，正要挟主帅离开险境，又一阵排枪打来，一颗子弹射进了鲍超的头颅。顿时，鲜血与脑浆从枪口里迸溅而出。孙开华大吃一惊，赶紧吩咐兄弟们将主帅抬走，自己则随霆军勇士再次杀入敌阵……经过几天激战，小池口终于被霆军攻了下来。这是霆军创军以来的首次大战，打出了军威，提振了士气，初显霆军剽悍勇猛的作战威风。曾国藩对此喜不胜喜，特意为鲍超身先士卒在功劳簿上记载："枪子贯入顶，右脑脑浆随子迸出，昏绝两日复苏，又滚木打伤左手伤筋，枪子贯穿右膝……"而新兵蛋子孙开华，在此次首战中也光荣负伤并立下汗马功劳，"受枪子伤左足，验列头等"。

自此，孙开华随霆军南征北战，每战必胜，屡立战功，步步高升。

同治元年（1862），霆军奉命攻打宁国府。太平军辅王杨辅清拥兵十万盘踞府城，并于城外团山、寒亭一带驻扎重兵。鲍超查清敌情后，决定采取引蛇出洞战术，自己亲率部分兵力从寒亭进攻，令另一部分兵勇埋伏于后山，以断其后路。战斗打响后，太平军果然出动四万人出城死战鲍超。已升为参将的孙开华，在此次战役中直接听命于霆军部将宋国永，见太平军出城摆长蛇阵迎战，他便率所部胡峻德、郭松涛、范仁杰等一帮猛士，一阵猛冲猛打，将太平军的长阵冲成数段，使得首尾难顾，溃逃的太平军退至后山，又被埋伏在先的霆军斩杀，顷刻之间，出城迎战的太平军全部瓦解。随后，霆军围城一月，终将宁国府克复。

可惜的是，此次战役中，孙开华的生死兄弟范仁杰身负重伤。临终时，范仁杰憋足一口气，嘱咐孙开华无论如何帮他照顾好在长沙清塘湾的妹妹。他们兄妹俩相依为命，自从参加霆军，范仁杰再也没与妹妹团聚过。他握着孙开华的手，饱含热泪，亲口将妹妹许配给孙开华。孙开华强忍悲痛，点头满口应承。

孙开华没有辜负范仁杰的嘱托，战事结束，就回长沙找到了范氏，并与之成婚。他是个负责任的男人，将所有积蓄交给范氏，让她在老宅旁置一块地，建了一爿孙家大院。次年，生下儿子孙道元……

三

"快放下，快放下。你这闪了腰，动了胎气，把娃儿弄丢了，老爷回来找我算账，我可赔不起啊！"

自从曾蓉蓉娶进家门，大夫人范氏便真正履行起了家长兼大姐姐的职责。她的一个简单想法是，对曾蓉蓉好，就是对老爷孙开华好。在家里，大事小事，她一掌百纳，处处关照曾蓉蓉，重活、累活、脏活她全包了，绝不让曾蓉蓉沾边。曾蓉蓉刚进孙家时，心里还有些打忧，担心妾室受欺负怄气，哪承想范氏比亲姐姐还要好。受她照顾，她常常觉得惭愧，很是不好意思，因此，总是千方百计要为姐姐分担一些家务。尽管现在身怀六甲已是大月份了，见姐姐将一家人衣服洗了已晾干，她便找个背篓，挺着大肚子将衣服收进来，没想到被姐姐发现了。姐姐这一喊，她立刻脸红了，连忙将一背篓衣服放下，"不要紧的，几件衣服也不重。"她羞赧地回答道。

"你是不要紧，肚子里的宝贝可开不得玩笑啊！"范氏经常拿她取笑，"嘻嘻。"

姐妹俩正调侃得热闹，一对喜鹊"叽叽喳喳"飞到古枫树的枝丫上，对着她们又是吵闹，又是翘尾，好一阵子后飞走了。"你信不信，说不定这几天老爷要回来哩。"范氏眼睛一亮，对曾蓉蓉说。

"是吗？没那么准吧！唉，看把姐姐高兴的，老爷回不回来跟我没关系，就是老爷回来了，也只能去你那儿，我一个大肚婆，碰不得哩。嘻嘻嘻。"

"哟哟哟，妹妹还吃醋呀。要不，等老爷回来，我搬到你床上来，我们三个人挤在一起……"

"哎呀——姐姐——"曾蓉蓉羞得满脸涨红。

……

"好个妖婆子，你们两个合伙整我啊！"

突然，院坪里响起一声炸雷般的吆喝。两个女人吓了一跳，定睛一看，果然是老爷孙开华回来了。范氏喜出望外，丢掉一背篓衣服，风一样就扑向了孙开华。曾蓉蓉挺着个大肚子，满脸欣喜，蹒跚地也迎了上去。这时，刚刚从外面将大公子孙道元找回来的保姆曹氏正好走进院子。一见着爹回来了，孙道元也兴冲冲地奔向爹爹孙开华。曹氏看见这其乐融融的一家子，就伫在原地不动了，定定地看着，心中冒出一个想法……

曾蓉蓉腹中的胎儿很不老实地蠕动着，像是在踢腿，又像是在里面打拳。孙开华躺在曾蓉蓉身边，轻轻地、小心翼翼地抚摸着她的肚子。范氏怀孩子时，他没回过家，直到孩子出生，他都没回来过。打仗啊，忙啊。曾蓉蓉娶进家门后，他们同样是聚少离多。这次，他是又立了战功，并随着江西全境太平军残余的肃清，战事趋于平静，适逢漳州总兵缺出，朝廷委任他为漳州总兵实职，他才赶紧告几天假，抽空赶回家看看的。准备休息几天，如果不出意外，他将赴漳州上任。

第一个孩子，他没体验过抚摸胎儿蠕动的那种奇妙滋味，此时此刻，他轻轻地触摸着，尽情地享受着。摸着，摸着……响起了鼾声，渐渐地，他似睡非睡，依稀模糊了……

"九儿，九儿，你在哪里啊？"母亲奄奄一息，仿佛是母亲在拼命地呼唤着他。

他已经很久没回家了，成天跟一帮青皮在外面摸鱼、赌博，赌博、摸鱼。那天，他又输了个精光，恰好胡峻德不在，跟人家耍赖，被暴打一顿。黄昏时分，拖着遍体鳞伤还在流血的身体回到家里，有气无力地唤了两声娘，不料，昏暗的屋内没有任何声响。他又提高嗓门，唤了几声弟弟孙开富，结果仍然无人应答。他急了，连忙跑进内屋，大声地唤着娘，谁知娘早已断气，尸体僵硬在床上了。他扑通一下跪在床前，伤心地哭得死去活来，直到下半夜，他才苏醒过来。命苦的娘溘然长逝，弟弟不知去向，他又身无分文，这可怎么办？他在母亲的遗体旁守了一夜。第二天清晨，他跑到县城舅舅家奔丧，没想到舅舅也正生重病。舅舅喘着粗气，从箱子里摸索了半天才摸出几颗碎银，嘱他买口好点的棺材回家将娘葬了。他没精打采地往回走，忽然一阵吵嚷声传进耳里，原来他路过的是另一家赌场，里面正在押注。此刻他脑海里闪现一个奇怪的念头，这点碎银哪能买到好棺材啊，不如进去赌一下，多赚点钱，再买口又大又好的楠木棺材，为母亲热热闹闹体体面面办个丧事。主意一定，他的手心便痒痒，径直走进了赌场。令他心花怒放的是，刚开始手气奇好，他连赢五局。于是，他的眼前便出现一幕幕买了一口好大好大的楠木棺材、母亲穿戴一身崭新绸缎寿衣，左邻右舍、三族六亲、亲朋好友都来参加葬礼，鼓乐齐鸣、热闹非凡的幻景。他热血沸腾，赌性大发，将舅舅给的碎银加上所赢钱财全部押上。他的心跳加快了，眼里冒着红光……随着一声"开了"的吆喝，他突然瘫倒在地上……

　　他彻底输了，连扳本的机会与心境都没有了。他懊恼，他沮丧，他后悔，饥肠辘辘，歪歪倒倒回到家里。母亲的在天之灵无法告慰，舅舅那里也无法交代。他向母亲的遗体叩了三个响头，再三请求宽恕他的不孝，然后趁着黑夜，将母亲背在身上，提一把锄头，腋下夹一捆稻草朝山里走去。后山叫郝家山，传说当年吴三桂追剿闯王残部路过此山时，一军师发现有一块风水宝地，留下话说谁葬到了正脉将庇佑后代升官发财。此后，十里八乡死人后，很多有钱人家都请阴阳风水先生寻此正脉，几百年过去也没听说谁家有所发达。孙开华也没去奢望这些，他只想趁着夜色无人知晓，不声不响将母亲埋了。他爬着爬着，已是大汗淋漓，突然脚底一滑，母亲的尸体"扑通"的一下掉在了地上。他实在无力再背起来了，借着朦胧月光，他发现是一块小坪，后山还有一个山坳，心想埋在哪里不就是一埋啊。他便将母亲的尸体用稻草裹好后，神不知鬼不觉的就地掩埋了。他不敢给舅舅汇报，也没再回家，此后的日子里就在外面混，直到他与胡峻德一起参加霆军……

迷迷糊糊，似梦似幻，却是他潜意识深处痛彻心扉的记忆。往事不堪回首，孙开华翻了一个身，真正地进入了沉沉的梦乡。

"九儿啊，你这不敬不孝的儿子，为娘本想狠狠地惩罚你一顿。"梦境中，娘在跟他说话。他惊悚出一身冷汗，抚着阵阵绞痛的胸口，拼命地喘气。"哈哈哈……你还是有点良心的。娘不怪你，娘而今好着哩。晓得不？你把娘丢在柳林铺郝家山的那个地方，就是吴三桂当年那个军师讲的风水正脉，好多人找都没找着哩。娘而今住的这个地方叫黄狗恋窝，哈哈哈，你还要给娘买棺材，幸好没买，只能睡稻草。黄狗恋窝，黄狗恋窝，没有稻草哪有窝啊！哈哈哈……"

梦境中，孙开华愧疚不已，自责不已，又意外地兴奋不已。他想告诉娘，那不是儿的本意，只怪儿子不争气把钱输掉了，让娘受罪了。

"哈哈哈，娘晓得你心里不好受。娘说不怪你就不怪你，你这是歪打正着哩，哈哈哈。你放心，娘要保佑你做大官，皇上就要给你降旨了，你等着就是。还有，你这个儿子就要出生了，你要好好照顾他，娘也要保佑他做大官，比你的官还大。哈哈哈……"

孙开华惊醒一骨碌坐起，太不可思议了，跟真的一样，娘怎么知道他有个孩子而且是个儿子就要出生了？难道真的心灵相通吗？想到这里，孙开华赶紧摸摸身边的曾蓉蓉。这是怎么啦？蓉蓉正在满床翻滚，好像疼痛难忍，痛苦不堪。孙开华急了，忙大声呼唤起来："夫人，夫人——"

隔壁房里的范氏闻声而至，身上的睡衣都未来得及裹好，两个丰满的乳房吊在外面。到底是过来人，加上素来性情沉稳，范氏点灯一看，接着就满脸笑容地说："恭喜恭喜，老爷又要当爹了。"

孙家院子里一阵忙碌。天亮时分，曾蓉蓉果真顺利产下一个男孩，上上下下皆大欢喜。按照排行，孙开华跟曾蓉蓉商量着给他取名孙道仁。随后，孙开华倒是纳闷了：天下竟有如此奇怪的事情，娘托的梦怎么这样灵验？

不料，就在孙开华准备接任漳州总兵之际，却来了一道紧急军令。他要立即赶回军营，随霆军开拔湖北、河南，去征讨捻军。

位于柳林孙开华故居旁的珍珠泉石碑　孙培厚摄

尹隆河结怨

一

捻军，起源于清康熙年间的安徽、河南一带，最初称为捻子或捻党。从字面上不难看出，这是一个像捻子一样互相纠结而抱团的组织，而且到后来正式成军后，为了显示与众不同，每个人头上都披着搓捻得如酒鬼一样的头发，这便成了他们独树一帜的标志。

实际上，还在称作捻子的时期，他们只不过是一些游民，他们生活贫困，也没什么技艺和本事，为了糊口，他们便装神弄鬼，帮人家驱灾避邪。具体做法是，将烧纸搓成捻子，浇上桐油或香油，每逢墟场或给人家做法事，他们就将油捻子点燃，舞着熊熊捻火，像跳大神一样，边跳边唱，当众表演。早期，他们只以此向乡民募捐香油钱兼卖油捻纸。

太平天国运动爆发，让这个社会底层团体的成员发生了变化。由于朝廷腐败，多年战乱，自然灾害频发，加上外族不断入侵，致使物质严重短缺，芸芸大众饿殍遍野，民不聊生，一些手工业者和农民也加入捻子四处游荡，捻子队伍便日渐坐大。后来，他们纠结在一起，开始敲诈勒索，甚至打家劫舍。对此，朝廷非常恐慌，派出军队镇压。谁知越镇压越反抗，越反抗捻子的队伍越强大，就在太平天国运动刚刚被镇压下去时，捻军终于揭竿起义，攻城略地。

同治四年（1865）四月，声势浩大的捻军从山东汶上一路攻入郓城的水套地带，大有太平天国运动的烽火重燃之势。朝廷恐慌不已，急忙派出号称满清第一战将的"湍多巴图鲁"僧格林沁率军追剿，双方在曹州发生了一场大规模的遭遇战。僧格林沁采用"军分三路合击"战术围剿捻军，结果惨遭失败。清军余部，不得不退到早已被捻军洗劫一空的荒凉乡野。捻军得势，全力发起反击，将僧格林沁死死困住。眼见粮草断绝，加上水土不服，僧格林沁下死令突围。谁知捻军一反常规，发挥神出鬼没的游击战优势，专打僧格林沁薄弱环节，清军被打得晕头转向，几乎死伤殆尽。最后，僧格林沁率一队近卫，退至吴家店，欲作困兽之斗。他抽出佩刀，乱砍一气。可怜的是，战马活活累死，威风显赫的湍多巴图鲁也被捻军乱刀斩尸于马下。

朝廷震惊了，已经垂帘听政的慈禧太后震惊了，几乎寝食不安。有道是国难思良将。可要命的是，自从咸丰帝病死热河避暑山庄行宫后，心狠手辣的慈禧发动了宫廷政变，将重用汉官集团的肃顺等八位顾命大臣一律处理掉；继而，对汉官集团逐一进行削弱甚至分化瓦解，尤其是对镇压太平天国运动立下大功的由曾国藩一手创办的湘军，更是担心坐大。待打下天京后，狡黠的慈禧表面上不是强行肃敌，而暗地里却威逼曾国藩自行解散湘军。

兔死狗烹，鸟尽弓藏，曾国藩哑巴吃黄连——有苦说不出。无奈之余，他只能裁撤大部分湘军。当然，曾国藩并非等闲之辈，他早已在湘军里面培养好了弟子，这就是后来比曾国藩在位时权力要大得多的安徽学生李鸿章。当朝廷威逼曾国藩裁撤湘军时，他表面上装得十分顺从，暗中却移花接木，将湘军大部顺理成章地转移成了淮军。如原本属于鲍超麾下的得力部将曹志忠、谭胜达等，尽归淮军马队，为淮军所用。独有孙开华未归淮军，仍留在鲍超的霆军队伍中。

僧格林沁被捻军乱刀砍杀，慈禧心乱如麻，遍数清军绿营全都是些稀泥巴糊不上壁的平庸之辈，无一可用之才。迫不得已，慈禧最终还是想到了曾国藩。

然而，已年过半百，冲冲杀杀大半辈子，好不容易做上朝廷一品大员却又受了一肚子窝囊气的曾国藩，还肯出山为朝廷卖命吗？曾国藩自然没那么傻了。

当然，已经拜相封侯、位极人臣的曾国藩，也不会死顶硬扛，圆熟与世故告诉他，朝廷急着用臣，臣子万不能急着表现。他私下里发了一通牢骚，面子上却找出各种各样的理由给朝廷上奏折，尽力推托。朝廷下一道指令，曾国藩上一份折子；再下一道指令，再上一份折子，正反不接受，全是推托之词。

朝廷急了。慈禧更急了。如此火烧眉毛之际，又不能阵前斩将，慈禧拿曾国藩实在没办法。硬的不行，就施软计，给曾国藩下一道"剿捻钦差大臣"御旨，授予他节制直隶、山东、河南三省八旗、绿营文武的权力。这等于是先授权后办事，由"侯"变"公"了。这招封官许愿，终于让曾国藩经不起诱惑了。他心想，朝廷给他远超侯相待遇的"敬酒"再不吃，接下来就很有可能是"罚酒"了。但是，曾国藩已不是当年的曾国藩，湘军已让位于淮军，虽然明确属他管辖，统帅却是李鸿章。有了这道指令，李鸿章就不得不听任他摆布。于是，他让李鸿章打头阵，并完全按照他的授意，采取"有定之兵，制无定之贼"的战略战术，在战区之内，对老百姓发放"良民册"和"莠民册"，实施坚壁清野，在安徽、河南、江苏、山东一带筑起了一道严密的防线。

俗话说，三天不打鸟，牯牛射不到。将太平天国运动镇压下去后，已经做起了理学大师的曾国藩，早已无心再在战场上叱咤风云。他的消极防御政策实施两年多过去，不仅没有困死捻军，反而让捻军于河南中牟兵分两路：一路由梁王张宗禹率领所部直入陕西，另一路起义军组成了西捻军；一路则由遵王赖文光、鲁王任化邦等率部组成东捻军，挺进运河以东地区，筹粮扩军。东西两路捻军遥相呼应，大有烽火燎原之势。如此一来，朝廷上下，弹劾罢黜之声四起，曾国藩作为军事统帅的人生，不得不黯然谢幕。

二

曾国藩剿不了捻军，朝廷倒是没把他怎么样，只叫他仍回两江总督的位置上。面对捻军分兵，朝廷急下两道旨谕：令左宗棠剿西捻军；令李鸿章剿东捻军。

此时的东捻军已经突破曾国藩原来设立的贾鲁河——沙河防线，进入湖北麻城一带休整补充。他们的战略企图是：以主力循荆州、宜昌，挺进四川，以一部屯驻湖北为声援；另一部则攻占豫、陕交界的荆子关，联络西捻军，并以此为根基，得陇望蜀，北可出汉中，东可向湖湘，西则入云贵，逐步扩展力量，以图重建太平天国。若各部皆不得手，则入荆子关以趋陕西，结合西捻军和回民，在陕西建立据点。

李鸿章接替曾国藩出任"剿捻钦差大臣"，断没有踌躇满志，更不敢轻举妄动。曾国藩是他的恩师，作为淮军的统帅，现在的钦差大臣，他并不认为恩师先前的攻剿方略有多少不妥，因此他接任后大体上仍按师傅的部署，只在此基础上稍加改进。他提出"扼地兜剿"，将东捻军"麇于山深水复之处，弃地以诱其入，然后各省之军合力，三四面围困之"。在此基础上，又将部队分为堵击之师和兜剿之师，加强围追堵截。由此看来，比起他师傅单纯的防御又略为多了一层积极的意义。因朝廷给李鸿章的尚方宝剑也是"钦差大臣",淮军、湘军及清军绿营等统统由他指挥,他便将各路大军作如下部署:

北路:令其员外郎六弟李昭庆,率淮军驻汝宁、信阳,阻断东捻军北上通道。

西路:令湘军提督鲍超,率霆军由河南南阳进至湖北襄阳;豫军总兵宋庆与副将蒋东才防守枣阳;绿营将军巴扬阿部马队、提督江长贵和蓝斯明部、水师总兵左光培部自汉水沿岸布防,以防捻军西渡入川或窜西北而入陕。

东路:安徽巡抚英翰、总兵张得胜等督率皖军驻六安、霍山一带,扼住趋皖之路。

南路:以前任湖广总督官文驻防武昌,兵部右侍郎彭玉麟率长江水师守备黄州一带,防捻军南下。

以上各路布防均为堵击部队。

另令淮军提督刘铭传、按察使刘秉章、总兵周盛波及张树珊部,自河南分路入湖北,会合湖北巡抚曾国荃、提督郭松林、记名布政使彭毓橘、记名提督伍维寿、熊登武部等湘军,组成兜击部队,意欲在湖北境内将东捻军一举歼灭。至此,各路军事部署悉数就绪,对东捻军已经形成"三面兜围,南阻江、汉,笼山络野,已入阱中"之势。只待李鸿章一声令下,便可步步为营,全力合击。

然而,自东捻军攻入河东,特别是突破沙河防线以来,捻军步步取胜;同时,捻军每到一地,必抓两件大事:一是放手发动反清民众加入捻军,扩充队伍;二是广积粮草,以保障部队所需。因此,进入湖北境内时,已号称拥兵十万,其战果之辉煌,声势之浩大,无不令各路清军胆寒。当李鸿章下令兜剿时,大部分将领都畏葸不前,不敢接锋。

在这当口,素来心高气傲、号称淮军第一部将的刘铭传,对各路大军如此贪生怕死的表现实在看不下去了，尤其对曾国荃等一干湘军极为不满："哼，你们湘军不是挺能的吗？口口声声说太平天国是你们打下的，现在区区几个捻军就把你们吓得像只缩头乌龟。天下哪有什么'无湘不成军'的神话？吹吧。哼，剿捻子，就看我们铭军吧！"他要为淮军大帅李鸿章争口气，更要为各路清军做个表率。叽叽咕咕发泄一通后，刘铭传自逞其勇，亲率所部赶至德安，恰巧与从钟祥方向转过来的捻军遭遇。刘铭传一时怒起，下令拼死兜剿。果然，捻军不堪一击，不敢恋战，只能退至王家集，继而转至霸王山等地，企图渡过汉水西撤。但是，因河面太宽，水流湍急，捻军无奈，只好急行军经枣阳再折回钟祥，在尹隆河附近的京山暂时屯扎休整。刘铭传见捻军被他追得晕头转向，心中大喜，"捻子不过如此嘛！"他的傲气劲更是不能自抑。

尹隆河边的臼口镇，位于汉水东岸，地势较为平坦，富庶肥沃，汉水至此河面变窄，捻军决计稍作休整后迅速在臼口镇渡河。没想到军营未稳，刘铭传已率二十个营的主力一万余兵力追了上来。迫不得已，捻军遵王赖文光只好再次率军撤至京山尹隆河边的下洋港。刘铭传正待整军进剿，忽闻鲍超亦奉命率霆军三十二个营一万六千余兵，赶至臼口镇。刘铭传大喜过望，心想捻军已成瓮中之鳖。于是，他捎函约定鲍超，拟定次日辰时，霆军从臼口镇自西向东，他们则从下洋港自北向南，两路大军同时分路夹击，以收全功。

刘铭传按捺不住内心的激动，当天黄昏时分，他到各营口巡查。突然，他打了一个激灵，为何要约鲍超同时出击？此人向来作战勇猛，且老谋深算，若被他们抢了头功，我们铭军这些天来出生入死、东追西讨岂不白忙活了一番？不行。绝对不行。恰在此时，前方哨弁飞马驰来，报告拾得捻军遵王赖文光亲拟给刘铭传的一份箭书："鲍妖勇略，非汝所及。汝何不与鲍妖合，至明日辰刻一同来战，顾以孤军驻下洋港，宁非送死?!"

刘铭传甚是奇怪，捻子怎么知道他已与鲍超合约？而且连辰时发起攻击的秘密都一清二楚了？这是不是鲍超故意捣鬼而借捻子之口来轻薄他刘铭传？他越想越气愤，感觉受到了莫大的侮辱，当即大怒。加上嫉妒鲍超已有经年，遂不听右营统领唐殿魁的苦劝，决计爽约先战。只听他大吼一声，策马冲了出去。顷刻间，兵勇们潮水般涌出军营，顿时杀声震天。只见田间沃野、溪岸山岭一场混战。殊不知，这正中了遵王赖文光的激将法和离间之计，他深知刘铭传这个人孤傲多疑，心胸狭窄，同时对刘铭传嫉贤妒能、与鲍超有隙早有耳闻，因此，一纸短短的箭书，便将刘铭传气得头脑发昏。此刻刘铭传亲率兵勇冲锋在前，赖文光便按事先布置，令各路伏兵给刘铭传迎头痛击。不到一个时辰，铭军溃败，麾下记名总兵田履安、副将胡衡章、吴维章、刘朝煦等手下大将也力战阵亡。

刘铭传方寸大乱，只有两百余近卫亲兵跟随他在拼死护卫着。直到此刻他才幡然醒悟，自己是不是中了人家的计？大不该如此莽撞轻敌啊。然而，一切已经晚矣。他左冲右突，欲乘乱突围。可是，使尽浑身解数，身边的近卫亲兵还是一个个被砍，他怎么也突不出去。捻军将他们团团围住，刘铭传后悔了，沮丧了，几乎绝望。看来"灭传"之日就在今夜啊！慌乱惶恐之间，他忽然发现有一处废窑，心中顿时升起一线生的希望。他赶紧脱下惹眼的冠服，慌不择路、跌跌撞撞躲进废窑深处。然后，屏住了呼吸……

三

同治五年（1866）五月初八，朝廷正式委任孙开华漳州总兵实职。他偷闲回家，正好赶上二儿子孙道仁出世，本想再休息几天，就准备带着喜悦的心情，信心满满赴漳州走马上任的，没想到却来了一道剿捻的紧急军令。他义无反顾，只好连夜启程从清塘湾出发奔部队而去，直到第三天，他才在湖北襄阳赶上霆军。

霆军开至尹隆河白口镇，刘铭传本已主动相约于次日辰时同时起兵夹击捻军，没想到刘铭传急功近利提前出兵了。当探马报来这一情况时，鲍超、孙开华不禁大吃一惊。作为鲍超的副将，孙开华立即随主帅鲍超登上一座小山冈，举着"千里镜"一望，只见"辙乱旗靡，驼马满野"，铭军在捻军凌厉攻势面前纷纷溃败，一万余兵力看着看着就被砍杀得所剩无几。鲍超素来就是轻名重义的大将，眼见铭军受挫，一时心急如焚。忽然，他发现捻军两翼马队，此时只有两万余人渡河，大部分还在尹隆河南岸对付唐殿魁右营残部，以及追杀四下溃散的左、中营铭军，战机对于霆军来说十分有利；虽然刘铭传爽约，但毕竟同为剿捻兄弟，不能见死不救啊！就在刘铭传绝望地躲进废窑时，鲍超一声令下，霆军倾巢而出。

"霆军！霆军！！！"

这是鲍超的风格，只要作战，每个营队必打出一面斗大"霆"字的军旗，败可知，胜可辨，不容争功透过，只能铁肩担当。在与太平军作战时，霆军已声威显赫，捻军自然也知晓霆军的厉害。当"霆"字军旗突然出现，本是骄狂得不可一世的捻军，顿时像见了死神般恐惧，纷纷惊呼着"霆军""霆军"，大有不战而溃的势头。

遵王赖文光一看吃惊不小，捻军怎就如此恐惧霆军？不由得冒出一身冷汗，如此畏敌怯阵，情势极为不利。他随即拍马趋前，登上一座小山包，振臂高呼道："今日斩刘捉鲍，长驱西上，一入四川，据巴蜀之利；一上荆子关，合梁王张宗禹攻陕西，洪天王事不足为也！"

各路将士一看，遵王亲临一线，靠前指挥，士气为之一振；随即不顾疲劳和恐惧，也来不及调整军阵，匆匆忙忙，分兵三路对霆军发起了猛攻。

鲍超观清敌阵后，不慌不忙，兵来将挡，水来土掩，旋即也分三路布阵，迎击捻军。不过，他又将每路大军分为主攻和策应两部。左路以提督唐仁廉为主锋，提督邓训诰为援军；右路以提督谭胜达为主锋，总兵杨谦万为援军；中路以提督宋国永为先锋，提督曾成武为援军；且此路霆军则由他自己和副将孙开华亲率。另令总兵杨德琛的马队为游击，迂回包抄捻军后路。一般情况下，鲍超不这样用兵，他手下的唐仁廉号称子龙、敬德在世，为霆军第一猛将，鲍超对他从来都是"不忍令其冲锋，每战只作接应，能打人所不能打，为人所不能为"。但是此次事关全军安危，鲍超只得将他当"杀手锏"撒出去。战斗打响后，只听一片杀声震天，三路大军齐发，如排山倒海般压制住捻军。第一个轮回，左右两路捻军果然接战不利，纷纷退却；中路霆军，在鲍超的亲自督率下，更是挺矛舞刀，奋不顾身。先锋宋国永正欲策马挺进捻军阵营，副将孙开华突然一声大喝将他叫停。"不宜孤身入阵！"所有中路先锋不知何故，立即踟蹰观望。原来，孙开华目测前方捻军正好在射程范围之内，只听他对洋枪队一声令下，两排洋枪子弹齐发，雨点般地射向捻军。中路捻军终于招架不住，且战且退。形势刚刚发生转机，不料，左右两路捻军见遵王赖文光受挫，便潮水般向中路涌来增援。正在此时，主帅鲍超发现从尹隆河南岸黑压压抢渡过来一路马队，径直奔中路遵王赖文光而来。知是捻军鲁王任化邦和牛宏升赶来救援，鲍超不由心中一紧，若几路捻军全部会集中路，将给霆军造成泰山压顶之势。就在鲍超思考因应之策时，孙开华突然像脱缰的野马奔了出去。他和胡峻德、郭松涛、莫成金等一帮兄弟配合主锋宋国永，直接冲进赖文光的中路捻军，将中路捻军撕成两爿，随后分片切割，分段围剿。与此同时，鲍超命令开花炮队，左右交替着往疾驰而来的捻军马队轰击,顿时人仰马翻,阵法大乱,有效地阻止了任化邦、牛宏升的增援。一时间,中路捻军被打得七零八落,四处逃窜。遵王赖文光一看情况不妙,慌忙集合队伍准备回撤,谁知游击杨德琛已远远地从后翼两侧兜了回来,截断了退路。在一片砍杀声中,捻军阵法大乱,左右两路捻军也被击溃,剩余残部慌不择路地蹚尹隆河而去。鲍超胜券在握,继续命令霆军蹚过河去,直捣捻军巢穴,至午夜时分,捻军所筑营垒全部被踏平,所有补给辎重粮草,悉数为霆军缴获。

大部队蹚河追击过去以后,孙开华留在河北岸负责打扫战场。令他万万没想到的是,兵勇们从废窑里搜出几个瑟瑟发抖的俘虏,不问青红皂白,兵勇们就要当捻军捆了。一个贴身卫士一看,忙大声喝道:"休得无礼!我们是淮军!"

"淮军?淮军不剿捻匪,躲在破瓦窑里干什么?!"

兵勇们一听起哄了,满脸的不屑。其中一个兵勇更是一脸鄙夷:"不谢俺们的救命之恩也就算了,怎么还凶巴巴的啊!"

正在这时,孙开华巡查过来,了解到原委,连忙致歉:"原来是淮军兄弟啊,多有得罪,多有得罪。在下漳州总兵孙开华。"

"哈,合着你就是孙开华啊,不就是一个总兵嘛。告诉你,这是我们淮军的提督刘铭传!"一个兵勇很神气地接过话,口气中明显透着提督要比总兵大的傲慢。

虽然湘军、淮军交往不多,彼此不识,但孙开华、刘铭传的名声互有耳闻。"久仰久仰,实在对不住啊!"孙开华谦逊地道歉。

"哼!"刘铭传这时终于站出来了,不过他只瞥了孙开华一眼,鼻腔里喷出一声极为不满的"哼"音后,竟然对孙开华毫不理会,拂袖而去。

孙开华丈二和尚没摸着头,伸出一半准备友好一握的大手不知该如何收回。望着刘铭传闪去的背影,他苦笑笑,心想淮军的大将怎就如此气度？但他想想，也是啊，一个堂堂的淮军提督，被捻军打得如此狼狈不堪，甚至还在破瓦窑里苟且偷生，哪还有什么脸面见人啊！因此，他也就没怎么往心里去，而是继续打扫着战场。谁知这以后不久，刘铭传在李鸿章的授意下，竟向朝廷告了一状，说湘军故意按兵不动，置淮军于不利之境，损失惨重。这样一来，致使本该受奖的鲍超反而莫名其妙地受了贬。自此，湘军与淮军结下怨恨，多年之后，这种畛域之怨仍时常发酵，以致给孙开华后来的仕宦途中也埋下了隐患。此为后话。

孙开华本色做人，他哪里去想以后会发生什么。在继续打扫战场中，兵勇们发现一个受伤的捻军躺在血泊里哼哼呀呀，痛苦不堪。就有兵勇请示是扔了还是处死。孙开华问：有气没？兵勇答：有气，就是伤势过重。孙开华又说：找块板子抬回营地再说，能救便救。

于是，兵勇们就找了块门板，将那奄奄一息的捻子往营地里抬去。

夜幕下，竟有一条黑影，悄悄地尾随在孙开华的身后……

吴郎中斗法

一

郭松涛本来是与孙开华一起冲进捻军阵营的，将捻军中路撕开口子后，郭松涛跟着孙开华一连砍杀了十多个捻军。就在他手起刀落杀得痛快时，忽然发现有一个捻军偷袭孙开华，郭松涛赶紧回身救援。谁知那家伙异常狡猾，他并不接锋，反身拖枪就逃。郭松涛是个血性汉子，岂容玩阴者就此逃脱。他不管不顾地追了上去。不料，这一追便脱离了孙开华、胡峻德，卷进了宋国永的先锋阵营中。当河北岸的捻军被打溃后，郭松涛又随宋国永阵营追到了河南岸。

郭松涛知道自己脱离了大哥、二哥，这是他从军结拜孙开华、胡峻德以来，从未出现过的情况，无论哪场战斗他们三兄弟从未脱过伴。现在他裹在宋国永的阵营里，一路拼杀捻军，虽然不是孤军奋战，却也异常孤寂，最重要的是没有三兄弟在一起作战时那么配合默契和得心应手。他渐渐生出一丝不安与恐惧。也许应了那句"怕什么就有什么"的俗话，在围剿捻军一个营垒时，他被六个捻军围住。郭松涛心想，今天只有拼死一战了。当他奋力搏斗，使出浑身解数接连砍杀三个捻军后，突然身后挨了一刀，接着肚子又被另一个捻军刺穿。顿时，鲜血直喷，肠子外翻。"轰"的一下，他躺在了血泊中。

莫成金跟着孙开华打扫完战场，随部回撤至襄阳城，安顿好那个受了重伤已经昏迷的捻子后，忽然发现三哥郭松涛不在，就问二哥胡峻德知不知道下落。胡峻德这时也才发现老三不见了，忙要莫成金带几个兄弟去找找。莫成金领命，按原路返回，一路寻去十几里路，也不见三哥踪影。莫成金急了，与兄弟们一起大呼小叫起来，漫山遍野都回荡着"郭松涛——"的声音，终究没有讯息。莫成金忽然想起来，会不会随宋国永部追过尹隆河去了？不容迟疑，活要见人，死要见尸，他们蹚过了尹隆河。又是一路搜寻，一路呼喊。忽然，一个小兄弟惊叫道："莫老师，快来看，这是不是三哥啊！"莫成金一听，像抽风一样奔过去，狠狠地摔了一个跟头，爬起来径直扑向躺在小溪边一团烂泥里的那个人身旁。莫成金傻眼了，整个人血肉模糊，左肩上开了一个口子，肚子划开，花花绿绿的肠子翻在外面……

"三哥——"莫成金一声号哭，让所有人不寒而栗。

兄弟们风急火急，将仅剩一口气的郭松涛赶紧抬回襄阳。

"大哥，大哥，快救救三哥啊！"还不到营地，莫成金就哭号着嗓子呼救起来。

孙开华刚从那个俘获的受了重伤的捻军那儿巡查出来，正愁军中找不出一个好郎中给他疗伤，这边听莫成金撕心裂肺悲惨的一号，顿觉五雷轰顶。他一个趔趄，差点栽倒在地。郭松涛惨不忍睹。"老三，老三，这是怎么啦？"孙开华泪眼模糊，一边呼唤着，一边抖抖瑟瑟摸着郭松涛的身体。他心急火燎，刚才还在询问军中有无郎中为那个要死不活的捻军疗伤，一个个都摇头晃脑说没有；

现在生死兄弟郭松涛被砍成这样，如何是好？如何是好啊！

"快去！快去！给我满襄阳城找，一家一家找，挖地三尺也要找个好郎中来。快去，快去啊！！！"孙开华下意识地喊着，命令着，只吼两声，就把嗓子喊破了。

"三顾频烦天下计，两朝开济老臣心。"就在大家准备分头满襄阳城去找郎中的当口，一个年过半百的小老头儿，裹着一件破棉袄，肩挎一个灰布褡裢，来到了营寨门前。他头发花白，几根稀疏的长须在胸前拂来拂去，两颗圆溜溜的小眼珠不当回事地望着田野，一脸沧桑的皱纹放射着漫不经心的神情。他自顾自地像是为古隆中的武侯诵念一副对联，又像是给人打着暗语。随后，他的脸转了过来，杵在寨门口像个乞丐。

"喂，你什么意思啊，小老头儿？"莫成金对这个小老头儿的到来很不以为然，甚至有些讨厌，"人家火烧眉毛，你在这里吟联赋对，闲得慌啊！"

小老头儿并不生气，他扯了扯褡裢，然后双手一背，两眼又望回了田野。"有得麻沸散，治病若神仙。"他慢条斯理地又自吟了一句。

"什么？什么？你能治病？！"莫成金像没听清楚，大声反问道。

"哎呀，你啰唆什么啊，快请进来就是！"孙开华这时倒是早听明白了，又急又气地斥责莫成金。

小老头儿倒是不再摆什么谱，被请了进来。但是，当他经过郭松涛身边时，连看都不看一眼郭松涛的伤情，两只小眼睛却不停地在院子里到处搜寻。

莫成金又憋不住了："你找什么找，快看病啊！"

小老头儿这才转过身来，停住，哈着腰，乜斜着小眼珠，认真地瞧了瞧郭松涛，努努嘴："就给他？"然后定定地盯着莫成金。

"不给他给谁呀？你到底是不是郎中啊，江湖骗子在俺军爷面前可不好使啊!"莫成金气不打一处来,朝小老头儿吼道。

"老汉我昨天跟了你们一晚上,为的可不是他啊。我是专门来为那个人疗伤的。"

"你说什么?"一直心情沉重,自从老三郭松涛被抬进院来的那一刻起,半句话都没吭一声的胡峻德,此时此刻实在忍不住了,"合着你昨晚上就跟踪我们了?就为那个该死的捻子?"胡峻德怒眼圆睁,一脸杀气地瞪着小老头儿。

"算你聪明。"小老头儿也不拿正眼看一下胡峻德,"不为他还为他啊?"他朝郭松涛又努努嘴。

"你找死啊!信不信,老子一刀劈了你!!"胡峻德气得怒不可遏。

"那敢情好啊,把我一刀劈了,三个人一起死,干净!"小老头儿并不惧怕,反倒一副大义凛然的神情。

"你到底是来疗伤的还是来斗气的?"孙开华再也沉不住气了,"说了半天,你要给那个捻子疗伤,那这个人你管也是不管?"孙开华懒得与他磨嘴皮子,想来个干脆的。

"哪像个军爷,磨磨叽叽的。"小老头儿也急了,"赶紧的,把那个人抬出来,要不然,真的都会没命了!"小老头儿并不正面回答孙开华,而是吩咐大家赶紧工作。说完,就俯身察看郭松涛的伤情。就在这时,郭松涛突然抽搐了一下,接着便大口大口喘气,随后一动不动了。看来,郭松涛的生命迹象正在慢慢消失。

"就怪你这糟老头儿啰里八唆。今天你若是不把俺老三救活,你就是有十个脑壳俺也把你劈了!"胡峻德吼了一句后,忽然失声痛哭起来。

小老头儿也不跟胡峻德理论,而是迅速取下褡裢,从里面摸出一些药粉,然后,又取出一只葫芦,拔开塞子,往嘴里灌了一口,就着药粉,"噗"的一下喷向郭松涛的伤口。约莫数十秒过后,老头儿才直起腰来，"你这军爷怎就这么躁啊。今天跟你打个赌，若救不活这位军爷，俺吴郎中的脑壳就送给你了！"直到这时，自称吴郎中的老头儿才搭理胡峻德，只是一开腔就跟他打上了赌。

"真的?!"胡峻德眼睛突然一亮，立马面露喜色。他哪会真的劈人家脑壳？那是急的。

"什么真的假的，耽误了那个姓佘的你们说的那个捻子的治疗时间，俺吴郎中今天就跟你拼了！"没想到吴郎中发起怒来，还挺能让人寒畏的。说完，他便紧急给郭松涛疗伤去了。

"什么，这个捻子姓佘？你怎么知道的？"莫成金咋咋呼呼的，忍不住问道。

"奇怪啊，告诉你，我不仅知道他姓佘，我还知道他叫佘炳章哩！怎么，这个也要向你禀告啊？也不拉泡稀屎照照，你算哪路神仙啊！"吴郎中极不耐烦地朝莫成金投去不屑的一瞥。

正说话间，众人已将那受伤的捻子抬进了治疗棚……

二

吴郎中叫吴沛子，号子济，出生中医世家，到他这辈，已是十代祖传。他祖籍为辽东，与明末清初的吴三桂同一个祠堂；吴三桂引清军入关时，他祖上就是部队里有名的军医，擅长跌打损伤的金枪术，尤其是他祖上研制的独门秘方"麻沸散"，相传就是当年华佗遗传下来的神药。后来吴三桂率军追杀闯王李自成至湖北，他祖上也随军南下，最先在湖北定居，至他爷爷时，便迁居湖南澧州府。因他爷爷看透了朝廷的昏庸腐败，更是厌恶军旅的冲冲杀杀，让多少无辜生灵涂炭，成为冤魂野鬼，因而，他爷爷发誓，子孙后代都不准再伺候朝廷，只能凭一技之长，在民间救死扶伤，积德行善。这在当时湖南湖北两省交界的一带，吴老中医犹如华佗再世，早已闻名遐迩。而吴沛子的"子济"之号，也是吴老中医所赐，意思是悬壶济世。

吴郎中继承祖传，医德高尚，医术精湛，已是当地老百姓有口皆碑的一代名医。他昨晚秘密跟踪孙开华的部队，为的就是要救那个捻子。按排行推算，那个捻子应是吴郎中的侄子辈，虽然不是直系，但吴郎中已认定他就是吴家的侄子了。其实，那个捻子姓佘，叫佘炳章。面上看，吴、佘两姓八竿子搭不上边，却又怎会扯上叔侄关系？这与当地一个神秘的传说有关。

佘炳章是慈利、桃源两县交界的五雷山区人。前年，吴郎中行医至此，当地佘姓家族共同给他讲述了一个不可思议的故事。

当年吴三桂率兵追杀闯王李自成，到湖北九宫山后，李自成并没有为当地农民所杀，而是将起义军化整为零潜入了民间，闯王自己也化装成"奉天玉和尚"秘密潜行至石门县夹山寺。因夹山寺紧邻桃源、慈利交界，一天，闯王云游至五雷山，发现树木葱茏，奇峰突兀，地势险峻，是一处不可多得的易守难攻的隐蔽之处，便命令部队在山上秘密修筑营垒。五雷山区层峦叠嶂、绵延起伏数十公里，山头众多，闯王亲自选定四十八个山头，然后在每个山头筑城扎寨。不几年工夫，便修建了星德宫、城门寨、秤砣寨、探子寨等四十八座城寨，且寨寨密道相连，城城互通讯息，然后大量垦荒屯田，养精蓄锐，以图东山再起。谁料，天底下没有不透风的墙，李自成五雷山筑城屯兵的消息终究为清廷获知，便续派吴三桂率兵亲自围剿。

然而，此时的吴三桂已不是昔日刚降清时的吴三桂。顺治十六（1659）年，吴三桂攻下云南，朝廷明确委任他开藩设府，在军事活动上，他已经是"假以便宜，不复中制，用人，吏、兵二部不得掣肘，用财，户部不得稽迟"。一个权力登峰造极，堂堂的"平西王"，正在做着"世镇云南"美梦的他，哪有心思去追剿李自成的残部？但是，朝廷的军令不得违抗，他只得硬着头皮亲自率兵前去围剿。

当围剿大军刚进入太平村时，吴三桂就已感觉到气候异常，只见三面环山，峡谷深幽；再往山里继续行进，一打听，还须经"三王"，过"老棚"，跋山涉水不说，一路上只有阴风怒号，虎豹嗷啸，让人不禁毛骨悚然。好不容易抵达城门寨山根，举目一望，一座硕大的城池耸立悬崖绝壁之上，直插云端。吴三桂望寨兴叹，这绝壁之上，猿猴都很难攀缘，那重达数吨的砌城石条是怎么弄上去的？无路可攀，如此险峻的城寨又如何攻得下来？

实际上，早在吴三桂进入太平村时，探子寨里的士兵就已发现有大军进入，各个城寨都做好了一级战斗准备。就在吴三桂还没思考清楚如何攻城的对策时，只听一声号炮响起，各个城寨的滚木礌石，便如雨点般地轰隆隆砸下，进剿大军，顷刻间已被砸得死伤尽溃。吴三桂带着几个本族亲信拔腿就逃，只指望保条性命。谁知守城兵勇已乘胜追下山来，吴三桂更是夺命奔逃。眼见就要被追上，吴三桂几乎绝望。就在这时，路边突然蹿出一条巨蟒，长尾一扫，将吴三桂一个趔趄扫倒。吴三桂吓得屁滚尿流，心想这下彻底完蛋了。他惊恐万分，战战兢兢从地上爬起来后，忽地发现那巨蟒，像是暗示般地朝一片刺蓬隐蔽下的一棵古樟树逶迤而去。吴三桂实在是已慌不择路，朝着巨蟒遁去的方向，钻进了刺蓬，来到古樟树下，没想到那古樟竟是空心，里面足可以隐藏四五个人。奇怪的是，那巨蟒将他们引到树下后，又按原路返回路边，立起半截身子，吐着芯子朝向已追过来的那些追兵。追兵一看如此巨大一条蟒蛇挡住去路，赶紧绕道而去。

吴三桂躲过了追杀，天黑时分，他们几个才从刺蓬里钻出来，见追兵早已远去，几个人朝着巨蟒游去的方向纳头就拜，并发誓以后吴家子孙永远都要感谢蟒蛇的救命之恩。吴三桂后来归队之前，令他吴姓其中一个族弟留在五雷山区，娶妻生子，改为"蛇"姓，以便世世代代就近供奉蛇仙。只因蛇姓太过直白，又为畜牲，仔细琢磨蛇仙示人躲命，何不用"示""人"组合，刚好又应了"蛇"音，于是再次改为"佘"姓。自此，发展成为一个不小的家族。而且，在五雷山区，每逢三月初三，当地的人们都会举行祭拜蛇仙的祭祀活动……

这本是子虚乌有、无据可考的一个传说而已，但吴郎中却深信不疑。因为他们吴姓族里也有此说法，他只不过是在五雷山区得到了印证。就在那次，吴郎中认识了佘炳章。当时，佘炳章还只有十七八岁，为人勤快，脑子活跃，见吴郎中医术高明，非要拜他为师学习医术。吴郎中认了族亲，见佘炳章意志坚决，态度诚恳，满口答应他下回来就将他带走。谁知，待吴郎中半年后再来到五雷山区，佘炳章却跑出去当兵了，一打听，竟是入了捻党。吴郎中很是泄气，在山里转了几天后回去，本已将收徒事宜没怎么上心了，不料在湖北行医时，却听到捻军要与淮军在湖北境内打仗，便四处打听寻找佘炳章的下落，结果，碰上佘炳章被砍成重伤。他躲在一边，本想等战事结束，再秘密地给他施救，岂料孙开华却带领部队前来打扫战场。他心想佘炳章这下死有余辜了，令他没想到的是，孙开华竟命手下将佘炳章抬走。于是，他诚惶诚恐秘密跟踪了一个晚上。

后来，他才知道，抬走佘炳章的不是淮军，而是鲍超率领的一支湘军，那个下令欲救佘炳章的人是副将孙开华。

看来，是个好人啊！吴郎中心存感激。

三

佘炳章只有进气没有出气，吴郎中费了九牛二虎之力，还不见把他从死亡线上拉回来的迹象。他实在有点着急了。

"你，给我搭把手！"吴郎中命令似的朝先前吼过他的胡峻德喝道。

胡峻德不知吴郎中要干什么，一个激灵，傻傻地看着吴郎中。

"你聋了还是痴了？要劈脑壳的你，搭把手啊！"吴郎中声嘶力竭地吼起来。

胡峻德还是不知所措："怎么搭啊？"

"把他的嘴掰开！"吴郎中显得十万火急。

胡峻德虽然练过武功，但做起这些事来却有些笨手笨脚。不过，待他真正掰开那个捻子佘炳章的嘴时，却把人家嘴唇给弄破了。

吴郎中顾不了那么多。只见他在灰布褡裢里迅速地摸索着，不一会儿，从里面摸出一颗蚕豆大的红色药丸，直接塞进佘炳章的嘴里。然后，又从葫芦里倒出一杯药酒，捏紧佘炳章的鼻腔，将药酒和着药丸从嘴里灌进去。忙完这些，吴郎中已是满头大汗。

胡峻德还傻傻地掰着佘炳章的嘴，仍然全神贯注地看着吴郎中。

"你是个猪脑壳啊，再掰下去嘴巴就掰掉了。"吴郎中见胡峻德那实诚的样子，又好气又好笑，骂了他一句。

胡峻德这才意识到事情已经做完，尽管挨了骂，也只咧着嘴不好意思憨厚地笑笑。

就在这时，躺在一旁手术台上的郭松涛呻吟了一下，胡峻德赶紧跑过去。吴郎中真是活神仙啊，他已将郭松涛身上所有伤口清洗干净，血已止住，肩上做了包扎，原来花花绿绿翻在外面的肠子已塞进腹腔，肚子上的伤口早已缝上，这一轻轻的呻吟似乎宣告郭松涛从死神那里已经挣脱。胡峻德感激不尽地望了下吴郎中，接着，俯下身子轻声唤道："老三，老三——"

孙开华、莫成金等所有霆军将士无不感激涕零，激动万分。尤其是孙开华对这个貌不惊人，邋里邋遢，医术却堪比华佗再世的吴郎中，更是敬重有加，他吩咐士兵给吴郎中泡来一壶浓郁的香茶，递在他手上。然而，却见吴郎中浓眉紧锁，一脸的焦虑与凝重。他担心的是佘炳章能否救活。

时间一分一秒地走着，约莫一个多时辰过去，佘炳章还是没见动静。人们随着吴郎中脸上凝重表情的加深，都在焦急的情绪中等待着。也就是莫成金多事，就在人们几乎窒息的时候，他也许失去了耐心，自顾自地嘀咕了一句："那个捻子有救没救啊！"

没想到这下像引爆了火药桶，吴郎中一跳三尺高，怒目圆睁地对着莫成金龇牙咧嘴道："你咒他死啊！自私！没良心！我说过，若救不活他，我就跟他拼命。"他气喘吁吁地指着胡峻德。

在战场上从未胆怯过的胡峻德，被这小老头儿突如其来的气势逼得有些瘆人。他不敢与吴郎中对视，倒是把目光转向莫成金，怪他口无遮拦，多嘴多舌。

莫成金自讨没趣，忙给吴郎中赔不是。接着，孙开华也出来打圆场。

人们哪里知道吴郎中内心的情感，更不知道他们之间那说不清道不明的关系。莫成金那么一嘀咕，既戳到了他亲情的痛处，又伤了他郎中医术的自尊。吴郎中大为光火，"就你个乌鸦嘴啊，你咒他不死的。"吴郎中还在生莫成金的气，"今天就跟你赌一把，若是我这侄子今天救不活，从此以后，我吴沛子就不再做郎中；若是今天把他救活了，我和他就跟你们一起干；但是，从此以后你得天天伺候我们！赌不赌?!"

莫成金略显犹豫，胡峻德却答话了："好啊好啊，军营里正好差个郎中，他不愿意我愿意，天天伺候您。"

"是啊是啊，我愿意，我愿意。谁说我不愿意了！"莫成金赶紧抢着表白。

孙开华见他们俩争先恐后地表态，甚是觉得有趣。他会心地笑了笑："吴郎中华佗再世，我相信一定会起死回生的。"一句夸奖，让吴郎中得到许多安慰。"不过我有点好奇，你刚才说他姓佘，而你却姓吴，怎么会是你侄子呢？"孙开华在吴郎中与莫成金打赌说出俩人关系时，就觉得奇怪，见吴郎中情绪缓和了，便说出自己心中的疑问。

吴郎中由于受到了夸奖，得到了安慰，情绪已好多了。喝了一口茶后，吴郎中便将自己的身世和那个神秘的传说及寻找佘炳章的前后经过原原本本告诉了孙开华。在场的所有人听后，无不感到惊奇，更为吴郎中大情大义的襟怀感动。

先前，吴郎中与胡峻德打赌斗法，现在看来并非口出狂言，因为躺在一旁的郭松涛已完全苏醒过来，真是神医啊！众人敬佩不已。兴许是流血过多，他醒后的第一句话就是"渴"。喝完水后，他四周瞧瞧，发现了孙开华，轻声叫了声"大哥"，然后就想坐起来。但是，伤口的疼痛又不得不让他老老实实地平躺下去。

郭松涛脱离了生命危险，人们喜不胜喜，一个个都凑过来抚慰问安。然而，这边热热闹闹，那边却死气沉沉。只见吴郎中坐在佘炳章身边，正一声不吭地抽着闷烟。人们赶紧安静下来。

时间过得很慢，好不容易挨到午夜，佘炳章还是一动不动。吴郎中见众人仍没有休息的意思，觉得这么多人影在眼前晃动让他心烦，便毫不客气地说："你们都困觉去。我一个人守，安静！"众人你看看我，我望望你，没一个人挪动脚步。面对这种情况，吴郎中真正发火了。他大声吼道："让你们困觉又不困。你们不困我困。你们一个都不许走啊！"说着就朝外走去。

就在这时，奇迹出现了。佘炳章动弹了一下，吴郎中的余光第一时间察觉到这一敏感的细节。他迅速跫转身，扶住佘炳章的后背，轻轻将他托起，只见佘炳章刚一侧身，"哇"的一声，大口大口吐出了淤血。接着，吴郎中又在佘炳章身上各个穴位处进行一番推拿按摩，随后才将他放平。直到这时，吴郎中终于露出了灿烂的笑容。

"乌鸦嘴，说好天天伺候我的啊！"吴郎中既为佘炳章死而复生高兴，又为自己医术高明得意。他故意朝莫成金嚷嚷着，存心要出那口闷气。

吴郎中一口气救活了两条性命，还有什么比这更让人敬佩的？莫成金像鸡啄米似的连连点头。所有人都替吴郎中高兴，个个为他庆祝。

这以后，除留下几个照顾伤员的兵弁外，其余霆军都随孙开华奔赴战场，继续剿捻。直到同治六年（1867）六月取得安陆大捷，眼见东捻军大势已去，霆军主帅鲍超才批准孙开华前往漳州赴任。而孙开华又非常尽职尽责，非要将防缴事务处理得干干净净才肯走，于是又拖到了十月才离开鲍超。

然而，待孙开华赶回长沙清塘湾休息几天，准备携家眷一起赴漳州时，家中几个女人间却出现了很大的意见分歧。

孙总兵赴任

一

曾蓉蓉在院子里奶孩子。

一条黄狗蜷缩在曾蓉蓉脚边，不时望望她怀中的孩子。保姆曹氏领着孙开华的大儿子孙道元要出门上学去，路过曾蓉蓉身边时，孙道元一甩手，挣脱了曹氏就朝黄狗走去。黄狗立马站起来，摇头摆尾跟孙道元欢个不停。

"走嘛，元宝宝。再不走就要迟到了。"自从孙道元上了私塾，曹氏每天负责接送，孩子的顽皮与淘气常常让她束手无策。

"不嘛，阿姨，我只想听曾姨娘讲故事。"孙道元赖在原地不想动。

"哎呀哈，这可使不得呀，元伢崽。"曾蓉蓉没想到，平常有闲时只给他讲过几回岳飞呀、包拯呀之类的故事，竟让他上了瘾，"曾姨娘再怎么讲得好，也没你老师讲得好啊！耽误元伢崽读书大事，曾姨娘可担不起啊。快去快去，跟阿姨上学去。"曾蓉蓉连哄带撺笑嘻嘻说道。

"曾姨娘你说，岳母为什么要把字刺在岳飞的背上，而不是刺在他胸前呢?"这是小小孙道元最大的特点，只要他想弄明白的事，他总会打破砂锅问到底。

曾蓉蓉始料未及，面对这个六七岁孩子稀奇古怪的提问，她不知如何回答。她"呵呵"了一会儿，随便编个理由敷衍道: "这个嘛，呵呵，那精忠报国的意思嘛，背在背上，人家好认啊，一看就知道是为国家做事的好人啊!"说完，曾蓉蓉对自己的这个说辞也不甚满意，但她也一时找不出更合适的理由。

孙道元点点头，又摇摇头，似懂非懂，"哦哦"两下，一边嘀咕着"刺在前面人家也看得到啊"就准备离开。突然，他又转身: "曾姨娘，你上回讲《满江红》里面的'匈奴血'是什么血啊?"

"哈哈哈，元伢崽可以考秀才了，哈哈哈哈。你这样喜欢钻牛角尖，中状元都没问题的。怎么跟你说呢……"曾蓉蓉思考了一会儿，"匈奴啊，是我们汉人对西边一些坏人的称呼，就像东瀛的那些坏人，我们称他们为倭寇一样。岳飞在这里说'笑谈渴饮匈奴血'，是要以不怕牺牲、敢于拼命大无畏的精神，激励将士们收回被匈奴强占去的大好河山……哎呀呀，你个小屁孩，跟你说这些搞不懂的，等你长大了，姨娘再跟你说，好不好啊? 快跟阿姨上学去，啊?"曾蓉蓉特别喜欢老爷这个大公子的顽皮与聪敏，她用无限疼爱的目光看着他，说完，在他屁股上拍了一巴掌。

孙道元似乎仍不满足，很不情愿地上学去了。

因老爷马上要去漳州赴任了，家里充满了喜庆。

晚上，范氏亲手做了一道特别的菜——福连圈。实际上，这是一道火锅，即将鲜活的黄鳝洗净后，整条放油锅里稍微炸一下，使之卷曲成一个圆圈，然后用上好的五花腊肉配以辣椒、花椒、姜末、葱蒜等特殊的作料与黄鳝圈合炖，便是一道既鲜嫩又喷香的美味佳肴。孙开华只闻到那股诱人的香味，就忍不住让保姆曹氏搬来一坛自酿的米酒。然而，当孙开华用筷子夹起那"福连圈"正想送进嘴里时，却不知如何下口，惹得夫人范氏、曾蓉蓉、保姆曹氏几个人一阵嬉笑。

"嘻嘻嘻，会打仗不会吃黄鳝，你也就只有那么点出息啊！"范氏奚落孙开华一句，"看着，"只见范氏夹起一条黄鳝，先用牙尖咬断黄鳝脖子处，并将裂开的黄鳝肉用两片嘴唇和牙尖轻轻衔住，然后，将夹住的黄鳝头慢慢向下一拉，便见骨肉分离，随即，范氏将长长的一条黄鳝肉放入孙开华的碗内，"你先尝尝，看看味道如何？"

孙开华看到夫人很麻利地撕下黄鳝肉，那简直是玩杂耍般地妙不可言。他没舍得自己全吃，给儿子孙道元分了一段，然后，将剩余部分"哧溜"一下吃进嘴里，只听他大呼："嗯，不错，不错，味道好极了！"孙开华饮了一盅米酒，继续夸奖道，"嗯，米酒加美味，神仙也不过如此啊！没想到夫人还藏着这么一手绝活，说说，在哪里拜来的手艺？"

范氏用嗔怪的眼光看了一下孙开华："我一个妇道人家，上哪儿拜师学艺去啊！你天天在外打仗，一年半年的也不见你回家，我们在家没事干，就琢磨做些花样自己吃啊。那天，人家送我几条黄鳝，我又不会剖，试着整条炸了吃，没想到那黄鳝一下油锅就圈成一个饼了，我一看好有趣，一个一个捞上来摆在盘子里。曾妹妹读过书，她跑过来也觉得有趣，就在盘子里摆花样，上面摆条小黄鳝圈，下面摆条大黄鳝圈，旁边又摆几片腊肉，突然曾妹妹惊喜地叫起来：'姐姐你看，好像个福字哩！'我又不识字，只觉得那还真是好看，顺口我就把这道黄鳝炖腊肉取个'福连圈'的菜名。福连圈福连圈，我们一大家的福气连成一个圈，老爷你看这名字要得不？"

孙开华心花怒放，没料几个女人在家尽做美梦啊！他激动地站起来，给每个女人都斟上酒："好啊，你们几个女人是我孙开华前世修来的福分。老爷今天我敬你们一杯！"说完，自己带头先饮了，范氏、曾蓉蓉接着也干了，只有保姆曹氏举着杯子迟迟不肯送到嘴边。孙开华一看，忙说："你也不例外呀，干啦！"曹氏这才有点羞涩又有点自信地将那杯酒干了。

各自落座，孙开华突发奇想："我这次回来后就要去漳州赴任。夫人做得这么一手好饭菜，不如大家跟我一起去漳州，夫人你就给我军营里掌厨，让我天天品尝你的美味。如何？"

令孙开华万万没想到的是，范氏竟不买他的账。

"你做梦娶媳妇儿，想得美呀！大家都跟你去漳州，孙家大院不要了？这可是你的家哩。实话跟你说，我哪都不去，就给你守这个家！要去，蓉蓉她们去。"范氏那神情，是一本正经的。

"哎呀呀，我可不去啊！"曾蓉蓉赶紧表白，"道仁还小，跟你去漳州，人生地不熟的，我还不如跟姐姐在这里守院子快活些。"

"这么说，你们都不愿意去哟。"孙开华显得很失望，"你们就这样狠心呀，让我一个孤家寡人在外面受苦受难啊！"孙开华喝了一口酒，"呵呵，这回去了，不会像往日天天打仗了。我是驻漳州府，安稳多了。"

"这哪是狠心啊，就你一个老爷，我们心疼都疼不过来哩。蓉蓉说是这么说，肯定是要去的，她不去，哪个伺候你啊。我说过，儿子道元，你要把他带在身边，要教他本事。都六七岁的人了，天天跟我们几个女人在一起，成天母里母气，长不出男人味的，有什么出息嘛。"范氏从来都是一种大姐姐的口气。

不过，曾蓉蓉这回倒是认真的："关键问题是，道仁还小，我担心到那边去后水土不服哩。"曾蓉蓉说的是大实话。

"既然这样……"孙开华想了想，"也好。等我到那边安稳了，再回来接你们吧。"

"老爷，你就行行好，把道元带走吧，让他也长出点男人味来。"范氏很诚恳地央求道。

"就是呀，元宝宝在老爷身边，威风些哩。"没想到保姆曹氏也插了一句。她可是主人们说话从来不插嘴的。

"哎呀！我一个大男人，公务繁多，哪有时间照顾他嘛。"孙开华显然有点烦了。

"那就……"范氏还是坚持着，"让曹妹子一起去，要得不？"

一旁的曹氏顿时涨红了脸。

"这、这……"孙开华很是为难。

"没什么的，元伢崽从小就是她带的，他会听她话的。"范氏宽慰着孙开华。

事情基本上就这样定了，孙开华也不再说什么。他起身到院子里散步去了。

月光下，孙家大院显得更加巍峨静谧。忽然，孙开华生出一种怜爱与敬佩。偌大一个院子，他孙开华一砖一瓦都没搬过，全是夫人一手操办；三厅四进，回廊接宇，青瓦灰墙，马头封火，不同凡响的是，居然还弄了龙檐挑水，六蝠同框，这种建筑风格在乡下是不多见的。孙开华不禁由衷地佩服夫人的能干，难怪夫人要坚持守这个孙家大院啊，她的确付出了心血和汗水。想到自己即将漳州赴任，孙开华竟有些儿女情长。远处几声狗吠，打断孙开华的一腔遐思，他反身进屋。

没想到就寝前，曾蓉蓉悄悄扯了扯范氏："姐姐真让她去啊！"

"怎么？妹妹不放心？"

二

总兵一职，源于明朝初年，是镇守边区的统兵官，有总兵和副总兵之分。当时，统兵多少，无定员；官衔大小，无品级；只是遇有战事，总兵佩将印出战，战事结束，将印缴还。但是，到清朝政

062

府委任孙开华为漳州总兵时，其官衔已是朝廷二品大员，统兵从数百人到万多人不等。

孙开华随鲍超追剿东捻军，已延迟一年多才赴任。由于尹隆河一役，湘军与淮军结下怨恨，李鸿章借机对湘军序列的霆军实施打压，裁撤了霆军。独有孙开华因为战功并且任职在先，朝廷仍然择其任用。因此，孙开华赴漳州上任，只带了少部分原属霆军的部下前往。正式赴漳州前，孙开华绕道福州，特意拜会福建巡抚王凯泰。

王凯泰，江苏宝应人，名敦敏，字幼徇、幼轩、补帆，号补园主人；历任浙江督粮道、浙江按察使、广东布政使等职，著有《致用堂志略》《海上弦歌集》《岭南鸿雪集》《台湾杂咏》等十余部著作，是淮军李鸿章得力的幕僚之一，同治七年（1868）擢福建巡抚。当孙开华风尘仆仆求见时，王凯泰正在书房抱个铜质水烟袋，饶有兴致地"咕咕"着吸烟。见孙开华进来，既不请坐，也不看茶，鼻子里"嗯"了一声后，不冷不热地问了句："来了？"

孙开华人生第一次受到如此冷遇，也不知道源自何处。他唯一能想到的，是否因为自己姗姗来迟而让人不待见了，赶紧说："启禀大人，开华只因剿捻战事拖累，耽搁履职，还望王大人多多包涵。"

"这个嘛，我知道。岂能怪你？"他"噗"的一下，吹掉烟灰，"只是这漳州嘛，地理位置重要，兵勇嘛，又是新募，你此番赴任，恐怕得费些精神啊。"王凯泰说得慢条斯理，官腔十足。

孙开华因为从未正式在官场摸爬滚打过，不知道这里面文章有多奥，水有多深，凭着一腔至诚表态道："请王大人放心，开华将用霆军兵法训练，保证带出一支忠勇部队。"

"如是甚好。那就有劳孙总兵辛苦了。"很明显，王凯泰已经下了逐客令。

孙开华只得匆匆告辞。

一路上，孙开华怎么也想不明白这究竟是为什么。他心情沉重地赶到漳州。

漳州，早在一万年以前就有先民在这里繁衍生息，地处福建省东南部，东临厦门，南与广东接壤，与台湾隔海相望，是闽南文化的发祥地之一，素有"海滨邹鲁"美誉；是著名的侨乡和台胞的祖居地。据考证，有三分之一的台湾人其祖籍在漳州。孙开华初到漳州，并没有被这里的风景名胜或历史掌故所吸引，倒是发现王凯泰那不紧不慢说的几句话，并非完全意义上的装腔作势。那些兵勇大部分都是新募，既无军纪，又无素质，用一盘散沙形容一点也不为过；嗜睡、嗜赌、贪玩、匪气，整个自由散漫，目无长尊。难怪鲍超治军"将必亲选，兵必自招"啊！面对这一撮乌合之众，孙开华苦苦地思索着：用什么高招才能把这些兵带好？

治军必先立法，法严才能令行。俗话说，"没有规矩不成方圆"，怎样才能让这些兵不像兵、痞不像痞的士兵懂得什么是规矩呢？他思索着过去鲍超训练霆军的各种教导与方法，可又觉得对于眼下这帮乌合之众来说似乎难起作用。对付这些人，首先得让他服你！有什么方法呢？……对了，这些人不是嗜赌吗？那就让他们赌一把。主意一定，孙开华开始了他上任以来的第一次训话。

"兄弟们，今天是我孙九来漳州后第一次与大家见面。我知道大家辛苦了，所以一见面就不让大家又辛苦。今天，我们做个游戏怎么样？"

"噢——"孙开华的话还没落音，全场士兵就高兴得跳起来。尽管还不知道要做什么游戏，一个个都激动得摩拳擦掌，跃跃欲试。

看到大家如此兴奋，孙开华也掩饰不住内心的激动。他提高声音吩咐道："以哨为单位，哨长为执行官，另外每哨推选一名监察官，一名书记官。然后，每哨从厨房里搬一口缸来。"

搬缸？士兵们一下子蒙了，这是玩的什么游戏呢？不过，士兵们的热情依然很高，搬缸的搬缸，推官的推官，都兴致勃勃地按要求做了。他们才不管这个新来的总兵葫芦里卖的什么药哩。

待所有准备工作都就绪后，孙开华像是要故意卖下关子，半天也不吭声，只是深不可测地望着大家微笑着。这引起士兵们一阵骚动，究竟要干什么呢？人们开始你一句我一句猜测起来。

"呵呵，大家今天掷骰子。"孙开华突然宣布道。犹如一颗炸弹落地，顿时把大家激活了。这不正是大家热衷玩的把戏吗？"噢，噢！"人群里的欢呼声又起。孙开华抓住人们这瞬间的热情，又大声宣布道："不过，我可是丑话说在前面啊，每人可以掷三下，若连续掷出三个红色一点，中午有酒有肉有鱼有饭菜；若只掷出两个红色一点，无酒无肉有鱼有饭菜；若只掷出一个红色一点，无酒无肉无鱼有饭菜；若一个红色一点都没掷出，对不起，中午就只能饿肚子啊。书记官必须仔细记录在案，监察官必须严格监察，执行官必须严格执行，若谁不依规犯乱，拖出去重打十军棍。大家同意不同意？"

刹那间鸦雀无声，全场死一般沉寂了几秒钟，突然，士兵们齐声答道："同意！"声震云天。

"好啊，一言九鼎啊！"孙开华及时夸奖，"当然喽，我也不例外……"

话未说完，全场士兵呼啦一下齐声赞"好"，接着就拥到孙开华身边，纷纷让他"总兵大人先来"。孙开华接过骰子，向水缸里连掷三下，结果只掷出两个红色一点。

"呵呵，可惜可惜，中午没酒喝了。"孙开华自我解嘲道。

……

一场严格的军训就这样开始了。按照霆军兵法，先练思想和军纪，再练技法和阵法。思想上，孙开华给士兵们灌输"受国家豢养之恩，义当效死"。同时，用宿命的"生死有命，富贵在天"给大家洗脑。他让每个士兵牢记霆军主帅鲍超的话："命当生，虽冒失石仍生；命当死，虽退缩不前仍死。且敌之枪铳利于及远，我兵近而逼之者反得生，退而避之者反得死。又，我勇则敌必怯，进而蹙贼，贼必奔（崩）溃，不畏死者万不死；我怯则敌转勇，退而避贼，贼必追扑，欲幸存者万难生。况军令严肃，退者立斩，必无生路，队伍整肃，胜者其常，焉有死机！"在技法上，摸爬滚打每样必精，除练长矛大刀技击术之外，还练旧式劈山炮、抬枪、营枪等，后又改练前门来福枪。小操以中靶为度，大操以齐节为度。步队五成枪炮，五成长矛；马队六成洋枪，四成长矛。练完技法练阵法，基本上沿袭鲍超自创法门——二字阵对士兵进行训练。

眼见部队训练的成绩日渐提高，孙开华很是满意。然而，同治九年（1870）闰十月，闽浙总督英桂到福建视察，不知什么人事先打了小报告，说孙开华未能按时按质整顿营伍，他要亲自察看。

三

对于总督大人的到来，巡抚王凯泰做了精心准备。尽管住在巡抚衙内，吃饭却安排在声名鹊起的聚春园，为的就是吃那口正宗地道的"佛跳墙"。

席间，王凯泰很神秘地搬出一罐封坛老酒，特别推荐道："总督大人还没喝过台湾高粱酒吧？不瞒您说，这是幼轩托人专从金门弄过来的原浆，窖藏三十年哩。您尝尝？"

"好啊，难得你一片真情，那就尝尝吧。"英桂平常不怎么喝酒，见盛情难却，也就欣然接受一点。他嗫着两片栽满山羊胡的嘴唇，如同品酒师那样仔仔细细抿了一口，然后，深深地吸了一口气，吐出来："嗯，不错，果真好酒啊！"

"大人不嫌弃就好。禀告大人，幼轩一共弄了十坛，在下先前试尝过一坛，听人说这金门高粱酒是用宝月神泉酿就，尝过后还真觉得一口入内，清香扑鼻，甘醇爽口，齿颊留香，久久不散。不知大人有何感觉?"说完，不失时机地给英桂奉上一份"佛跳墙"。

"哈哈哈，好，好。王巡抚对酒还颇有研究嘛。我嘛，没你在行，说不出个道道，只觉得这高粱酒清香纯正，入口绵，落口甜，好酒!"说着，一杯酒已不知不觉喝完了，顿时双颊红润。

王凯泰见总督大人兴致很高，不时又给英桂说了许多顺耳的话，弄得总督大人话匣子也打开了。说着说着，英桂突然话题一转:"漳州的孙开华怎么样啊?"

王凯泰一愣，赶紧回答道:"启禀大人，幼轩听说此人敦厚，也还勤勉，上任后天天在练兵。"

"是吗?"英桂将眼光从酒杯上拿开，定定地盯着王凯泰，"我怎么听说他迟一年多才上任，而且上任后整顿营伍也不力，还搞什么让士兵赌博掷骰子?"英桂因多喝了两杯，脸红眼也红，瞪着红眼，让王凯泰有些紧张。

"怪属下督察不力，没掌握实情。失职，失职。"王凯泰顿时冒出了一身冷汗。

"这样吧，百闻不如一见，随机调他一个营来省城，是骡子是马拉出来遛遛就知道了。"英桂不容分说地决定了。王凯泰只得连连点头称是:"拉出来遛遛，拉出来遛遛。"嘴上忙不迭地顺着，心里却诚惶诚恐地敲响了鼓。

冬月二十九，孙开华交卸漳州总兵印鉴，按随机办法抽调一个营启程赶赴福州，接受总督英桂的察看。

英桂验兵，无非是察看军纪和技法。但由于总督大人是有备而来，非要验证一下反映的情况是否属实，或者说要故意看看孙开华的笑话，因此，英桂事先设了许多陷阱和难题。

检阅场上，孙开华带领士兵们走阵法，先走一字阵，再走方阵，只见士兵们个个精神抖擞，意气风发。孙开华还给士兵们编了句口号，每走一段就高声呼号"卫国卫疆，献身国防"，其势，似万马奔腾；其声，似雷霆万钧。看台上，本来心中没底，有些诚惶诚恐的王凯泰，一看这气势，心里总算平静了许多。但是，当雄赳赳、气昂昂的方阵走过中场时，东南角突然冲出两条龙灯队伍，锣鼓喧天，鞭炮齐鸣，热闹非凡，看热闹的人们几乎所有的目光都被吸引过去了。但有一个人，此刻却把目光死死地盯在孙开华率领的方阵队伍中。他就是总督大人英桂。让他不愿相信的是，无论那龙灯队伍怎么闹，方阵队伍依然目不斜视，整齐划一。随着龙灯队伍的过去，一会儿又接上来一支出殡的队伍，吹吹打打，哭哭号号，比先前的龙灯队伍还要吵闹。然而，操练中的方阵队伍，仍然旁若无人，秩序井然。这让英桂震惊之余，更是刮目相看，这是一支铁打的队伍啊！怎么扰都乱不了阵容、军心。

　　眼见几次骚扰毫不奏效，英桂便下令察看技法。同样，所有被察选手都由他随机抽选，于是，瘦子、胖子、高子、矮子各抽选了十个。令他没想到的是，无论什么选手上场，演练的刀枪剑戟都呼呼生风，无可挑剔，直惹得一旁的王凯泰暗暗叫好。接下来，察看射击。英桂又安排了十个重刑囚犯站成一排，而且每个囚犯头上顶一碗水，要求选手于百米之外进行射击，射中水碗才算合格，若没击中，选手要被罚站一天，孙开华陪罚；若选手击伤囚犯，选手要视受伤程度被责打三十至五十军棍不等，孙开华陪打；若选手打死囚犯，视囚犯刑期长短，选手与囚犯同等坐牢，孙开华减半受刑。此规则一宣布，所有看热闹人的心都提到了嗓子眼，这也太苛刻、太残酷了吧！所幸的是，几十个选手没一个孬种，个个弹无虚发，百发百中。几轮下来，倒是那些囚犯，被溅了个浑身透湿。

　　看台上的王凯泰，虽然受淮军李鸿章的影响，初见孙开华时没怎么待见，英桂提出要察看孙开华的部队，他还有些心虚，没想到这一路察看下来，他多少次都无法压抑住内心的兴奋与感激，但当着英桂的面，他又只能暗暗叫好。这孙开华还真是德才兼备啊，不仅没给他丢面子，而且给他带出了一支如此神勇的精锐之师，他要大大地奖励他。因此，没等总督大人宣布察看演练结束，他就实在忍不住地带头鼓起掌来。

顿时，台上台下，场内场外，掌声雷动，叫好一片。总督大人英桂本是极为挑剔的眼光，此时此刻也露出一片欣喜、赞赏的光芒。看来，打小报告之人是别有用心啊！

演练察看结束，英桂、王凯泰在巡抚衙内大宴受阅将士，一个个喝得酩酊大醉。事后，王凯泰提议，以孙开华"久历戎行，熟悉战阵"为由，不让回漳州府了，而让他留在省会福州，以帮助统领训练省标八营。英桂因亲眼所见孙开华的才智，当即欣然同意。自此，孙开华离开漳州，总兵一职实际上又是一个空挂。

孙开华在省城尽职尽责训练部队，两年下来，省标八营的兵士，个个骁勇善战。训练成果异常突出，乐得总督大人、巡抚大人双双赞赏。同治十一年（1872）七月，英桂、王凯泰联名上奏，"孙开华年力正壮，遇事勇往，堪胜专阃之任"，令其继续留在福州督练精兵。

孙开华很是无奈，漳州总兵一职仍然空挂倒没什么，但他的大儿子孙道元只能全权委托保姆曹氏照看了。

然而，就在英桂、王凯泰两人合写的奏本还在递往朝廷路上的时候，漳州府治下的漳浦县发生了叛乱事件。孙开华又被授命于危难之时。

漳浦县平乱

一

漳浦，是漳州市南部的一个县，始建于唐垂拱二年（686），明以后素有"金漳浦"美誉。东接厦门，南临汕头，境内有南溪、鹿溪、佛潭溪、赤湖溪、杜浔溪、浯江溪等河流。其水系发达，鱼米丰富。这里有两多，一是打鱼的人多，二是晒盐的人多。

清朝晚期，食盐成了朝廷重点控制的物资之一。老百姓可以晒盐，但不许私自贩盐，所产食盐必须卖给官府，不仅收购的价格低，而且还要课以重税。

杜浔乡的洪老爷这几天正愁着一桩心思，说是他这个产盐大户少交了盐税，县衙里派人要找他算账。他商量着大儿子洪若时，是否托个熟人走走门子，说说好话，补交点盐税，让官府放他们一马。哪想到大儿子洪若时一肚子的不服气，他发睪地说："盐税早按规矩交了，几个税警也打发了红包，还说我们少交税钱，分明是敲竹杠嘛。他们要来算账，我们又没私自贩盐，能把我们怎样？不理他们就是。"

说归说，洪老爷还是放心不下。

这天，小孙子洪杰胜下学回来，非要缠着爷爷到镇上买发糕吃。洪老爷经不住缠，就带着孙子去镇上。结果刚付完钱，一队税警不知从哪里冒出来，一眼就认出了洪老爷，当即将洪老爷带往县里去了。小孙子一看爷爷被带走，发糕也不吃了，哭哭啼啼赶紧跑回家。父亲洪若时正准备外出打鱼，听儿子一说，慌慌忙忙就去邀聚乡亲们。由于平常人们恨死了官府，一听说官府抓走了洪老爷，一个个义愤填膺，纷纷从家里抄出了家伙，有拿火枪的，有拿鱼叉的，有拿大刀的，有拿钉耙的，还有拿扁担的，总之，凡是能当武器用的，乡亲们有什么拿什么，浩浩荡荡四五百人，直奔县衙里要人。

当时漳浦的县令姓林，是花钱买来的一个县官，平常欺压百姓时耀武扬威的，但一见到如此众多的乡亲聚集在县衙，早已吓得屁滚尿流，魂不附体了。他一方面下令所有衙役守住大门，一方面偷偷派人去漳州府告急，请求派兵镇压。无奈，漳州府总兵孙开华已被抽调省会督练精兵，府中无人主事，谁也不敢派兵，送信人只得失望而归。林县令一听回报，立刻傻眼了。他严令衙役们死死地顶住，只要不让闹事者冲进县衙大院就没什么可怕的。

最初，乡亲们还是不想将事态扩大，只想平平安安、和和气气将洪老爷接回去就算了。洪若时请几个德高望重的亲族，一起到衙内跟几个差事理论，好说歹说，据理力争。几个差事哪把他们几个老百姓放在眼里，不是要理不理，就是随便敷衍几句。最后，洪若时强烈要求见县令。谁知，这林县令根本就不肯出面，或者说根本就不敢出面。第一天就那样拖过去了；第二天又那样拖过去了。上访的乡亲们又饥又困，渐渐地失去了耐心，情绪也正在朝着失控的方向慢慢发展。洪若时一看自家的事，连累了几百号乡亲，心里实在过意不去，就劝乡亲们回去算了，只留几个亲族继续讨个说法。

可是，众乡亲一听就炸开了锅，有骂朝廷太黑的，有骂林县令不是东西的，也有骂洪若时不领情、没骨气，简直就是个"沙鳖软蛋"的。所有人都异口同声强烈要求，不放出洪老爷就坚决不走。只要洪若时发句话，要乡亲们干什么就干什么。

第三天清早，洪若时带着一腔愤怒，第三次擂响了登闻鼓。他拼尽全力猛砸鼓槌，整个大街上都能听到"嘭嘭"激昂的控诉声；他边擂边吼："林县令，你出来！林县令，你出来！"一个时辰过去，那林县令还是不肯出来。洪若时怒不可遏，一个猛槌砸去，结果，那只崭新的登闻鼓"噗"的一下给砸破了。一旁的衙皂这下慌了神，慌慌张张进内府报告情况。不一会儿，厅堂里就传出一声"升堂——"的呼号。

林县令终于出来了。他趿拉着一双拖板，睡眼惺忪，一脸的恶烦。洪若时见县令总算出来，尽管脸色吓人，但以为该是可以好好评评理了。哪想到还没待他开口，只见林县令惊堂木一拍，就听见他沙哑的嗓门厉声喝道："大胆刁民洪若时，公堂之上岂容你胡作非为。左右，还不赶快给我拿下！"众衙役一拥而上，就要将洪若时拿下。一直在外静候的众乡亲一见这阵势，便潮水般涌了进来，架起洪若时就冲出了门外。

到了晚上，乡亲们的情绪再也控制不住了，这狗官的衙门不是说理的地方，建议要救出洪老爷只有硬抢。大家分析，洪老爷应该是关在内院，只要撞开两道大门就可以救出老爷子了。大家你一句我一句热烈讨论后，决定撞门。由于衙役人少，寡不敌众，众人终于把门给撞开了。四五百人一拥而入，硬生生将洪老爷抢了回去，为此，有好几个衙役还受了轻伤。

林县令压根就是个草包，抓进官府的人被抢走，无异于从他嘴里夺走了一块肥肉，气得他坐卧不宁，七窍生烟。几天后，明显在县府力量不足，州府没派兵力的情况下，林县令却硬着头皮派出一队衙役，前往杜浔乡气势汹汹地缉拿聚众闹事的首犯洪若时。可想而知，杜浔乡的父老乡亲早做了准备，人家在县衙里都可以公开地将人抢回去，还怕你派十几个人下乡来捉人？无疑是送肉上砧板。十几个衙役刚一入村，就被乡亲们团团围住。结果，一场抗官拒捕的械斗惨案发生了，十多个衙役被打得头破血流，喊爹叫娘，其中五个衙役当场毙命。

这下，洪若时闯下了大祸。

林县令实在咽不下这口恶气，在厅堂里来回踱了数十个圈，将逃回来的衙役们骂得狗血喷头还不解气："饭桶！简直就是些饭桶！"他认为事件的性质已发生根本改变，不是几个刁民聚众闹事的治安问题，而是对抗政府、对抗朝廷，是造反！与太平天国、与捻军又有何异？如果这些亡命之徒、这些凶犯不严力惩办，不及时剿灭，任其形成一定气候，大而言之，岂不给朝廷酿成一场新的灾难？小而言之，他这个县令，今后还怎么在漳浦混下去？既然州府没人主事，那好，就直接去省城告急。

王凯泰刚吃完早茶，漳浦县的信差就到了。王凯泰一听，倍感事态严重，同时，又觉得这林县令是如此地草莽和无能，他气得直喘粗气。他当即着人将孙开华从训练场上叫了过来，不无挖苦地说："总兵大人，看来你的兵虽然带得不错，但你治下的乡民却不怎么服管教啊！"很明显，他把一肚子的怒火撒在了孙开华身上。

一脸黑汗的孙开华，不知发生了什么，站在那里一动不动地看着巡抚大人；傻子一样，应声不好，不应声也不好，就那样呆呆地张着嘴。

"你看看吧，杜浔乡造反了哩。"王凯泰说着，就将一沓材料丢给孙开华。

孙开华只稍稍浏览一下就感到事情非同小可，当即表态道："请巡抚大人放心，开华这就回军营交代一下后即刻启程前去办理。"

"不用回军营了！"王凯泰大手一挥，咬牙切齿地说，"速速剿灭！"

孙开华当即启程，赶往漳州。

二

孙开华刚出大门，王凯泰忽然想起了什么，赶紧又将孙开华叫了回来。他表情严肃地说："你此次平乱，并非以往在内陆剿捻或与太平军作战。这漳浦县负山面海，有山地、丘陵、河谷、盆地、平原、滩涂、半岛、海湾（埃澳）、岛礁等，地形地貌非常复杂，你围剿他们，他们不仅可以上山，而且可以下海，尤其是下海，他一条小船出去，往哪个海湾或岛礁上一藏，你就是打着灯笼也找不到。所以说，凭你漳州的那点陆路兵力，根本拿他们没办法。"他停了停，思考一番，"这样吧，我给你发一道令牌，从福建水师那里拨一支舰队给你指挥，万一叛贼从水路逃走，你就可以追击了。"

巡抚大人想得真周到啊！孙开华很是感激。直到此刻，孙开华对王凯泰已彻底改变了看法，他并非就是初见面时那种装腔作势充满着门户偏见的官僚，为了朝廷，他还是可以公事公办的。

得了令牌，孙开华径直去了福州船政局，只见船厂大门柱上，赫然书写了一副沈葆桢的题联：

> 且漫道见所未见，闻所未闻，即此是格致关头，认真下手处；
>
> 何以能精益求精，密益求密，定须从鬼神屋漏，仔细扪心来。

孙开华记起来了，这船政局还是同治五年（1866）由左宗棠任闽浙总督时一手创办的。后来，左宗棠奉诏去剿西捻匪，临行前便鼎力推荐了林则徐的外甥兼女婿沈葆桢署理。沈葆桢崇尚科学，务实勤政，这些年过去，已经打造了一支在当时来说，其装备国产化程度已相当高的近代化舰队。孙开华对沈葆桢大名早有耳闻，心想此次得见也是人生一桩幸事。遗憾的是，适逢沈葆桢外出公干，孙开华只能与在家主持日常工作的副官接洽。见孙开华持有巡抚大人王凯泰的令牌，副官二话没说，很爽快地拨给孙开华一支舰队。孙开华这才率舰队赶往漳州。

孙开华思考着巡抚大人的话"万一叛贼从水路逃走，你就可以追击了"，为什么让他有水路可逃？与其让他逃走了再追击，不如先就把水路堵死！闪念间，一个大胆而周密的平乱计划形成了：围死水路，陆路直攻。突然，孙开华打了一个寒战，为自己这种斩尽杀绝的作战方案而后怕。这些所谓的叛贼，只不过是为盐税而起纷争，并非真正意义上反朝廷的叛贼，赋照贡，税照缴，即使少缴几个铜板，你林县令也不至于抓人，而把人家往绝路上逼啊！官不逼民，民何叛焉？这一闪念之间，让他内心顿起怜悯，他觉得绝对不能将所有人都当叛贼对待。一路上，孙开华苦苦地重新思索着平乱方案，直到快进漳州，他才想出了一个很无奈的"五不杀"围剿策略，即不危及生命不杀；不反抗者不杀；主动弃械者不杀；胁从者不杀；老弱妇孺不杀。当然，对于那些真正拒捕杀官府者也绝对不能轻饶。

漳州府里，见总兵大人孙开华突然回来，一个个喜出望外。自孙开华被抽调省会督练精兵去后，家中一应军训杂事均交给胡峻德代为操劳。胡峻德是个异常厚道之人，除了按大哥的要求训练之外，还给士兵们教些武术，深得士兵们的喜欢。听说总兵大人此次回来，是要带领大家去平乱，纷纷报名要求参战，特别是那些跟胡峻德练了几招的士兵更想趁机露一手，就连那次被救下来的捻子余炳章也忍不住要求上战场。

佘炳章自那次被救并治好后，就坚决要求留下来。在他看来，孙总兵是天底下拥有菩萨心肠难逢难遇的大好人，尽管吴郎中一味相劝要他跟他回去学医，他仍然不为所动地要跟孙开华一起干。吴郎中无奈，怏怏地就要一个人回去。谁料，莫成金第一个跳出来挽留他："吴郎中，您也太不讲信誉了，说好让我伺候您的，这一走，我到哪里伺候您去啊！"

"呵呵，我就那么一说，你还当真啊！"吴郎中这才想起他跟莫成金打赌的事，觉得好笑，"这么跟你说吧，打赌的事不算。我祖上有训，吴家不再伺候朝廷，我留在军营，岂不违背祖训？"

"什么狗屁祖训啊！孙总兵就是一个好人、善人，隔朝廷十万八千里。俗话说，跟着好人学好人，跟着巫师跳鬼神。你这是不愿意学好人啊！"莫成金心里想的是军中的确差这么个好医生，所以跟他百般诡辩。

"你、你才不学好哩！"没想到吴郎中还真被他噎住了，一时，脸被憋得通红，"你就是个歪嘴巴吃黄豆——斜蛟（嚼）东西，是胡搅蛮缠！我不跟你一般见识。"

"呃呃，你这是耍赖啊。你说说嘛，孙总兵跟朝廷有什么关系？他是慈禧的侄儿，还是同治他爹？完全是两码子事啊。我看你就是不想学好人。"

"你才是！你是一肚子坏水的烂人！"

"你才是。"

……

就在俩人争得面红耳赤的时候，郭松涛、佘炳章等一帮兄弟凑了过来，一会儿，胡峻德也过来了。大家纷纷劝吴郎中留下来，又齐齐谴责莫成金乱嚼舌根。莫成金见风使舵，立马既赔不是，又做保证。吴郎中为大伙的真诚与热情所感动，就那样与佘炳章俩人双双跟了孙开华，并一路跟来了漳州。

孙开华见大家的积极性如此之高，心里甚是激动，特别是这么长时间没跟大家在一起，大家还对他如此拥护，真是感激不尽；心想有这么一帮生死兄弟的支持，天下就没有打不胜的仗、踏不过去的坎！孙开华按事先的计划，首先命令舰队直接开到漳浦县杜浔乡外海，将所有河汊、海湾围死；其次，下令陆路兵勇分三路挺进杜浔乡，胡峻德率一个营，郭松涛率一个营，孙开华自己率一个营。然后，吩咐莫成金、佘炳章各带一帮兄弟，分头进入杜浔乡，要他们大肆宣传孙开华的"五不杀"政策。安排完毕，大军开拔。

果然，洪若时已举起了造反大旗，整个杜浔乡已有数千人加入了造反大队。当然，他们也没计划去攻城略地，只是聚集在一起，随时准备跟官府进行殊死一搏。当莫成金与佘炳章各带一队人马分头进乡时，刚入乡口，就各自被乡亲们围住了。原来只道莫成金是军中的程咬金，没想到佘炳章嘴上的功夫也很了得。他被围住后，见几个青壮年拿着绳子就要捆他，他跳将开去，说道："嗨，你们有没有搞错，两国交战，不斩来使。我是受孙总兵委托，来跟你们讲和的。你们把我捆了、杀了，是不是不想活了！"他不慌不忙，镇定自若，仿佛他既然敢来，就没打算回去。

众乡亲才不吃他这一套，见他如此口出狂言，索性一绳子将他捆了。没想到他就势一滚，赖在地上号啕大哭起来："哎呀呀，我说不来的，孙总兵非要我过来。我这就死得冤枉啊！"实际上他只是干号，边号边偷偷看乡亲们的反应。一位长者真以为他很伤心，过来问："你怎么就冤枉了？"他果真伤心起来："呜呜，这些人又不识好歹，孙总兵让我来讲和，我还没开口就把我捆了，没有人回去，孙总兵一发怒，不血洗杜浔乡，杀他个三亲九族才怪。我死不瞑目啊！"老者一听，毛骨悚然，赶紧问："你真来讲和的？"佘炳章很艰难地坐起来："乡亲们不就是为几个盐税起的纷争吗？犯得着杀官府吗？糊涂！孙总兵说了，多交几个少交几个好商量嘛，即使捉你们的人也是可以酌情的。你们倒好，抢人、杀人，现在又纠集这么多人对抗官府，我看是活得不耐烦了。也不想想，当年太平天国还建了都不也被剿灭了吗？捻军造反——不瞒你说，我就是捻子过来的，又成了气候吗？"“等等，等等，你是捻子过来的？"那老者急急忙忙插了一句。"是啊，孙总兵就是剿太平天国、剿捻军一路剿过来的，一个区区杜浔乡算什么？跟孙总兵作对，不想留人种啦！"这时，人们越聚越多。"孙总兵说了，他也是穷苦人出身。他并不想让大家当冤魂野鬼，只要不作对，他保证‘五不杀’……"佘炳章口若悬河，滔滔不绝，一口气说了很多很多道理，直说得乡亲们为他松绑，并产生多米诺骨牌效应，纷纷弃械回家。

可喜的是，莫成金那边也产生了同样效果。如此一来，数千人的造反队伍，不到半天工夫，已只剩下一二百人了。洪若时一看，急了，赶忙带领大家向海边奔去，指望逃命。没想到所有战舰炮弹齐发，顷刻间又死伤数十人。洪若时已经顾头顾不了尾，领着人不要命地逃往山里，结果，全被剿灭。

杜浔乡平乱，大获全胜。

三

"爹爹，请教个问题。"儿子孙道元自从跟孙开华来了漳州，按夫人范氏的想法，是要孙开华带在身边的，可孙开华忙于公务，加上道元还只十来岁，因此，孙道元每天还是只能住漳州跟曹氏在一起。见爹爹打完仗，好不容易回家，孙道元就缠住爹急于要解开心中的那个谜团。

因孙开华平乱有功，新上任的闽浙总督李鹤年对他大加褒赏，令他重回漳州总兵任上。否则，他才没闲工夫陪伴一下儿子哩。他见孙道元很是认真的样子，心里一阵激动："儿子，是不是读书碰到难题了？爹爹可没那个本事啊。"孙开华怜爱地摸摸孙道元的头，俯身问道。这是他少有的亲子行动。他觉得亏欠儿子太多。

"不是不是，前几天在学校里听人说日本人占领了廊桥。廊桥在哪里啊，那是中国的吗？再说，日本人占一座桥有什么用啊？"孙道元瞪着迷惑的眼，痴痴地望着爹。

孙开华着实吃了一惊，没想到道元这小小年纪已关心起国家大事来了，好一个将门虎子啊！孙开华在心里感叹道。不过，这小子也太天真了，他不由得哈哈一笑道："儿子呃，琅峤不是一座桥，是中国台湾最南端的一个小地方。哈哈哈……"

"哦哦——那日本人为什么要占？娘说过，拿别人的东西是混账。那日本人是不是混账啊！"这就是孙道元，有疑问，他就要穷追到底。

这是一个沉重的话题，孙开华心中不由一阵伤感。他认真思考一番，长叹一声，然后一五一十地给儿子讲起了关于"琅峤事件"的来龙去脉。

同治十年（1871）十二月，属国琉球的两艘贡船共六十余人，遇台风漂流到琅峤。因琅峤位于恒春半岛最南端，岛上以排湾族原住民为主，在当时还属于没有开发的"生番"。那些琉球贡民登陆后不幸被高士佛、牡丹社的居民杀害了五十多人，仅十二人逃脱。后来十二人被清朝政府转送回国。这本是宗主国与属国之间的事，与日本毫不相干。但由于日本国内因"征韩论"引起政治危机，当局为了转嫁矛盾，强词夺理向清政府发难。

同治十三年（1874）二月，日本政府特设"台湾番地事务局"，任命大隈重信为长官，并在长崎设立军事基地，为侵台做准备。五月初十，日本陆军中将西乡从道率领所谓"台湾生番探险队"三千六百多人，从琅峤登陆，直接攻击牡丹、高士佛两社。石门被占后，牡丹社酋长阿禄父子俩阵亡。继而，日军一千三百余人分三路进攻牡丹社、龟仔角社，并相继占领。随后，日军完成对其他各社的征讨、诱降，并以龟山为基地建立都督府，修筑道路、盖营房、建医院等，还向后山各处番社分发日本国旗，准备久踞……

听到这里，孙道元忍不住气鼓鼓吼了一句："可恶！"

更可悲的是，日本这些猖狂的侵略行径，昏庸的清朝政府居然一无所知。若不是大英使臣威妥玛与清廷议事，无意中说出此事，清朝政府还一直蒙在鼓里。当政府突然得知这一消息，震惊之余，才急急忙忙但又不敢大张旗鼓地派沈葆桢为钦差大臣，全权处理日军侵台事宜。沈葆桢接任后，一方面与日军交涉，一方面暗暗积极备战。在外交与军事双重压力下，加上台湾南部暴发疟疾，日本才接受"番地属中国版图"的条件。如此，日军侵台事件最终以中方补偿日本"难民被害"抚恤银和日军在台"修道建房"费，共计五十万两白银，而得以暂时和平解决。

孙开华想到这里，不禁阵阵心寒，泱泱华夏曾几何时腐朽没落到如此无能的地步？国内，烽烟四起，战事频仍，民不聊生；国外，列强觊觎，一味求和，赔款割让。这朝廷已是昏庸无道，哪天终究完蛋！忽然，他哆嗦了一下，自己剿太平天国、剿捻军，现在又平乱，一路走来，是不是哪个地方出了问题？这么拼死拼命地为朝廷，剿来剿去说穿了都是自家骨肉，是不是值得呢？他纠结不清，越想越心烦，越烦越激愤。他不是救世主，朝廷的事他无力回天。统治天下，不是他一个小小总兵所能及的，唯有做好分内的事，不负苍生黎民，不负皇天后土，如果有外族入侵自当拼死一搏，那时也就不枉拥有一腔男儿的血性，以此守住内心的那份宁静。

他把全部精力，投入到了练兵强军上。

新任闽浙总督李鹤年，这个受过皇帝亲自接见，并特允他在紫禁城可以骑马的东北汉子，听说孙开华与士兵一起训练负了伤，立马专程从总督府前往漳州看望，颇有一番英雄惜英雄的心境。当他巡阅完漳州营伍，看到孙开华练兵的显著成效，当场赞不绝口："各营操练阵势，步伐整齐；施防枪械，声势聊络，藤牌、封械、云梯、长矛等技，亦皆便捷；马步、鸟枪、抬炮，中靶分数俱多逾额。"为此，总督大人专上奏本，对孙开华的考绩记一等大功。

时势从来都不会忘记对英雄的呼唤，也不会因为帝国的衰落，而让英雄有片刻的安宁。正是琅峤事件，日本步步紧逼，清廷考虑到台湾与厦门一衣带水，仅一峡之隔，生怕战火延过海峡，便紧急给朝中八大旧臣下令，要他们积极筹划海防，以卫国土。但是，八大旧臣中，仅鲍超是唯一懂军事的武将。而此时的鲍超，却因旧伤复发，无法成行。时任南洋大臣李宗羲建议，即使鲍超不能亲自出山，也要调鲍超旧将前往，以霆军余威震慑外寇。权衡数日，最后朝廷选定孙开华移驻厦门，让他筹办海防。

孙开华本来只是一位陆上悍将，忽然让他筹办海防，着实有点力不从心。但他从来都是忠于职守，不懂就学，从头再来。他一到厦门塔头，便向当地的老船工、退伍老兵及退职旧臣讨教海防事宜。他一方面增筑工事，一方面又马不停蹄地招募新兵勇丁，全身心地投入到督办海防事务上了。他一口气募组了五个营的兵勇，朝廷给它命名为"擢胜营"（或称"擢胜五营"）。自此，孙开华彻底"改行"，按水师要求，与士兵一起，天天训练"擢胜营"。为了明志，更为了告之当地老百姓，孙开华特地写了一份"安民告示"，并让人在南普陀寺旁立起一块石碑：

> 甲戌之春，余奉命统师筹防闽桥，镇守鹭江。险要为省会咽喉，往来实海邦门户。绸缪宜急，保卫非轻。楼舰风清，莫万顷而氛趋鲸鳄；戈船日丽，统千艘而令肃鱼龙。阵化烟云，营柳现迎祥之色；兵销日月，节花腾献瑞

孙开华厦门"驻军处" 孙培厚摄

之辉。我圣朝柔远有文，抚绥有典。畏威怀德，莫不从风；渐义摩仁，常悬捧日。千万户咸归教育，礼乐攸崇；数百处恒庆升平，干戈永戢！来同万国，早扬碧海蜺旌；提督全闽，忝捧丹墀凤诏。肩兹钜任，绩惭未著于三山；握此重权，心只常盟于一水。矢丹忱而报国，谨酬九陛之殊恩；垂青简以书勋，用勉三军之同志也夫。

同治十三年腊月澧阳孙开华勒石

孙开华的勤勉，让"擢胜营"迅速成长为一支水陆兼优的特种作战部队。他本想安下心来大干一场，可令孙开华做梦都没想到的是，自琅峤事件发生，沈葆桢以钦差大臣身份被派往台湾结束事件以来，为了巩固国防，加强台湾的基础设施建设，沈葆桢提出在台湾实行"开山抚番"工作，得到朝廷的认可。但是，在实施过程中却碰到了不少阻力。沈葆桢便请求李鹤年，将时任福建陆路提督的罗大春调往台湾支援。这样一来，福建陆路提督一职空缺。而朝廷多年前对孙开华就有谕旨："遇有提督总兵空缺，请旨简放。"此刻罗大春一走，闽浙总督李鹤年，鉴于孙开华在平乱和练军中的卓越表现，立即为孙开华上奏"才具开展，勇敢有为"，极力举荐孙开华接任。加上英桂、鲍超等一批大臣异口同声的推举，朝廷很爽快地批准了奏折。

孙开华刚将"擢胜营"操练成型，却又戏剧性地被推到了福建陆路提督的任上。这已经是同治十三年（1874）十二月了，孙开华三十五岁。

他名归实至，不得不依依不舍地离开厦门，急匆匆赶往泉州。

泉州府募勇

一

孙开华的官越做越大，让保姆曹氏心里越发感到不安。这小女子还在长沙清塘湾时就已芳心暗许，苦于自己的身份，加上老爷很少回家而根本没有机会和孙开华接触。老爷赴漳州上任，夫人范氏为了道元的成长，让她一起跟来了漳州，当时别提心里有多高兴了。可老爷就是个大忙人，莫说在家里，就是偶尔回军营一趟也是脚不沾地，打个旋又走了，她除了照顾道元的生活起居以外就别无他事，心里常常闷得慌。因为家里穷，她十二三岁进孙家，一晃十多年过去，从一个瘦弱的小姑娘出落成一个还未出阁的大姑娘，青春的躁动让她寝食不安。当她独自一人时，便对着铜镜翻来覆去地欣赏自己，初看时，自己把自己吓了一跳，她甚至怀疑镜内的人儿是不是自己，怎么会那么美丽动人呢？再仔细审视，就越来越有了自信。要脸蛋有脸蛋，要身段有身段，她自认为比夫人范氏，比蓉蓉姐都要好看，至少比她们要水灵些。因此，她多少次想寻找一个机会向孙开华表露心迹，可就是没能如愿。眼见孙开华从总兵做到了提督，官越做越大，会不会越来越瞧不起自己？

曹氏随迁已来泉州，住鹿园。孙开华在漳州、厦门任职时都是住府里，来泉州一段时日后，他觉得工作和生活的场所应该隔开一下；更重要的是已来福建多年，夫人和蓉蓉她们一直生活在长沙清塘湾，应该把她们接过来了。可是，一大家人连个安静的居所也没有，接过来怎么办？孙开华只好置了一块地，盖了一个园子，取名"鹿园"，喻其一个行伍之人勇往直前的"逐鹿"精神。

这天是入住鹿园后的第一个中秋。孙开华几天前就吩咐要在家里过，曹氏简直有些喜出望外。她掩饰不住内心的激动，精心而且仔细做了一桌饭菜，做了发糕，还仿着夫人范氏的手艺，特意做了一道"福连圈"。

孙开华安排完营务，早早地回到家里，见曹氏做了一桌子丰盛的中秋宴，不禁为之惊讶，食欲大增。他后悔没将胡峻德、郭松涛等一帮兄弟叫来共度中秋。忽然，他发现曹氏还做了一道"福连圈"，顿时，又黯然神伤起来。"福连圈福连圈，我们一大家的福气连成一个圈……"夫人爽朗的神情言犹在耳，自那次在家吃过这道夫人独创的菜以后，孙开华再也没吃过，没想到曹氏妹子居然也会做。看来这丫头颇有心计的啊！孙开华暗暗感叹。夫人还好吗？蓉蓉还好吗？道仁长大了，该上学了吧……一道"福连圈"勾起孙开华无限遐想，素来刚强如铁的大将军，此时此刻不由得柔肠寸断。孙开华独自端起酒杯一饮而尽后，竟自言自语起来："昨也中秋，今又中秋；中秋中秋，激荡一怀乡愁啊。"

"老爷在哼诗？"曹氏见孙开华如此伤感，有意识将他从低沉的情绪中拉回来，"老爷是在想嫂夫人她们吧？抽空将她们接过来呀！"

许久，孙开华才回过神来。他"哦哦"一下，又"哪里哪里"答非所问地说："妹子的手艺不错啊！"

曹氏"扑哧"一下笑了："老爷是在笑话我，还是哄我开心呵！"

福建泉州鹿园石碑　孙培厚摄

"哪里哪里，妹子的手艺真的不错嘛。"

这时，孙道元已吃完饭，很礼貌地告辞，出去了。

屋子里只剩下孙开华和曹氏，顿时，安静得出奇。孙开华下意识朝她一瞥，只见那眼眶里一泓秋水，波光盈盈；刹那间，孙开华思绪乱飞。而就在此时，曹氏的脸上也骤然泛起一片红云。

"老爷。"她轻轻地唤了一声。

孙开华毫无反应。

"您是不是觉得，我一个下人，不配跟您坐在一起过中秋啊？"曹氏仿佛有些哀怨地轻声问道。

像突然挨了一记闷棍，孙开华心下抽搐一下。这人与人之间怎就无形中分出了三六九等呢？曹妹子十多年来一直就生活在自己家里，应该就是自家人了，可她怎么还会生出如此奇怪的想法？孙开华不无心疼地安慰道："妹子，可不许生分哟。是不是老爷哪里做得不好，让你受委屈了呀？"

"没有啊，奴婢享着福哩。"曹氏嫣然一笑，眼睛眨巴眨巴，活络起来，"奴婢只是觉得——"她停了一下，"老爷的眼睛里装的是别人，从来没装过俺。"

"哈哈哈，是吗？我怎么就装别人了？"孙开华没想到曹氏还很调皮，爽朗地笑了。

"老爷刚才不是一直在想'夫人还好吗？蓉蓉还好吗？道仁该上学了吧？'坐在身边的，老爷的眼睛里就找不到影子哩。"

孙开华很是吃惊，这曹妹子难道是他肚子里的蛔虫？刚才的确是想了这些，全被这丫头挑出来了。"哪里话嘛。"孙开华否认道，转而想想，这也是不难猜出的情理之中。不过，她已二十出头还未曾嫁人，按说已是个老姑娘了，当主人的不为她找个婆家也是没尽责啊。想到此，孙开华露出非常愧疚的表情，转移话题道："是啊，老爷成天瞎忙，是有些对不住妹子啊。刚才我在想，我的营伍中有的是军爷，只要妹子看中了哪位，告诉一声，我就给你提亲。"

"好啊！"曹氏看上去显得很兴奋，"不过——"她突然停住，若有所思却又略显急促，"要合心意。"她蹦出这几个字音后便平静了许多，然后，鼓起勇气一项一项摆着她的条件，"个子，要跟老爷般大般小；身材，要跟老爷般粗般细；为人，要跟老爷般好般坏；官位，要跟老爷般高般低；长相，要跟老爷般模般样……"摆着摆着，声音就小了下来，情绪也越来越伤感。突然，曹氏就哭了。

孙开华着实吓得不轻，这丫头一项一项给他摆条件，听得他一愣一愣的，这哪是什么条件啊？分明是绑架自己。女孩的心真是很奇怪，他左思右想，似乎从来没在她面前表示过什么、流露过什么，更没有向她暗示过什么，曾几何时，就让她喜欢上自己？不可思议。可她为什么又哭了呢？孙开华有些手足无措。他站起来，向她走过去，想安慰安慰她。谁知，手刚刚拍在她浑圆的肩头上，曹氏就突然扑进他的怀里，死死地抱住了他。

"老爷、老爷。"曹氏急促地喘着，"你要了……我吧。"她模糊不清地喃喃着。

孙开华浑身一震，实在是有些太唐突了。再怎么说，也该与夫人和蓉蓉她们商量一下吧。

可是，曹氏将他越抱越紧，那蓬勃的欲火已经点燃澎湃的激情。

天空中飘荡着一个奇妙的声音："我不要名分，不要名分……"

二

孙开华派人去长沙清塘湾接夫人范氏和蓉蓉母子了。

在等待家人的日子里，他像个犯了大错的孩子，成天惴惴不安。道元已不是懵懂的小孩，虽然对他跟保姆曹氏的事不怎么明白，可他的眼光似乎已有些异样。更重要的是，夫人和蓉蓉她们来后该如何向她们交代？为了排解内心的恐惧与烦躁，他索性买一些酱卤菜，拎一壶老酒，邀来一帮士卒，到营盘里跟卫队士卒们一起大块吃肉，大碗喝酒。

那些卫队的士卒，都是慕名从四面八方走进孙开华军营的。各路江湖好汉齐聚军营，个个身手不凡，却又互不买账。孙开华深知，一堆不能凝聚起来的沙子，永远不可能砌墙。他便借与士卒嬉闹之机，让他们各显其能比试一下，然后，选出一位各自心服口服的队长。没想到规矩一宣布，就有一人站出来说："我的本领，须用十担大豆方能显出来。"孙开华一听，高兴了，立即吩咐人挑来了十担大豆。正在人们不知他要如何显露时，他自报家门：本人姓曹名金亮，山东蓬莱人。然后，就见他将大豆往厅堂硬地面上一泼，随后光脚在大豆上来回走了几圈，只听见"咔咔咔"一阵声响，再定睛一看，地面上已是一片似磨子里磨出的大豆渣。众人一片惊讶，孙开华也随之夸奖一句："嗯，不错，是块当队长的料。"

谁知，孙开华的话还未落音，又有一人站出来，不以为然地说："这种本领算不了什么，给俺弄十担面粉来，就可看看俺的真功夫了。"孙开华心想，一个要十担大豆，一个又要十担面粉，若照这样下去，非开粮仓不可。但为了验证他的功夫，也只好忍痛割爱挑来十担面粉。那人也不要别人帮忙，自己慢腾腾将面粉平铺在地面上，然后找来一双钉鞋穿上，只见他若无其事地朝面粉上走去，而且越走越快。奇怪的是，他往返走了几个来回，那面粉上竟没留下任何痕迹。一旁的曹金亮直看得连连咂舌，孙开华见他这样，不失时机地问道："怎么样？"曹金亮倒也爽快："甘拜下风，甘拜下风！"待那人表演完毕，曹金亮居然上前向他行一江湖礼节，问道，"敢问大哥尊姓大名？"那人也毫不客气，得意地说："本人福建长乐人，姓王名允中。在下献丑了。哈哈。"

孙开华本是对王允中的功夫有些赞赏，但见他有些狂傲，正琢磨着怎么评判，就有人不服气地说："老哥的轻功高是有点高，但也并非绝顶。"继而转向孙开华，"大帅鹿园里不是养有猴子吗？恳求大帅叫人牵来，试试我的能耐如何？"

众人不解，比本事就比本事，牵只猴子来干什么？孙开华也有点纳闷，他又能有什么怪招？依计，便给他牵来了猴子。岂知这猴子平日关在铁笼子里没怎么见人，突然被牵上场，一见满场子的陌生面孔，便狂躁不安了。那人不知何时已寻来几串鞭炮，一个箭步上去捉住猴子，便将鞭炮迅速绑在猴背上，接着大声说道："我也不夸海口，鞭炮点燃后，若抓住猴子鞭炮还在响，不算我本事；若鞭炮响完了才抓住猴子，也不算我本事。"说完，倏地将鞭炮点燃，他手一撒，猴子背着"噼噼啪啪"炸得山响的鞭炮，"嗖"的一下奔命似的逃了出去。猴子吓得"叽哇"大叫，蹿上了场外的大树，那人便像拴在猴尾巴上的纸鸢，紧紧地跟定猴子；猴子蹿到这棵树，他飘到这棵树；猴子跳到那棵树，他又飘到那棵树。就那样飘来飘去好一会儿后，在鞭炮声戛然而止时，那人竟像玩魔术一般，将猴子擒在手中，然后轻飘飘落在了地上。

众人一阵惊愕，这功夫了得啊！只听一片唏嘘。但江湖上从来都是强中更有强中手，就在大家向那人投以羡慕与钦佩目光时，有一位三十开外的中年汉子，从人群中走出来，嘴上冷嘲热讽道："猴子嘛，又没长翅膀，抓住个不会飞的算什么本事？而且是自己放自己捉，才不是好大个能耐哩。大帅不是养有一只金眼雕吗？不妨让人拿来，在离我百步远的地方放飞，若我不将它捉回，便不在这里说话。"

孙开华一听，有些紧张了。这金眼雕可是他花了大价钱从甘肃弄来的，莫说全福建仅此一只，而且通过几年的驯养，既勇猛无比又通了人性，恐怕全国也难找第二只了。一般陌生人是不能弄它的，这人要拿金眼雕显能，万一啄伤了人，或者受了惊吓给飞走，岂不惹上麻烦又可惜了？孙开华犹豫了。谁知那人已猜透孙开华的心思，安慰道："请大帅放心，我会毫发无损地将它奉还回来的。"见被人挑破，孙开华便再也不好显得小气，只好着人去取雕。一会儿，取雕人还没进场，那要显能的人突然叫道："不好，那雕要逃走了。"正在大家不知何故时，前去取雕的人慌里慌张跑过来，"扑通"一下跪在孙开华面前，哭丧着脸说："小的该死，那雕啄我一下，小的一时疼痛让它给飞走了。呜呜……"众人一阵错愕，孙开华无限后悔。忽然，孙开华像发现了什么，忙问众人："你们听到那雕的叫声没有？"众人引颈向天，仄着耳朵听了一会儿，都摇摇头，说："没听见。"就在众人半信半疑且有点失望之际，那人竟抱着金眼雕从空中飘然而下，气喘吁吁地说："幸亏我发现及时，要不，真让它逃走了。这家伙在空中力大无朋，我费了九牛二虎之力好不容易才把它降住，它还不服气地'嘎嘎'怪叫。大帅，让您担心了，真不好意思啊！"

失而复得，孙开华欣喜之余更是佩服，朗声道："叫声我倒是听得了。像你这样的能为，莫说在我这衙门里当卫队长，就是进宫当个御林军的队长也够资格的。难道还有比你道艺更高的人吗？"

正说话间，还真有不服气的高手站出来，嚷嚷着讪笑道："费了这么大的气力，才将个老母鸡似的东西抓住，算什么稀奇本领？"众人很是诧异，孙开华更是大为吃惊。不过，那人出言不逊地说他的金眼雕像老母鸡，这又引起他极度不快，既然如此狂妄，他倒要看看这军营里还真就藏龙卧虎了不成？但见这人约莫四十多岁，瘦高细长，穿一身素缟，既不是孔武有力，也看不出多少仙风道骨。见他这样，孙开华便故意敲打敲打他的傲气："小哥，可不要这样瞧不起人喽。说说，你又有什么本领？"

那人也不看孙开华一眼："没有金刚钻，不揽瓷器活。"他目空一切地说了一句后，就叫人将金眼雕放飞。那雕还在刚才显能捉雕那人的手里，因受他言语上的刺激也有些不快，此刻听他这么一说，正好巴不得让雕远走高飞出他的洋相。于是，他将雕奋力向空中一抛。那雕像终于得了解放，兴奋得"嘎吱"一声直冲云霄，飞走了。好一会儿后，那人还没有任何动作，眼见金眼雕已没有了踪影，顿时，让人生出一种不祥的情绪：这人是不是故意捣蛋，让大帅失去一只心爱的金眼雕？正在大家心生怀疑、莫衷一是时，只见那人单手向空中一招，说也奇怪，刚才分明已不见踪影的金眼雕，经他这么一招后，竟一仰一翻，从空中跌落下来，乖乖地落在了他的手上。众人几乎同时爆发一声"啊"的惊叫，简直不可思议！这哪是什么武功啊，分明是妖术！不料，先前捉雕的那人已走到这人跟前，毕恭毕敬向他作了一个长揖，然后心悦诚服地说："听得江湖上的人称道，当今之世，只有方绍德练得此种高术。莫非老哥就是方绍德吗？佩服，佩服！"他也不作答，只是笑着点点头，说："见笑之至，这算不了什么。"众参加比试的好汉，此时此刻竟异口同声地推举他为队长。

孙开华见众望所归，只好同意大家的意见任他为队长。但在心里却有点忐忑不安，总认为那是法术，不是功夫，简直让人心生恐怖。

三

一连数日，孙开华心里还是不能释然。这法术练到如此程度，施于动物尚且这样，哪天若施于人身将会怎样？这简直就是妖术！

这天清晨，孙开华早早起来在花圃里散步。他独自一人倒剪着双手，边走边思索着到底给方绍德多大权力合适。忽然，他听到一种奇怪的声音，"咚、咚。"声音是从花圃东南角吊井边发出来的，像是有人在打水。他甚是蹊跷，这么早，难道是园艺匠在浇花吗？

他不由得循声走去。令他惊骇的是，井口边竟然坐着一位穿一身素白的中年男子，只见他身边既无绳子也无水桶，就凭借空手在水井上面一上一下随意抓放，而就在他起伏抓放的节奏里，井底就传出了"咚""咚"的声响。尽管只看到背影，孙开华一眼就认出这人就是方绍德。孙开华紧走几步来到跟前，指望看个究竟，方绍德却停止了动作。他有些不好意思地站起身，连忙给孙开华道早福，神情却有些古怪。孙开华止住他："莫停下呀，我正要看看大清早的，方队长在这里耍的什么把戏哩。"方绍德笑笑道："这没什么道理的，闹着玩玩罢了。"

"就闹着玩玩吗？"孙开华反问道。心想，你闹着玩怎就专门跑到我花圃里来了？且搞出这么大的动静，是嫌卫队长的官太小，还是有意识向我示威显摆？他倒是要弄明白这方绍德到底想干什么，便说："我也是稀奇，你给我再玩几下看看可以不？"方绍德推却不过，便随手向井中一放，一如先前，井中就像落下一块大石头，"咚"的一声，水花四溅，接着，他的手又往上一提，井水就向上涌了二三尺高；接连数下，井水就"咚啵、咚啵"响个不停，水柱也一次比一次高，到后来，那水柱竟像被吸铁石吸住一样，几乎被他吸到了手心。孙开华十分诧异，忍不住叫了一声："你这是什么法术啊！"方绍德有些不快地答："你说是法术？我也搞不清是什么法术。"说罢，竟招呼也不打，拂袖而去。

孙开华愕然，这人怎么啦？更令孙开华费解的是，几天后，方绍德竟不辞而别，留下一句话："孙开华名虽好武，实在不懂功夫。贵人不可贱用啊。"

"罢、罢、罢。"孙开华知晓后，连叹几口长气，对于这号故弄玄虚、心地狭窄之人走了也罢，即使给他弄个队长，也未必能招拢兄弟。自古至今，能为将帅而成其大业者，绝非匹夫之勇即可胜任，必须品行为先，德服天下！因而，队长一职，孙开华只得另择他人。

方绍德的离去，丝毫没有影响孙开华好武募勇的名声，很长一段时间，江湖上各路好汉仍络绎不绝地奔孙开华而来。就在这期间，孙开华多年没有音讯的两个亲兄弟孙开荣与孙开富，也闻声先后来到了泉州。原来，哥哥孙开荣也从了军，而弟弟孙开富却一直在外流浪。

孙开荣小时候过继给伯父，伯父母去世后便出门寻找弟弟孙开华，后来投到彭玉麟名下从了军。

彭玉麟，祖籍衡州，出生在安庆，人称"三不"将军，为官清廉，不要钱；为国尽职，不要命；为情忠贞，不娶妻。孙开荣很长一段时间，觉得在这样一位将军名下从军是一种骄傲和自豪。本来，彭玉麟最先属于湘军，因慈禧打压湘军，曾国藩隐退后，彭玉麟便归属到李鸿章的名下，属淮军。由于尹隆河之役，淮军与湘军结下梁子，李鸿章便对拨归过来的湘军旧部采取不冷不热的态度，无论功劳大小，名义上是淮军实为湘军旧部的，得到的奖赏就远不如淮军嫡系，营伍上下常常因此而愤懑不平。这样一来，这部分淮军便成了风箱内的老鼠——两头受气，在淮军内部得不到重视，遇到了湘军，又常受奚落。

军中盛传这样一则故事，说的是早年在曾国藩府上发生的事。曾国藩好客，左宗棠、李鸿章、彭玉麟等部将经常聚在曾国藩府上打牙祭。由于李鸿章是北方人，个子牛高马大，常常被矮个子的湖南人拿来取笑。时间长了，李鸿章觉得很憋火，就在给朋友写信中发牢骚，说：从左宗棠身上，可以看出"湘人胸有鳞甲"；而彭玉麟身上呢，又"老彭有许多把戏"。意即左宗棠倔强，喜欢骂人；彭玉麟狡猾，喜欢骗人。东传西传，就传进了左、彭二人的耳朵里。

机会终于来了，这次他们又聚在了曾国藩府上。左宗棠、彭玉麟商量着决定要好好贬贬李鸿章这个安徽人。席间，左宗棠狼吞虎咽几口就吃完了饭，放下筷子对李鸿章说："最近我读了宋朝沈辽的一首《奉酬杨圣咨》的诗，发现一桩怪事，其中'当时皖皖同朝露，不计星星向暮龄。'我就不明白了，为什么两个皖字连在一起时是'明亮'的意思，而单独一个皖字又不是呢？"

李鸿章对这突如其来的问话还没反应过来，彭玉麟一口就接了过去："这有什么难理解的？因为安徽人心地不光明的太多了呗。"

李鸿章终于明白眼前这俩人是拐着弯在戏骂自己啊！他想起给朋友写信的事，顿时脸红了。可他绝不服弱，立即反唇相讥道："一个安徽人，称皖人；很多安徽人，称皖皖人；说明安徽人本来是心地光明的。现在为什么就不光明了呢？因为有'鳞甲'的湖南人把安徽人带坏了。"

李鸿章这极具杀伤力的绝地反击，一下子把彭玉麟给噎住了。因为彭玉麟的父亲恰好在合肥青阳做了很长时间的司巡检，他这样说，不明摆着是骂彭玉麟父亲？彭玉麟火冒三丈，吼了一句："你怎么可以侮辱我的先人？"挥着拳头，扑上去就打。

一高一矮，在曾国藩府上打得不可开交。后来就传为了笑谈……

故事虽然发生在久远，但生活中的窝囊却是现实版的。孙开荣早就想离开淮军而另寻出路，恰巧听说二弟做了福建提督，正在泉州府募勇。于是，孙开荣向彭玉麟将军告了辞，只身来到了泉州。

正所谓无巧不成书，孙开富少小离家，只知道二哥从了军，后来大哥也从了军，其他一切变故他均不知晓。他饥一顿，饱一餐，居无定所，流浪江湖，后来到了河南。听说二哥孙开华在福建做了大官，招募勇丁的佳话更是在江湖上传得神乎其神，孙开富便一路寻来投奔二哥，没料到竟与大哥孙开荣不期而遇。

失散多年的孙氏三兄弟，意外地在泉州府重逢了。孙开华特意给军营放了假，在鹿园大摆宴席，为兄弟接风。酒酣耳热之后，各自诉说着旧情与思念；孙开华更是抑制不住内心的激动，将母亲去世的前前后后诉与哥哥和弟弟，结果，三兄弟相互拥抱着痛哭了一场，惹得曹氏也不停地抹泪。就在这时，孙开华派去接家人的一个士兵冷不丁撞了进来，一见如此场景，竟把接人的情况打住了，痴痴地立在一旁不知所措。许久，孙开华无意中抬头，发现了他，忙问："接到夫人了吗?"

那士兵突然醒悟似的，赶紧回答："报告大人，蓉蓉嫂子和道仁都接来了府上，只是夫人说是要给大人守家，小的们劝了几天，她还是不肯来。"

孙开华倏地站身，领着那士兵慌慌张张地出去了，心里却充满了欣喜、疑虑、紧张……五味杂陈。

台湾海横渡

一

　　曾蓉蓉没出过远门，初来乍到，泉州的一切都让她感到新奇。道元、道仁兄弟俩上学去后，曹氏就陪着曾蓉蓉满大街闲逛。

　　泉州，简称"鲤"，别名"鲤城""刺桐城""温陵"；处福建东南部，北承福州，南接厦门，东望台湾岛，是久负盛名的历史文化名城。它既是闽南文化的发祥地，也是海上古丝路的起点，唐朝时期已是世界著名的四大通商贸易的口岸之一。自三国时期吴永安三年（260）建东安县以来，已有一千七百余年的历史。明朝洪武元年（1368），泉州置卫指挥使司，这是有史以来，朝廷在泉州设立的第一批海防军卫所。由于地理位置的特殊，使得泉州成了理所当然的军事重镇，历朝历代，也涌现出不少的民族英雄，最著名的郑成功、施琅就诞生在泉州。

　　曾蓉蓉在曹氏的陪伴下，从文胜巷到执节巷，过清源驿，穿营房街，绕过两棵遮天蔽日的古榕树，便走进了始建于唐垂拱二年（686）的开元寺。沿中轴线进去，自南而北依次是紫云屏、山门、拜亭、大雄宝殿、甘露戒坛、藏金阁等；东翼有檀越祠、准提禅院，西侧有安养院、功德堂、水陆寺。一路走来，曾蓉蓉明显感觉到，无论是泉州古城，还是这禅房古刹，都与湖湘风格大为不同；尤其是跟老家的曾家大院的厚福堂相比，其造型、格局、技艺和用材，无不透出一种天然的闽南风韵。因而，泉州古城对于有点文化但没出过远门的曾蓉蓉来说，既让她感到新奇，又让她对这座古城产生诸多的谜：为什么郑成功、施琅都诞生在这里？

曾蓉蓉兴致很高，曹氏只好忍着难受陪她。在开元寺内，曾蓉蓉给这尊菩萨敬了香，又给那尊菩萨叩头，曹氏就越来越受不了了。在曾蓉蓉还要继续虔诚时，她急急忙忙就跑到仁寿塔侧背，"哇"的一下呕吐起来，而且怎么也控制不住，直吐得黄水四溅，头晕眼花。曾蓉蓉一看，异常奇怪，同时也紧张起来。今天秋高气爽，无风无雨的不可能中暑感冒，怎么就莫名其妙地呕吐起来？莫非是得罪了哪尊菩萨中了邪？她赶忙过去，扶住曹氏，摸了摸她的额头，看了看呕吐物，然后又把把她的脉跳，依照女人的经验，曾蓉蓉突然就高兴地笑了："啊呀，曹妹子呃，你这是有'喜'了吧？当年我比你还厉害呢。嘻嘻。"

曹氏这时已止住呕吐，抬起头，勉强地笑笑。

曾蓉蓉见她脸色稍有了好转，便迫不及待地问她："说说，那白马王子长什么样？是官爷还是军爷？"曾蓉蓉充满着好奇，偏着头看定曹氏。

她被她看得心慌肉跳，本来她跟老爷的事还没来得及给她解释，她突然这样问，怎么跟她说呢？偷腥的猫最怕的就是被主人发现，她的脸憋得通红，两片嘴唇嗫嚅了一会儿，却始终没吐出一个字来。

本是个人精的曾蓉蓉见曹氏吞吞吐吐、藏藏掖掖的，心里忽然"咯噔"一下。她想起了范姐姐当初安排保姆跟老爷一起来漳州，当时她就有一种担心，跟姐姐提了一句，她还马大哈一样反问自己是不是"不放心"。其实女人看女人，也就是那么一点具有强烈小心眼儿的小脑子活动，有人说那是第六感觉，而在生活中，正因为这没多少道理的小脑子活动，往往一看一个准。不是吗？自从她嫁进孙家，每当跟范姐姐谈及老爷时，曹氏的眼睛就会明显一亮，脸上的表情也明显丰富、生动许多。尤其是姐姐要老爷将道元带在身边，老爷感到为难时，她还嗲声嗲气地怂恿"元宝宝在老爷身边，威风些哩"。那分明就是打的小算盘，看来，这小贱人心里鬼得很哩，莫看她表面上老实，实际上就是个狐狸精。她越想越难受，越想越生气，尽管曹氏还在遮遮掩掩，那绝对是三个婆娘六只奶的事，再明白不过了的。由于没有真凭实据，仅仅只是一种猜测和判断，她也不好发作。她不再扶着曹氏，另外几座殿堂里的菩萨也不拜了，独自一人怏怏不快地朝外走去。曹氏顿时像正在受罚的小孩突然没人理了反而轻松了许多。她也不再作呕，紧一阵慢一阵地跟在后面回家了。

到了晚上，却是一人向隅，举席不欢。道元、道仁兄弟俩新走到一起，似乎有亲不完的热情，吃完饭又要出去玩耍，曾蓉蓉突然一声断喝叫住了道仁："疯什么疯，到了外面就不讲规矩了？看书去！"道仁一下子就被吓哭了，这可是他长这么大从未受到过的委屈啊。他只好哭哭啼啼、叽叽歪歪进房去了。

孙开华莫名其妙，傻傻地看着曾蓉蓉，这是怎么啦，兄弟俩这些天来都是那样玩耍的，曾蓉蓉看到他们俩那份亲热劲总是乐滋滋地挂着微笑，今天怎么就不高兴了？而且，曾蓉蓉的话里似乎还有一种弦外之音，"到了外面就不讲规矩了"，什么意思？再说这分明是在家里，怎么就是"外面"？难道是逛了一天街，哪里不舒服了还是谁惹她生气了？他忍不住对莫衷一是的孙道元说："道元，去哄一下弟弟啊。"说完，就一副求助的目光看着曹氏。

曹氏当然是心知肚明，只是此时此刻她无言以对，见孙开华的目光投过来，赶紧低头一偏，用眼角的余光乜斜着曾蓉蓉。她顾左右而言他，冲着门口说："弟弟好聪明的，道元，我们两个陪陪弟弟好吗？可不能让弟弟受委屈哦！"说着，起身邀着孙道元去哄孙道仁了。

孙开华在战场上可以叱咤风云，但面对女人出现的问题，一时间却束手无策。他与曾蓉蓉就那样一对一坐着，面面相觑，感到从未有过的尴尬。过了许久，他终于想起来应该温存一下："蓉蓉，哪里不舒服吗？果真这福建的水土不服吗？"

没想到曾蓉蓉"咯咯"一笑："亏你想得出啊，老爷，我曾蓉蓉虽然没受过大苦大难，可也不至于喝凉水也塞牙吧。你是男人，我作为女人也没权跟你计较，当初嫁给你，也是慕你的英名，况且还是叔伯公保媒。但是，你们男人做事，也不应该把我们女人太不当回事吧？"

孙开华暗吃一惊，难怪她话里有话啊，莫非他与曹氏的事她已看出端倪？这些天正寻思着怎样给她一个交代，只是没瞅准个合适机会。现在看来，她很在乎这件事。但是，既然你在乎，怎么不直说呢？你不说出来，我也就姑且暂装糊涂。"什么事嘛？没有啊，蓉蓉在我心里从来都很重要啊！"

"呔，老爷，你装得还真像。你不想说是吧？那我就给你报个喜，老爷又要当爹了哩！"她说得有点咬牙切齿，狠叨叨的。

孙开华再也装不下去了，秃子头上的虱子，明摆着。果然，曾蓉蓉是因为他与曹氏的问题啊。本来孙开华没想隐瞒，既然挑穿，孙开华便坦然了："呵呵，你是说曹妹子有喜了？瞧我这粗心大意的。不过哩，这事也不能全怪曹妹子，虽然是她主动的，但我应该先给家里商量、通气。呵呵，的确我有不可推卸的责任，要怪就怪我，啊！开华在这里给蓉蓉赔不是了。"

"老爷，我可受不起啊。男人是山，女人是水，水只能绕着山流，哪里有山给水让路的？只是这人吧，有时候就一口气没顺过来。想想，世界上哪有不偷腥的猫呢？《食货志》里讲过'夫寒之于衣，不待轻暖；饥之于食，不待甘旨；饥寒至身，不顾廉耻'。我和姐姐长期没在身边，也难怪老爷出点事故。"

孙开华如释重负。不过，自此以后，曾蓉蓉就再也不怎么欢喜孙开华沾身了。

二

孙开华倒是没什么时间和精力理会这些家长里短、儿女情长的事。

原来，朝廷自康熙统一台湾以来，一直认为"台湾之患率由内生，鲜有外至"。往往番民生事，朝廷不是命令驻地官衙镇压，就是派兵剿灭，很少认识到台湾的真正价值和战略意义，因而对台湾的态度也仅仅停留在镇番保稳的状态。自从琅峤事件爆发，日军借口公然侵台，朝廷才有了一点醒悟，资本主义列强在世界范围内寻找殖民地的脚步一刻也没停下啊，台湾这座孤悬海外的小岛，看来仍然是列强嘴边垂涎三尺的肥肉，尽管派沈葆桢为钦差大臣，处理完了日军侵台事件，说不定哪天还有铤而走险的殖民者。

当然，比朝廷当权者更为清醒的还大有人在，这其中就包括沈葆桢。他处理完日军侵台事件后，又殚精竭虑地着手了他宏大的事业，一方面实施全面改革，加大开山抚番工作，使得西面滨海平原的前山与东面的后山，长期人为的藩篱渐开；同时新设了台北府，为此，东西两岸的海防也得以连通；一方面加大海防建设，将扬武、飞云、安澜、清远、镇威、伏波等八艘战舰派驻澎湖，并在澎湖修建了炮台，部署了西洋火炮；将福星一号驻台北，万年一号驻厦门，济安一号驻福州，使台湾海峡形成掎角之势。而作为地方长官的巡抚，他还设想应该春冬巡台湾，夏秋巡福建。

沈葆桢大刀阔斧、有条不紊地做了这些工作后，还觉得意犹未尽。在他看来，仅他一个地方大员有强烈的海防意识还远远不够，更重要的是让朝廷有一个清醒的认识，要将海防意识上升为国家意识。于是，他大胆给朝廷连上几份奏折："此次之善后与往时不同，台地之所谓善后，即台地之所谓创始也。"他建议"仿江苏巡抚分驻之例，移福建巡抚驻台"。他说："台地向称饶沃，久为他族所垂涎。今虽外患暂平，旁人仍眈眈相视，未雨绸缪之计正在斯时。而山前山后，其当变革者，其当创建者，非十数年不能成功；而化番为民，尤非渐渍优柔不能浑然无间。与其苟且仓皇，徒滋流弊，不如先得一主持大局者，事事得以纲举目张，为我国家亿万年之计。况年来洋务日密，偏重在于东南，台湾海外孤悬，七省以为门户，其关系非轻。欲固地险，在得民心；欲得民心，先修吏治营政；而整顿吏治营政之权操于督抚，（闽浙）总督兼辖浙江，移驻不如（福建）巡抚之便。……为台民计，为闽省计，为沿海筹防计，有不得不出于此者。"

正所谓英雄所见略同，另一位大臣丁日昌也提出了类似加强海防的建议。如此一来，朝廷终于清醒地认识到新老资本主义列强觊觎华夏的狼子野心没死，而孤悬海外的台湾，不仅是"南北洋的关键"，更是"中国的第一门户"。在共识形成后，朝廷准允了沈葆桢、丁日昌等大臣的奏请，加强了台湾海防，全力备战备荒。

光绪元年（1875），沈葆桢奉诏进京，升任两江总督兼南洋通商大臣后，丁日昌继任福建船政大臣；旋即闽抚王凯泰开缺，丁日昌又兼任福建巡抚，管理台湾事务。

丁日昌自幼好学，尤其擅长动手能力，总办过江南机械制造局，是晚清屈指可数的实干家，也是洋务运动主要人物之一。他特别务实，更是个急性子。他于10月23日才接任巡抚，11月18日，他就亲率随从东渡台湾海峡，抵达台湾履行新规巡阅。其实，在沈葆桢之前，清政府在台湾已有一定的兵力驻防，"置水陆十营，星罗棋布，镇以元戎，遂使倭患永息。""其制：以万人更番、三年毕戍，埒于九边重镇云"。从兵丁设置看，清廷在台、澎等处设总兵一员、水师副将一员、陆路参将二员，陆路兵八千人，水师兵两千人。军队调自福建，属绿营兵，因三年一换班，故称"班兵"。从水陆营制设置看，台湾方面设有陆师镇标中营、镇标左营、镇标右营、南路营、北路营。水师则设中营、左营、右营。澎湖方面设水师左营、右营。雍正十一年（1733），添设台湾城守营。乾隆五十三年（1788），分设南路下淡水营；嘉庆十四年（1809），增设艋舺营。历代下来，这些驻军"虽台澎兵力、营制常有增减，但孤悬海岛，士兵不尊王法"。军队又是轮番戍守，管理不善。故防御空虚，战斗力低下。

丁日昌到台湾后，不是翻案牍、听汇报，而是一头扎向全岛各地。他由北路的基隆到后山再到苏澳，然后折返至艋舺，再行南下，历新竹、彰化、嘉义等处；后至台湾府，继续查看南路恒春，并巡视澎湖。他几乎走遍台湾全岛，一路巡阅下来，他吃惊地发现，开山抚番事业虽是成效巨大，但各社之间，仍然存在许多人为的隔阂，各番社互不买账，常常为丁点小事引起械斗，甚至与官府也时常发生矛盾。正如沈葆桢奏折里所说，"化番为民""非十数年不能成功"。丁日昌当然知道，这事不能急，得慢慢来。而对于台湾各地的驻军，丁日昌就感觉到非同小可了。沈葆桢在台期间，虽然加强了海防的基础设施建设，但是，他还没来得及整训营伍，各路绿营驻军，既无军事素质，不说别的，就是西洋大炮摆在那里，也不知怎么操弄；更无军纪军德。那些驻军，成天只知道吃喝玩乐，嫖赌逍遥，少数军渣，还与当地住民打架斗殴，与民争利，有的甚至祸害百姓。最典型的是台湾总兵刘明灯，他奉命赴台处理

"罗发号"事件后，在台三年虽有一些政绩，但与此同时他又搜刮了大量民财，然后偷偷运回老家，修街道、建商铺去了。如此贪腐盛行、一盘散沙般的部队，连维护社会治安都不能发挥很好的作用，就更别指望它抵御外侮、保家卫国了。他深觉台湾地广兵单，非得调遣勇敢善战的专职大员率数营勇丁赴台不可；尤其是台北，光绪元年（1875）才设府，一切防御事务皆属新创，并没有达到妥善之处，更须积极部署。于是，他上奏朝廷，咨调果敢善战的孙开华赴台，着手部署台湾防务事宜。

在接下来的日子里，丁日昌开始了他在台湾的富民强军改革，开矿藏、筑铁路、架电线、造船械、办农垦等全面铺开；他认识到情报之于军事的重要，便开始架设由旗后（今高雄）经台南至安平，长九十五里的电报线。这是中国人自己架设的第一条电报线。

与此同时，他认为："自古强兵之道，以多而弱，以少而强；以散而弱，以聚而强。"他提出"并兵厚饷，化散为聚"，实际上就是所谓的精兵简政。在海防布局上，改以炮台和水雷为中心建设新式海口要塞，使水师舰船在作战时能够和海口炮台"相为表里，奇正互用"。

丁日昌的思考及各项措施的实施，无疑是正确的。同样，他言辞恳切的奏请，无疑也得到了朝廷的批准。

这天，孙开华正在泉州大练精兵，按照新任巡抚丁日昌的要求，在军队里实施汰弱留强制度。他提出了一句响亮的口号："一兵得一兵之用，不以人数凑兵数。"有几个新募本土士兵，因连续几天严酷的训练，实在让他们吃不消，便偷偷溜到大街上喝酒去了，被孙开华知晓后，立马将他们当众开除。几个士兵当场傻眼，没想到会有如此严重的后果。最初，他们本想出来混口饭吃，入伍后发现提督大人爱兵如子，事事令他们敬佩，觉得跟着干应该有所出息，还逐渐产生了捞个一官半职的想法，回去后也好光宗耀祖。

谁知一顿酒让他们的人生梦想泡了汤。他们怎么想都怎么懊悔，特别是为首的那个，姓林，叫林得水，渔民出身，怎么也觉得心有不甘。他撺掇他们几个，齐齐跑到提督府给孙开华下跪求情。孙开华瞥了他们一眼，甩出一句话："我的营伍中不养懒虫！"说完，就让人给他们打发盘缠，让他们回家。

就在这时，朝廷的旨谕到了，让孙开华即刻交卸陆路提督印，赶赴台湾。

三

听说要去台湾，大儿子孙道元嚷嚷着要随爹一起去。孙开华犹豫了，虽然道元已满十三岁，个子也快赶上他了，可他毕竟还是个孩子啊！尽管此次赴台不会打仗，但开发台湾、加强海防不知要吃多少苦，一个孩子带在身边做什么都不方便。孙开华没有答应孙道元。

这回倒是曾蓉蓉发话了："老爷，不是我说了，这些年道元越来越懂事了。还是曹妹子那句话说对了，元宝宝在老爷身边威风些。若不是道仁还小，我也要他跟着老爷一起在外面见见世面哩。再说，道元都这么大了，他不会碍老爷事的。"

道元可以说是曹氏一手带大的，在情感上如同母子，又似姐弟。听曾蓉蓉这么说，曹氏心里像喝了蜜，顿时喜笑颜开道："曾姨娘说得也是，道元不仅不会碍事，说不准还能帮老爷忙哩。"

两个女人一帮腔，孙开华只好答应将孙道元带上。这让孙道元异常高兴，也让曹氏像出了一项伟大成果似的，觉得脸上无尚荣光。不过，曾蓉蓉看上去就有些别样，她撇了撇嘴，那意思好像是：瞧你能的。

丁日昌将咨调孙开华的奏折派人送往朝廷去后几天，就下令将驻澎湖的扬武、清远、镇威、伏波，加上驻台北的福星一号共五艘战舰，横渡台湾海峡前往福建接运孙开华和他的擢胜营。当孙开华率领队伍赶到码头时，从海峡过来的五艘，另加福建水师的五艘共十艘战舰，在海面上一字排开，雄风阵阵，战旗猎猎，早已整装待发了。

这是孙开华戎马生涯中的第一次出海。

在东南沿海，有一个千百年来形成的习俗，无论是出海打鱼，还是出海作战，都要举行隆重的祭海仪式，摆上猪、牛、羊等祭品，由专门的人员诵念祭文，祈求妈祖保佑平安。这一切的确让孙道元见了世面，他挤在人堆里，东瞧瞧，西望望，哪里稀奇热闹往哪里碰，结果一通祭海仪式结束，他却找不到该上哪艘船舰了，急得他直想哭。而就在这时，孙开华已登上扬武舰，正要起锚开航，突然发现孙道元不见了。这让他大为光火，就怪两个女人多事，不带上他多省事啊！他不得不着人去寻找。可是，人山人海的，上哪去找啊。约莫半小时后，孙开华实在等不耐烦了，断然下令：开航！随着汽笛的一声长鸣，眼看就要起锚开航时，忽然一帮四五个兵勇，簇拥着孙道元赶上了扬武舰。孙开华正要发火怒斥孙道元，定睛一看，那四五个兵勇不是别人，正是他昨天开除的以林得水为首的犯错士兵。

林得水们也不分辩什么，将孙道元交给孙开华后，就直接"扑通通"整齐划一地当众跪在了孙开华面前。"小的们知罪了，任打任罚，只求孙大人莫开除我们。我们一定痛改前非，请孙大人放心。"几个士兵像做了功课，异口同声地请求道。

孙开华猛吃一惊，他万没想到这几个士兵会对他如此死心塌地、忠心耿耿。他一阵感动，前嫌尽捐，爽快答应道："好！浪子回头金不换。启航——"

蔚蓝色的大海承载着孙开华新的使命，敞开了它宽广的胸怀；十艘战舰齐发，在平静的台湾海峡，犁开两道洁白而优美的弧线。

孙开华所乘的扬武舰，是十艘战舰的旗舰，为沈葆桢当年在福州马尾造船厂建造的第一艘大吨位的木壳蒸汽机轮船。其排水量达一千四百吨，三桅，最大航速达十二节，舰上还装有十尊惠特沃思前膛炮。这在当时来说，其现代化程度已相当高了。

当然，沈葆桢为了现代造船工业付出了大量心血和汗水。最初，国内的保守势力，不仅不支持，反而制造麻烦；虽然左宗棠举荐沈葆桢时朝廷准奏沈葆桢专事船政，其他官吏不得干涉，但当时的闽浙总督吴棠仍然觉得在他的地盘上办船厂，他就要分一羹似的，因而处处掣肘，事事设障。沈葆桢不得不慷慨激昂地上奏朝廷："船政系臣专责，死生以之！"除此而外，西方列强对中国民族工业的近、现代化进程，特别是对国防工业的发展，更是百般阻挠和破坏。他们从关税上层层设卡，只要从国外进口原材料或零部件，他们都要课以重税；沈葆桢不得不常常跟他们斗智斗勇。这一招不灵，又来第二招。他们从技术上卡中国人的脖子，成套的装备不卖给你，核心技术不传授给你。沈葆桢就聘来外国的技术员、工程师到造船厂工作，土法上马自己造。

蒸汽轮机技术，中国人其实早在1862年，就有华蘅芳、徐涛几个人试制成功了第一台蒸汽机；1863年，安庆军械所还成功地造出了中国第一艘"黄鹄号"木壳火轮。但是，无论是技术参数，还是锻造工艺，都达不到理想的要求。沈葆桢就泡在船厂里，跟工程技术人员反复琢磨，反复试验，才成功地造出了属于中国人自己的具有先进技术的大功率轮机和战舰……

孙开华登上扬武舰舵楼，扫一眼身后浩浩荡荡的舰队，看着不断翻卷的浪花和依次漾开的优美弧线，一种强烈的自豪感油然而生。他拿出单筒望远镜，向前方环瞄半周，只见浩瀚空蒙的平面上海天一色；左前方的远处，他隐约地发现，似乎有一座小岛，对照航海图一查，应是马祖。孙开华盘算着，整个台湾海峡最近距离才一百三十公里，按目前这种十节的航行速度，最多一天就可抵岸了。孙开华有些兴奋，一时间让他对台湾宝岛上的一切产生了无限的遐想……他再次拿起望远镜，扫瞄着前方。忽然，一团黑云闯进他的眼帘。因第一次出海，对海上的情况不很熟悉，孙开华忙将望远镜递给舰长。舰长接过望远镜仔细一瞧，竟失声叫道："不好！大风来了。"接着就下令减速，调整航向，关闭所有舷窗，做好迎风抗风准备。

说时迟，那时快，在所有战舰刚得到命令，还没来得及采取应对措施时，大风已扑上了战舰。由于擢胜营属陆军，最多也就相当于海军陆战队，而接运擢胜营时为了腾出舱位，每舰只载了五名熟悉航海的水兵，因而在应对突如其来的大风时显得有些手忙脚乱。

扬武舰上正紧张地落帆。毕竟舰长经验丰富，只见他一会儿左满舵，一会儿右带舵，似乎在寻找大风的缝隙，所有人都见证了舰长真正意义上的"见风使舵"，每当一阵风扑来，他都能避开风头，安稳航行。舰上的士兵在他镇定的指挥下，加固的加固，落帆的落帆，进行得有条不紊。然而，不知何故，后桅的帆落到一半时，几个水兵使尽浑身解数，往下怎么拽也拽不动了。几个水兵清楚肯定是桅绳与帆绳纠结在一起了，急得直想跳海；他们深知，面对大风若还张帆航行，绝对可能舰覆船翻，会招致灭顶之灾！就在这千钧一发时，只见一个黑影攀住桅杆奋力向上爬去。孙开华定睛一看，原来是林得水。他不由得下意识喊道："小心！"此时，林得水已经爬到桅中，他死死抠住帆杆，一步一步挪到了绳子纠结的地方。他拽着抻着，抻着拽着，突然，一阵强烈的横风扫来，半张帆猛地向右一旋，整个扬武舰船体顷刻向右侧翻斜过去，差点进水。而就在这万分危急的当口，绳结被林得水死命地扯开了。"哗啷"一下，半张风帆像雪崩一样滑落了下来。

可是，就在风帆滑落的最后一刻，林得水突然失手，被帆杆打进了海里。所有将士顿时惊唤："林得水——"

中国清朝古战舰　图片来源《你不知道的台湾》熊子杰著

李仙得作祟

一

舰队任凭风浪的推打，在狂躁的大海上艰难地挣扎着。

回答将士们的，只有大海滔天的巨浪。狂风一阵紧似一阵地怒吼着，伴随着瓢泼大雨，裹着海腥味，肆无忌惮地袭击着舰队。尽管每只舰船都开足马力，迎风前行，却被疯魔般的狂风撕扯着，阻挡着，舰队无奈地被推涌得节节后退。舰船失去了控制，剧烈地摇晃，拼命地颠簸，一会儿被抛向骤然涌起的浪峰峰顶，一会儿又被摔进深深的浪谷谷底。擢胜营的绝大多数官兵，被这该死的狂风折磨得跌跌撞撞，呕吐不止，一个个死去活来。

孙开华怎么也没想到会碰到如此糟糕的境况，这海上的气象与陆地上的怎就如此大不相同呢？说变就变，而且是那么猛烈，那么桀骜不驯。他有些后悔，不该对林得水惩罚得那样严厉，不就是训练时跑出去喝一顿酒么？喝就喝了，下次不喝就行了，谁还没有个犯浑犯错时候啊！回想当年自己入伍不久，与太平军作战时，本是隐蔽在一座山腰上，因拉肚子，加上犯了烟瘾，便一边拉肚子一边抽烟，结果，一阵微风吹来，那烟灰带着火星吹到旁边一尊大炮的引信上，顿时大炮被点着了，"轰"的一声巨响，整个山峦都颤抖了。暴露了目标不是？犯了大错不是？幸好歪打正着，当晚，那些狡猾的太平军偷袭霆军，已摸到营地附近，那一炮轰去，正炸在太平军的偷袭军中，立马死伤一片；更重要的是，那一炮惊醒了熟睡中的全营官兵。营长跳起来怒喝道："谁打的炮！谁打的炮！嗯?!"自己一时慌了神，编了个谎言，说有敌人偷袭。营长登高一看，还真有敌人摸上来了。营长立即集合全营官兵，将那队偷袭的太平军全部歼灭了。虽然那次还立了个功，但想想都后怕，如果没有敌人真的偷袭，自己不知要受多大的处分哩。

唉，林得水这小子也就是太死心眼儿了，开除就开除了呗，又跑回来干什么嘛！多么好的士兵啊，何等忠勇的战士。自从一帆杆将他扫落下海，就再也没见他冒过头。大海啊，你他妈怎就如此残忍？狂风啊，你他娘为何这样无情?！若不是这疯狂的风，这残暴的海，他孙开华早已一猛子扎下去将他救上来了。可是，这舰船摇晃得连人都无法站立，那浪一峰接一峰地直击云空，上哪去救他啊！孙开华紧急下令，将舰上所有的救生设施，毫无目标地扔进海里。巨浪，一个一个地将那些救生圈又吞噬下去……

风浪推涌着舰队往西南方向漂移，所有舰长和水兵，只能且躲且避，尽最大努力不让战舰倾覆大海。不知过了多久，海面上已经一团模糊，浊浪裹着水雾早已将周围涂抹得一片黑暗。随风飘荡啊，随波逐流啊，隐隐约约仿佛有一星灯光。扬武舰的舰长一阵惊喜，赶紧拿出航海图，仔细一查，居然漂到了金门。这鬼风的威力也太大了。尽管一个劲地诅咒这天气，但舰长仍是满怀兴奋，毕竟有岸可靠了。他连忙用信号灯给舰队下令，让各战舰向他靠拢，各自靠岸，寻找好泊位。说也奇怪，就在舰队接到指令的时候，风也渐渐地小了，先前猛兽般狂躁的大海，也逐渐恢复了平静。

孙开华迫不及待地到各战舰查看，幸好没有一艘舰船倾覆，也无战舰折楫，只是有部分战士在战舰颠簸的时候，跌跌撞撞碰了一些轻伤，最大的遗憾是林得水被打落下海后，一直没有看见他再现。顿时，一片沉寂，所有将士都在默默地为勇士祈祷，愿妈祖保佑他平安归来……孙开华更是抑制不住内心的哀痛，眼里强忍着自责的泪水。

就在孙开华的舰队还没有渡过台湾海峡，不得已泊在金门时，有一个美国人却已提前偷偷潜回了台湾岛上。他要再次掀起波澜，让台湾岛上不得安宁。

一股暗流正在悄悄涌动。

推动这股暗流的不是别人，正是诱导日军侵台制造"牡丹社事件"的幕后推手；也就是那位偷偷潜回岛上的法裔美国人，中文名字叫李仙得。

同治五年（1866），他被美国政府派往厦门，担任美利坚合众国驻中国厦门领事馆领事。他负过伤，是美国南北战争时期的一位少将，同时也是一个激进的好战分子。他极具语言天赋，英语、法语不用说，到中国后，居然还精通闽南话及懂得许多台湾少数民族语，被视为"台湾番界通"。或许是这位美国官员运气不佳，在他履职后的第二年，就发生了令美国人心痛又头痛的"罗发号事件"。

同治六年（1867）三月，美国一艘"罗发号"商船，满载着货物在台湾海峡不幸触礁沉没。落难船员好不容易漂游到屏东狮龟岭海岸边，死里逃生爬上岸并进入龟仔甪社。可是，令任何人没想到的是，他们包括享特·汉特在内的共十三名船员，全都遭到排湾族部落的"出草"（杀害），仅有一位粤籍华人水手，或许因为语言相通而得以幸免。那位水手一口气逃到高雄，接着就向当地官衙报案。哪知朝廷却以"非管辖版图"搪塞，予以消极处理。消息传到厦门领事馆李仙得耳里，让他愤怒无比。他愤愤道：你朝廷不管是

美国驻厦门官员李仙得 图片来源《你不知道的台湾》 熊子杰著

吧？那好，我自己与那些野蛮人直接交涉，等我拿到证据后再找你清廷算账。当他渡过海峡，排湾人却拒绝他上岸，这下更让他气得暴跳如雷。他当即返回厦门，向美国政府请求派兵，直接用武力解决。1867年5月，两艘美国军舰，一百八十一名美军，悍然入侵台湾，实想让那些没有开化的台湾少数民族番民在武力面前屈服。谁料，事与愿违，他们气势汹汹登陆后，却遭到了顽强的伏击，麦肯吉上校当场战死，美军不得不仓皇撤退。如此一来，美国政府的态度更加趋于强硬。

　　一看美国人转趋强硬，朝廷又慌了手脚，唯恐开罪美国人，赶紧派左宗棠的手下时任台湾总兵的刘明灯前往处理。当刘明灯率五百兵勇进发至屏东枋寮，却同样也遭到了排湾人的顽强抵抗。刘明灯本只想前去调解，却无故遭遇阻碍，心中也咽不下这口气，便与兵备道吴大廷商量，准备大兵压境镇压屏东少数民族部落。当地汉人一听到此消息，感觉到若战事一开，无论少数民族部落还是汉人族群都将殃及，便苦苦相劝部落首领向朝廷和美国人认个错，以便和谈；加上英国商人毕麒麟也从中斡旋，鉴此，排湾族头人卓杞笃最终同意双方在保力见面。刘明灯知此情况，便与美方代表李仙得联系和谈事宜，李仙得口头上答应，只要生番诚心认罪悔过，他也愿意有条件地将此案了结。经过反复磋商，双方准备就绪，待正式通知李仙得前来谈判时，他却以尚未接到清政府回复为由断然拒绝见面。正当刘明灯没弄明白到底是怎么回事时，李仙得竟跳过刘明灯，鬼鬼祟祟直接与卓杞笃私下里展开了谈判，并达成了口头协议。这样一来，李仙得便通知刘明灯撤军。刘明灯一看，以为事情已经解决，便多一事不如少一事地撤走了。实际上，从后来正式签订的《南岬之盟》来看，李仙得已包藏祸心。他挑动了台湾少数民族对朝廷的不满情绪。

二

李仙得并没有如愿，虽然排湾人与他私下里签订了《南岬之盟》，但排湾人并没有如他所嘱那样与朝廷作对。他们与往常一样自由自在，生活没受影响，生存毫无妨碍，没必要与朝廷过不去。这让李仙得后悔莫及，早知今日，何必当初啊，还不如让刘明灯把他们给灭了！

他怎么想也咽不下这口气。他要的不仅仅是可以跟他们走私樟脑、茶叶，让他们赔偿几个抚恤金，更不需要那几句认错赔罪的话，而是要他们事事处处跟朝廷对着干，世世代代跟朝廷决裂。可排湾人把他当傻子耍了，根本没听他的话。简直就是一帮骗子！他气得七窍生烟。难道亨特·汉特那一船人就那样轻易让他们给杀了？麦肯吉上校就那样白白送死了？他耿耿于怀，越想越气愤，越气愤越心浮气躁，加上他本身刚愎自用的个性，便与他的顶头上司——美国驻华公使镂迪罗的关系越来越僵。1872年，美国政府不得不把他召回。

他是极不情愿离开的。他认为他的目的没有达到，他的愤恨没得到发泄，他多次要求美国再次出兵占领台湾，可美国政府对他的提议不仅没有采纳，反而将他召回。在他看来，政府的那些当权者，简直就是一帮猪猡，台湾人杀了美国人，清朝政府又装聋作哑，不正好借此将台湾收入囊中吗？不知那帮猪猡是怎么想的！临离任前，他要求返美途中绕道日本。他在心里盘算着：东方不亮西方亮。他不相信他的"智慧"就没有人欣赏。因为，他瞅准了一个千载难逢的机会。

此段时间，日本国内上上下下正在为"征韩论"争得不可开交，进而引发了政治危机。与此同时，老牌资本主义国家在世界范围里疯狂瓜分殖民地、掠夺资源的行径，又让日本军国主义者垂涎欲滴。加上1871年12月，两艘琉球国的贡船遇台风漂至台湾琅峤，五十多人被排湾族人杀害，酿成"琅峤事件"，那些野心极度膨胀的军国主义分子，便借此机会向天皇施压，强烈要求日本出兵台湾，以给清朝政府一点颜色看看。

天皇为了转嫁国内矛盾，减缓政治危机，当然也想出兵，尤其是那些帝国主义列强满世界掠夺资源，早已令他眼红。但是，琉球国毕竟是清廷的属国，与日本没有多大关系，若为了几个冤死的琉球人而出兵台湾，实在有点出师无名。恰巧在天皇犹豫不决、举棋不定的时候，美国的离职领事李仙得绕道日本来了。在驻日代表的引见下，李仙得拜会了日本天皇。他本来就是冲着唆使、怂恿日本人出兵台湾的目的而来，便毫不客套、赤裸裸地开始奉献他的"智慧"，竭尽摇唇鼓舌之能事，让日本人早日采取军事行动。

他摆出一副台湾通的神情，给天皇和那些大臣分析着：台湾处于一种无序状态，山头林立，帮派盛行，互不买账，根本就没有什么凝聚力和战斗力；特别是沿海和山里的少数民族部落，更是我行我素、无法无天，简直就是些小小的独立王国。在清廷看来，这些少数民族部落，都是些没有开化的生番，他们的所作所为，清廷基本上是放任自流。因此，生番之地也就相当于无主之地，你们把它占了，也就等于白占。时间一长，把生番变成你们的熟番，那时，逐渐拿下整个台湾也就指日可待了……他还生怕煽动性不够大，说服力不够强，便将他代表美国与排湾族人私下里签订的《南岬之盟》协议书拿出来佐证："看看吧，这就是我们与生番部落直接签订的协议。仔细看清楚喽，这上面有没有清朝政府的半个字或者代表清廷政府的半个印信？没有，绝对没有！从这点来看，足以证明这些地方不属于他们清廷。无主番界，谁占有就是谁的，是不是这个道理啊，诸位？"

一番鼓噪，早已将那些强硬派煽动得欲火熊熊，恨不能让天皇立即下令出兵台湾。但是，天皇对李仙得这个美国人的说辞仍然半信半疑，既然是这样，你们美国人自己怎么不再次出兵？你们有那么慈善吗？再说，所谓的"无主番界"是不是那么回事？天皇觉得应该验证一下他的说法。

1873年，日本政府派出了一位带着神圣使命的使臣，前往大清帝国兴师问罪。与其说是问罪，不如说仅仅只是试探一下。或许是天遂人愿，接待那位使臣的是清廷总理衙门的一个草包大臣毛昶熙。当日本使臣提出如何处理琅峤事件时，毛昶熙竟然无知地答复道："（台湾）生番系我化外之民，问罪与否，听凭贵国办理。"听到此话，日本使臣一阵窃喜，这美国人李仙得还真没有说瞎话啊！他也不再讨论和纠缠，甩出一句意味深长的话"那好吧，你们就不用操心了"后，便急匆匆回国复命去了。

正所谓主子不屑，强盗就更疯狂。得知清廷是如此态度，日本朝野欣喜若狂，天皇终于颁诏出兵台湾。由于李仙得颇为殷勤地献计献策，将台湾屏东各少数民族部落的情况悉数提供给日军，所以，1874年5月，三千余日军乘着战舰，偷偷摸摸就选择在相对弱势的台湾东部屏东车城乡射寮村登陆。李仙得本是随舰而来，当日军登陆后，他却狡猾地躲在舰上不肯上岸。日军突然到来不宣而战，各少数民族部落毫无防备，结果，在日军凌厉攻势和疯狂的杀戮面前，屏东的牡丹社、高士佛社、女祊社等少数民族部落相继沦陷，多个部落头人战死，大批部落民众被残害，最后不得不缴械投降。日军强占了部落，控制了民众，紧接着就强迫民众为他们盖房、修路，实施起渐进式蚕食台湾的计划。这便是台湾史上甚为悲伤的"牡丹社事件"。

躲在舰上的美国人李仙得见日军轻易得手，心里一阵阵得意和舒畅。他借刀杀人，终于宣泄了他久积心中的愤恨，为美国人报了一箭之仇。与此同时，他更为自己奉献的"智慧"被人采纳且产生了预期的效果而感到自豪，这日本人比美国人更现实、更可靠、更识才、更有战斗力啊！他从内心里感激、佩服日本人。他在想，只要有朝一日日本人全部占领了台湾，在利益的分配上绝对少不了他这个大功臣的。他秘密潜回了日本，决定死心塌地效忠日本人。

可是，天怒人怨，令李仙得万万没想到的是，尽管清朝政府昏庸无能，但泱泱中华还是有那么一帮敢作为、有能力的中坚分子啊！当清廷闻悉"牡丹社事件"，立刻派了一位沈葆桢去台湾。不可思议的是，这小子比我李仙得还有智慧。他一方面明里理直气壮地跟日本人交涉，一方面又暗地里加强海防和备战，造成大兵压境之势。与此同时，日本也是倒霉透顶，恰在此时，日军占领区域暴发疟疾瘟疫，在此情况下，日军不得不很无奈地灰溜溜撤走。这一切用中国人老祖宗的话说，"不战而屈人之兵"了吧？虽然中国政府冤里冤枉赔了几十万两银子，但日本在台湾终究没能占到半寸土地啊。一切幻想全部化作泡影，李仙得着实郁闷不已，就像一块到了嘴边的肥肉，忽而又被人抢走，他还只能干瞪眼。肥肉被抢走倒是事小，接下来发生的事更是让李仙得彻底无助也无望了。由于他这个美国人已不再有什么利用价值，日本人明确地告诉他，让他回国。

李仙得打掉牙齿和血吞，气得哑口无言，好半天憋出来一句怒骂："狗娘养的日本人！"正如许多人骂当汉奸的中国人没一个有好下场一样，凡是当走狗的，不管是汉奸还是"美奸"，一律是讨不到好的！

日本是待不下去了，没有人待见他。但是，李仙得又不愿回美国，说不定美国人更瞧不起他。他气鼓鼓的不能自已，满脸的络腮胡与浑身浓密的汗毛，一根根仿佛都竖了起来，倒刺般扎得他奇痛难忍。他不服气，他不甘心。他把这一切的委屈和怨恨都混账地归结于清廷，归结于台湾那些没有开化的野蛮（少数民族）人身上，正是清廷和那些野蛮人让他的日子不好过，让他颜面丢尽，让他抬不起头四处碰壁。既然这样，他李仙得也绝对不能善罢甘休。

他又想出来一条歹毒的计谋，就在孙开华率领擢胜营横渡台湾海峡之前，他又偷偷地潜回了台湾。

三

丁日昌开路垦荒的过程中发现了一个大问题，即整个台湾岛的地形是四周低，中间高，一条玉山山脉像条巨大的鲫鱼背一样拱在中央，将东西两端天然隔开。沈葆桢开山抚番让东西连通，实际上只有效地连通了南路，北路虽然也开出了一条痕迹，却因为沿线各番社的少数民族部落对朝廷的不满情绪甚大，常常制造麻烦，因此北路基本上是处于有路无车状态；至于横穿中央山脉的中路，则是完全没有动工。这样看来，所谓东西连通最多只能是通了一半，而在对整个台湾岛的社会管理及抗击外敌侵略方面，从战略上考虑，则仍然极为不利。同时，牡丹社事件后，朝廷才知道，之所以日本人气势汹汹不宣而战，除了日本军国主义的侵略野心膨胀以外，还因为那个草包大臣毛昶熙"生番系我化外之民，问罪与否，听凭贵国办理"的无知回答，助长了日本的嚣张气焰。所以，朝廷强调对于台湾一定要"实际占有"。但如果中路不通，所谓的实际占有只能是一句空话。鉴此，丁日昌下决心要将中路打通。

在此之前，所谓中路是由北路经营，实际上没有驻军。丁日昌决定要开辟中路后，便将吴光亮提拔为台湾总兵，取代张其光进驻中路。吴光亮是一员猛将，办事果断，作风强硬。他一到中路后山对于如何驻军便有了四点思考：（一）在既有的民庄附近；（二）方便后勤补给的海岸或河边；（三）避开大部落的势力；（四）选择在友善的小部落旁边。从以上几点可以看出，吴光亮是想尽量不与少数民族部落发生矛盾和纠葛。因此，他从府城出发后，处处小心地沿途留下兵勇：首先在大陂留驻线枪营，接着带飞虎军北上暂驻扎在璞石阁，考虑到后勤补给问题，便在成广澳设立粮局，并派飞虎兵勇驻守当地护卫粮饷。这一切都是按照他的四原则进行部署的，随后他才将线枪营移驻大港口，并将原本驻扎后山北路山区的练勇前、左两营调来分驻扎在水尾、马大鞍、吴全城等不易引起纷争相对安全的地方。

吴光亮不可谓不谨慎，尤其是在粮局地点的选择上，他是费了一番思考的。俗话说兵马未动，粮草先行。后勤保障问题是头等大事，他之所以选择在成广澳设立粮局，是因为成广澳河运通海，从海上运来的粮草补给可在成广澳转运进后山驻军；其次，成广澳所处位置刚好离当地最大的少数民族部落——阿棉社较远，属于相对较小的纳纳社范围且还是边缘地段，直接涉及的是一个更小的乌漏社部落。吴光亮认为遇事可控。

然而，随着大部队的陆续进驻，还是引起了当地番民的阵阵不安与恐慌。他们认为安逸的部落正受到冲击，美丽的田园将会失去，他们的生存空间受到了巨大挤压。但是面对强大的驻军，他们敢怒不敢言。正当乌漏社的番民们内心躁动却又一筹莫展的时候，美国人李仙得冒险不请自来了。

最初，乌漏社的番民见到这个长头发、卷卷毛、深眼窝、高鼻梁、满脸大胡子、浑身毛茸茸的洋人时，以为是怪物，当即就有人主张把他砍了。他们的头人卡夫克制止了族人的莽撞，他要看看这个怪物来这里干什么。没想到李仙得一口娴熟的台湾少数民族部落语言，让他们甚为奇异和折服，也帮李仙得化险为夷。问候完毕，接着又套近乎，此时的李仙得已把自己装扮成美国神父，在套近乎的过程中，他用意深刻地不断夸耀他们这怡然自得、田园牧歌式的生活，是多么惬意和令人向往；这秀美的山水与恬静的村落，是造物主留给人类的神圣礼物，是上帝赐予台湾众生的福缘。接着他便开始怂恿：如此美好的生活、美妙的环境，你们要用感恩的心去善待它，用百倍的情去呵护它，用你们顽强的意志和宝贵的生命去捍卫它！决不允许任何人或势力破坏它、亵渎它……

一番慷慨激昂演讲似的"布道"，实际上是李仙得早就做好了的功课。犹如一把把锋利的尖刀，字字句句都戳到了乌漏社民众的心上，让他们疼痛难忍。他们何尝不曾这样想啊，可是……头人卡夫克实在憋不住了，没好气地说："我们做梦都想好好保护它，捍卫它。你是不知道的，那些汉人军队那么多，我们拿什么来保护、捍卫啊?!"

"噢，是吗？汉人都驻有军队了？"实际上李仙得早就知此情况，但他此刻却故作惊讶，"这些汉人怎么能这样呢？这是严重侵犯人权的行为！你们应该集体抗议，强烈谴责！"忽然，他意识到用这种外交人员或政客的语气说话，与他现在的身份有些不符，继而改为神职人员的口吻说，"这是邪恶！不管他邪恶的力量有多么强大，只要上帝庇佑你们，就会赋予你们无穷的力量，去战胜一切邪恶！"

"你让我们怎么做?"卡夫克急不可耐地等着下文。

李仙得又故意拖腔拖调卖着关子，先是假装仔细询问情况，然后又装模作样进行详尽分析，将得失利弊、方法步骤一一比较一番，直说得乌漏社的族人们一会儿心惊肉颤、目瞪口呆，一会儿又义愤填膺、摩拳擦掌。最后他才引入正题，抛出他的真实目的。他眼露凶光地说："你们要用上帝赐予的智慧去战胜这些邪魔，不能用愚蠢的方法跟邪魔蛮干、硬拼，要乘其不备，击其要害！"接着，他便跟卡夫克等头人们如此这般密嘱一番。

第二天，卡夫克带着卡劳沃番等几个射手，秘密潜伏到帕特科兰。这是个小山谷，从府城到成广澳，或从成广澳到后山驻军各营地，这里是必经之地。按照李仙得的安排，先对成广澳粮局（站）附近的守军进行试探性的骚扰，如果守军没有强烈反应或没有引起足够重视，便进行下一步更大的行动。因此，卡夫克他们的主要目的是抓一个兵勇，一方面是摸清驻军的分布情况，另一方面也是验证一下李仙得给他们分析的"汉人驻军管理松散，失踪个把兵勇不会很在意"的话是否当真。可是，卡夫克他们几乎守候了一整天，也没见半个兵勇路过。眼见就要天黑，卡夫克断定既然白天都没见兵勇出来，晚上就更不可能有兵勇路过了。他准备带着射手们撤回去明天再来。就在这时候机会来了，更重要的还是一个单枪匹马的兵勇，这简直是天赐良机。天色已近黄昏，隐隐约约从府城方向过来一位骑马的兵勇，卡夫克也看不出来人是什么身份，只觉得有一种按捺不住的冲动。不过，这兵勇骑着一匹高头大马，这是他们事先没想到的。他赶紧吩咐卡劳沃番几个射手做好准备。不料，那兵勇似乎觉察到了什么，临近路口时，突然双腿一夹，缰绳一抖，打马狂奔起来。由于没有准备绊马绳，那马就直接冲过了路口。这下卡劳沃番急了，他搭起弓箭就朝一闪而过的兵勇射出了一箭。只见那兵勇突然朝前一栽，"咚"的一声滚下马去。

卡夫克和射手们一拥而上，将那兵勇团团围住。哪想到，卡劳沃番的那一箭实在是太准了，不偏不倚正好从兵勇的后背穿透心脏，随着他从马背上骤然扑地便已一命呜呼了。这令卡夫克很是失望，他原本是想抓个活口，现在人已断气，什么情况也问不到了。他们只好将他身上衣物全部扒光，砍下头颅，就近挖个坑将无头尸体随便掩埋后，牵着马回了部落。

李仙得一看，卡夫克他们只拎了个人头、牵匹战马回来，不免有些紧张。他是要他们留下活口审出点情况的，然后，万一驻军发现前来兴师问罪，也可以将人质交出去，那样，或许不至于招来大祸。现在倒好，把人给杀了，若是驻军果真前来追查，接下来的计划无法实施都是事小，说不定就大祸临头了。他非常生气地想责问他们，为什么弄成这样？但见卡夫克他们一个个闷不作声、没精打采的样子，便忍住没有发怒。他从卡夫克手里接过那兵勇的一袋衣物，迫不及待地翻找起来。翻着翻着，李仙得忽然就大呼小叫了："太好了，太好了！"众人不知李仙得为何如此兴奋，都傻傻地看着他。只见他手里挥舞着几张纸，眼里似乎放着绿光，还在那里情不自禁地说："感谢上帝。感谢上帝！"卡夫克见他那样，很是不以为然，那几张纸先前他也搜出来看过，只因不识字，也不觉得有什么用，随便晃了一眼后又塞了回去。难道那上面写着什么好事不成？卡夫克有些将信将疑。

原来，卡劳沃番杀死的是一个信差。他从府城过来，是专程通知吴光亮做好接应准备，几天后有一批重要的粮草、军饷运抵成广澳，让吴光亮务必保证安全。那几张纸正是府城的文告和物资清单。李仙得如获至宝，连连对卡夫克几个夸赞不已。这么看来吴光亮还并未知情，卡劳沃番将这个信差射杀了也不至于打草惊蛇。李仙得喜出望外，他警告卡夫克在这个节骨眼上千万不要轻举妄动；他要带几个人亲自前去侦察，然后制订详细的下一步行动计划。几天后，当吴光亮指挥驻军将那批物资起驳上岸，悉数运进仓库后，还在为"怎么没提前接到通知"而感到蹊跷时，李仙得却在一天夜间，组织数十名乌漏社番民，一把大火将成广澳粮局所有储存物资烧得干干净净。

吴光亮从在现场抓到的两个乌漏社番民的口中审讯得知，是一个美国人让他们干的，当场气得昏厥过去。他醒来后即刻下令血洗乌漏社，活捉美国人。结果乌漏社除极个别的番民逃到纳纳社外，其余全被灭族，以至于若干年后也无人再敢提及乌漏社这个部落，导致台湾历史上对乌漏社的集体失忆。而那个美国人李仙得，却在大火燃烧起来时，早已消失得无影无踪了……

佘军师献计

一

海港的渔火忽明忽灭，像三三两两的萤火虫彼此传递着自然的暧昧；夜浪温柔地拍打着战舰的舰帮，"啵叭，啵叭，啵叭叭"演奏出一片海浪和声的海韵。战舰就在这明灭、浪和的节奏中起起伏伏、摇摇晃晃，犹如儿时的摇篮催人入睡。可是，孙开华翻来覆去怎么也睡不着。他万万没有想到，他的第一次出海，而且是第一次横渡台湾海峡，就遇到了如此猛烈的狂风。他感觉到兆头不好，老家有句俗话：走马最怕失前蹄，行船恐遇打头风。丁日昌调他此去台湾加强海防，人生地不熟的，整个台湾的社情如何，海防现状如何，这以后不知要发生多少事故，遇到多少麻烦，又将会是一种什么样的命运在等待着他？孙开华的确不敢深想。

好在孙开华南征北战，蹚血历险惯了，也没什么可惧怕的。以后究竟会发生什么，也只能走一步看一步了。福建沿海的渔民们不是也有一句话叫作"撒网要撒迎头网，开船要开顶风船"么？

然而，孙开华还是没有找到让自己安然入睡的理由，或者说他再怎么坦然也无法让自己进入梦乡。打头风也好，顶风船也好，还可以各有说法，自圆自慰，可林得水却始终成了他的一个深深的纠结。那一帆杆将林得水打下海以后，怎么就没见他冒过头呢？这台湾海还没渡过，就让他损兵折将，想想都很恐怖！出师不利啊，好好的一个士兵，说没就没了，看来，这台湾海简直就是个凶海，太冷漠、太残酷、太没有人道！还没上岛就出了这样的惨事，这以后上了岛，会不会凶多吉少呢？

林得水的影子始终挥之不去。孙开华一会儿替他惋惜、悲伤，一会儿又心存侥幸地想，林得水会不会没死还活着呢？哦，对了，他从小就在海里长大，是渔民出身，他熟悉海，对海有感情；海也认识他，不会把他怎样的，出发之前还祭了妈祖，妈祖一定会保佑他平安无事的……可是，可是…孙开华又陷进了纠结的怪圈。

约莫到了下半夜快天亮的时分，迷迷糊糊中的孙开华，仿佛听到有人在叫"大哥"。他连忙一屁股坐起，揉揉惺忪的眼睛，以为是梦境，朝四周警觉地搜索一番，却什么也没发现。他感觉奇怪，忙仄着耳朵一听，还果真有人在喊"大哥"，而且一声紧过一声，一声比一声激动。他听出来了，是胡峻德在叫他，声音是从离扬武舰只有两舰之隔的伏波舰上发出来的。孙开华一愣，这深更半夜的大呼小叫干什么嘛！

他穿戴好衣服，带了两个卫兵，直奔伏波舰。还未上舰，孙开华就发现伏波舰灯火通明，全舰将士都已兴高采烈地挤在甲板上，你一言，我一语，甚是热闹。孙开华不知发生了什么，三步并作两步登上舰去。这时，胡峻德就奔到舰首向他报告一件盛大的喜事："大哥，大哥，快来看快来看，林得水、林——"也许是太激动了，他口吃了一下，"得水回来了！"

孙开华怎么也不敢相信这是真的，这简直是天底下最大的最不可能发生的奇迹。那么猛的风，那么凶的浪，没有任何救生设施……这奇迹到底是怎么发生的？孙开华一个箭步奔到还坐在甲板上的林得水身边，一把搂起林得水："还真是你龟孙子啊！"边说边拍打着、拥抱着他。林得水被他这几下没轻没重的动作整得又吐了几口海水。许久，林得水终于缓过气来，咧着嘴笑笑，面露羞愧地说："大人，不好意思，我这出洋相了啊。"

"哪里话嘛，你个龟孙子大难不死，必有后福啊！哈哈哈……"孙开华炸雷般爽朗的笑声响彻夜空，让整个战舰仿佛都为之震颤。说着，孙开华兴奋地擂了林得水一拳。

"托妈祖的福，也是孙大人福将，才让我捡了条性命回家。"

"哈哈，你个龟孙子还不忘给我戴个高帽子（吹捧）啊！说说，你是怎么逃回家的？……呵呵，我明白了，龟孙子，龟孙子，你是海龟托生的，是不是？"

"哈哈哈……"全舰将士突然爆发出一阵欢快的笑声。这时，其他战舰的将士们也陆续来到伏波舰，把个甲板挤得水泄不通，上不了舰的就站在岸边，谁都想第一时间知道奇迹生还的林得水到底是怎么回事。正是孙提督一句怜爱的玩笑，不仅让大家笑得前仰后合，也越发让大家觉得林得水身上有着某种不可思议的神秘。

本是从大风大浪死神那里逃回来的林得水，此时此刻却显得有些腼腆起来。他对孙大人望望，又看了看周围的兄弟们，才轻描淡写地讲了讲他逃生的经过。

原来，他被帆杆打下海去后，第一时间也蒙了。一个浪头打来，让他沉入了谷底，呛了几口海水，当他再次浮出海面时，扬威舰已经漂离他很远了。此时的风正狂，雨正猛，浪正凶，幸好是渔民出身，从小就在海浪里长大，有着良好的水性，他奋力地追赶那些一艘艘远漂而去的战舰。他奋力地扑腾着，追赶着，拼命地向战舰靠近。突然，他意识到一种前所未有的危险与恐惧，绝对不能贴着战舰追赶。虽然战舰被狂风吹着跑，但都开着轮机，若人离战舰太近，万一一个浪头打来，将人打进舰底，那飞速旋转的螺旋桨，还不将人铰成肉泥啊！他不敢靠近，但又不能离得太远，这茫茫大海也辨不清哪方离海岸最近，倘若脱离了舰队，还真不知道往哪个方向努力了。就那样若即若离地游啊游啊，他感到无助，慢慢地就生出了无望。不知何时，他就会精疲力尽，那样就只能葬身大海了。或者，不知何时，窜过来一条鲨鱼，一口将他吞下，那样又只好葬身鱼腹了。渐渐地，他仿佛闻到了死尸的味道。绝望的情绪瞬间漫过脑际，他几乎快要精疲力尽了。自己怎么这样蠢呢？开除就开除了，回家打鱼不照样活人？唉！没得到时想得到，得到之后忽然发现又不是那么回事，就像小时候打鱼，一网兜活蹦乱跳的鱼刚出水面时，心里头别提有多高兴了，可等到回家做来吃时，却觉得只不过就是那么个味道。他感叹着人生的无常，不过……他忽然又兴奋了，自己总算做了件了不起的事，那就是孙大人的战舰不至于因风帆故障让狂风掀翻了，若是孙大人躲过了这次风害，即使自己死了也值！想到此，浑身又有了力量。他顺着浪头奋力一冲，一手劈过去时，突然碰到了一件东西。他好奇怪，不禁为之一振，继而就产生一种巨大的生的希望。兴许人真的有一种潜能，此刻全部爆发出来了，就在他再次奋力一跃时，居然抓住了那件东西。是条缆绳，绝对是条缆绳，不是救命稻草，而且被战舰拖着。就那样，他死死地抓住缆绳，放弃了主动游泳，直到战舰泊岸……

兄弟们像听奇遇记一样听他讲完这些，都为他欢欣鼓舞。孙开华突然下令，所有战舰鸣笛，为林得水死里逃生庆贺。

汽笛齐鸣，划破夜空，迎着晨曦，舰队再次启航，驶向充满神圣的海峡彼岸。因遭遇风雨，自光绪二年（1876）十二月二十六交卸提督印，到十二月三十，孙开华才抵达台湾基隆。

二

丁日昌在台湾开矿、修路、架线、垦荒等富民强军的计划，正如火如荼地实施着。孙开华及擢胜营的到来，可以说给丁日昌如虎添翼。在孙开华的部队进驻基隆煤矿不到半年的时间内，筹备已久的基隆煤矿就已顺利地投产了。这给当地官府及百姓带来了丰厚的财富。

但是，并不是所有的计划实施起来都那么顺风顺水，当利益博弈的天平发生倾斜时，眼前利益固守的一方因没看清长远，便会与之发生激烈的抗争。诸如修路，本来可以方便人们出行，更重要的是可以运送物资，山货卖出去就可以换钱改善生活。但修路要占田占地，甚至还要搬迁，经常就有老百姓阻工闹事；山里的农民日出而作，日落而息，沿袭着千百年来原始的生活、耕作习惯，若让他们改变一下耕作技术，或者改良一下品种，他们也会从心底里排斥、抗拒。正是因为这些头痛的事，才特意将孙开华调入台湾的。

不过，孙开华还发现了一桩很奇怪也很寒心的事。一个壮汉，挑一担山货到集镇上卖了，结账时却磨蹭纠结了半天还不肯结账。其实，收货人早已给他算出货钱，但那壮汉就是不放心。只见他从裤兜里掏出一条打满结的绳子，然后翻一样货，数一个结。孙开华看了半天，终于明白，他这是用远古人类还没发明文字时"结绳记事"的方法，计算他的山货到底换了多少钱。

由此看来，这些山民还真没开化啊！难怪沈葆桢上奏："化番为民，尤非渐渍优柔不能浑然无间。"孙开华虽然没做过地方官，但他对台湾岛上的一切都发生了浓厚的兴趣。本来丁日昌调他入台是要他着手海防事务的，他却利用空闲深入埤南山区，并沿山、沿海平原及高山各村寨寻访踏看一圈后，给丁日昌建议，台湾除了"开辟中路，练兵屯田"外，还应"拓滩头，垦荒山，以扩屯粮基地；育粮种，改耕作，以丰百姓粮仓；设学堂，办教育，以化生番黎民……"丁日昌收到建议后，仔细一看，连拍三板案桌，"好啊！好啊！！"他怎么也没想到，孙开华不仅是个足智善战的提督，更是一位勤勉务实具有远见卓识的好官。他立刻在建议书上批道："着实督办！"

孙开华首先落实的是连办三所学堂。他第一个想到的是教书匠出身的莫成金。他派他去埠南山区，既当校长，也当教师。谁知孙开华还没有把他的意思讲完，莫成金就翻白眼了："大哥，你什么意思，我哪地方得罪大哥了不是？就这样要赶我走吗？"

"呔，莫成金啦莫成金，讲你是程咬金哩，你还没那么多智慧；讲你是猪脑壳哩，你还有点学问。我让你去当先生，让那些从没进过学堂门的娃娃学点知识，长点本事，教他们长大后有点出息。你倒好，说是把你赶出去。我看啊，你这是狗咬吕洞宾，不识好人心。"

"也不是，大哥。说心里话，我这是不想离开军营，跟在大哥身边，心里也踏实快活些。"

"总算说了句人话。不过，当下既不缺兵勇，也无战事，你一肚子的斯文也不拿出来造点阳福、积点阴德，就这么腌在肚子里，也不怕馊臭啊！再说了，你也小我不了几天，安安稳稳教个书，条件成熟了娶个老婆成个家，也不枉跟你大哥这十多年吧？"

几句话说得莫成金心里暖洋洋、热乎乎的。他搓巴搓巴手心，望望孙开华，很是感激地说："还是大哥替兄弟想得周道啊！"

第二天，莫成金就打着铺盖卷儿，兴高采烈地去了埠南。自此，他与当地的老百姓打成了一片。

光绪三年（1877）十月，就在孙开华刚刚将办学的事宜理出些头绪，朝廷下令丁日昌，立即着人前去台东县平乱。原来是该年七月，成广澳地区的乌漏社在美国人李仙得的怂恿下反叛，烧了驻军粮仓，被总兵吴光亮血腥镇压，极少数番民逃到纳纳社将情况一诉说，立即激起台东附近的阿棉、纳纳两社番民的民怨。近几个月，中路驻军发现纳纳、阿棉两社反应异常，大有继而叛服之虞；朝廷唯恐事态扩大，再生事端，决定先发制人。

孙开华接到了任务。他率领擢胜营的中、后两营抵达成广澳，派先头部队侦察地形地貌及番情实况，然后率大部队进驻水母丁。不久，侦察部队回报说，的确是阿棉和纳纳两个番社有叛乱之嫌，先前吴光亮曾派人与之谈判，并围剿多次均无结果，还死伤数人。现在两个社均是群情激愤，非常顽固，家家户户都做了充分准备，只要牛角号一响，他们就会倾巢而出，抢占山头，誓与官府进行殊死一搏。而且，两社相距仅十多里路，一旦发生战事，两社就会互为声援。不过，从两社的基本情况来看，论人数，纳纳社是个小社，仅八百余人，而阿棉社是大社，有两千余人；论攻打两社的难易程度，纳纳社所处地形较为平缓，且上山有多条路可寻；而阿棉社则地处深山腹部，地势险峻，易守难攻。孙开华仔细研究一番后，决定采取先易后难、各个击破的战术，先平纳纳社的叛乱。随即命令中营大部随自己直取主峰；副将孙开荣率中营少部，迂回至后山，切断纳纳社叛贼的逃路，或者阻止阿棉社的增援之路；右营亦分为两部，一路左侧直上，一路迂回至右后侧，策应中路攻主峰。至中午时分，各路部署完毕，平叛战斗打响。

纳纳社果然准备充分，各个有利山头全被叛贼抢占，战斗一开始，擢胜营各路都遭到了叛贼的顽强抵抗。但是，这些叛贼毕竟是些乌合之众，既没有擢胜营训练有素，装备也就是些鸟铳、弓弩、长矛、砍刀之类。孙开华看准这一点后，身先士卒，麾军鏖战，阵斩数人。顷刻间，纳纳社叛匪溃不成军，四处奔逃。接着，孙开华率军进入高嵚，直捣纳纳社老巢。众叛匪一看老巢被端，心有不甘，突然一队披头散发不怕死的壮汉，从森林深处杀将出来，且边砍边嗷嗷怪叫。孙开华估摸着这可能是纳纳社最精壮的敢死队。他仔细一观察，这伙人看上去气势汹汹，但真正作战格斗起来，除了勇猛却没有多少章法。于是，孙开华命令胡峻德率一队兵勇，阻杀这帮嗷嗷怪叫的壮汉。

所谓敢死队，岂是胡峻德这一队精锐的对手，本是为壮勇而嗷嗷怪叫的壮汉们，与胡峻德们一交手，那叫声就变成了一阵阵惨叫。眼见占不到半点便宜，忽听一声呼哨，那伙壮汉就"呜嗬"一下逃向林子深处。令人没想到的是，林子深处还藏有大批人马，只听一阵狂风似的，那些人窸窸窣窣全部向后山逃去。

孙开华大喜，他要的就是这个效果，因为他早就安排他的亲哥哥孙开荣守在后山的逃路上了，此刻兴许正守株待兔哩。孙开华命令部队乘胜追击，追着追着就没有了踪影。孙开华并不着急，后路早给你断了，还能逃到哪里去？然而，当大部队追到孙开荣防守的区域时，孙开荣第一个吃惊道："老二，这么快就打完了？"

孙开华也蒙了："一大队叛贼都往你这方向逃来了，怎么，老大没截住？"

"没有啊。"孙开荣这时才感到事情严重了，"我们守了快一整天了，连个人影都没见着哩。"

"坏了，这帮兔崽子狡猾，山上一定还有一条通往阿棉的秘道。事不宜迟，追！"

然而，道路越来越崎岖，山势愈来愈险峻。夜，已经垂下沉沉的黑幕，孙开华只好命令部队扎下营来。

三

孙开华回想着从成广澳一路行进过来的路线，由南而北，沿海岸线达彭仔存（城山），溯石门溪至璞石阁，再到纳纳社，其地势是逐次升高。但是，从纳纳社再往山里行进，不仅森林越来越茂密，而且山势越来越陡峭。他们一路追下来，到了秀姑蛮溪，山势就陡然孑立，一堵高耸入云的绝壁挡住了去路。四周一望，找不到一条可上山的路。阿棉社就居住在这四面绝壁的高山平台上，他们是怎么上山下山的？纳纳社的那些残余叛贼，是不是已经窜上山去？孙开华不敢让部队贸然行动。

派出去的两个侦察小分队陆续回来，都报告说没有发现一条像样的路，而且沿秀姑蛮溪进山，两面都是悬崖峭壁，溪流湍急，雾气腾腾，在峡谷里时间长了，让人感到头昏眼花。有人说那是缺氧，也有人说那是瘴气，总之，阴森森的，有些恐怖。约莫进去五里路后，似乎有一条人行痕迹沿石壁而上，如果说那也叫作路，恐怕只有猿猴才能攀缘，别说大部队行进，即使单人攀爬也十分困难。所谓一夫当关，万夫莫开，应该不是夸张。

孙开华听完这些汇报，表情越来越严峻了。这阿棉社是凭险而踞，雄视天下啊！擢胜营是他一手培养、训练出来的忠义之师、精锐之师，只要他一声令下，全营兄弟绝对没有一个熊货。但是，他们都是血肉之躯，都是父母所生，不能让他们冒如此大的生命风险。拿下阿棉社不能强攻，得想办法智取，他发动大家献计献策。兄弟们倒是踊跃，但议论过来，讨论过去，大家都是莫衷一是，没有一条建议获得赞成。面对此种局面，孙开华一筹莫展，大家也只能干着急。

孙开华锁紧眉头，苦苦地思索着。

就在这时，一只硕大的马蜂飞过来，绕着孙开华的花翎帽"嗡嗡"寻衅，扰得孙开华挥舞着袍袖一阵驱赶。突然，一直没怎么吭声的佘炳章径直走到孙开华身边，像发现新大陆似的，兴奋地叫道："大人，我突然想起了一个方法，不知是不是可以一试。"

孙开华眉头一展，大喜，袍袖也不挥舞了，任凭马蜂"嗡嗡"叫去，忙道："快说！"

"大人还记不记得慈利老家有个猫儿峪啊？"佘炳章像是要与人取得共识之前，先寻找一下理论依据。

"记得啊，不就是那个苗市乡吗？怎么啦？"孙开华还真想不到他问这个干什么。

"猫儿峪有个麻王城，原先叫蛮王城，可能是'猫''蛮''麻'发音相近，后来就称为麻王城了。我小时候就听大人们讲，麻王城为当时的苗王蛮子所筑，跟这阿棉山差不多，也是四面绝壁，只有一条险路可上山。那苗蛮子德行不好，经常下山骚扰百姓，抢夺财物，方圆几十里的老百姓对此深恶痛绝。官府曾经多次派兵清剿，可苦于山高路险，无法攻上城去。那苗蛮子越发横行，更是有恃无恐地为非作歹。也是应了古人那句话，'多行不义必自毙'。后来，一个卖发糕粑粑的小商贩，实在对那伙蛮子悍贼恨之入骨了，终于想出一个绝妙的办法。那天，他用笆篓挑一担发糕粑粑上山假装去卖，实际上他在笆篓底层装满了马蜂，上面只有一层粑粑。上山时几道哨卡，见他一个卖粑粑的弱小老头儿，也没怎么盘问、检查，便让他进城去了。老头儿进得城来，那些守城贼子，本来就土匪成性，哪里跟他做什么买卖，拿到粑粑就走人。老头儿见贼子越聚越多，假称要去撒泡尿，实际上是趁机溜之大吉了。那些贼子见老头儿走了，便一窝蜂似的哄抢起来。这下好了，上层的粑粑抢完了，底层的马蜂就出来了。那是真正地捅了马蜂窝啊。那些马蜂本来憋在笆篓里早已愤怒至极，一下子被打开，就发疯似的复仇，追得那些苗蛮贼子满山城跑，一个个被蜇得鼻青脸肿，喊爹叫娘。就那样，麻王城不攻自破。那老头儿溜下山后，第一时间报了官府，很快，官府派兵，不费吹灰之力就攻进城去，轻而易举地将那些作恶多端的苗蛮贼子给收拾了。"

佘炳章一口气给大家讲了这么个传奇故事，听得弟兄们啧啧赞叹。

孙开华也饶有兴味地听完了故事，末了，伸出大拇指道："不错！你小子可称得上我擢胜营的军师啊！是不是也让我效法用马蜂攻阿棉社啊？有启发，值得参考！"

佘炳章很是得意地说："是啊，刚才那只马蜂骚扰大人，小的就想到了这点。嘿嘿，嘿嘿嘿。"

"法子倒是个好法子，只是……"孙开华立马想到了另外一个现实问题，"我们才端了纳纳社的老窝，一部分叛贼兴许早已逃到了阿棉山。你想想，他们分明知道我们在攻打他们，这山上山下肯定高度戒备。莫说乔装一个卖粑粑的人上山，即使一只麻雀飞过，他们可能也会警惕三分。这人上不了山，马蜂又怎么进去？"

一句话把大家问住了。是啊，人进不了山，马蜂自己飞上去啊！它们又不是孙大人训练出来的兵，指哪打哪啊？！人们又开始你一句我一句议论起来。有的说，要是方绍德不走就好了，雕都招得下来，马蜂还不能驱它上山？有的说，即使方绍德不在，先头在空中捉雕的那个人在也行啊，凭他那轻功，提几个马蜂窝不就神不知鬼不觉地送上山了。可惜，那人又追随方绍德去了。

听着，听着，孙开华突然一拍大腿："有了，你们不是说那金眼雕么？快快帮我取来！"原来，孙开华在弟兄们议论时获得了灵感，让金眼雕运送马蜂上山不是很好吗？况且，那雕早就让孙开华调教得果真能"指哪打哪"了。

孙开华在鹿园养的一些宠物中，只有金眼雕是随身走的，只是现在这雕还寄养在水母丁营部。想到此，孙开华连下四道指令：一、派一人迅速取雕；二、派遣台湾知府袁闻柝调中路各村寨丁壮四百名，随吴光亮绕道阿棉山社背后攻上山，使之腹背受敌；三、派一队勇丁漫山遍野寻找马蜂窝并用布包好取回；四、派一队勇丁在阿棉山社对面山上合适位置，将几门西洋大炮架好。

金眼雕已有几天不见主人了，一见到孙开华，居然像小孩见到思念已久的亲人，还乖乖地展了展翅膀，娇滴滴地摆了个"泼斯"。孙开华怜爱地将了将它的丰羽，然后就将一大包马蜂让它抓住，接着，又拍拍它，像密嘱了什么，"嗖"的一下将它放飞了。只见它刚劲地抓着那包马蜂，扶摇直上，像勇士一样，义无反顾地向阿棉山顶扑去。

大概半个时辰过去，人们就听得阿棉山顶上，一片喊爹叫娘的惨叫。孙开华大喜，知是金眼雕已经得手。他一声令下，山上的几门西洋大炮齐轰，总攻开始了。孙开华身先士卒，勇丁们争相攀爬，边爬边施放火箭。阿棉社的叛贼，被马蜂蜇得满山躲避，哪里还顾得上迎战。很快，凭险而踞的阿棉社就被拿下，并生擒了魁首马腰兵。

然而，直到战斗结束，孙开华还没看到金眼雕飞回来，一种不祥的预感陡然而生。他扯起嗓子，漫山呼唤，却始终不见金眼雕的踪影。他立即着人找寻，最终在离阿棉社基地总部两三里的丛林里，找到了金眼雕，身上插着一支毒箭。

孙开华如五雷轰顶，傻傻地哽咽了许久。突然，他怒不可遏地指着马腰兵："我就是斩了你的贼首，也祭奠不了我的雕啊！"只见他手起刀落，马腰兵的头颅被割下了……

阿里山降妖

一

　　纳纳社、阿棉社的老巢虽然被端，但一些残部却逃进山里，与孙开华展开了丛林游击战。孙开华率领擢胜营，像收破烂一样，一个部落一个部落地收拾，还取得过九日三捷的战绩，直到光绪四年（1878）二月，孙开华才彻底扫平纳纳社、阿棉社的叛乱。朝廷论功行赏，给孙开华赏黄马褂，给台湾知府袁闻柝赏戴花翎。

　　孙开华班师回营，前往基隆。沿途中，行进至草岭古道时，在一堵石壁上发现四个雄浑豪迈、勇而有力的大字：雄镇蛮烟；其落款为"钦命提督军门镇守台澎挂印总镇斐凌阿巴图鲁刘明灯书"。孙开华犹如他乡遇故知一样，一阵欣喜，这刘明灯不就是大庸（今湖南省张家界市永定区）人么？大庸与慈利交界，也算是近邻同乡。早听说他在左宗棠麾下，于同治五年（1866）调任台湾总兵，掐指算来，早他孙开华来台十来年。在台三年，刘明灯颇有些建树，若不是后来他敛了一些横财，私自运回大庸老家修街道、建商铺，弄得名声不好，还真可引为同乡的骄傲。不过，名声归名声，孙开华一直以来对这位近邻同乡还是很敬佩的。他不由得仔细对这几个大字审视起来。很明显，这是典型的摩崖石刻，而且是用"压地隐起"雕法刻成，宽三到四米，高一米有余，以卷草纹及四蝙蝠边框，横幅阴刻行书，由右至左，一气贯通；无论是字体风格，还是雕刻力道，无不透着一股英武之气。孙开华又是一番赞叹。

不过，孙开华有些纳闷，刘明灯怎会要在这巨壁悬崖上刻上这么几个字呢？这字里行间又隐藏着怎样的信息？他一时费解。见天色将至黄昏，孙开华早早命令部队宿了营，他自己则叫上几个随从，带着几分疑问和好奇，前往老乡家欲问个究竟。

孙开华朝山里走去，远远地看见山溪沟坎上住着一户人家。他很奇怪，已到掌灯时分，这户人家却不见一丁点光亮，莫非山里人没什么事做，这么早早地就睡觉了？还是这户人家里根本就没住人？正纳闷间，一个中年汉子，裹着一件破棉袄，急匆匆地从山里走了出来。孙开华一喜，总算碰见人了。待那人走近，孙开华正欲打听，却见那人袖着双手，只顾低头赶路，看都不看他一眼。眼见就要擦肩而过，孙开华赶紧问了一句："老乡，你这是赶路哩，有急事吗？"

"唔唔。"算是做了回答，但他根本就没打算停下来。

"请问一下，这山叫什么山啊？"孙开华连忙又问一句。

"大里山。"他吐词不清，瓮声瓮气地答了几个字后，又继续走着他的路。

"哦哦，阿里山。"也许阿里山的名气太大，孙开华从那中年人嘴里误听成了阿里山，以至于后来一直就把大里山当阿里山了。见那人已经走了过去，他的疑问还没解开，便紧赶几步追了上去，继续问道："老乡，你可知道这'雄镇蛮烟'有什么说头吗？"

不料，那人竟突然停住了脚步，转过身对孙开华看了看："你说那几个字啊，有说头。"他还是那么瓮声瓮气地说话，但那表情

刘明灯所书"雄镇蛮烟"石刻　孙培厚摄

似乎在告诉孙开华：算你问对人了。他再次仔细打量一番孙开华后，便表现出几分热情："这山里头瘴气很重。那年，有个叫刘明灯的将军，带着部队进到这山里头，突然遇上瓢泼瘴雨，一时间阴霾密布，黑雾弥漫，看不清方向。那刘将军是不是有法术不知道，只见他在路旁扯了一把茅草茎当毛笔，唰唰唰几下就写了'雄镇蛮烟'这几个字。说也奇怪，当他写完将茅草笔一扔，那瘴雨就突然停了，接着云开雾散，太阳就出来了。他的部将们觉得太神了，就命人将这几个大字刻在了石壁上。我们这山里的人也觉得这刘将军是不是菩萨托身，每年有许多人还到这里祭拜哩。唉——"说着说着，那人竟叹了一口气。

孙开华甚是蹊跷，刚才还情绪满满的，怎么一下子哀叹起来。"老乡，遇到什么难事了吗？"他关心地问。

"可不是，要是这刘将军还在就好了。"那人又补充这么一句。

"怎么说？"孙开华更是不明白，这中年人或这山里到底发生了什么事，急切地问。

"最近这山里，又不知是哪个孽障在作怪，全社的人一个一个都先后倒下了。我们一次又一次到石壁底下祭拜刘将军，可怎么祭拜都不顶用，社里的人还是一个一个接着倒，也不知道中了什么邪。我这不是急着到山外请牧师，来帮我们驱魔降妖么？唉，给你说这些也没用，还耽误了这么长时间。"说完，扭头又要赶路。

"呃，呃呃，别急着走啊。听你这么说，你们社里的老乡是不是生病了啊？不会是瘟疫吧？"孙开华十分震惊，他突然想到了军营里的吴郎中。但他又想从这人嘴里将情况弄弄清楚后再说。

谁知那人头也不回继续往前赶路，边走边说："哪是什么病啊，山里山外郎中的药我们都吃遍了，没有一个郎中拿准过汤头，一定是妖孽作祟。看到了吗？沟坎上阿沛公家，一家四口都倒在床上了，这时候都不见点灯，不知是死是活哩。"

孙开华又是一震，难怪那户人家黑灯瞎火的。见那人已经走远，孙开华有些着急："嗨，能不能带我们去看看啊！"

"要看，你们自己去看吧。"说完，那人已完全消失在夜幕中了。

孙开华和几个随从迫不及待地来到阿沛公家，只见门是虚掩着的，屋内没有一点动静和气息，周围冥寂得吓人。孙开华一阵紧张，也真担心屋里人是死了还是活着，忙叫了几声"老乡"，仍然无人应答。孙开华领着随从忙推门进去，举着走马灯一看，不由得倒抽一口冷气，一个老人，一对中年夫妇，加一个十来岁的小男孩，全都裹着厚厚的棉被，各自蜷缩在床上。孙开华俯身再仔细一看，他们似乎都还活着，因为那棉被都在瑟瑟发抖，看来，他们很怕冷。他又摸了摸那个小男孩的额头。这不摸不知道，一摸吓一跳，那小男孩的额头好烫啊！高烧得如此厉害，裹着厚棉被好像还冻得发抖一样，是不是在抽筋啊？

孙开华不知道他们生了什么病，但他断定这绝对是场瘟疫，哪是什么妖魔作怪啊！

突然，他大声命令一个随从："快！快去叫吴郎中！"

夜幕下，上演了一场与死神赛跑的生死时速……

二

村寨里各家各户凡是还能动弹的社民，都集中到了一间公楼里，有的裹着棉袄，有的披着棉被，一些衣着单薄的小孩依偎在大人身边，和着棉被就与大人一起包裹着。那间公楼，名誉上是楼，实际上只有屋中央顶子的那部分比周边高出一截，整个屋就是一栋平房；所谓公楼，即全体社民出资出力集体建造，产权归公，村寨里的大事，必到公楼合议，类似大陆的祠堂、公堂、钟楼、鼓楼等。

此刻，公楼里灯火辉煌，尽管社民们身上五花八门地裹着不同

台东少数民族干栏式楼屋　熊子杰摄

颜色、不同形状、不同质量的东西，但每一个社民都很虔诚地坐在位子上；虽然有的社民忍不住在发抖，但厅堂里仍是鸦默雀静。厅堂前壁中央，挂着一幅耶稣的彩色画像，一位被请来的号称法力无边的荷兰籍牧师，正在给这些痛苦得摇摆、虔诚得愚钝的社民讲道：

主啊，耶稣我感谢你，

你的身体为我而舍；

带我走出痛苦进入幸福国度，

使我全家平安。

主啊，耶稣我感谢你，

你的宝血为我而流；

宝贵十架上医治恩典涌流，

使我完全得自由，

宝贵十架的大能赐我生命。

主啊，耶稣我俯伏敬拜你，

宝贵十架的救恩是你立的约，

你的爱永远不会改变。

……

就在人们神情肃穆，默默诵念的时候，有一个社民实在支撑不住了，身子忽然一歪倒在了地上，接着就抖个不停。这还事小，随着那个社民的倒下，如同多米诺骨牌被推动，紧接着又有几个社民抖抖瑟瑟着倒下去。人们就出现一阵骚动。

荷兰牧师一看这场景，十分吃惊。他怎么也没想到会出现这种状况，这在他以往讲道的时候是从不曾发生的，他在心里谴责着、批评着这些山民，太不虔诚，太没意志力了。他在胸前狠劲地画了一下十字，大声呼吁人们镇定，接着又开始："主啊，耶稣我感谢你……"

吴郎中急匆匆赶到阿沛公家时，孙开华已给阿沛公家点了灯，生了火。他一直守候在那个小男孩的身边，见小男孩仍然高烧不止，便找了块毛巾，浸了凉水，敷在小男孩的额头上。孙开华见吴郎中到来，赶紧请他看看小男孩，不料，小男孩竟然不烧了，但他似乎又冷起来。吴郎中给他披了披被子，又去察看阿沛公和那一对中年夫妇，完毕，神情严肃地对孙开华说："大人，这恐怕不是一般的病啦！"

孙开华早就意识到了这点，就试探着问："是不是——打摆子啊？"

吴郎中定定地看了看孙开华："打摆子？应该是。"在吴郎中治病的生涯中还没治过这种病，他是凭自己所学的知识判断的，"医学上叫疟疾，应该就是你所说的'打摆子'。"

"对呀对呀，疟疾，就是疟疾。在我们老家有一句俗谚，叫作：伤寒变疟疾，一世不想（需）药吃；疟疾变伤寒，准备杉木板（棺材）。这么说，要死人的？"孙开华这才真正地紧张起来。

"不仅会死人，这种病传染性极强，弄不好还会一大片一大片死人哩。"吴郎中还不知道山里头寨子里的情况，就问，"这山弯里住户多吗？是不是也生了这种病？"

孙开华也不知道山里到底有多少户人家，就将先头遇到那中年人给他说的情况讲了一遍，末了，又嘀咕一句："那人说什么要请牧师来给他们驱魔降妖，说不定这会儿已经请过去了哩。我看是有点傻。"

"什么？大人你说什么？"吴郎中一听，急得跳起来。

"他说要请牧师来驱魔降妖的。"

"是不是要聚在一起啊？"

"那我怎么知道哩。"

"坏了坏了，要出大事了！"吴郎中一拍巴掌，扯开腿子就朝山里跑去。孙开华见吴郎中急成那样，知道事情严重了，也风急火急地跟了出去。

当吴郎中一步跨进来时，牧师正好让大家镇定。一见到如此情景，吴郎中简直哭笑不得。他又气又急，本来恶疾流行，极易传染，最有效的方法就是隔离，岂能如此集中地聚集在一起啊，怎么黄头发、蓝眼睛的洋人也不懂得这基本常识？交叉传染，后果不堪设想！他不由得大声疾呼起来："瘟疫，散开！散开，瘟疫！"

这突如其来的大声疾呼，让荷兰籍牧师恼怒至极，这是对耶稣的不敬，是对上帝的亵渎。他绝对不允许在他代表耶稣拯救人类时，有人玷污他的灵魂，毁损他的人格，破坏讲道氛围，砸了他的场子。他指着吴郎中，歇斯底里吼起来："犹大，他是犹大，给我赶出去！"

人们呆滞的目光突然见到这惊骇的一幕，顿时恐惧起来，有的站起来就走，有的迟疑着往外挪，那几个本已倒地的社民，此时也匍匐着往外爬去。牧师见状，恨不得将这个突然闯进来的疯老头儿撕得粉碎。他暴跳如雷地向人群吼道："不要怕，不要慌，上帝会拯救你们！耶稣会拯救你们！这个人是犹大，是来祸害你们的犹大！你们快把他赶出去！赶出去！！"

"瘟疫，散开！散开，瘟疫！"吴郎中也毫不示弱，竭尽全力反复疾呼着那几个字，想盖过牧师的声音。

"犹大，赶出去！赶出去，犹大！"

然而，没有一个人驱赶吴郎中；当然，也没有一个人支持吴郎中。人们只知道害怕、恐惧，一个个慌不择路、颤颤抖抖、歪歪扭扭地跑出了公楼。也许人们对瘟疫并没什么概念，但他们与牧师、吴郎中擦身而过时，却是极力躲闪和避让，仿佛他们两个就是瘟疫似的。尽管牧师一个劲地号着、吼着，人们却是不再理会，还是泄洪一样各自跌跌撞撞逃回家去。

先前去请牧师的那个中年汉子，一看这等情况，又气又恨。本来，全村寨的社民，被病魔折磨得没剩几个人还有体力，他好不容易给人们做通了思想工作，并把大家组织起来，指望请个洋牧师为大家驱魔降妖，结果被这个不知从哪里冒出来的疯老头儿给搅黄了，心里十分窝火。他一个箭步上前，一把揪住吴郎中，厉声质问道："你怎么可以不让上帝救苦救难呢？唉?!"

吴郎中也没想到会有这么个不明事理的，他被他揪得几乎脚不沾地了。但他扭头对他仔细一看，觉得这人还很面善，看上去不是很凶恶，也就从心里边原谅了他。"唉，你好糊涂啊！"他只是无奈地叹了口气。

孙开华这时也赶到了公楼。一见先前遇见的那中年汉子将吴郎中一把揪住，知是这里面肯定有误会，正欲上前与他解释一下。忽然，外面慌慌张张跑过来一位比中年汉子稍微年轻一点的男子。他什么也没管没顾，哭丧着脸，直接跟那中年汉子说："阿顺哥，你儿子他、他快不行了。"

那中年汉子如同触电似的，突然一松手放下了吴郎中，发疯似的向家里跑去。

吴郎中、孙开华略略愣了一下，紧接着就随那个叫阿顺的中年汉子跑进山里。

三

阿婆身上也裹着厚厚的棉袄，看来她也毫不例外地染上了恶疾。但为了孙子，她强打精神硬撑着，歪歪地跪在一尊木偶神像前，口里念念有词地祈祷着。

阿顺随着他弟弟阿畅，一口气狂奔回家，只见妻子守在儿子身旁，正在嘤嘤地哭泣。她一边哭，一边不停地在儿子胸前抚摸着。儿子先前一直只喊冷，浑身哆嗦，一个劲地蜷缩，自从阿顺去请牧师后不久，就开始一弹一抽的，一边抽搐一边翻白眼，她给他掐了几回人中才没让他"弹"过去。阿顺赶回家时，儿子已经是奄奄一息了。

阿顺小心翼翼地接过儿子，轻轻吻着儿子的额头，"儿子，儿子，"他不敢大声呼唤，"阿爸回来了，阿爸给你请耶稣，请妈祖，请刘将军来了，把妖魔赶出去，赶出去。儿子啊，就会好的，就会好的。主啊，耶稣我感谢你，感谢你……"他语无伦次地念叨着，不停地唤着、哄着儿子。

吴郎中上气不接下气地总算赶到了阿顺家，一看阿顺的儿子已经惊厥过去，立马让阿顺将儿子平放在床上，不要再抱着了。接着，让阿畅倒一杯白开水过来，急急忙忙打开褡裢，从内面取出一些药粉，请阿顺帮忙将药粉灌进阿顺儿子的嘴里。然后，才坐下来喘口气。

一袋烟的工夫过去，阿顺的儿子苏醒过来，吴郎中终于松了一口气。阿顺高兴得手足无措，一个劲地围着吴郎中转来转去，还"呵呵"地傻笑；先前早已哭成个泪人的孩子的母亲，此时，更是泪如泉奔，一下扑到床边欣喜得只知道唤她的儿子："阿木，嘻嘻嘻。阿木，哈哈哈……"边唤边夹杂着不知所然的笑声。阿婆听到房里的吵闹，知是孙子得救了，她从神像前一撑而起，颤颤巍巍进得房来，"扑通"一下就跪在了吴郎中跟前："妈祖啊，菩萨啊，你的大恩大德，就让我下半辈子做牛做马慢慢报答吧。"阿顺见娘给人家谢恩，这才反应过来，他一把扯过还在那里只知道高兴的媳妇，陪着母亲，也双双跪在了吴郎中面前。

令吴郎中没想到的是，阿畅更是像发了神经，一步冲出去，对着山寨里就大声喊叫起来："妈祖来啦——妈祖到俺家救难来啦——"这一喊不打紧，却把整个山寨搅得沸腾起来，刚刚从公楼里往回逃的人们，听到喊声，又纷纷赶往阿顺家。吴郎中急得屁眼里都冒火，这不是帮倒忙吗？好不容易才把人们疏散回去，阿畅这一声喊叫不又把人们集在一起了？他恨不得跳起来踢他几脚。可是，已经晚了，人们果真陆陆续续来到了阿顺家。吴郎中只好苦口婆心地劝大家再次回家，并赌咒发誓，他吴郎中不把大家的病治好就不出山。人们将信将疑终于回去了。

阿顺一脸的愧疚，在公楼里他还质问吴郎中，没想到他就是来救苦救难的。他满怀感激，给孙开华、吴郎中等敬了茶，又敬烟，还吩咐老婆敬来了槟榔。之后，极不好意思地轻声问道："阿木好了啵？"

吴郎中知道他的意思，就实话实说道："我还没给你阿木治病，先头他是惊厥过去了，我只是把他救醒。他这个病啊，一时半会儿我还没想出个方子。"

阿顺一听，又紧张了。"那，阿木是什么妖缠身啊?!"阿顺急急地问。

"怎么跟你说呢?"吴郎中挠挠头皮，"阿木、阿婆、阿沛公一家，包括这山寨的所有人都不是被妖缠身，他们都生病了，是恶性疾病。是神降瘟疫于人类，是疟邪，疟邪就是疟疾，你懂不懂啊!"

阿顺听得云里雾里，他痴痴傻傻地看着吴郎中那两片薄薄的嘴唇一张一合的，不知他说了些什么。

孙开华也替吴郎中着急，怎么才能让阿顺这个老实厚道的山里汉子拐过弯来？忽然，他想到了"琅峤事件"，便说："前些年倭寇占琅峤，不是也发过这种瘟病么？你们这是一样的病。"

"唔唔，哦哦，琅峤。"阿顺似乎终于明白了一些，"可是，那倭寇是造孽，我们没造孽，天神为什么要惩罚我们？"

孙开华见他如此根深蒂固，也不再说什么，只好安慰他道：

"莫着急，吴郎中会有办法给你们治好的。"

其实，真正着急的是吴郎中。他根本就没治过这种病，此时此刻他正在那里搜肠刮肚地思考治疗方案。古籍记载，汉武帝征伐闽越，"疾疠多作，兵未血刃而病死者什二三"；宋代的陈言也说"一岁之间，长幼相若，或染时行，变成寒热，名曰疫疟"。看来，这种瘟疫一旦发作，流行快，治疗难，目前为止，还没有固定的特效药方。吴郎中从《神农本草经》到《黄帝内经》，仔细搜索一遍，找到了治疗原则，这种瘟病，必须"和解表里，清热保津，温阳达邪，清心开窍，化浊开窍，补益气血"。他拟出了一个中药方子：常山、草果、柴胡……共十多味中药。他拿着拟好的处方单子，翻过来翻过去琢磨了好一会儿，总觉得还不很理想，又进入了苦苦的思索。忽然，他记起来了，《肘后备急方》里，不是记载一种治疗疟疾的奇效药么？"青蒿一握，以水二升渍，绞取汁，尽服之。"想到此，吴郎中激动得一拍脑袋瓜，"对啰，就是它！"于是，一单治疗疟疾的成熟药方跃然纸上了。

吴郎中火急火燎的，请求提督大人孙开华赶紧派一哨军士进城去，按照方子将药铺所有的存药买回来，不够的话，赶紧到另外的城里去买，寨子里有好几千人啦；另外吩咐阿顺、阿畅将寨子里凡是还能动弹的男女老幼发动起来，一部分人到山野里去扯青蒿，一部分人聚薪架锅，准备熬药。待一切安排就绪，不知不觉中，已至天明。

山寨里再次沸腾起来，人们奔走相告，妈祖来山寨里救苦救难了。人们拿着汤碗，抱着面盆，提着药罐，都集中到公楼里来取药。渐渐地，人们有了血色，恢复了体力，驱除了疟邪，获得了健康。吴郎中真是妈祖转世啊！直到此时，人们才知道，跟吴郎中在一起的这位头戴花翎帽，身披战袍，身材魁梧、伟岸的男子，正是当下福建的陆路提督。多么大的官啊，不仅没有一点官架子，还满肚子的菩萨心肠！

　　阿婆、阿顺、阿畅、阿沛公……山寨里所有的社民都自发地来到公楼前面的广场上，给大恩大德的提督大人孙开华，给救苦救难的吴郎中，三拜九叩，伏地谢恩。随后，他们自然组合，唱起了一种孙开华、吴郎中从未听到的奇怪的歌。他们没有乐器伴奏，没有人领唱，只是随便几个人开个头，其他人就陆陆续续、自自然然跟着和。虽然，孙开华他们一句歌词也听不懂，但是那忽高忽低、忽悠忽扬和在一起的歌声，给人一种说不出的美妙感觉。一会儿像爬上了山坡，一会儿像蹚过了溪谷，上上下下，起起伏伏；弯弯绕绕，曲曲折折，男声、女声、童声、叟声，一部分声音窜进来，一部分声音又逃出去；没有人指挥，也没有韵拍，他们用脚，用手，用身体，用眼神，传递着只有他们自己知道的音乐密码，一切都那么自然，一切都那么顺畅和谐，无论是蜿蜒舒缓，还是高亢激越，都恰到好处地自然流淌。一声呼喊，一声应和，仿佛都是人与天空，人与山川，人与族群的无缝融合，真可谓凡音之起，由人心生啊！

　　人们越和越多，整个场子上都动作起来，山谷里渐渐地弥散开去一种空灵的和声……最后，人们不让孙开华、吴郎中他们离开，要他们作为永久的客人留下来。

　　然而，军令已到，新任闽浙总督何璟让孙开华渡海回闽，筹备军需及部署马尾海防。人们不得不挥泪告别。

押解黑黝弯

一

所谓筹备军需、部署马尾海防，纯粹只是一个借口，原来的闽浙总督兼南洋商务大臣沈葆桢专事南洋商务去后，闽浙总督由何璟继任。这何总督同其他所有官僚一样，上任后唯此唯大的第一件大事，自然是到下属各地巡察。因闽省巡抚兼船政大臣丁日昌称病回原籍休养，若到闽省巡察谁来接待？当然，吃喝拉撒游购娱乐也会有人安排，可谁来汇报谁来陪？总不至于让地方上的州官、府官出面吧？那也太没面子了！想来想去，只有陆路提督孙开华比较合适。可是，孙开华正在台湾"开山抚番"忙得不亦乐乎，总不能因为要去巡察而把他调回来吧？理由不充分。后来就有人建议以"筹备军需、部署马尾海防"的名义，调孙开华渡海回闽。何璟一听，觉得这主意不错，便欣然应允。看来，官员们刷存在感由来已久。

既然没什么大事，孙开华陪同何璟装模作样巡察了几天后，就回泉州府的家里看看。可是，待孙开华走进鹿园时，竟发现几个陌生面孔，有看门的男丁，也有打杂的女用，一个也不认识。孙开华正欲开口问明缘由时，看门的男丁倒是先开口为强了："你找谁？"孙开华好一阵尴尬，心想自己回家还让人盘问一番，只得苦笑笑。

正在这时，曾蓉蓉出来，一眼发现孙开华，惊喜地叫了起来："哎呀，老爷回家也不带阵风啊！"说着，就急急忙忙迎上来接过孙开华手中的行囊。

孙开华忍不住抱了抱曾蓉蓉，惹得曾蓉蓉一阵羞臊。见孙开华一个劲地看门丁和女用，曾蓉蓉就避开了羞涩主动解释说："老爷你去了台湾，家里忙不过来，我就做主请了几个人，还不知道老爷怪不怪我哩。"说完，娇滴滴地给孙开华抛了个媚眼。

仆人们很懂事，知是主人回家了，竟不约而同恭恭敬敬叫了声："老爷好！"

孙开华知道曾蓉蓉的拐拐心眼儿多，她既把孙开华摆到了头等重要的位置，又把自己办了件好事说得不显山露水，且还表现得有点自责。孙开华当然不会责怪她，就顺着她的心思夸奖道："还是蓉蓉懂事。看来，你在夫人那里得到了真传啊！"

曾蓉蓉眼珠一转，听出了弦外之音，就嗔怪了："啊，就只许夫人做主，我就做不得主啊！"

孙开华哈哈大笑，一把将她连人带行囊抱起来就往院子里走去："啊哈，我的蓉蓉还真是个小心眼儿啊！"

"唉、唉唉！"曾蓉蓉怎么挣也挣不下来。忽然，她想起了一件大事，就"啊呀"一声惊叫。

孙开华不知发生了什么，手一松，曾蓉蓉从他身上滑落下去。

曾蓉蓉兴高采烈地说："刚才只顾了高兴，差点把一件大事忘了。老爷，你又当爹了哩。"

"是吗？"

"是呀，曹妹子又给你生了个胖小子哩。"

孙开华丢开曾蓉蓉，径直朝房里走去，嘴里还"妹子、妹子"

地叫着。奇怪的是曹氏没有应答，还未进门，孙开华却听到了小宝贝"哇哇"的哭声。那声音健康、响亮、有底气，孙开华心里乐滋滋的。他推门进去，原来，曹氏正忙着给儿子换尿布。

见进来的是老爷，曹氏一激动，猛地站身，差点把宝贝儿子掉在地上，"啊呀，是老爷回来了。"她有点羞赧，也有点骄傲地迎上孙开华，"小宝还真是老爷的种哩，早不屙屎，迟不屙屎，老爷刚进门就给老爷送个大礼包。嘻嘻，啰，一大包哩。"说着，朝地上的那包屎努努嘴，洋洋得意地笑着。

孙开华大笑着抱过儿子："啊哈，我的真种，我的真种啊！哈哈哈……"孙开华疯也似的用他满嘴须髯的大嘴亲吻着儿子。不料，这几下又是笑又是亲没轻没重的动作把儿子吓得大哭起来。

"哎呀，跟公猪发骚一样！"曹氏赶紧接过儿子，"瞧把儿子吓的。"她一边嬉笑着，一边哄着儿子，"哦哦，儿子不哭，你爹是喜欢你哩。哦哦。"她哄着，就将胀鼓鼓的奶头塞进儿子的嘴里。

孙开华虽是挨了责骂，却是乐呵呵一味傻笑。

吃晚餐时，孙道元、孙道仁兄弟俩终于回来了，似乎还没玩够，吃饭时还要挤挤挨挨地腻在一起。曹氏也许是练出来了，她边吃饭边敞着怀，让儿子攀着两只丰满的乳房自顾自地在那里"吧唧吧唧"津津有味地吮奶。临近散席，曹氏忽然像才记起来似的："哎呀，老爷，一回来只晓得轻狂，也不问问你儿子叫什么名字，你这个当爹的也太差劲了啵。"

"是啊，快说说，叫什么名字？"孙开华一脸的自责。

没想到曾蓉蓉就大笑起来："哈哈哈，你这是野老公的搞法啊，只管播种，不管收获。哈哈哈……"

笑得孙开华更加羞愧难当。

"哪有什么名字啊，"曹氏也是一肚子的责怪，"就等你回来给他取哩。"

"呵呵，好啊。只是这名字嘛……"他想了一会儿却没理出个头绪，"嗨，我一个带兵打仗的，平常没顾得那么多。还是蓉蓉有学问，道仁的名字取得多好啊，麻烦蓉蓉也给这小家伙取个名字吧。我这里先替儿子谢谢曾姨娘了。"

"啊哈，合着我还有点用啊，哈哈。"曾蓉蓉略带揶揄地有点得意，"依我看啦，老爷就是个大男子主义，娶个老婆，生个儿子，娶个老婆，又生个儿子；怎么只生男孩不生女孩？照这样下去，擢胜营以后就不用招兵买马，仅老爷一个人就可成军了。哈哈哈……刚才老爷要我帮个忙，给小宝儿取个名字，我听起来就觉得有点见外了，好像就我没责任似的。其实，在小宝儿生下来时我就在琢磨，这名字，一来嘛，要符合老爷一贯的做派，二来嘛，要依古人讲究的道德传统。道元是老爷的第一个儿子，元始元始，所以道元的名字也蛮合实情，而今老爷又有了'仁'，就应该有个'义'，我给小宝儿取个道义的名字，不知要得要不得？"说完，就偏着脑袋看着孙开华。

孙开华不假思索朗口应承道："好啊，好啊，有仁有义，以后的孩子们就按这个套路取名字。哈哈哈，我说嘛，蓉蓉的学问就是深。"

曹氏因为儿子有了名字，且得到老爷欢喜，高兴得眉梢上都有了文章。她把儿子举过头顶，一颠一颠地："哦哦，我儿子有名字喽。哦哦，义宝儿，你以后就是义宝儿了。"

曾蓉蓉当然有些得意，孙开华更是不亦乐乎，一大家子其乐融融。孙开华后来又生了几个儿子，果真按照他所说的"套路"，给儿子们取了孙道礼、孙道智、孙道信。或许，这就是他内心一生的追求。

二

孙开华在鹿园做了一个奇怪的梦：娘在地下睡得太久，想要翻个身。是啊，自从将娘掩埋，一头扎进军营以来，就再没回过老家慈利县柳林铺。老大、老三也都从军出来了，老家的房子不知垮了没有，娘一个人埋在郝家山，孤苦伶仃的，坟包还在不在都不知道，也该回去给娘修个墓了。他与曾蓉蓉、曹氏商量回老家的事，曹氏刚开始还高兴了一下，可仔细一想，道义太小，路途遥远，受不了车马劳顿，最后，决定只有曾蓉蓉带着孙道仁一起回去。

孙开华本想安安静静回到老家把事办了就返回，既没告知州府，也不想惊扰县衙；可当他们一行进入慈利县城，就有人认出是孙九大人衣锦还乡了。消息不胫而走，当时的县令朱耀奎，立即着人将孙九大人接进白宫城的县衙内。这朱耀奎自然对久仰大名的孙九大人恭敬有加，一通招待完毕又挽留孙九大人多坐了一会儿。孙开华忽然问朱耀奎："刚才途经县城时，好像看到县衙新出一张募捐告示，不知为何事劳烦县令大人亲自发起了募捐？"

"唉，也是让孙大人笑话了，本是区区小事，却要兴师动众，全怪本县令治县不力啊！"这件事朱耀奎本不想让孙九大人知道的，没料到孙大人却看到了告示，主动问起来，急得他一脸汗颜。

"怎么说？"孙开华觉得奇怪。

"呔，孙大人，这说出来真是丢人，还不是为了方便百姓。孙大人是知道的，慈利县城这地理位置比较特殊，溇水（后河）、澧水（前河）在县城汇合，水面宽阔，河两岸的百姓往来全靠渡船。本来有一只私家渡船一直方便百姓的，但近几年船主换了人，有个刮风下雨，这新船主就涨价，特别是发了点洪水，或者月黑浪高时，这新船主就漫天要价了，弄得过往行人及两岸百姓怨声载道。

本县令也多次与船主面商，并派衙役吓唬他，恳望他积德行善，方便往来。谁知他油盐不进，多说几句，他还要横说：'你一县之父母，有本事修个义渡啊！'气都快被他气死。唉，也是府库羞涩，才出此募捐下策，让大人见笑了。见笑了。"

"哦？还有这等人物?!"孙开华听了，异常气愤，"我看啦，朱大人，你这捐也别募了，这渡，我捐了！"

朱耀奎喜出望外，但又实在不好意思让孙大人破费。推辞半天，孙开华执意要捐，朱县令只好勉为其难。

此刻的曾蓉蓉就有些坐不住了，本是回来给娘修墓的，可这钱捐了义渡，还哪有银子修墓呢？她当着外人又不好明说，便偷偷扯了扯孙开华的衣角。

孙开华知道曾蓉蓉的孝心，但他同样也不好说破，就故意一语双关地大声说："绝不能让那些无仁无义之徒鱼肉乡里！"

朱耀奎迅速派人买来了渡船，也聘来了船工。一切办理完毕，孙开华考虑到船工以后的生活，又将自家田产捐几亩，以田租保障船工的生活开销。朱耀奎很是激动，当即给义渡取名"将军渡"。开渡那天，周围十里八乡的百姓全都来庆贺"将军渡"。朱耀奎更是大张旗鼓地代表县衙送来了锣鼓和喜炮，并在开渡的仪式上，大声朗读了他亲撰的《将军渡记》：

> 县治环山，而东、西、北三面带水，娄澧之所会也。其中则有琵琶洲焉，有鸳鸯渡焉。溯流而上，又有所谓柳林铺者。考诸志乘，铺亦称埠，殆水濒商泊之所欤。一巷之市，而往来行旅，络绎载途，盖南望桃源，北达桑植，上接巴蜀，下驰汉沔也。
>
> 此间旧有一渡，而舟子往往据以为奇，当夫春汛泛溇，石激水猛，舟子更有所挟持也。所以过客经此，常动

位于柳林铺孙开华故居前的将军渡遗址　李慧中摄

望洋之叹。予不敏，承乏斯邑，虽有乘舆，安得人人而济之？方将属耆老聚金设义渡，以利行人，不谓孙军门开华家近斯渡，争先好义，捐一舟，募舟子，经纪其事，并舍闲田纳租供其食用。吁，诚义举矣！

孙军门有客请于予曰：吾军门设此渡也，殆不过利济行人焉耳，原无所希冀于其中也。不意过客感公谊，咸以将军渡呼之。斯名不敢听其淹没也，丐文于予，碑以志之。

予曰：子不见夫河称太史，邑号野王，大夫以松名，先生以柳传耶？物以人重，地以人传。振古如兹，无足怪也。况军门方将统师征台，威名摄乎中外，异日之丰功伟业，直将图画凌烟，铭功竹帛。斯一渡之微，特见一骥一毛耳。且夫君子之德风，小人之德草，上行下效，捷于影响，谓在位之政绩感孚也。

予出宰斯土，两载于兹，凡与列弊，锄强扶弱，虽不能悉如人意，而坚白盟心，差堪自信。叩诸父老，访于道路，其亦克留此嘉名耶？否耶？予不得而知也。军门何幸得此也！予将为军门庆矣。且不止为军门庆也，将以勖斯举之有始有卒，永传后世。而后世之熙来攘往者，永无病涉之虑，则赐兹嘉名，千秋不朽矣！

事后，朱耀奎又在渡口码头，专立一块石碑，将《将军渡记》全文刻在碑上。人们广为传颂。

义渡开了，往来行人交口称赞，孙开华一行又被朱耀奎挽留，在县城短住几日后，终于回到了阔别已久的老家柳林铺。孙开华抑制不住内心的激动，这山还是那些山，这河还是那条河；只不过老家旁边好像新住了两户人家。屋前的那棵李子树，似乎也长高、长大了许多，看来刚刚谢花不久，树上挂满比豆大不了多少的嫩果；

老宅由于长期无人居住，堂前长满杂草，房子已有些歪斜几乎垮塌。曾蓉蓉第一次到老爷的老家，见到的竟是如此破旧的景象，不由得一阵伤感。这怎能让人相信，当下名望九洲、威震海外提督大人的老家竟与破落户无异？自古忠孝两难全啊！曾蓉蓉的眼角冒出了泪珠。她暗暗发誓，一定要把儿子培养好，振兴孙家。孙开华见曾蓉蓉如此动容，心里也泛起一股难以言状的滋味。

孙开华领着曾蓉蓉和儿子孙道仁来到郝家山，哪见什么娘的坟茔啊！满山满坡都长满荆棘和茅草。当年，他是借着月光将娘掩埋的，具体位置已模糊不清，他只依稀记得有个小山窝，至于传说中吴三桂军师所讲的所谓"正脉"，他压根就没什么概念和印象，现在这些荆棘和茅草将周围遮掩得严严实实，哪里有坎，哪里是窝，从外面根本就看不出来。孙开华找寻了半个时辰，总算找到一个长满茅草的小土包，孙开华仔细对周围辨认一番后，才确认这就是娘的坟茔。顿时，孙开华不由得潸然泪下。

"娘，是儿子不孝啊！"突然，孙开华大叫一声，长跪不起。

曾蓉蓉也不好说孙开华什么，扯过儿子孙道仁，也一起跪在了那个土包前。三个泪人跪了许久，最后，曾蓉蓉站起来发誓般表态道："娘，下次回来，一定给您修个墓！"

随后，曾蓉蓉安排人将周围的荆棘茅草砍光，给坟茔拢了个大土包。修葺一新，祭奠完毕后，一家人返回县城，准备第二天启程回福建。

谁料，回到县城的当天晚上，一大帮年轻人，却缠着孙九大人要求参军。这让孙开华陷入左右为难的境地。

三

这帮年轻人，都是慈利本乡本土的。他们听说孙九大人回了慈利，义渡开渡那天就商量好了，等孙大人返回县城时，他们就守在旅社门口集体要求参军，跟孙大人一起走。在他们看来，当年孙大人也是这样邀着伙伴去当兵的，没想到一头扎出去后就当了这么大的官。俗话说，亲不亲，故乡人。所以，现在更有理由相信，只要孙大人肯收他们，跟出去后肯定能得到关照，甚至提拔、重用都有可能。基于这些想法，他们缠上孙开华后，死活就不肯走了。

如此一来，让孙开华着实成了哑巴吃黄连——有苦说不出啊！第一，他此次回乡，没有招募勇丁的任务；一下子带回去十多个人，军饷怎么解决？当然，身为提督，即使上面不核拨，他也能想办法解决吃喝拉撒的问题。这还是事小，更重要的是第二条。本来，回乡时带了点银子，可大部分都捐了义渡，娘的坟墓都没修成，现在身上才剩了点刚够他们一行返回福建的盘缠，若将这十多个年轻人带上，一路上的经费开销怎么办？总不至于找县府、州府、省府化缘吧？那样的话，说出去还不让人笑掉大牙啊！但是，这些热血青年，如果一个不收，岂不拂了家乡人民一番忠勇爱国的诚意？或者对他孙开华的一番敬意？真是左右为难啊！他叫来随从，问到底还剩多少盘缠。随从老老实实答：不多了。孙开华还不踏实，拿过布袋子掂了掂，说："嗯，确实不多了。"他停下来，想了想，接着说，"不过，手头捏紧点，带几个人一起走，可能问题不大。"最后，孙开华决定，最多只带五个年轻人。

主意是定了，可仔细一想，还是有问题。十多个年轻人，挑选哪五个人呢？总不能凭高矮胖瘦俊丑呀，若是那样，岂不成了以貌取人了？孙开华想起了泉州府募勇。不行，不行。他立马否定了自己的想法。这些年轻人谁知道他们有没有本事，万一都没学什么本事怎么办？想来想去，他想出了一个不是办法的办法：百米赛跑，取前五名，既简单还公平。办法一宣布，大家也说不出有什么意见，通过赛跑，最后，猫儿峪乡取了一名，杨柳铺乡取了一名，国泰桥乡取了一名，而零阳乡黑黝弯村一下子取了两名。

五个年轻人，加孙开华一家和随从一共十来个，一路紧紧巴巴，差点没有沿路乞讨，总算回到了泉州军营。那五个新兵蛋子，一路上跟着孙开华吃没吃好，住没住好。他们怎么也没想到，一个提督大人会如此抠门，沿途的美食、特色小吃，他们没尝过；十多天时间，也不见孙大人喝一口酒，他们当然连酒气都没闻到；就更别说那些好看的、好玩的地方，他们连想都没敢想。所以，一路上过去，他们肚子里一直犯着嘀咕，直到进了军营，他们才真正吃到一口饱饭，喝上一口好酒。

自古以来，艰苦的环境磨砺人，也能考验人。经过这十多天的同吃同住同行，孙开华观察到这几个他亲自带回来的慈利小老乡，也算老实、机灵，尽管没让他们吃好喝好，脸上偶尔也能看到一些没有满足的情绪，但没有一个人发牢骚，或者闹别扭，这就相当不错嘛。看来，他的恩师鲍超"将必亲选，兵必自招"不无道理。孙开华不禁对他们产生了一些好感，打算对他们好好打磨打磨。

然而，许多时候往往事与愿违。就在孙开华的一番好意还没付诸实施的时候，两个慈利小老乡，却给孙开华惹出了一桩大祸，令他几乎气得吐血。孙开华不得不"挥泪斩马谡"。

擢胜营的驻扎地在郊区，几个从湖南内陆来的小伙子，对福建沿海的一草一木都感到新奇。许多花草树木，他们从未见过，有长气根的，也有长板根的；有一年四季开花的，也有花草长得奇形怪状的。特别是那些水果，让人见着就眼馋，闻着就流口水，什么荔枝啦，杧果啦，桂圆啦，槟榔啦……让他们过了好多天，才将部分果实与果名对上号。这天，吃过晚饭，两个黑黝弯来的小伙子，一个叫刘狗儿，一个叫朱癞子（小时候长过癞子），相邀出去散步，散着散着，就走进了一片果园。只见一大片红红的荔枝挂满枝头，散发着诱人的暗香。他们没见过，更没吃过这种奇异的水果，也不知道孙开华的擢胜营里有什么规矩，更不懂得"瓜田不纳履，李下不正冠"的古训，也许正因为那挡不住的诱惑，俩人蹑手蹑脚，真正做贼一样朝荔枝园深处走去。当然，他们是心虚的，尽管屏住呼吸，进到里面后，心脏仍然"怦怦"直跳。俩人再次朝四周望望，还是未见有人看守，便壮着胆子，伸手摘下一串沉甸甸的荔枝偷吃起来。这一吃不打紧，本来他俩只打算尝尝鲜就行了，谁知这荔枝一吃到嘴里，竟比蜜还甜，比肉还香，简直就叫作乐口消融。他们甚至怀疑这不叫荔枝，是不是《西游记》里所说的"人参果"啊？他们吃上了瘾，也吃得忘了害怕和恐惧。于是乎，他俩撑开了肚皮，敞开了大嘴，尽情地、不管不顾地、忘乎所以地吃起来。

吃了一会儿，刘狗儿突然小声对朱癞子说："癞子，要是俺娘吃到这么好的东西，说不定她的病就好了。"

朱癞子一听，立即停住了咀嚼，含着还没咽下去的荔枝肉，望着刘狗儿说："你还莫说，狗儿，刚才俺就在想，要是俺爷爷死之前，能吃到这么好的水果，他肯定会闭眼睛了。"

"怎么，他没闭眼睛？"刘狗儿有些吃惊。

"没闭。俺看得清清楚楚的，好吓人。"说完，朱癞子就不说了。

俩人都不说了，也都不吃了，眼巴巴地望着天。望着望着，两个年轻人就"呜呜"哭起来，而且越哭越伤心，后来就变成了号啕大哭。

不用说，他们被捉了。三个果农一拥而上，将他们揪住，问他们是哪里的，干什么的。他俩开始怎么也不讲，三个壮汉就要打他们。他们见状，就突然记起了一句俗话："好汉不吃眼前亏。"刘狗儿就撒谎说：是来找亲戚的，没找着，又几天没吃饭，就偷吃了几颗荔枝。三个果农说什么也不相信，就扒了他们的上衣，让他们将一地的果核、果皮包了，然后，人赃俱获地将他们押进军营。

孙开华正准备回鹿园看看，没想到在大门口就撞上了三个果农押着刘狗儿、朱癞子进来。他大为不解，问道："怎么回事？"

其中一个果农说："孙大人，是这么回事，这两个人偷吃荔枝。我们也不相信，擢胜营在这里这么多年，从没发生过这事。我们知道您孙大人带的兵，个个都是好样的，哪里会有偷鸡摸狗的？他们也说是来找亲戚的，我们就想来军营，看有没有人认识他们。"

"好啊，刘狗儿、朱癞子，真是知人知面不知心啊，想不到把你们当个人，你们却做鬼吓人。偷吃人家的东西不敢承认还撒谎，是给我孙开华留面子不是？我告诉你们，你们犯了大忌知不知道？来人啦！"孙开华肺都快气炸了，怒喝一声。

霎时，护卫哨齐刷刷拥到了孙开华身边。

"全体集合！"孙开华又是一声怒喝。

接着，值勤官就拉响了集合的汽笛，不到五分钟，擢胜营的将士全体集合到操场上。孙开华命护卫勇丁将刘狗儿、朱癞子从老乡手里押过来，推到台前。众将士不知发生了什么，一个个面面相觑。三个果农一看这阵势，知道惹出了大祸，他们想大事化小求个情，可一看孙大人吓人的脸色，又不敢吭声了。

两个愣头青的确犯了大忌，按擢胜营的规矩，至少要重打一百军棍，还不许任何人求情。可想而知，那一百军棍下去，还不把人打成肉泥啊！就在值勤官举着军棍正要打下去时，胡峻德冒险走到了孙开华身边。

几个慈利小老乡到军营后，胡峻德第一时间就和他们认识了。刚才集合后，他私下里迅速了解到他们偷吃了人家的荔枝，这可是军中大忌，大哥绝不可饶恕他们。规矩挺在那儿，他也不敢求情，可那一百军棍下去，若将人打死了，又的确让人于心不忍。他知道两个小老乡来自黑黢弯，情急之下，他编了一套说辞，斗胆建议道："大人，我知道这两个人来自老家慈利。慈利有个黑黢弯，那里虎豹成群，这两个人罪不可赦，打一百军棍太轻了，不如将他们押解黑黢弯，让虎豹吃掉算了。"

众人一听"黑黢弯"的名字都傻了眼，这胡峻德比孙大人还严厉啊，一个个噤若寒蝉。三个果农更是觉得不妥，"扑通"一下跪在地上就给刘狗儿、朱癞子求情："大人，孙大人，他们吃几颗荔枝，也罪不该死吧？算了算了，我们也不追究了。"

"不行！"孙开华说得斩钉截铁。他突然将目光投向胡峻德，心想这胡老二是拐着弯为两个小老乡开脱啊！便顺坡下驴道："胡营官说得没错。那就这样吧，各打十军棍后，押解黑黢弯！"

......

加礼宛招亲

开除刘狗儿、朱癞子后，孙开华毫无心情回鹿园了。他的心隐隐作痛，一直在深深责怪自己，一路上没给这几个小老乡交代一下他孙开华治军的原则和规矩。俗话说：不知者不为罪。能全怪他们吗？但是，他们已经犯了大错，如果因为是老乡就姑息迁就，不依规严惩，那他孙开华以后怎么治军？之所以擢胜营在福建、在台湾有个好口碑，全得力于他孙开华铁腕治军啊！幸亏胡老二给他下了个台阶，不然，两个小老乡真会被打死的。想到这里，他把胡峻德叫了过来。

让厨房弄了几盘小炒，拧了一坛老窖，兄弟俩吃起了夜宵。"老二，还是你懂大哥啊！"孙开华对胡峻德很是感激，真诚地举过酒碗，"这第一碗酒敬你。"

"呔！大哥，你这话说哪里去了，跟大哥几十年了，你心里怎么想，我若是揣不出个一二三，还配是你兄弟吗？我就知道大哥心软，只好编个说辞，本来黑黝弯的地名就怪阴森可怖的，还虎豹成

164

群，将他们喂虎豹听起来也够狠的，没想到大哥果真就顺坡下驴了。大哥真是菩萨心肠啊！这酒该我敬你，敬你啊！"说着，胡峻德将一碗酒先干为敬了。

孙开华摇摇头，兄弟做到这个份上还能说什么？两个人边说边聊，心中的阴霾逐渐驱散开去。正在两人高兴的时候，恰巧来了军令，闽浙总督何璟已赶来福建，紧急召见孙开华。

原来，又是开山抚番过程中出现了问题。清廷规划，在台湾岛修筑贯穿中央山脉的北、中、南三条大道，以便打破东西前山与后山天然的隔绝，从而招抚后山原住民，取得对全岛的控制。如此一来，势必侵犯原住民的生存空间，加上随着道路修通后，不少外族及大陆汉人也拥入后山进行垦荒，这样便加深了本土住民与外来人之间的矛盾。更有甚者，在外来族群中，有一部分是郑经残部的后裔，他们趁道路开通之际拥入后山，对原住民的田产屋宇、资源财富采取强征暴敛、巧取豪夺。于是，本是道光年间才从宜兰移居花莲的噶玛兰族加礼宛社人，便联合附近的盟友阿美族萨奇莱雅人一道举旗抗清。他们会集了加礼宛、巾老耶社的全部青壮年，盘踞在鹊子城。此前，镇守台湾的霆军统领宋国永曾多次率军征剿，终因战略战术不当，未能破城。时间到了光绪四年（1878）六月中下旬，正当宋国永调整部署以图再战时，宋国永却因突发恶疾，于六月底病逝台湾，加礼宛社人欢欣鼓舞，气焰更加嚣张，并杀死了哨官杨玉贵。为此，何璟奉朝廷命令，紧急召见孙开华，命他率擢胜营，并接管宋国永部众，火速赶往花莲平定加礼宛社及巾老耶社的叛乱。

孙开华一听，很是震惊。台湾，区区弹丸之地，为什么总是叛乱不断？除了开山，给原住民的生存空间带来压力而引发矛盾之外，还有没有其他原因？对了，刚才何总督提到郑经的残部后裔，一下子引发孙开华深刻的思考。

台湾，原本与大陆属同一地理板块，山水相连，同根同脉。大约两三万年前，台湾渐渐漂移而去，形成独立的岛屿。最初，所谓原住民，只不过是福建沿海山区的住民而已。随着时光的流逝，后来又有马来人、知本人等族群漂流到岛上，形成了如今包括阿美人、泰雅人、排湾人、布农人、鲁凯人、卑南人、曹人、赛夏人和雅美人等十多个族群的原住民。十七世纪中叶，蒙隆武帝赐过明朝国姓，至南明时期，又蒙永历帝赐封过延平王的郑成功，因不满清廷统治，决定从荷兰殖民者手中将被他们霸占已久的台湾岛收回来，以建立清廷难以统治的独立王国。1661年，郑成功如愿以偿，将荷兰殖民者赶出了台湾。当郑成功入主热兰遮城后，严令留守厦门的诸将搬迁家眷来台，但郑泰、洪旭、黄廷等重要将领都抗命不往，乃至于"不发一船至台湾"，导致郑家军失去大陆的依靠。不久，郑成功病逝，郑氏家族内部引发权力之争，最后兄长郑经打败弟弟郑克塽，夺得了兵权。但是，从此以后，郑经却只能在孤悬海外的台湾岛上经营。然而，一代一代传下来，他们后裔的骨子里仍然残留着反清复明的基因。当清廷开山抚番以来，那些具有强烈反叛意识的后裔也混迹其中，前往后山，不排除故意制造矛盾，刺激原住民发动叛乱。

　　除此而外，自明清以来，台湾岛上的族民成分变得愈为复杂，有荷兰殖民时期留下来的族裔，也有琅峤事件后倭寇留下的种，还不排除那些对中国垂涎的外国奸细，他们专事利用矛盾、散布谣言、制造恐慌、挑唆岛上原住民反叛清廷，对抗大陆的勾当……由此看来，台湾已是一个多种意识、多种欲望、多种成分聚集的复合体。

　　叛乱，平叛；再叛乱，再平叛，周而复始，此起彼伏，朝廷仿佛已步入这种没完没了的怪圈。孙开华猛然间打了一个寒战，如此强硬的打压，会不会越打越反呢？上次围剿纳纳社、阿棉社，几乎全部剿灭，侥幸逃掉的极少数番民，会不会从此埋下更深的仇恨？

而周围的那些部落、族群，对此又怎么看呢？会不会认为朝廷太残酷了？再说，那些不怀好意的外国奸细，他们巴不得你清政府与当地人的矛盾越深、越激化越好，他们正好乘虚而入，挑起更大的矛盾。如此一来，一方面中了那些觊觎华夏、心怀叵测的外部势力的圈套，另一方面，强压的效果也只能是适得其反。

孙开华觉得此次前去台湾花莲平叛，不能简单的镇压，应该改变一下策略，要变过去强压为安抚为主。要给当地人讲清道理，使他们明白开山是为了从根本上改善他们的生产生活条件，不是为了与他们争土地、争利益；同时，更重要的是为了防止外国入侵。只要将这些道理讲清楚了，相信他们会理解并支持的。想到这里，孙开华心里有了底线，何况朝廷已授予他"便宜行事"的权力，他便可以灵活机动地见机行事了。

孙开华主意已定。

光绪四年（1878）七月，孙开华准备率擢胜营再渡海峡，前往花莲平乱。临出发前，孙开华的生死兄弟郭松涛却因旧伤复发，无法成行，只好将他留在泉州擢胜营总部养伤。随后，孙开华率战舰浩浩荡荡从水路进入花莲。

擢胜营登陆后，与宋国永部众全面会合。当天，宋国永手下的几位大将就建言按宋国永生前的部署，对鹊子城实施全面封锁，然后，抢占山头直接清剿。擢胜营的五位营官孙得友、蔡成定、龚占熬、孙开荣、张兆连一看两拨人马会集一起，人多势众，纷纷认为几位大将的建言可行，一个个都摩拳擦掌表示赞同。但是，孙开华制止了他们的想法。战前动员会上，孙开华一五一十交代了他的"底线思维"，要大家坚守"安抚为主"的原则，不到万不得已，不得滥杀无辜。至于少数冥顽不化者，决不心慈手软，不杀一怎能儆百？当然，现在还不到时候。《孙子兵法》说："非利不动，非得不用，非危不战。"即使要开战，必须把握好火候。

为了慎重起见，孙开华带几个随从再次前往"鹊子城"山下观察了一会儿，临近入夜才回驻地。然后，对各参战部队作出如下安排：令擢胜营的一营营官孙得友及宋国永部将营官杜成豪两人，各率营伍潜进鹊子城后山，探明上山路径，摸清山上兵力部署情况，并找准机关、暗哨位置。如果条件成熟，最好绘制出详细的作战图。另外，那个攻打纳纳社、阿棉社时献"马蜂攻城"计谋而被称作"擢胜营军师"的佘炳章，孙开华则安排他随副将兼营官孙开荣，沿鹊子城前山根部周围，每隔一天换一个地方埋锅造饭，弄得越是乌烟瘴气越好；与此同时，由佘炳章带一队人马，散布孙大人不日攻"城"的流言，整个造成大兵压境的氛围。

一切部署完毕，第二天清早，孙开华自己就乔装打扮一番，带着胡峻德和随从，及那个大难不死熟悉台湾本土话的福建兵勇林得水，不声不响潜入山里……

二

台湾山区，虽然没有豺狼虎豹，但进入丛林深处，总让人感到阴森恐怖。瘴气是最让人望而却步的毒气，即使是晴天，说不定某处就会冒出一团模糊的山雾，知道瘴疠厉害的人们往往就会躲之不及；毒蛇、巨蟒，也常常让人不寒而栗。当然，还有一种山蚂蟥，虽然不会像瘴气、毒蛇那样迅速危及人的生命，却也让人十分讨厌和害怕。如果在丛林中穿行，冷不丁就会有山蚂蟥吸住臂膀和腿脚，或者掉进脖子里；这种温柔的软体动物，它没有牙齿，却能寻着人的毛孔或本身有破伤处，然后，用它贪得无厌的吸盘，像抽水机一样，从人体内泵出血液。它不会给人带来痛或痒，就像"安乐死"那样，不知不觉地消耗着人的营养与能量。传说若是蚂蟥幼崽，它不仅吸取人体血液，还能循着毛细血管进入人的体内，如果那样，麻烦可就大了。

　　自从第一次登岛后，孙开华就注意到了山蚂蟥的问题。虽然他是威猛的大将军，却也十分害怕和讨厌这种软体动物。小时候跟大人们在稻田里插秧，就深受过其害，插着插着，腿上觉得不舒服，抬腿一看，百分百就是蚂蟥在吸血，几巴掌将它拍掉，然后就是满腿子的血。大人们说，蚂蟥的生命力极强，晒不死，煮不死，烧不死，砍不死，你若将它烧成灰或剁成肉泥，只要将灰或泥放进一碗水里，第二天就变成了千万条蚂蟥幼崽，是真是假谁也没试过。不过，小伙伴们说，只有一种办法能把它弄死，那就是抓住蚂蟥后，只要用一根细棍，从它头部插进去，像翻猪大肠一样，将蚂蟥从尾部翻过来，然后连棍带蚂蟥躯体暴晒在石板上，那样蚂蟥就必死无疑。当然，这也只是小伙伴们玩的一种恶作剧游戏。实际上，老家的人对付蚂蟥，还真有一种绝妙的办法，就是从山上砍几根红藤，丢在水田里，泡上几天，蚂蟥就死光光了。因此，那次孙开华趁回老家之际，就让人砍了几捆红藤带回了军营。进山之前，孙开华让每个人身上都涂抹了泡好的红藤汁。这一招果然灵验，一路进得山来，任何人都没遭到蚂蟥的侵袭。

　　胡峻德对大山和丛林，有一种特殊的情愫和感觉。他从小在山里长大，山里人一个最大的爱好就是打猎，由于少时骁勇，膂力过人，对大山又充满好奇，十多岁就跟在大人们屁股后面满山围猎。令人不可想象的是，在一次围猎中，他一个十三四岁的娃儿，竟单身杀死一只幼虎。因他在家里兄弟姐妹中排行老五，后来人们就给他送了个诨名"杀虎胡五"。胡峻德长期跟大人们在山里面转悠，不仅练就了一身杀虎的本领，更重要的是他还练出了一种特异功能，即在林子深处，百十米开外，无论是山鸡调情，还是野兔啃草，他都能分辨出来，总之，只要丛林中有动物活动，他都能凭他的这种特异功能，敏锐地捕捉到信息。

孙开华他们一行，已经进入鹊子城前山一个大山坳里。道路越来越崎岖，丛林越来越茂密，他们艰难地往上爬行。突然，胡峻德把手一扬，示意大家停下来，他自己便俯下身子，仔细搜索起来。不一会儿，他就屏着呼吸告诉大家：有动物在朝他们的方向奔逃过来。人们怎么也没感觉到有何动静，只听见远远的大山那边似乎有几声狗吠，包括孙开华也从未知道胡峻德有什么特异功能，还认为他是否过于敏感。正在有所疑惑时，忽见胡峻德犹如脱兔一般朝林子深处奔去。人们还不知道发生了什么，一眨眼的工夫，就听到胡峻德高兴地大声叫喊起来："逮到了，逮到了啊，哈哈哈。"孙开华他们几个紧赶几步，来到胡峻德跟前，只见他抑制不住激动地单手倒提一只百十多斤受了伤的山猪，在那里哈哈大笑。那山猪好像还很不服气，在他手上一直"嗷嗷"地挣扎着。

面对这意外的收获，胡峻德得意着说："看来这打猎的也不怎么的啊，一枪没毙命，反倒让我空手套白狼了。哈哈哈……"

正说话间，三个披着兽皮、各自领着猎犬的山里猎人赶到了现场。三只猎犬围着胡峻德，朝他手里的猎物一阵阵愤怒地狂吠。几个猎人虽然对胡峻德不可思议地徒手抓住他们打伤了的山猪感到吃惊，但似乎也很不满，指着胡峻德说："你怎么可以把我们的猎物捉去了？"

胡峻德依然哈哈大笑着，毫不在意三个猎人对他的态度："我可不是有意要捉它啊，是它自己跑到我手上了。怎么，想让我把猎物还给你们？没听说山猪野鹿，见者有份吗？何况这山猪自己跑到了我的手上，好意思说就是你们的猎物？"

或许，这是天底下狩猎人不成文的潜规则，听胡峻德这么一说，一个一头乌黑披肩长发，光着膀子，裹一张兽皮的中年猎人接过了话："好像就你懂规矩啊，你把山猪拿来，给你分一块就是！"这人有些生硬，抽出砍刀，就想从胡峻德手上接过山猪给他们砍肉。

胡峻德深知孙开华此次带他们进山的用意，便将山猪往身后一藏，说："我们几个采药的路过这里，你给我们分块生肉，我们怎么吃啊。不如这样，这肉我们也不分了，我们几个跟你们到寨子里去，打个牙祭算了。"

三个猎人没一个听懂胡峻德说的"打牙祭"是什么意思，一个个你看看我，我看看你，痴痴地望着。林得水知道三个猎人没搞懂，就用闽南话给他们解释"打牙祭"就是大家伙凑在一起撮一顿。三个猎人一听，高兴异常，他们没有想到几个采药人会这样和善与仗义，不要分肉，却只要打一顿"牙祭"；太好了！本来，打猎为的就是个"猎趣"，集体撮一顿，岂不正好？他们竟激动得不约而同地"哦哦哦"叫起来，领着孙开华一行进入了寨子。

一进寨子，领头的那个猎人，就将孙开华他们只打牙祭不分肉的情况报告给了族长。族长很是警惕，绕孙开华他们一圈后，突然对胡峻德发问："你们是做什么的？""采药的！""采什么药？""治疟邪的药。"胡峻德不紧不慢，对答如流。也许族长对阿（大）里山"降妖"有所耳闻，当胡峻德说到"治疟邪"时，他忽然眼睛一亮："这么说，你们是孙提督孙九大人派来的？得罪，得罪。"族长来了个一百八十度大拐弯，热情地将孙开华一行引进客堂，然后，吩咐大宴贵客。

寨子里洋溢在一片喜庆气氛之中，男女老少聚集在场子上载歌载舞，为了庆贺打得了山猪，也为了欢迎尊贵的客人。人们围着篝火，端着酒碗，边喝酒边唱歌跳舞，族长尽管须发皆白，也举着酒碗随族人们舞动着。孙开华听到这奇妙的歌声，周身一阵燥热，这不就是在阿（大）里山听到过的吗？太神奇了。他兴奋，他激动，随着那起起伏伏的歌声，也不由自主地摇头晃脑起来。不料，就在孙开华有些痴迷的时候，族长飘移到了他的身边，盛情邀请他。孙开华一阵紧张，既不会舞，更不会歌，稍微迟疑了一下，族长就明显有些不高兴了。孙开华知道，在这种情况下是不能让主人扫兴的，便猛地站身，声明道："我天生不会唱歌跳舞，不如我哼首打油诗助助兴如何？"族长一听，立马阴转晴，忙招呼大家静心听诗。

孙开华根据当天所见所闻，略加思考后，脱口朗声道：

山上雉鸡鸣，
山下野猪哼；
操起抓（撞）子铳，
一炮解馋瘾。

白叟牛耳斟，
黄儿嫩指吮；
莫叫官人知，
乐得逍遥村。

刚刚朗诵完毕，人们就爆发出一片惊叫与赞美。"哦哦，莫叫官人知，乐得逍遥村。哦哦……"人们纷纷给孙开华敬酒，仿佛他说出了他们的心声。正在人们几乎进入一种狂欢状态时，忽然跑来一个小伙子，慌慌张张将族长拉到一边，不知说了几句什么。不一会儿，族长就气势汹汹冲进场子，大喝一声："给我把这几个骗子绑起来！"

气氛骤然凝固。先前那几个猎手迅速操起了猎枪，其余男女老少各自取来了砍刀、绳索，将孙开华他们团团围住……

三

由于孙开华让孙开荣率部在前山大造声势，加上佘炳章卖力地散布攻城流言，结果将盘踞在鹊子城的叛匪注意力全部吸引到了前山。这样一来，客观上造成了声东可以击西的局势。因此，孙得友、杜成豪各自率营潜入后山时，几乎没有遇到半点阻力与麻烦；他们在中途，又与总兵吴光亮取得了联系，嘱他率部绕到侧后，若战斗打响，他们要负责断其后路。

本来，孙得友、杜成豪出发前，孙开华已交代得非常清楚，他们只能先摸情况，不得擅自行动，更不得滥杀无辜。但是，两位营官率近千人的部队一路摸进山里，竟像入无人之地，整个后山一片空虚，既无人巡察，也无人防守。正所谓"将在外，军令有所不受"，两位营官一见如此情况，不由阵阵窃喜，一商量，便自行发起了攻击。由于鹊子城里噶玛兰族加礼宛人和阿美族萨奇莱雅人的注意力被前山的乌烟瘴气所转移，完全被打了个措手不及，当场就被阵斩二百多人，部分噶玛兰族人一看情势不妙，慌忙南逃，却又被吴光亮"破庄灭族"。而萨奇莱雅人的头目古穆·巴力克，也在混战中被斩杀，其余随众便各自逃命。

前面慌慌张张逃进孙开华所在部族的那个年轻人，正是被打散了的萨奇莱雅人。当他原原本本将鹊子城里发生的惨象告知族长时，老人不禁震怒万分。他立马觉得这伙不速之客，并非什么采药人，说不定也是来"破庄灭族"的探子。他怒不可遏果断地下达命令，要把他们绑了。就在族人们拿来绳索准备将孙开华一干人绑了时，林得水一个箭步冲过去，挡在了孙开华的前面，着急地说："这可使不得啊，族长大人。您先头不是说孙提督么？他可正是孙提督啊！"

族人们退缩了。族长也有所迟疑，他对孙开华再次仔细打量一番，继而就一手拉开林得水："你还想骗人是不是？唉？！你信不信，我现在就把你们灭了！"

直到此时，孙开华再也无法装聋作哑了。他趋前一步，深深给族长鞠了一躬："不才孙开华，多有冒犯，还望族长多多包涵。"

族长简直不相信自己的耳朵："你真是孙提督孙九大人？"他瞪着眼睛反问道。

"正是！"孙开华点点头。

"那我问你，你一个提督大人跑到我们这穷山寨里做什么？另外，山上的鹊子城是怎么回事，是不是你的部队干的好事？唉？！"

"应该是他们所为。不过，我到贵寨是想来交朋友，向您问计的。"

"哦，合着你破我们的庄，杀我们的人，这就是你来跟我交朋友？哄鬼呀，你！我看你就没安好心，你在这里先稳住我们，等把山上的剿了，再来灭我们不是？唉！？"

"哪里话嘛。"孙开华真不知道该如何做才能使他们相信，"怎么跟您说哩，我一没带武器，二没带兵，仅有几个赤手空拳的随从，族长大人，我真是来问计的。"

"问计？要我教你怎样才能灭我们不是？"

"真不是！族长大人，我问您，我们应该怎样做，你们对朝廷才没意见？"

"真不灭我们？"

"有我在，就保你们全寨平安。不如这样，您把我先捆在这儿，若他们下山敢动寨子里一根毫毛，您第一个就把我砍了好不好。您告诉我，我们到底该怎么做，你们对朝廷才没意见？"

"说话算话？"

"算话！"

"那就只好委屈提督大人了。来人，先把他捆起来！"

族长一吩咐，接着就有两个中年汉子拿了绳索过来。胡峻德一看，急了，就想阻止，孙开华赶紧给他使了个眼色。就那样，孙开华乖乖地让他们捆了个结结实实。

族长见提督大人如此诚信，就说："要我们没意见，四个字：

公平、真心。"

"怎么讲?"孙开华虽然被捆了,但见老人有所缓和,心里也十分高兴。

"这公平嘛,我们有的,莫抢我们的;我们没有的,凭本事,谁劳谁得,这要立个规矩。这真心嘛,恐怕没那么简单,你一个带兵打仗的,平完叛,剿完乱,一拍屁股走人了,哪里还有真心放在这里?"族长停了停,盯着孙开华眨了眨眼,思考片刻后继续说,"你提督大人若要真心,嘿嘿,我问你一句话,你敢不敢与我们寨子结亲?"

孙开华大吃一惊,没想到这老头子会想出这么个怪招。他犹豫了一闪念,继而就出了一身冷汗,此时此刻是绝不容许他有半点推辞的。想到此,孙开华很爽快地答道:"只要族长大人不嫌弃,我当然愿意啊!"

"好!一言为定!我就把孙女嫁给你了,明天就成亲。松绑!"老人十分高兴起来,忙吩咐族人们筹办婚礼仪式。只见他从人群里领出一个如花似玉看上去只有十六七岁的小姑娘进屋去了,场子上又恢复了活跃、喜庆的气氛。

孙开华哭笑不得,这么小的女孩子要与自己成亲,太违背常道了。但是,事已至此,这已经不仅仅是婚姻问题了,他必须以诚相待。在人们的簇拥下,孙开华机械地进行着那些稀奇古怪的婚礼仪式。

原来,族长大人姓甘,他的祖上与张姓、李姓、陈姓四家一起,于明朝初年从福建漂流到了台湾岛上。后来,台湾沦为荷兰殖民地,这四大家族又被迫躲进深山,在这爿山坳里繁衍出现在这个不大不小上千人的族群。由于长期与原住民交往,因此,他们无论与加礼宛社还是巾老耶社,都有很深的情谊。他们通婚通俗,互为融合,导致婚丧嫁娶等礼仪上,既保留了福建沿海的成规，又吸取了台湾原住民的一些习俗，因而，在孙开华看来就有点稀奇古怪。

然而，婚礼仪式即将结束，就在人们互相敬酒、大肆庆贺的时候，从后山上突然冲下一群人马，足有上百人之多。原来是巾老耶社的番目姑乳斗玩，纠集残部专门前来缉杀孙开华的。实际上，问题还是出在先前逃进寨子，并向甘族长报告鹊子城被剿情况的那个年轻人身上。当他得知孙开华的身份，后来甘族长又决定将孙女儿嫁给孙开华时，这个年轻人简直恨得咬牙切齿了。他悄悄地溜了出去，直奔巾老耶社。于是，姑乳斗玩便率众下山了。

这一突然的变故，令甘老族长和孙开华都始料未及。甘族长正要上前与姑乳斗玩打个招呼，不料却被姑乳斗玩一手揪住，旋即，一把明晃晃的大砍刀就架在了甘族长的脖子上了。"你个老不死的东西，让你上山你不上山，原来你在这里认贼招婿啊。你勾结汉人，灭我族群，去死吧！"说时迟，那时快，只见他手起刀落，"咔嚓"一声甘老族长的脖子已被他砍断。而就在甘老族长倒地之际，姑乳斗玩也被胡峻德一掌击倒在地，接着胡峻德夺下他的砍刀，一脚踩在了他的脖子上。姑乳斗玩的弟弟姑乳士敏，一看情势不妙，举枪就要向胡峻德射击，却被孙开华一个箭步上去一腿将他撂翻，双手也被孙开华反剪了。众喽啰一看大小两个头目都被控制，谁也不敢轻举妄动。就在此时，擢胜营的大部队已经赶到，姑乳斗玩、姑乳士敏两个番目被当场正法。

可怜刚刚升起一团希望的甘老族长，驾鹤西去了……

日月潭盟誓

一

　　孙开华悲痛万分，多么和蔼、多么友善、多么明事理的一位老人啊，却倒在了人为隔阂的血泊中。"天下熙熙，皆为利来；天下攘攘，皆为利往。"古往今来，人类的一切悲剧都在这一个"利"字的怪圈中进进出出，实在可悲！无论占山为王也好，还是拥岛自大也好，莫不是利欲熏心的结果，唯一不同的只是大与小的区别而已。

　　由于孙开华已经成为寨子里的女婿，因此他的"为老族长举行隆重的公葬"建议，得到了全族群的一致赞同。先前打猎的三人中那位说话生硬的猎手，叫张李成，平常在族群中有一定的威望，大家一致赞同孙开华的建议后，他便自告奋勇地承担起操办老族长丧事的义务。

　　丧事办得隆重而热闹，有吹打的乐队，也有唱跳的巫师，全族群的男女老少聚在一起唱丧歌，跳丧舞，为族长大人灵魂升天祈福。在整个丧礼中，孙开华发现一个奇怪的现象，居然有一部分跟着姑乳斗玩一起下山的巾老耶社的人。他们远远地站在外围，跟着人们默哀，行礼，跳丧舞。这一现象说明，甘族长在他们心中是值得敬重的，而普通族民之间至少没有深仇大恨。因此，在将族长入土为安厚葬后，孙开华不失时机地对大家进行了安抚。

孙开华仅用四天时间就平息了加礼宛、巾老耶社的叛乱，剿抚兼施，大获全胜。为此，闽浙总督何璟上奏朝廷：孙开华等带兵进剿巾老耶、加礼宛番社，均经次第攻破，阵斩番目，歼除悍番多名，办理尚为迅速，所有在逃余众，着该提督察看情形，分别搜除招抚；恳恩破格奖叙，以励戎行，并登报表彰。

孙开华对那些表彰、奖励并不感兴趣，他在意的是怎样才能让驻军与部落，部落与部落之间同生共荣，和睦相处，以达到整个社会长治久安。他思前想后，给朝廷上了一份奏折，其大意为：鉴于番众能及时悔悟，积极投降，绝大多数都听命招抚，就应该采取行之有效的措施使之复业。有意思的是，他的这份奏折与何总督为他请功的奏折，几乎是同时上达朝廷。皇上一看，高兴了，军中还有如此不计名利，一心只为社稷着想的大将，两份折子立马得以准奏。于是，一场轰轰烈烈的开山垦复活动，在后山各番社间迅速开展起来。孙开华谨记甘老族长的遗训"公平、真心"四字，逐一推行他新的开山抚番措施，包括：重用熟悉情况的当地人；改变修路计酬办法（将原来的按天计酬改为按所修路段的难易程度和工程量计酬，多劳多得）；制定优惠政策吸引富绅开垦荒地；推动清廷取消大陆人员赴台和台湾熟番族群进入生番地区的禁令；对垦荒者给予资金支持；等等，在修路的同时，还增修兵站和炮垒。由于人们受到了公平对待，一时间参加修路和垦荒的人员蜂拥而至。由此一来，开山抚番，成果辉煌，仅用四个多月的时间，就修通了苏澳至花莲（苏花公路前身）的二百余里的道路。

各番社之间和睦相处，人们安居乐业，台湾岛上呈现出一派前所未有的繁荣景象。当年被沈葆桢调来台湾奉命驻守苏澳的罗大春，也为孙开华这些人性化的举措所感染，便率先在苏澳地区发起捐资兴办义学，这为后来"淡、兰文风为全台之冠"打下了良好的基础。而罗大春的义举，又带动了全台湾岛的兴学之风。

一年下来，台南台北都为孙开华这深得人心开山抚番的卓然成绩啧啧称赞。喜讯上达朝廷，鉴于孙开华的卓越建树，清政府给予特别奖励，除赏赐黄马褂外，还将孙开华的功绩刊于书报。一时间，岛内岛外传为佳话，百姓都尊称孙开华为"孙九大人"。也就在这一年，朝廷还特批了孙开华的两个儿子孙道元、孙道仁同时随父赴台入伍。

在这一年多的日子里，猎手张李成已被推举为新任族长。他们这个族群，既不属于巾老耶社，也不属于加礼宛社，基本上是独立于两社之间又与两社交好的汉人族群。因此，张李成对孙开华可以说是打心底里佩服。他当族长后，以他独有的诚实、耿直、爽快、豪放的猎人性格，率领全族群的人参加到孙提督的队伍中来了。他俨然主人，忙前忙后，一会儿帮助稽核工程量，一会儿又帮助协调矛盾纠纷。他完全将孙开华及擢胜营的兄弟们当亲人待了，无论大事小事，只要他认为可以办的，不须吩咐，他便不声不响都给予完成。这给孙开华的开山抚番工作带来了很大帮助。

但是，巾老耶社和加礼宛社仍然有一部分人，对孙九大人的开山抚番持怀疑态度，特别是加礼宛人，虽说吴光亮声称对加礼宛社的噶玛兰族实行了"破庄灭族"，但仍有相当一部分人逃脱，只不过他们躲进了深山老林。他们尤其对汉人驻军心有余悸。当孙开华的大军劈山开路，各番社民众纷纷垦荒的时候，他们躲在山里只能暗暗后悔。他们多少次想出山，然后改名换姓混迹于开发大军中去，但是却没有一个人敢迈出林子半步。他们害怕、恐惧，在害怕与恐惧中，他们艰难地度过了一两个月。可是，到后来实在是要吃没吃，要喝没喝，坚持不下去了，便派两个与张李成关系很熟的年轻猎人，偷偷下山探探风声。傍晚，他们摸进了张李成的家。

张李成的女儿秀容，正准备去给父亲盛饭，突然发现两个面黄肌瘦、邋里邋遢的年轻人出现在自家门口，吓了一跳。她还只有十四五岁，虽然在山里长大，却也从没有在天黑时分见过如此恐怖的面孔。她吓得连饭也不敢盛了，慌忙跑回父亲身边。张李成不知发生了什么，不解地看着女儿。只见女儿惊恐的目光望着外面。张李成便站身朝门口走去。

"阿叔。"

张李成还没走到门口，其中一个年轻人就哭丧着脸压低声音在叫他。张李成也吃惊不小，似乎这两个陌生面孔从未见过，怎么会叫他"阿叔"？他仔细打量一番，忽然就激动了："啊呀，怎么弄成这个样子啊。快进屋，快进屋。阿容，是你多尔哥哩，瞧把你吓的！"

这个叫作"多尔哥"的，经常跟张李成一起打猎，有了野味，就在他家里蹭吃蹭喝，一生二熟，眼见着阿容一天天出脱，小伙子就明显喜欢上阿容了，动不动就没事找事想与阿容玩，阿容却对他不理不睬，并不喜欢他。听见张李成大声招呼他，多尔吓得连气都不敢喘了。他赶紧进屋，拉过张李成悄悄说："阿叔，快莫让外人知道了。"

张李成见他吓成那样，也就不再吭声。可就在这时，跟随多尔一并出山的另外一个年轻人，却"咚"的一下，倒在了地上，众人一阵慌乱。多尔不好意思地对张李成笑笑："没关系的，我们已经好几天没吃东西了。他是饿的。"

张李成心头一凉，赶紧将他扶进屋里，吩咐家人打来热水，让两个蓬头垢面的年轻人洗了，这才露出了清晰的鼻子眼睛。阿容偷偷地瞟了一眼，果真认出是多尔。她才不叫他"多尔哥"哩，是阿爹那么叫的。阿爹人真好，听说他们俩几天没吃东西，就端出一桌子自家人准备的晚餐让他们吃。谁知他们竟像从饿牢里逃出来的，三下五除二就狼吞虎咽地将一桌子饭菜吃了个干干净净，害得阿容他们一家都没有了吃的。

吃饱喝足，多尔才扬起头冲阿容不好意思地笑笑，阿容很是不满地进内屋去了。多尔讨了个没趣，扭头又神秘兮兮地问张李成："阿叔，他们不杀人了？"

"多尔，刚才我是看你们饿急了，没跟你们说这事。出来吧，莫在山里躲躲藏藏了，依我说，当初就不该跟朝廷作对。吴总兵对你们是'破庄灭族'不错，可孙九大人却是天底下难得的好人啦。"

"族人们都不敢出来，怕被杀。阿叔，族人们都信得过你，你能不能在孙大人那里取个保（证），让我们带回去。"

"好啊，只要不再作对，我明天就带你们去见孙九大人，保你们全加礼宛人百事平安！"

第二天，张李成带着两个年轻人去见孙开华。一路上，两个年轻人仍然诚惶诚恐着……

二

自从见到孙大人的儿子孙道元后，张秀容的心就乱了。那天，她跟阿爹到军营，说是庆贺孙大人的两个儿子正式入伍。阿爹和她被邀坐在孙大人同桌，孙道元、孙道仁兄弟俩自然也在同桌，而且孙道元就挨她而坐。孙道仁还小，她没怎么在意，而那个孙道元，就像一个巨大的磁场，她甚至不敢正视他一眼，生怕全身心被吸了进去；当她在他身边落座的那一刻，她的心就被撞击得"咚咚"直响。

这是她懂事以来最无聊的一顿饭，也是吃得最不知道滋味的一顿饭；当然，也是让她最难受的一顿饭。并不是菜肴不丰盛，也不是气氛不热烈，她哪有什么心思吃饭啊，大人们推杯换盏，敬酒奉菜，早已给她碗里堆了一碗好吃的，可她基本上没动一筷子。她的味觉神经已经失灵，那些菜吃到嘴里味同嚼蜡；她的听觉神经已经失聪，人们都说了些什么，她全然不知。偶尔有一两回，那个孙道元还学着大人样，也给她奉菜，她心里头才莫名其妙地涌出一股甜甜的味道。可是，每当他奉菜，她的脸上就像吃了朝天椒一般火辣辣的，可以说那颜色肯定比猴屁股还要红。尽管那样，她还是愿意让他给自己夹菜，心里只想说，你夹呀！你夹呀！可惜，就只那么一两回。

幸好，孙道元、孙道仁兄弟俩很快就吃完了，也没跟大人们那样端起酒碗海喝，而是放下碗筷就离席。隔了一会儿，她才终于解脱似的离席而去。她不自觉地跟在孙道元后面，却又不好意思跟得太近，若即若离，不时乜斜一下他的背影。仅从背影上看去，他就是一个美男子，伟岸、挺拔、坚定、倜傥。孙道元并没有回营房，而是到每一桌转转，看来，他跟这些将士混得很熟，他到处打招呼，到处给人家敬酒，说说笑笑，热热闹闹，那一举手一投足，都是那么自然洒脱。后来，他转到一桌旁就不转了，站定在那儿听人家讲古。哦哦，好像又不是讲古，好像说什么酒、色、财、气，搞不懂的。只见一个当官模样的，端着酒碗站起来，品咂一口后，有板有眼地说："这酒嘛，的确是个好东西，但千万千万不要喝醉。唐宋八大家之一的苏仙就写了这样一首诗：'饮酒不醉为最高，见色不迷是英豪，世财不义切莫取，和气忍让气自消。'你看，一首诗把酒色财气都说进来了，其中第一句就告诫人们喝酒不要喝醉是不是？"

待那人说完，众兄弟都觉得有道理，更觉得当官的就是不一样，肚子里有"货"。于是，大家不约而同地给他敬酒。而就在这时，孙道元却凑上了热闹。他像是要请教似的："弼德兄，关于酒色财气，我读到王安石的一首诗，怎么与苏东坡的观点完全不同，你认为到底哪个对呢？王安石说：'席上无酒不成宴，人间无色路人稀；民为富财才发奋，国有朝气方生机。'这诗里明明讲到，人生在世，酒色财气一样都不能少，我就搞不懂大人们到底怎么想的。"

"哈哈哈，你个娃儿对酒色财气也感兴趣啊，搞不懂么？赶紧娶个媳妇儿就搞懂了！哈哈哈哈……"那个称为弼德兄的，一看是孙道元插了进来，不禁大为兴奋，连忙拿提督大人的这个大公子开起了玩笑。众人也觉得甚是有趣，起哄了："对头，娶个媳妇儿啊！哈哈哈……"

远远的张秀容一阵慌乱，他们谈论的所谓酒色财气，原来只对"娶媳妇儿"津津乐道啊。她知道是怎么回事了，心脏"怦怦"乱跳，脸上又是一阵火辣辣发烫。她生怕被别人发现，想赶紧逃走。不料，就在这时又有一个人凑了进来，只听见他说："啊哈，酒色财气，公说公有理，婆说婆有理，苏东坡、王安石都说得有道理。要我说啊，京都相国寺里的佛印和尚，对此说得也有道理，你们看啊：'酒色财气四堵墙，人人墙里翻滚忙；若能跳出墙垛外，不活百岁寿也长。'是不是有道理啊？"

"有道理，有道理。"众人又是异口同声地附和。可是，就在此时，世界上最尴尬的一件事发生了。不知谁眼尖，突然就阴阳怪气地叫了一声："我说孙大公子今天怎么就对酒色财气如此感兴趣，原来他是带着媳妇儿来研讨的。哈哈。"众人不知所指，就顺着他色眯眯的目光望过去。孙道元当然是莫名其妙，也顺着他的目光看过去。

恰巧这时的张秀容也抬头一望，与孙道元的目光隔空相撞了，如同两道强烈的闪电，在彼此的心底炸响。孙道元先前虽然见大人们讨论得热闹也掺和进来，实际上还是处在一种什么也不懂、什么都好奇的状态，此刻被人一起哄搅和，又见阿容果真就在不远处望他，那颗青涩纯净的年轻的心怎么也承受不住这突然而至且巨大的撞击。他一阵眩晕，长了几颗青春痘的脸顿时就被刷红了。而另一边的阿容，霎时间更是感到那帮坏人（此刻她就是这么认为）的不怀好意。她不仅耳热心跳，而且还口干舌燥，一下子让她憋得喘不过气来。她忽然意识到，再不能在这里偷窥也好，偷听也好，一刻也不能待了。她赶紧逃也似的跑开，眼里似乎还渗出了泪水。

她连招呼都没跟阿爹打一个，径自一人跑回了家。这个情窦初开的小姑娘，已经被青春撞得痛苦不堪。她躲进房里对着镜子仔细地审视起来，这张粉粉的、圆圆的脸他喜不喜欢呢？她不由得偷偷地一阵傻笑。她慢慢移动着目光，突然发现自己的胸也发育得圆润润、胀鼓鼓的；她下意识触摸了一下，那极富弹性很有质地的感觉竟让人一阵酥麻，顿时，她的脸上就泛起了一片羞涩的红云……对了，那个多尔，自从阿爹那次带他见了孙大人，就像变了一个人，做什么事都积极起来。他把躲在山里的噶玛兰族人全部叫出山，让他们加入到了修路垦荒的大队伍中去。他像立了一个大功，见人就夸，逢人便吹，说孙大人是如何如何信任他，族人们是如何如何感激他，还动不动在自己面前摆谱。他越是这样，她对他越是反感起来。他怎么能跟孙道元比呢？他高大，他沉稳，他英俊，他帅气，还有那一肚子的诗书学问，多尔连他一根脚指头都比不上，还想喜欢自己。哼，她才不要他喜欢哩！

可是，他喜不喜欢自己呢？啊呀，还有一道坎哩。他爹孙大人娶了甘姐姐，她跟甘姐姐是玩得最好的一对姐妹，现在她却又喜欢上了甘姐姐丈夫孙大人的儿子，如果他真的也喜欢上自己，而且，如果真的结了婚，今后她与甘姐姐之间，到底是继续叫她甘姐姐，还是叫她甘姨娘呢？她越想越头疼，越想越烦恼，该死该死该死，真的如那些嚼舌头人讲的，温棚把季节搞乱了，小妹把辈分搞乱了。

世上也许真有生物电波存在，就在张秀容发疯似的想孙道元的时候，孙道元也被一种无形的东西纠缠住了，令他苦不堪言，又深深着迷。他是让那帮军营里起哄的兄弟搅醒的，此前，他还真没有那种意识，"媳妇儿"一词，现在觉得是世界上最美最炫的几个字眼，听起来是那么亲切，想起来是那么诱人。本来那天就挨在身边一起吃饭的，现在后悔没认真看看那张脸，只记住那双扑闪扑闪的眼睛，乌溜溜、亮晶晶，像两颗才从露水里摘下的野葡萄，水灵灵的好像要说话。

孙道元连续几晚辗转反侧，夜不成寐。他暗暗下定决心，得创造一个与她单独在一起的机会。

三

大约三百多年前，这里有数十个山胞集合地，其中一个族群最大的是邵族人。一次，邵族人发现一只体型巨大的白鹿向西北窜去，他们感到奇怪，便尾随白鹿追踪。他们追了三天三夜，白鹿忽然在高山密林中失去了踪影。山胞们没有放弃，继续在高山密林中搜寻了三天三夜仍不见白鹿。至第四天，他们越过一座山头，登高一望，只见千峰万壑连绵起伏，郁郁葱葱的森林间云蒸霞蔚，而就在一片翠绿的掩映中，一派澄碧湖水正在晴日下静静地闪耀着宝蓝色的光芒，就像纯洁的婴儿甜蜜地偎依在母亲怀中酣睡。山胞们怎么也没想到，在这大山的深处，还藏着这么一处天然的淡水湖，同时，山胞们还发现一个奇特的现象，湖水中央有个森林茂密的圆形小岛，把大湖分为两半，居然一半圆如太阳，其水赤色；一半曲如新月，其水澄碧。这似梦似幻如仙境般的湖光山色，令山胞们痴迷了。当即，他们就把大湖称为"日月潭"，那小岛就叫作"珠仔岛"。

这里森林茂密，水足土沃，宜耕宜狩，山胞们产生了联想，那突然失踪的白鹿是不是一只神鹿呢？兴许就是专门来到人间，引领我们邵族人找到这么一方好的去处。于是，他们立马回去，将所见所想报告给酋长。酋长一听，甚是高兴，亲自带领一帮部落成员前来实地踏看，果如山胞们所说，便决定率全部落族群迁居此地。自此，邵族人就在这环日月潭周围繁衍生息，安居乐业了。

孙道元拥着张秀容，像听神话一样听张秀容讲完了这个故事。这对正在钟情怀春的少男少女，都被这个美丽的传说所感染，心底里对未来升腾起无限的遐想与希冀，就像这些无忧无虑的邵族人一样，拥有一片净土，然后，生他一大堆儿女，越发越多。阿容躺在孙道元的怀里，懒洋洋、软绵绵的，她慢慢侧过头来，嘴角溢着微笑，眼睛直勾勾地望着孙道元，那里面就浮出了光灿灿的太阳和月亮。她喃喃着问孙道元："阿元哥，你真的喜欢我吗？"话一出口，阿容就发现这是个傻傻的问题，接着脸上就火辣辣烧起来。孙道元没有回答她，而是将她搂得更紧，俯下头，用他那滚烫的双唇慢慢地、慢慢地贴向那一片嗫嚅着、颤抖着、渴望着的土地。呼吸屏住了，心跳停止了，突然，她的双手反过来紧紧地抱住了他，旋即掀起了一阵狂风暴雨……

许久许久，他们吻累了，从草地上坐起来。阿容仍然意犹未尽地用她还未退烧的脸蹭在孙道元的肩头上。孙道元一阵怜爱，又搂了搂阿容，说："容儿，刚才我在想，以后我们俩就是这日月潭了，你是日，我是月，日月合在一起才有明亮的天空；日月日月，永不分开。"

阿容反过身来，很是认真地看着阿元哥。她甚是觉得稀奇，也觉得有趣，还没听说有人在日月潭边这么打比方的。她仔细想了想，抿嘴一笑，道："为什么你是月，我是日呢？"

"呵呵，我是这么认为的，"孙道元将阿容正面扭向自己，"你看啊，我这身材长长的、弯弯的，自然是月亮；而你这脸蛋圆圆的，这身材、这胸也是圆圆的，当然就是日头啊！"

"啊呀，阿元哥你好坏！你好坏！"阿容羞得满脸通红，边说边用拳头使劲擂着孙道元，直擂得孙道元舒舒服服地憨笑，继而她也跟着疯笑起来。笑着闹着，阿容突然就停住了，表情一改，严肃地说："阿元哥，跟你说正经的，你应该是日，我只能是月。你看啊，这日月两潭，日潭大，月潭小，你大我小，所以你是日，我是月；再说，先生讲了，地球围着太阳转，月亮绕着地球转，月亮不管怎么转，还是离不开太阳啊！若是我们两个好了，结婚了，我就嫁鸡随鸡，嫁狗随狗了，你还不许我围着你转呀？"

孙道元饶有兴味地看着两片芳唇一张一合，清泉般悦耳动听的声音就从里面汩汩流出，他的心底泛起一种奇妙的感觉。这活泼、开朗、毫无杂质的宝岛姑娘，怎么比这日月潭湖水还清纯、明亮、透彻呢？原来，恋爱的滋味是世上最美的佳肴啊！俄而，他浮出了一丝坏笑，歪着头说："你的意思是，我日——你月？"

"啊呀，你坏死了！"孙道元话音未落，就招致雨点般的拳头擂上了身，"就是就是就是，我月你日……哎呀呀，羞死我了。不理你了！"果真，她的嘴巴噘起了老高，像是生气的样子。这在孙道元看来，又是一道别样的风景。他美滋滋的，心里乐开了花。见她那样子，他赶紧上前哄她："好了好了，我日你月。"

"哎呀，你还说，你还说！"又是一阵雨点般的擂捶，"哈哈哈……"

闹够了，疯够了，他们也累了。眼看太阳已经偏西，孙道元忽然觉得肚子里咕咕叫唤，原来已经饿了。孙道元牵着阿容，沿湖边一路过去，他想寻点可以充饥的食物，光恋爱不吃饭是绝对不行的。拐过一个湖湾，孙道元眼睛一亮，只见不远处的湖面上，有一只撑着四角网的船屋，船老板正在将那四角网一起一落地网鱼。他们俩高兴坏了，手牵手一路小跑过去，使劲唤着给船老板打招呼。

过了好一会儿，船老板才收了渔网将船屋摇到岸边。也许是饿了，两个年轻人竟异口同声唤他"阿叔"。船老板见两人如此礼貌，甚是快乐，因为长年在湖上打鱼，脸被晒得黝黑，看上去约莫四十岁的人，额头上竟有了几道深深的水波纹。他透着一脸慈善的笑，将两个年轻人迎进船屋，接着就招呼屋内：来客人了。原来，屋里还有两个小男孩和一个女人，全都是笑呵呵的，一船的欢乐。

船主人异常客气与热情，拿出了船屋里最好的茶点招待客人。水果、蒸糕及野鸭蛋，后来就端出两盘"奇拉"，一盘油炸，一盘盐渍。两个年轻人觉得稀奇，仔细一看，实际上就是两盘小鱼。他们称之为"奇拉"，是邵族人对这种小鱼特有的称呼。虽然这种鱼在其他低海拔河流和湖泊里也有，但日月潭的奇拉却更为鲜美，因而，它既是邵族人主要食物之一，又是日月潭的特产。后来，两个年轻人才弄明白，汉人其实把它称之为"奇力鱼"。

美食一顿，两个情窦初开的年轻人真正尝到了恋爱的滋味似的。他们要给船主人付钱，说什么船主人也不肯收，不仅如此，船主人还要他们包一包奇拉回家。他们只好千恩万谢告别了船屋。

来到一个半岛似的平台，孙道元、张秀容竟不自觉地停下了脚步，伫立一望，半岛正好与湖心珠仔岛在一条中轴线上。触景生情，阿容有些依依不舍，对孙道元回眸甜甜地一笑："阿元哥，我们就这样回去么？"

孙道元正是在思考该怎样才能给这个甜蜜的初次约会作一个总结，听阿容这么一问，他激动地一把搂过阿容，深深地吻过她后，说："容儿，我们起个誓吧。"

他们朝向湖心，双双跪下，然后庄严地许下誓言：

日月潭，您是爱的见证；我们永远是您的儿女。无论山崩地裂，地老天荒，我们都不离不弃，永远守候在您的身旁。我们的爱，与山河同在，与日月同辉。日月相连，永放光芒。

……

然而，风雨飘摇，国贫民弱，混乱的世道却吝啬得不愿给向往美好生活的人们，留下一片安宁的乐土。

淡水湾布防

一

　　官，做到孙开华这个份上，按朝规，每三年就可以到京城觐见一次皇上陛下。可是，自同治五年（1866）入仕以来到光绪八年（1882），如此长的时间内，孙开华却没进过一次京，皇帝都换了人，他却连皇帝长什么样都不知道。当然，这与孙开华一心扑在军务上，不愿趋炎附势、溜须拍马的性格有关。由于一系列不平等条约的签订，一味割地赔款导致国库空虚，积贫积弱，朝廷竟连一支像样的军队都养不起了。各省奉朝廷命令，大量裁撤军务，削减勇丁，尽管孙开华的擢胜营战功赫赫、威震海外，却也没逃过被部分裁撤的命运。孙开华不得不内渡福建，回到泉州。

　　既然军务被裁撤，台湾番情也日趋稳定，孙开华突然发现他还有一项"政治待遇"没有享受过。于是，他抱着试试看的心态，给朝廷上了一份奏折，请求觐见皇上。令他喜出望外的是，朝廷居然准奏了。光绪八年八月初七，他抵京等待觐见，直到八月二十九，皇上才"陛迟请训"。有意味的是，在一般人看来，见到皇上是多么光宗耀祖了不起的大事啊，而在孙开华看来也只不过如此；倒让他欣慰的是，皇上此次恩准了他回家给母亲修墓的三个月假期。这让他很是感激，上次他把修墓的钱捐了义渡，这次他终于可以如愿以偿。

可惜的是，世界早已进入了大动荡、大瓜分、大侵占弱肉强食的列强时代。觊觎中国这块东方肥肉的帝国强盗，才不会怜悯你清朝政府腐朽没落或者羸弱不堪，相反，你越是那样，他越是看在眼里，乐在心里。光绪九年（1883），法国军队进攻安（越）南顺化，强迫越南签订《法安顺化条约》，意使越南脱离中国番属地位而成为法国的附庸，引起中国清朝政府朝野大哗，慈禧太后大为震怒，最终接受了左宗棠等大臣的建议下诏向越南派兵，中法战争开始了。

1883年12月，清军在越南北部失败，影响所及，后来广西前线的清军军心涣散，全线瓦解，法国趁势占领镇南关。当时情势对清朝十分不利，在英国人调停下，于天津订立了《中法新约》，双方保证越南的独立地位，中国开放中越边境与法国通商。

当然，中华民族自古以来就不乏为民请命和为国捐躯的英雄。就在朝廷与法国签订条约前后，中国驻军却不管不顾地偷袭法国驻军，前后共发生十一次偷袭事件，这让法国公使异常震怒，向清廷发出最后通牒。如此一来，清廷感到事态严重了，立马意识到战火很可能延烧到台湾。而就在这火烧眉毛的关键时刻，清朝政府内部却出现了"主战""主和"两派不同的声音；一派以左宗棠、曾纪泽、张之洞为代表，主战；力促朝廷采取抗法方针。但掌握政府外交、军事实权的李鸿章，却一味主和。到底是战是和，皇帝老二与慈禧拿不定主意，在军事上，一面派军队出关援助越南，一面又再三训令清军不得主动向法军出击。在外交上，一面又企图通过谈判或第三国的调停达成妥协。这些自相矛盾的举措，让人匪夷所思。正当最高决策层举棋不定的时候，有一个人恰巧给朝廷上奏了《海防十策》的折子。没想到主子们看完奏折，竟毫不犹豫地准奏了。具有讽刺意味的是，这个上折子的人不是别人，恰恰又是李鸿章曾经的得力部将刘铭传，只不过他已在家赋闲达十三年之久。

光绪十年（1884）六月二十六，清政府重启旧臣，紧急任命刘铭传为台湾巡抚督办台湾防务。因而，刘铭传也成了清朝历史上台湾的首任巡抚。

正所谓无巧不成书，就在清廷任命刘铭传的同一天，法国政府也下令委任海军中将孤拔为司令长官，组建一支特遣舰队，全面负责指挥侵台战争。

这个孤拔，是个自傲、自大、刚愎自用的战争狂，他是法国军界为数不多主张通过战争手段，来扩大法国利益的狂热分子。1883年法国军队一举攻下越南国都顺化，正是孤拔指挥所为。自此，孤拔便被捧为名将，成了"赫赫有名而充满光荣的司令长官"。他认为"对中国交涉获得解决的唯一手段乃是明确的宣战"。因此，当他如愿以偿被委任为侵台司令长官的那一刻，那种骄横狂妄、志满气盈的神情简直已是不可一世。

而在中国这边，清朝政府虽然紧急任命刘铭传督办台湾防务，但刘铭传却不如孤拔般踌躇满志，他是憋着一肚子怨气走马上任的。本来，他是李鸿章淮军中得力的爱将，曾经给李鸿章出了很多谋略，也给李鸿章争得过赫赫战功，在军中也基本上是唯李鸿章马首是瞻，可此次朝中主战、主和两派争得不可开交时，他为何一反常态没有站在曾经的主子李鸿章一边，而是站在反面力争主战呢？这要从他十三年来一直赋闲在家的根源上说起。

1864年，刘铭传率"铭字营"攻克常州，住陈坤书的护王府中，意外获一"虢季子白盘"，那可是西周时期的宝物啊！消息不胫而走，传到光绪皇帝的老师翁同龢耳里。这个酷爱文物古董的老夫子，三番五次前去找刘铭传谋宝，却被刘铭传屡次拒绝。这下打

法国侵台司令孤拔　图片来源《你不知道的台湾》熊子杰著

了老夫子的脸不是？当然，也给刘铭传在官场中埋下了祸根。

1867年，尹隆河战役，本已与鲍超约好进攻时间，但刘铭传为了争功抢先出击，险成了捻军的俘虏。他不躬身自问，反省自己的过错，而是把责任一股脑儿推到鲍超身上，还告了他一刁状，导致本是一心等着受奖的鲍超反而挨了严厉处分。如此一来，湘军与淮军结下怨恨，曾国藩据理力争，李鸿章不得不在朝廷那里还鲍超一个公理。结果，朝野上下对刘铭传形成了一种极坏的认识：贪功透过，心胸狭窄。加上后来，李鸿章将他推出去帮助左宗棠名义上剿西捻匪，实际上实施监视左宗棠之职，又遭左宗棠毫不留情的挞伐，自此郁闷成疾。当他告假欲回乡休养几个月，朝廷便顺水推舟当即准假。只是这一回家后，朝廷便对他再也不闻不问，一下子"冷藏"了十三年。

之所以此次他要站出来主战，并非出于民族大义而认为李鸿章错了，更不是他有意识要跟李鸿章"反水"，而是他觉得这一辈子的青春已经逝去，一肚子的谋略才华无从施展，眼见着即将半百，想想这十三年来英雄无用武之地的窝囊与憋屈，如果不孤注一掷抓住此次的战、和之争机会出山，他的一时英名将荡然无存，他的一时威风将落叶扫地，他的一时功绩将无人提及……因此，他认为朝中的战和之争是他重出江湖的绝好时机，过了这个村，就没有这个店了。尽管他知道自己过去一直是在陆地作战，而此次却要去台湾打丛林战，打海战；尽管他还知道，他的对手孤拔率领的是一支拥有坚船利炮的舰队，而孤拔本人又是一个凶狠的、狡猾的、诡计多端的战争狂人，是个洋鬼子，他也要死死地抓住这个机会，赌他一把。即使是决一死战，他也要向世人证明他刘铭传还是一个有用之人！

一个是拥有志在必得的锐气，一个是铆足了拼死一搏的豪气；两个帝国派出的都是不惧一战的生死对手。可以想见的是，这是两个大国之间的一场豪赌，平静的台湾海峡将上演一幕殖民与反殖民的历史活剧，进行一场残酷的、血腥的殊死较量。

中法台海大战已经箭在弦上。

二

孤拔迫不及待地出发了。他率领的舰队，是一支经过了越战炮火洗礼的胜利舰队，包括塔能号（Tarn）、德拉克号（Drac）、尼夫号（Nive）、旅丹号（Lutin）、迪盖——吐安号（Duguay-Trouin）、索恩号（Lasaone）、益士弼号（Aspic）、维拉尔号（Levillars）、德斯坦号（LeD'Estaing）、野猫号（Lelynx）、眼镜蛇号（l'aspic）、蝰蛇号（Lavipe-re），以及伏耳达号、拉喀利苏涅尔号、凯旋号等十多艘战舰；其中，拜雅号（LeBayard）是孤拔的旗舰。孤拔站在旗舰的舵楼上，望着浩浩荡荡航行在南太平洋上的舰队，正所谓意气风发，斗志昂扬。他傲视一切，一副战必胜、攻必克的狂妄。

刘铭传深知，他此次重出江湖，从理性的角度是情非所愿；但从意气的角度，他必须铤而走险。他半点也不敢耽搁，当朝廷六月二十六给他终于正式下达委任状，他七月初六就披挂上阵，紧急拜访李鸿章等大臣，向各方筹措军饷，然后率一百三十多位旧部，火速赶往台湾，于七月十六轻装抵达基隆。

然而，待他上岸一看，却令他大失所望，驻岛丁勇士气低落不说，从基隆港到台北府，各营管理简直是一片混乱。以军备而言，则"台湾驻防之兵为数不下二万，而器械不精，操练不力"，"其时基隆已泊敌船数艘，台南之安平、旗后各口，均有法船游弋窥伺。陆营兵单，水师无船，枪械未齐，海口未塞。军情万分紧急"。刘铭传还发现，作为主要防御工事的基隆炮台，"仅有洋炮五，且仅守前面，不能迎敌之旁攻"。而从军队的素质来看，各地驻军"不

基隆之役法国战舰　图片来源《你不知道的台湾》熊子杰著

知纪律，只知要钱"，"虚冒疲滥"严重。令刘铭传头疼的是，还有派系、山头林立的军政关系，历来湘军老将、台湾道道员与原任台湾镇总兵"镇道不和，势同水火"，而驻军与驻军之间，则存在所谓的湘系与粤系之争，本已久之的湘淮两系，在台湾这块新的土地上又衍生出互相倾轧，老死不相往来……而现今整个台湾的驻军，大都由湘系把持着，他一个淮系统帅能否让他们听从指挥？……大战在即，如此一团乱糟糟的状况，岂不让负气而上、铤而走险的刘铭传叫苦不迭？

情况更为要命的是，刘铭传受命后，虽然紧急拜访李鸿章等大臣，并请求朝廷给地方大吏下令火速拨械、拨舰、拨款援台，但地方各路大吏并不为朝廷急之所急，如刘铭传愿之所愿，像张之洞、左宗棠、曾国藩……包括李鸿章等辈，虽是都有所表示，拨给了一些钱物，但在数量和质量上却远远"不敷需要"。这些大臣全都是斤斤计较，一味地想着如何保存自己的实力，在援台的问题上竟然如出一辙地以不损伤自己的实力为原则。如此腐朽的帝国王朝，令这位自己曾经也是腐朽圈中一员如今冒险请战的大将仰天长叹，欲哭无泪。

"男儿有泪不轻弹，只因未到伤心处。"刘铭传面对诸多窘境，开始有些后悔了。什么主战？什么主和？这天下又不姓刘，管他牛打死马，马打死牛，外国强盗把清王朝掀翻了，又关你刘铭传屁事？还不许窝在合肥西乡大潜山麓的刘老圩混日子了？所谓的英名、威风、功绩，现在仔细想想，全他妈就是个屁，无论生前多么显赫，谁的身后又不是一抔黄土埋千古啊！风雨飘摇、动荡不安社会中的人们，已经变得越来越现实，越来越势利，远不如他年轻时乡里兄弟那么纯朴和讲义气。

对了，年轻时他还真干过一件振臂一呼、应者云集充满豪情的爽事。那时候家里穷，交不起出团的粮食，一个土豪就来到他家欺侮他母亲。他怒不可遏，夺过土豪的佩刀把土豪给杀了。他知道惹了大祸，想躲也没处躲，索性一不做二不休，一口气跑到乡里的圩场上高声大呼："××土豪被我杀死了，有不怕死愿意起来造反保卫家乡的，跟我来！"令他没想到的是，当即就有数百名青年后生拥戴他。自此，他便领着这帮青年，在家乡的大潜山修圩筑寨，办起了团练。后来，他的这批团练精英，便成了"铭字营"的骨干。

往事如烟，这世道已不是那世道，物是人非，人心不古，这些所谓的朝廷重臣，哪里还有什么正义感、民族情、社稷责？连哥们儿义气都没有了。想到这里，他甚至都有点打退堂鼓了。你孤拔再凶狠，你的舰队再有什么坚船利炮，我刘铭传不跟你玩，不就是一个台湾岛吗？拿去就是！

然而，这么想想也无关紧要，可真要撂挑子不干了，就是给刘铭传一百个虎心豹胆他也不敢，那可是要杀头的啊！他出了一身冷汗。关于这一点，就连后来法国的一个小水手也看明白了。他在中法海战后写过一本《孤拔元帅的小水手》的书，里面写道："中国人的首领叫刘铭传，他是一位深恐失败的老头子，因为他很清楚，战败就会被杀头。"这是后话了。连战败都会被杀头，他刘铭传还敢临阵撂挑子吗？况且是自己跳出来主动请战的。

刘铭传这是自己把自己逼上了绝路，军队再乱，布防再差，钱物再不够，他也只有硬着头皮上了。他窝着一肚子火，怀着郁闷的心情，紧急召集驻防将领研讨防务，没说三句话就开始训人："我跟你们讲清楚，不管你们敢不敢战，愿不愿意战，一条死命令，守土有责，谁丢了阵地，我第一个砍谁的脑壳！"布置完毕，训完人，他便不分昼夜地到各塞口炮台巡视去了。

午夜时分，他气喘吁吁地爬上基隆山右侧的一处炮台，远远地望去，只见黑魆魆的海面上有灯光闪烁，就像老家淮河江面上唱晚的渔火，隐约还能听到沉闷而傲慢的机器轰鸣声。不用说，那是法国战舰在鬼鬼祟祟地游弋。刘铭传不由得阵阵紧张起来，他仿佛已经嗅到呛鼻的战火气息。他赶紧去查看炮台的守军。不料，这下差点让他气昏过去，炮台几个守兵竟全部呼呼大睡，没有一个人睁着眼睛监视海面，就连刘铭传一行来到他们身边也不知道。他气不打一处来，飞起一脚就向趴在炮筒上的那个士兵踢去："妈了个巴子，你们睡死啊！什么时候脑壳开花了都不知道！"不容分说，他当即撤换了守卫炮台哨的哨长。

这些气人的事在他看来还是事小，最多是发一通脾气，骂一通人，大不了撤换几个人后，还可以要这些守军临阵磨枪准备一番。那些守军尽管过去稀稀拉拉，但在这新任台湾巡抚面前还是不敢造次，挨一顿臭骂后还是积极准备去了。只是这刘铭传巡视完基隆、台北后，在要不要去淡水巡视的问题上纠结起来。当然，这也是他匆匆忙忙登上台湾岛后一直纠结的事，因为驻守淡水的正是与他有宿怨的孙开华。回想起当年被孙开华从瓦窑里将他寻出的羞愧，品咂品咂这十三年来的憋屈，对孙开华他心里实在没底。如果孙开华仍然对湘系、淮系抱有成见，特别是还要记恨他在尹隆河对孙开华傲慢的一"哼"而对他刘铭传不理不睬，岂不是自讨没趣？不去也罢，反正大战在即，你孙开华丢了阵地，正好取你的脑壳……不行！淡水是必须要巡视的，那是战略要地。身为巡抚，难道还看你一个提督的脸色不成？你孙开华若是防务松懈，不正好可以拿你孙开华是问吗？刘铭传赌气前往淡水。

三

孙开华回乡为母亲修墓的三个月假期结束后回到泉州，继续接署陆路提督之职。而当中法在越南开战后，朝廷担心战火延烧台湾，早于光绪九年（1883）十二月二十就咨调孙开华，统领原驻漳州、泉州的擢胜营赴台支援。孙开华从来就是雷厉风行的大将，迅速处理完杂务，与家人匆匆忙忙过完春节后，于光绪十年（1884）二月二十，率擢胜营及长子孙道元和儿媳张秀容抵达台北。从时间上算来，孙开华已早刘铭传四五个月先期到台湾备战。

孙开华一上岸，就开始着手淡水湾布防。

淡水，旧名沪尾，因咸丰八年（1858）后，开放为对外通商口岸，故又称淡水港（或沪尾港）。它位于台北盆地淡水河出口北岸，处台北县西北隅的淡水镇，南隔淡水河与八里乡相对，东以大屯山与台北市北投区相隔，北与三芝为邻，隔台湾海峡与福州市相望。淡水与基隆的陆路之间是台北府，从台湾东北部的基隆港进入可攻台北，由台湾西部的淡水港侵入亦可直捣台北，因此，淡水与基隆作为拱卫台北的两个战略要塞，哪一个都不可疏忽大意，稍有闪失。

孙开华深知，淡水的战略意义在某种程度上还重于基隆，因此如果法军侵台，淡水必是首当其冲。他上岸后，迅速召集驻军的湘军将领曹志忠、淮军将领章高元、刘朝祜等，商讨淡水湾布防的要略。曹志忠认为要全力加强岸基防御，构筑工事，增设炮台，不让法军靠岸；章高元、刘朝祜则认为，要增拨军舰，直接与法军在海上开战，先期御敌于港外，同时，岸上也要构建防线，万一法军上岸，也可全力抵抗。孙开华对他们几位的建议都表示认同，但又都不完全认同。在他看来，首先，在海上直接对抗显然不是选项，无论增拨多少战舰，与法军在海上开打都只能是鸡蛋碰石头，彼此的火炮优劣且不论，即使战舰与战舰对撞，一个是铁舰，一个是木船，还不给撞得粉身碎骨啊！其次，至于岸基防御，凭现有的装备和手段，也没有办法阻止法军靠岸。但是，既不能在海上开战，又不能毫无作为，让法军战舰如入无人之境而长驱直入地进入淡水港口，实在是一道难题。

孙开华一方面下令所有驻守将士，抓紧构筑岸基工事，一方面领着几位将领，到各炮台、工事及淡水港外围实地踏勘，边走边思考如何阻止法军战舰靠岸。忽然，孙开华眉头一皱，计上心来，兴奋地双掌一击，"有了！"章高元、刘朝祜不知提督大人发现了什么新大陆，愕愕地看着他。只听孙开华下令道："马上组织沿岸船只，运石塞港！"

作为海上力量对比差距如此之大的中方，要想阻止或者滞缓法军顺利地进入港湾，这是孙开华想到的不对称，也是唯一可以作战的战略战术。沿岸居民和渔民，一听说是孙九大人的指令，纷纷投工投劳，一日之内就集合了百多条渔船，不分昼夜地运石塞港，从淡水港码头，一直往外海填塞，个别地方甚至填出了水面。在塞港的日子里，张李成听说亲家又返台准备抗法，东打听西打听才知道他在淡水填海，便带领几百名山胞一起参战。他们开山撬石，运石装船，干得十分投入。不到两个月时间，台湾民众与驻军丁勇并肩塞港，从淡水港出去，往外海填塞了数里路的进港海口。随着塞港工程的日益铺开，孙开华又安排士兵在水底的乱石丛中布好水雷。孙开华看到台湾民众如此真挚的热情，以及士兵们同仇敌忾的士气，终于松了一口气。要知道，这些日子以来，孙开华真正是"昼夜率军分伏海滨林莽，风餐露宿，不敢少休"啊！

也是天佑提督，正当孙开华愁着出海口水面上缺一大型物体作为障眼物时，一艘满载货物的英国商船——寇可夏佛（Cock Shafer）号，从淡水河上游驶进了港口。一看出海口已被堵死，气得满船的英国佬哇哇大叫。那个船长可能愤怒至极，长拉汽笛"嘟——嘟嘟——"让整个淡水港都能听到商船怪兽般的吼叫。但是，毫无办法，寇可夏佛号只能乖乖地就地泊锚。

有意思的是，商船上货物的老板，是个经常往返于伦敦、厦门或台湾的英国大亨，叫威尔逊，政界商界都玩得转，也是个中国通，可以说在他大半辈子的经商生涯中，还从未遇到如此难堪、如此无奈、如此尴尬的事。一看商船被关在这上不沾天、下不着地的淡水港中央，简直气得七窍生烟；眼见船长愤怒地长拉汽笛仍然无济于事，便气呼呼地跑进驾驶楼，打开扩音器，用他不很标准的中国话吼道："你们中国人太野蛮了，我抗议！你们这样无理地对待大英帝国的商船，我要到清廷那里告你们！你们这群野蛮人！你们这帮无赖！"

抗议吧，骂吧，在岸上的孙开华听来，只不过是阵耳旁风。谁让你迟不来、早不来，恰恰在这个关键时刻赶来凑热闹？假如说法军侵台战争打响，你客观上帮了我们一把，我也不会感谢你的。你占住进海口，挡了人家法国人的视线和前进的水道，即使人家把你打成了炮灰，还以为你是在帮我们哩，人家会把你骂得狗血喷头！你还气焰嚣张地骂我们，你知不知道你已经处在两头不讨好的境地了！正如孙开华所想到的那样，孤拔的那个"小水手"后来就是这样写的："一艘英国佬的船……这些坏蛋莫非是故意来跟我们作对？"看看吧，俺老孙说得没错吧。还骂不骂人？骂吧，你嘴巴磨出了血也是苋菜汁！着急吗？着急也没用。嘿嘿，着急也得等俺老孙打完了这一仗再说。

威尔逊总算没力气骂了。他只好无可奈何极其不满地安排筏子，一筏子一筏子将船上所有人运上岸躲进了客栈，否则，真有可能当了法国人的炮灰。就在孙开华心平气和处理完这件事不久，刘铭传带着随从紧急巡视淡水防务了。他本来是赌着气来的，一见面，无论是脸上还是眼神，甚至包括鼻孔里喘出来的气息，都透着一股居高临下凛然不可撼动的巡抚神情。"怎么样啊，这法国人就要开打了，淡水没什么问题吧？"他背着双手，一字一咬地问孙开华，眼睛却盯着别处。

孙开华一五一十给刘铭传作了详细汇报，并告诉他岸上所有工事都作了加固，还新修了两座堡垒，一座白堡，一座红堡，且两堡之间还作了秘密部署。至于港湾、海口都作了填塞，不管法军再有什么坚船利炮，战舰也无法靠岸。最后，孙开华夸下海口："请巡抚大人放心，若是法军胆敢上岸，一定教他有来无回。有我孙开华在，就决不会让淡水失去半寸阵地！"

"嗯，好，好！"刘铭传见孙开华的确将淡水的布防操办得严严实实，又听孙开华表态得信誓旦旦、掷地有声，来之前的种种担心顿时消去了大半。看来是自己多心了，多虑了。忽然，他发现了泊在港口水中央的那艘英国商船，又疑惑地问道："那艘船是怎么回事呀？"

"对了，忘了给巡抚大人报告，那是一艘英国商船，被关在港口里面出不去了。"

"哦?! 是吗？"刘铭传显然有些意外，"这可不是小事啊，弄不好会有外交纷争的。"

"请巡抚大人放心，已经处理好了。"

"处理好了就行。有麻烦我可拿你是问喽！"这就是典型的刘铭传，临走还不忘给孙开华甩上这么句话。

从内心里讲，刘铭传从基隆、台北到淡水，一路巡视过来，淡水的防务是令他最满意的。他想赶紧返回，无论是台北，还是基隆，特别是基隆必须采取补救措施，要他们向孙开华学习学习。但是，刘铭传似乎还是有些不放心，这淡水防区整个都是湘军系统的人，没见一个淮军，哪怕一个二层骨干也没见到，万一开战后不听指挥，岂不连个报信的人都没有？他有些闷闷不乐。忽然，他想起刚才视察炮台时，有个瘦弱不堪自称曾经在区天民手下当兵的李彤恩，他不就是淮系的吗？他与他交谈过几句，知他现任沪尾海关的通商委员，虽然不直接属于淡水驻军的军方，难道不可以兼个职吗？想到这里，刘铭传突然停下脚步，对孙开华说："孙提督，我看你这里缺个营务官哩。这样吧，不如让刚才那个海关的李彤恩委员兼任你的营务处知府怎样啊？"孙开华猝不及防，见刘铭传一副不容商量的口气，也不争辩，只好点头称是。

临了，刘铭传仍然板着一脸严肃匆匆离开。他跳上马车，一干巡察队伍却没返回台北，而是迅速朝台南方向驰去。这是刘铭传突然改变的主意，他要会会一直没把他放在眼里的那个"刺儿头"。

刘巡抚遣将

一

台湾海峡已经风起云涌，波诡云谲，一场大战马上就要展开。孤拔正在抓紧时间调派战舰向台湾方向集结，他的副司令李士卑斯率三艘战舰早已抵达台湾基隆外海，他自己乘坐的法军旗舰拜雅号也开到了台南。只不过他听说驻守台南的兵备道刘璈与台湾新任巡抚刘铭传有矛盾，所以他想从刘璈处打探一下虚实，或许能在刘璈这里打开缺口，直接在台南登陆呢？

不过，刘铭传已先孤拔两天到达台南。但他却是来找刘璈麻烦的。

刘铭传本是借朝廷"战""和"之争逆势复出，当他将主战的折子递上朝以后，李鸿章开始是反对的，但考虑到自己的老部下好不容易逮到这么个机会，继而支持他复出；于是就提前向他透露，朝廷有意起用他，让他做好重出江湖的准备。可是，刘铭传得到消息后却又不愿复出，其根本原因是，朝廷只给他封了个钦差大臣。他对朝廷的安排不屑一顾，就在朝廷等着他履职之际，刘铭传却带着一群歌伎女人游杭州西湖去了。因李鸿章是积极举荐者，刘铭传不从，李鸿章生怕自己受到追责，便三番五次催促刘铭传赶紧走马上任。没想到刘铭传却给李鸿章回信说："非封疆，勿相溷也。"李鸿章一看急了，赶紧到皇上、慈禧那里游说，"加巡抚衔，乃受命"。最终，朝廷破例任命刘铭传为台湾首任巡抚。也许是中法即将开战的形势逼的，刘铭传如愿以偿。

刘铭传登岛以后，没想到岛上的兵备道刘璈却给他来了个下马威。在刘铭传看来，刘璈根本就没把他这个巡抚大人放在眼里，调兵，调不动；催粮，不能如数给齐。不仅如此，他还劝他将巡抚府设在台南，说什么有现成的府衙即可入住，没必要浪费钱财。这不明摆着要让巡抚府控制在他刘璈的道府范围之内？他堂堂首任台湾巡抚要修个府衙就是浪费钱财？简直岂有此理！刘铭传绝不会听他摆布，即使暂时寄居，他也要坚持将巡抚府设在台北。

刘璈之所以对刘铭传有所轻慢，并非完全是湘淮畛域之见所致，也并非他刘璈早刘铭传几年先到台湾经营，现在已集军、经、政大权于一身而产生出的傲慢。这其中主要原因，还是朝廷的那些陈规陋习引起的。通常情况下，行武出身的一般都只任总兵、提督之类的武官，而兵备道、巡抚之类则属文职官员。刘璈本是秀才从军，很有才华，他从军后也不是那种什么都看不起、什么都做不来的酸腐书生，恰恰相反，他"朴勇善战，纪律严明"，曾经获"克勇"和"音德本"双料巴图鲁封号。可以说他是一位文武双全的大将，用他自己的话说："戎马十年，书橱随帐，草捷书而露布，马下毫挥；学儒将之风流，雅歌气静。"

文人自有文人的弱点，何况刘璈文武双全，一般的武官在他眼里自然就没多少分量。在刘铭传来台之前，刘璈就硬生生将台湾镇总兵吴光亮从身边挤走。究其原因无非就是募兵、练兵、布防、后勤等方面合不来，都强调按自己的意志行事，到后来刘璈实在容不下吴光亮了，就给朝廷参本，要求将吴光亮调走。当然，吴光亮也是有背景的，特别是时任闽渐总督的何璟与李鸿章是同期进士，两人关系非同一般，当属于淮系的吴光亮受到湘系的刘璈排挤时，何璟毫不犹豫地力挺吴光亮。但是，刘璈的背景更为深厚，他不仅有穆图善、左宗棠的鼎力支持，而且还得到既不是湘系也不是淮系的张之洞的倾心相帮，最终，吴光亮不得不卷铺盖走人。

挤走吴光亮后，穆图善、左宗棠不失时机地推举同属湘系的杨在元接任台湾镇总兵，其用意是免与刘璈发生龃龉。但是，杨在元统兵却不甚在行，加上张佩纶弹劾杨在元"不洽舆情"，不久杨在元被落职。眼见国际形势日急，刘璈便多次奏请朝廷派遣督抚或"知兵大员"来台统领。左等右等，刘璈万万没有想到中法即将在台海正式开战之际，朝廷却给台湾派来了一位行武出身且是淮系的刘铭传，关键问题还在于他一上任就是巡抚。这让本身有点自负和傲气的刘璈大跌眼镜，一来，朝廷病急乱投医起用武夫当文官破了传统，让刘璈不屑；二来，刘铭传的为人，也让刘璈嗤之以鼻。左宗棠对朝廷任命刘铭传为台湾巡抚就很轻蔑："以刘铭传一介武夫，且于章奏之言，轻重之宜，未必遽能通晓，况且假乎幕僚！"很显然，刘璈对刘铭传也有相同看法，"素轻铭传武人无所知，非真巡抚"。在刘璈眼中，刘铭传充其量只是"一如台镇"（总兵）。

刘铭传当然咽不下这口气，堂堂一个巡抚大人岂能揣下如此窝囊？一路上，刘铭传回想着登岛以来的种种不快。刘璈是拥兵自重么？一个台南置兵三十营，而台北却只有曹志忠六营，孙开华擢胜三营，以及他自己从大陆带上岛的一百三十四人，兵力悬殊如此之大，还调不动他的一兵一卒，这是公然与自己作对！他左想左气愤，右想右恼怒，不由得打马加鞭，很快就赶到了台南。他气鼓鼓跳下车来，与刘璈一碰面就没给他好脸色看。他连发几个质问："为什么克扣军饷？为什么只重兵把守台南而置台北于不顾？为什么把我这个台湾巡抚不当回事……"

这是刘璈第一次见到刘铭传，果如先前刘璈对刘铭传的揣度与判断一样，这个所谓的巡抚，浑身还真就是一介武夫的那些跋扈与戾气，这让他从内心深处对他更加鄙夷。眼见大战在即，刘璈也不跟他计较和争辩，只是耐心地给他解释：军饷问题不是克扣，实因府库不济暂时未能拨齐，以后再补；至于为什么要重兵把守台南，刘璈说出了三条理由：

第一，台湾府城中有道府饷库、子药局、军装局、支应局，为全台根本，一旦失陷后果惨重。

第二，府城距海仅十余里，由城外一带沙浦可直抵海滨，若遇大潮，敌舰趁机袭入，即可由舰上直接发炮攻击，且登陆后，可立即兵临城下。台北虽已起造城垣，但因城中居民未集，且距海口远，危险性较小。

第三，台湾府一向为台湾的政治中心，台湾道常年驻在该地，以往沈葆桢、丁日昌都以台南为防御重点，他刘璈对台南也不可有丝毫懈怠。

刘铭传越听越来气，这防御的事，如果前两条还勉强说得过去，但这最后一条明显就是拉大旗作虎皮，你拿沈葆桢、丁日昌压我呀！简直就是混账！台北还没有居民居住，可我的巡抚府就在台北呀，眼见法国人就要开打，你是先保老百姓还是先保我这个巡抚大人？你眼里还有没有巡抚、有没有朝廷？嗳？！

正是话不投机半句多。刘铭传气得两颊铁青，怒目圆睁。只见他一起一伏笨重地喘着粗气，倒剪着双手，无处发泄地在原地迅速转圈，终于甩出一句重话："你好自为之吧！给我听明白了，在法国人面前你若丢了台南半寸土地，提着脑袋来见我！"说完，跃上马车，绝尘而去。

刘璈望着刘铭传离去的背影，心情凝重起来。看来这巡抚大人以后不会给他好果子吃了。他表情复杂地摇了摇头。

就在刘璈还在琢磨与这个巡抚，接下来还会发生什么故事的第三天，他的府上来了一位不速之客。

按照孤拔的说法，这个不速之客是一位友法的香港人（汉奸）。孤拔率舰队从越南开过来时，专程从香港将他接上拜雅号，与那个香港人一道，孤拔还接了一个特殊的台湾人上舰。此时此刻，这个香港人是奉孤拔之命，特意请台湾的兵备道刘璈上舰商谈大事。

道府里所有在场官员一听都愣住了，接着就是一阵紧张。这法国的司令分明是来打台湾的，现在却跑来约台湾的道府大员商谈，还能有什么好事？黄鼠狼给鸡拜年，绝对没安好心。官员们纷纷劝刘璈不能前往。当然，刘璈也感到事态严重，在大战一触即发的节骨眼上，法国人耍这种小聪明，不明摆着是鸿门宴吗？但是，如果不理他，这孤拔肯定以为中国的官员贪生怕死，甚至认为软弱可欺；如果跟他谈，将会是些什么条件呢？哪些可以接受，哪些又绝对不能让步？刘璈陷入了深深的思考……突然，他下令召开紧急会议，将台南所有的防务工作，一一作出安排和部署，并作了最坏的打算，万一他被法国人扣留回不来了，便由副将代为全权指挥；若超过半天时间，就直接向法军舰队开炮。

一切安排安毕，同僚们还想劝他几句，一看道府大人已毅然决然，便都缄口不语了。

刘璈仅带一个随从，单刀赴会去了。

二

黄尘滚滚，战马狂奔。刘铭传清楚，法国人留给他的时间不多了，基隆外海已有法舰游弋，大批战舰正从南部赶来。尽管朝廷与法国签有《天津简约》，本以为可以讲和，没想到五月下旬，在越南境内发生了中国军队痛击法国军队的"观音桥事件",法国人强烈抗议,要求中国撤军并赔款。清廷同意撤军却拒绝赔款。如此一来,法国茹费理政府强硬地自由行事,再启战端,将视线盯上了台湾。只是刘铭传现在唯一没琢磨透的是,法国人到底是选择在台南登陆,还是选择在淡水或基隆开打。

刘铭传希望的是法国人直接在台南开战。这样,正好让这个目中无人、狂傲自大的刘璈吃点苦头;守住了,从台南到台北还有那么一段距离,不仅可以让他刘铭传多作些准备,有一个缓冲,而且还可以挫挫这个横竖不顺眼的家伙的锐气;守不住,战死了就不用说了,只战败,也正好取他的人头。

唉,这个刘璈啊!谁让你这么狂傲自大,没把我这个巡抚放在眼里?刘铭传之所以在万分紧张的开战之前,还要风急火急赶到台南,就是为了教训教训他,敲打敲打他;让他找准自己的位置,认清自己的身份。岂料这家伙蹬鼻子上脸,不仅没服软认错,反而拿什么沈葆桢、丁日昌压他,差点没把刘铭传气死。

本来,刘铭传上岛之前,他的老上司李鸿章就为他考虑到这一点了。当时因挤走总兵吴光亮,就已经有朝臣参劾刘璈,说他"肆意贪横,办防松懈,与总兵吴光亮不合,设遇有警,恐致偾事"。但还是因为两江总督左宗棠、福州将军穆图善的力保,才没有将刘璈撤换。及至刘铭传被朝廷重启,并如刘铭传所愿被委以巡抚官职时,素来工于心计和城府的李鸿章,考虑到老部下此去,面对的是曹志忠、孙开华、刘璈等一帮湘系将领,尤其是刘璈目空一切,自高自大,恐怕很难相处,更不好驾驭。所以,李鸿章好心好意提醒刘铭传,何不趁还未上任之际,给朝廷上个折子,将刘璈调走,换上自己信得过又合得来的人呢?可是,刘铭传当时不知怎么想的,竟然没有接受李鸿章的那份好意。

一个只知道埋头苦干而没有政治远见的人,永远是没有出息的；就像一头蒙着眼睛、绑上磨架的驴，始终只能围着磨盘转圈。此时此刻，刘铭传已后悔莫及。现在想想，当时的确应该听听恩师的建议，将这个刘璈撤换走后再上岛。朝廷对他刘铭传不是已经做过一次让步了吗？由钦差大臣变为封疆大吏的跨越，仅仅只赖着不走耍一下就实现了，若依恩师建议给朝廷上个折子，再耍一下，说不定朝廷还真会依了他，毕竟战火即燃，急着用人。

　　说什么都晚了，世界上的后悔药，从来就治不了事前的病。刘铭传知道，现在即使要撤换刘璈已来不及了，何况临阵换将还是兵家之大忌，因而心底里对刘璈的那份咬牙切齿，就只能寄希望于法国人去收拾了。刘铭传疯狂地抽打着奔驰的马，将心里的怨怒发泄在已经疲于奔命的马身上。忽然，他浮出一丝庆幸，幸好拒绝了刘璈的馊主意，没把巡抚府设在台南，而是坚持要将巡抚府建在台北，不然，这以后不知要受他多少气……

　　哦，对了，现在巡抚府还临时设在台北城的一个商号里。而台北旧城位于艋舺与大稻埕之间，历经了沈葆桢、陈星聚、岑毓英等多位大员，费时几年还没成型，一直以来无论是商贸，还是人气都赶不上台南，其繁华程度就更不用说了。所以，在台湾人心中，台南才是政治、经济中心，台北不过是刚刚起步的一个小镇。这一点也让刘铭传郁闷不已。几天前，一位风水先生来到府里说，旧城区不适合建巡抚府，说什么"后无祖山可凭，一路空虚，相书属凶"。他建议如果以后要建巡抚府，依然是背靠大屯山，依傍淡水河没错，但城址要往北移跳出旧城区，城廓也不能依老城走向，而且东西两端的延伸线要在大屯山脉的七星山交会，中轴对准"玉皇大帝，北极星君"。那样，就会紫气东来，台北从此一定兴旺发达……他还说了很多玄乎的道理，只因他是不请自来，也不知他是哪路神仙，加上刘铭传登上台湾岛后，最紧迫的当务之急是抓紧时间督察各地的防务，加强备战，因而对那个风水先生的一套说辞，刘铭传没怎么理会，更没往心里去。现在忽然想起这件事，刘铭传觉得似乎还有些道理。等着吧，等跟法国人打完了仗，消停了，再考虑建巡抚府的事吧。他就不相信台北比不过台南。

台北？今天怎么总是在"台北"这两个字里面出不来呢？刘铭传吓了一大跳，原来，台北还真有件天大的事没处理好。法国人马上就要开战，巡抚府又临时设在台北，毋庸置疑，这台北府绝对是法国人眼中的重点目标。可是，到目前为止，他刘铭传今天这里督察，明天那里督察，恰恰台北府自身的防务却没安排好，顿时，他紧张得不行。他掐指一算，整个台北地区包括土勇还不到五千人，即曹志忠的恪靖军、章高元的武毅军、孙开华的擢胜营、刘朝祜的祥左营，及张李成的土勇。而这些军队又都分别驻守在基隆和淡水两处，虽然基隆与淡水是拱卫台北的两大要害关口，但台北城除了自己带来的一百多人和一个哨的湘军卫队外，再没有额外的一兵一卒守卫了。况且，统领基隆的曹志忠，属正统湘军，统领淡水的孙开华，虽名是霆军，可大系仍然属湘军，而且鲍超的霆军与他刘铭传当年的铭军早在尹隆河就结下怨恨，孙开华本人还直接受到过刘铭传的当面轻蔑，万一法国人开战，这些湘军如果不肯卖力或不听指挥，让法国军队打到了台北，那么，他刘铭传仅凭百多人的实力，岂不只有束手就擒的份？

这么一想，刘铭传更加害怕了，因为他同时还想到了另外一个问题，那就是巡抚府在台北。法国人明显是奔台湾来的，如果不打下台北，不占领巡抚府，就不算真正地占领台湾；同样，不打垮他这个巡抚，也就不算彻底胜利。这么看来，为了台北，为了他这个巡抚，法国人恐怕不会选择在台南开打，因为那离台北太远了。如果排除了台南，那么，法国人要么就会在基隆，要么就会在淡水开战，这两处离台北都很近。刘铭传不禁出了一身冷汗。

刘铭传还真是神机妙算，从后来台海大战的爆发点来看，法国人的确没有在台南登陆，而是直接选择了向基隆开炮。不过，与刘铭传所想有所出入的是，法国人的根本原因并不是为台北巡抚府或巡抚刘铭传，而是因为基隆的煤。法军司令孤拔的那个小水手是这样写的："1884年9月24日就这样决定了，我们将要征服一个名字很美的地方'福尔摩沙岛'（沿袭葡萄牙人最早称台湾为福尔摩沙）。听说中国人的煤矿和煤炭场都在基隆，我们得手后，中国人的脸色就会不好看啦！得到煤矿后，我们就可以继续攻打北方的烟台、威海卫了。巴黎方面也希望我们打下基隆后，更可以增加对北京谈判的筹码。"

刘铭传决定必须调一支可靠的部队，作为守护台北的近卫军。尽管他知道，由于刘璈重南轻北，整个台北地区兵力不足，而且基隆防区归曹志忠统领，淡水防区归孙开华统领，都是湘军将领，但现在对于刘铭传来说，根本顾不了什么兵力不足，或者湘军头目是否给他面子，他甚至觉得不屑与他们商量，不管他们同不同意，愿不愿意，保卫台北，保护巡抚天经地义。若是哪个抗旨不从或胆敢阻拦，他刘铭传不惜阵前换将！

主意即定，刘铭传才感到有了点底气。可是，调谁来合适呢？刘铭传又有所犹豫了。整个台北地区真正属于淮军的兵头，只有章高元和刘朝祜两人。按说，刘朝祜是他刘铭传本家的侄孙，其可靠程度应是绝对没有问题。但刘朝祜处事草莽，经验不足，让他带兵打仗守卫台北明显能力不济。那么，剩下的就只有章高元是唯一人选了。他在基隆防区，被曹志忠安排在中路守防，此人有勇有谋，也讲义气，刘铭传过去虽然没跟他打过交道，但他终归属于淮军。唉，正所谓荞粑粑敬土地神，此地只有此货啊！刘铭传不由在心里感叹一句。他立即下令，将章高元的两个营从中路抽调过来守护台北，并将那一个哨的湘军卫兵撤换掉。安排完这些，刘铭传长舒了一口气，就像一块抛上天的石头，终于落了地一样，踏实多了。

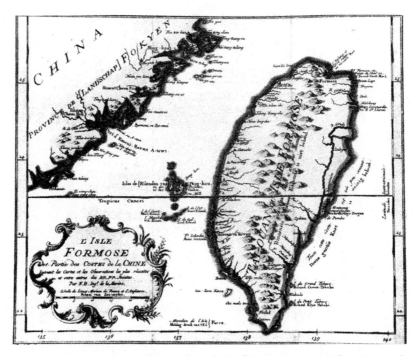

法国人贝林1760年绘制　图片来源《你不知道的台湾》　熊子杰著

车队已过新竹，他正准备驭着车队直接回台北，忽然，他又想起一件事来，急得他刻不容缓必须尽速处理好。否则，即使跟法国在台海开战了，他也会于心不安。

三

"你这是不识抬举啊！"孤拔终于失去了耐心，大声对刘璈吼道。那副神情俨然他是主人，刘璈是奴才。

刘璈只身陷在法军旗舰拜雅号上，面对孤拔的种种挑唆离间、威逼利诱始终是油盐不进。他端坐在孤拔的对面，一副泰然自若、神定气闲的模样，时不时对孤拔那些赤裸裸毫不掩饰的近乎愚蠢的劝诱，一会儿报以轻蔑的微笑，一会儿又还以愤怒的表情。见孤拔终于发怒，他也像终于获得了自由，或者终于获得可以发挥一下的机会。他倏地站起来，顺手抻了抻朝服，目光如炬地盯着孤拔，不紧不慢地说道："孤拔先生，你也不想想清楚，你是在跟谁说话。这么跟你说吧，站在你面前的是做好了充分准备，要跟你决一死战的大清帝国的台湾兵备道！不识抬举？你抬举我了吗？不错，你是夸奖了我几句，可我怎么觉得你有些不怀好意，你一边吹捧我，一边又贬损我们的巡抚大人，你这分明是在挑拨离间啦！再说，你的那些许诺，明摆着就是把我当成见利忘义的势利小人了，还抬举我？不如说让我当一条摇尾乞怜的狗吧！"说着，他猛然将目光射向那个香港人。

香港人猝不及防，被刘璈逼视得一脸青紫，十分尴尬。他不由自主地倒退几步。

孤拔勃然大怒，一掌拍在桌上，顺势踹开坐凳，像点燃的二踢脚一样蹿起来，指着刘璈的鼻子说："你是中国人的另类，是愚蠢的东方亚细亚！一百万法郎，你知道在我们法兰西能做什么吗？恐怕你做梦都想不明白。我只不过是让你别阻挡我们法兰西前进的步伐，一旦开战，你按兵不动就是，还给你一百万，这几乎就是一顿免费的午餐。你倒好，还拿你们的狗屁巡抚当大人，据我所知，你就是刘铭传眼中那粒磨人眼球的沙子。死到临头了，还这么不识好歹，我看你简直就是天底下最最愚蠢的那个中国人！"

"哈哈哈哈……"刘璈突然爆发一阵鄙夷的大笑，"另类也好，愚蠢也罢，孤拔先生，我也知道你是个战争狂人，但没想到你会是这么个小家子气的人。区区百万法郎，我不想知道在你们法国能干什么，而对于我刘璈来讲却是不足挂齿。你看啊，一百万给我一个人，那些跟随我这么多年的兄弟怎么办？这台湾岛上成百上千万的老百姓怎么办？还不够我们打个牙祭喝壶烧酒的。这么跟你说吧，即使你把打算侵略我们的整个特遣舰队送给我，也还得考虑考虑。至于我是不是巡抚大人眼中的沙子，跟这个没关系，另当别论。我们大清帝国有个叫林则徐的林大人说过'苟利国家生死以，岂因祸福避趋之'。……想收买我，门都没有！"说完，刘璈朝向舱楼外就准备离开。

"想走？没那么容易！"孤拔终于原形毕露，两道凶光直射刘璈，"请你进来是给你面子，放你出去却要看我的心情。你这个不友好的中国人，一点浪漫的情趣也没有，我看你怎么出得去？"说着，一队卫兵已将刘璈团团围住。

刘璈索性重新坐下："那敢情好啊，我就知道你这个战争狂人会玩这种下三烂的阴招。不瞒你说，在上舰之前我早就作了安排和部署，只要我下午还不上岸，我台南三十营守军就会直接向你们这些侵略者开炮！"

孤拔们一听都有些傻眼，还真碰上了一个不怕死的中国人了。本来，孤拔也没打算在台南开战，这里不是战略目标和重点，只因那个香港人的建议有些道理，他才来台南刘璈处一试深浅，没想到

215

这家伙软硬不吃。现在看来，刘璈的这副凛然神情，不像是狂人说大话，虚张声势，万一如他所说直接向我们开炮，岂不打乱了我们的全盘作战计划？不能在台南再耽搁时间了，更不能跟这个不友好的家伙纠缠下去。想到这里，孤拔自找台阶地说："一个小小的兵备道根本就没进入我的视线，你滚吧！"孤拔有些气急败坏，接着又咬牙切齿地补充一句，"你们这些冥顽不化昏睡的中国人，只有用大炮才能将你们轰醒！"

刘璈端坐在那里仍然纹丝不动，看样子似乎不准备走了。几个卫兵叽里咕噜扑上来架起他就往外推搡，临出舱门还踹了他一脚。刘璈从心底里很是轻蔑：你法国鬼子也就是这么点能耐啊！随后，昂首阔步回了台南道府。

孤拔则率领舰队，迅速开往基隆。

就在孤拔率舰迅速北上的时候，台湾巡抚刘铭传却还在为不放心淡水的孙开华而费尽心思。其实，在刘铭传来台湾之前，闽浙总督何璟就想帮一把刘铭传，将孙开华调回福建泉州而换上其他人，可是由于种种原因却没换成。此次刘铭传在刘璈处受尽窝囊，迫于大战在即，当面也不好怎么发作。但一路上过来却对湘军产生了更加深深的怀疑与恐惧，他决定将章高元调来身边后，忽然又觉得淡水的孙开华还是不怎么可靠，所以，他又踅转回来，决定再次前往淡水，必须对那里的人事进行一番调整。

孙开华属于湘军，他的几个副将全是孙开华的铁杆，特别是那个号称"杀虎胡五"的胡峻德更是他的生死兄弟。这么一帮人聚在一起，万一孙开华有个二心，几个副将还不都听他的啊。上回虽然给他们掺了颗沙子，安排李彤恩兼他们的营务处知府，可他毕竟不常在孙开华的身边啦，有个什么情况他也不可能及时掌握。兵之大事，贵在及时准确地掌握情报。好在孙开华身边还有一个人可以用一下，上回到淡水巡察，有一个叫李定明的营官，就在他面前对刘璇表示过不满。虽然他也是湘军出身，但能在他面前直言不讳地对同是湘军的刘璇表示不满，说明他还是有点正义感的，或者对他这个巡抚还是充满信任的。这么一想，刘铭传觉得自己犯了一个小小的错误，上回就应该直接给他委以重任，所谓知人善任嘛。幸好返回途中想起这个人物来，否则人家还以为巡抚大人不识好歹。不过……刘铭传很快又给自己打了圆场：现在任用也为时不晚嘛，这不正好给外人看来巡抚大人办事不是一时心血来潮，而是经过深思熟虑的。

但是，以什么理由提拔他呢？或者说提拔他怎样才能让孙开华接受呢？一连几个问号让刘铭传生出一堆的烦躁。平心而论，孙开华治军无可挑剔，全台湾的防务就淡水的孙开华做得最严实，做得最好。可是越想这些，那烦躁的情绪就越发让他难受。碰鬼了！堂堂一个巡抚大人，今天怎么婆婆妈妈了？安排个把人还这么瞻前顾后，恐怕是那个刘璇给闹的！不是有个说法么？说你行，你就行，不行也行；说你不行，你就不行，行也不行。管不了那么多，权力就是道理，权威来自强权，谅他孙开华也不敢放出半个屁来！

这么想着，刘铭传已经来到擢胜营总部。恰巧孙开华在外督办防务，只有李定明在总部值守。刘铭传心中一喜，这不有了理由吗？李定明见巡抚大人突然驾到，紧张得不行，一方面恭恭敬敬迎接着刘铭传，一方面赶紧派人向孙开华报告。过了许久，孙开华才从前方风尘仆仆赶来。一见刘铭传，孙开华很是歉意地给巡抚大人问安，不料，却是热脸贴上了冷屁股。只见刘铭传板着面孔，一副居高临下、盛气凌人的表情："提督大人，你这是军纪不律啊！"他看也不看孙开华一眼，只冷冷地吐出这么几个字来。孙开华一惊，刘铭传素来都是目中无人的，今天怎么就称他"提督大人"？分明有些挖苦。他心想也就是因督办防务稍微来迟了一步，也不至于是"军纪不律"啊，正想解释几句。刘铭传却不容分说地下达了他的决定："李定明不错嘛，给你做个副将，专抓整肃军纪，提督大人你看怎么样？"说完，还是不看孙开华一眼。

李定明惊愕得说不出话来，这突如其来的提拔，简直就是喜从天降啊！但他不敢流露半点喜色，只是眼巴巴似乎有些委屈地看着孙开华，仿佛竭力辩解着：这不关我的事啊！我可没在巡抚大人面前讨好卖乖说你提督大人半个不是啊！而孙开华更是云里雾里，这个巡抚大人他真有些搞不懂，简直有点匪夷所思，一会儿安插个李彤恩，一会儿又提拔个李定明，这不明摆着对他孙开华不放心嘛！他仔细想想，也没哪里得罪他啊？莫名其妙！你提拔就提拔吧，多个副将少个副将也不碍什么事，正反法国人就要开打了，懒得跟你刘铭传计较。

见两个人都闷不作声，也算默认吧。刘铭传总算办完了他想办的事，也不打招呼地径直奔台北而去。他要看看章高元是不是到位了，他还要去基隆巡察巡察，最好是学孙开华填海塞港……

然而，一切都已来不及了。光绪十年六月二十五（1884年8月4日），法舰已直逼基隆，远东特遣舰队司令孤拔和副司令李士卑斯派一名副官上岸，要求守军于"明日上午八时以前将炮台交出"，守军置之不理。于是，就在刘铭传到达台湾的第十五天，即光绪十年六月二十六（1884年8月5日）凌晨，台海大战骤然爆发了。

刘铭传所题"北门锁钥"遗址　孙培厚摄

基隆山失守

一

法军那位副官上岸后，蛮横地让中国守卫士兵交出炮台，并发出最后通牒，不等回话便反身扬长而去。那份霸道，那份傲慢，让中国守卫士兵气得几乎跳起来，恨不得把他抓回来一绳子捆了。

总兵曹志忠一听守卫哨官的紧急报告，也是气得两头冒烟，一拍桌子开口就骂上了："他娘的！他以为这是法兰西啊，要老子交出炮台就交啊，做他娘的春秋大梦！不理他，你们赶紧回去，做好战斗准备！"

话虽然是这样说了，但曹志忠一分钟都不敢耽误，他要把这个情况第一时间报告给巡抚大人，到底交不交炮台，最后只能由巡抚大人决定。

刘铭传刚刚马不停蹄地从淡水回来，心里十分舒坦与激动，这一路调兵遣将安排下来，犹如终于吃下一颗定心丸，至少台北的安全有了几分保障。说心里话，他对孙开华还是认可的，他很有智慧与谋略，从他淡水湾严丝无缝的布防及战略战术周密的安排就可窥知一斑。至于孙开华的行事风格与为人，刘铭传觉得自己应该很好地反思与检讨，孙开华很大气，很宏博，并不是那种鸡肠小肚、斤斤计较的小人。因此，刘铭传心里终于释然。他正准备通知台北与基隆的各位守将，马上采取补救措施，曹志忠就十万火急地向他报告军情，并告知他对法军的最后通牒没有理睬。刘铭传十分解气，当即表扬他："嗯，你做得对！无耻之徒，太猖狂了，就是不要理他！"随后，紧急命令各阵地守军严防死守。

曹志忠前脚刚出门，刘铭传就在屋子里踱开了步。他心急如焚，烦躁不安；他犹豫不决，一团乱麻。这倒不是要不要交出炮台的问题，而是如何守住炮台，保住基隆的问题。按理说，基隆港三面环山，一面临海，如果防御工事部署得当，应该是易守难攻。可是朝廷喊了多年，驻军却重视不够，洋炮仅五门，且只能炮攻前方，却不能防侧攻，部署位置也不正确；更重要的是，驻军将领没有像孙开华一样运石塞港，如此，法军的坚船利炮若想进港，还不像切豆腐那么容易？这么一点小小的军事常识，连法国的那个小水手都不如。那个小水手在给他母亲写信时，不无讽刺地写道："……我们到了基隆海面，一座（片）美丽的海滩，有山丘俯视。前面往右一点的地方，有一个看起来完全像河马背部的岛屿。中国人真不聪明，只要在这背上，装上半打克鲁伯大炮，那么我们就只能来向基隆请安，但不能进来。真奇怪！这些人当然都很聪明，我已经试过上百次，但这种最简单的事，他们却没想到。他们很机灵、很狡猾、爱吹毛求疵，可是碰到清楚明确又符合逻辑的事情，却又找不到人了，应当承认东方人就是如此。"不可否认，刘铭传还是想到了这个问题，他本要对炮台进行一番调整，可是已经来不及了；法军之所以选择给基隆港下最后通牒，应该是冲着他的台北府而来，打下基隆就可直逼台北，果然如他所料啊。这些该死的法国鬼子，怎么不在台南登陆呢？可恶！现在想这些已毫无意义，迫在眉睫的是如何迎敌。他思前想后，出了满身大汗，最后决定，万一前方的炮台没有守住，只能将守军撤至后山，若法军胆敢进山，便可利用敌人不熟悉地形的弱点，与他们短兵相接展开丛林战，以确保台北的安全。

就在刘铭传艰难地度过这个不眠之夜，刚刚迎来东方天际一抹鱼肚白的时候，法军毫不客气地开炮了。在海军少将副司令官李士卑斯的指挥下，法军战舰齐向基隆炮台猛烈开火，顷刻间，摧毁了清军数处炮垒，各驻军营房也化为灰烬，守军士兵死伤十余人。

简直是豆腐渣啊！刘铭传早已料到是这种情况，但没想到会是如此不堪一击。开局不利，刘铭传只好打掉牙齿和血吞。他登高一望，见炮台已无法防守，中国军队的枪炮射程短、火力弱，在海岸边上根本无法与在各战舰强大炮火支持下的法军对峙。于是，他果断下令让各地守军迅速撤出海滩，退守后山。

本来在淡水坚守的孙开华，听说法军已疯狂地向基隆港开炮了，这让他始料未及。在他看来，法军应先攻下淡水，然后攻台北较为容易。看来，法军先攻基隆应该是以攫取战略资源——煤炭为目的。不行，如果法军占领了基隆，就会拥有了长期对抗中国的战略资本，我得帮刘铭传一把。于是，这位为大义而不计前嫌，讲忠勇而不惜头颅的提督大人，毅然决然亲率一个营赶往基隆。就在孙开华率部刚至基隆后山时，刘铭传也率军退至后山。两军会合，心中稍得安慰。孙开华了解情况后，立即建议毁掉基隆煤矿。刘铭传一听甚是奇怪，打仗就打仗，毁煤矿干什么？孙开华急了，声音高八度地提醒道："巡抚大人，他们法国人大老远跑来，战舰是要烧煤的，没有煤他们等死啊！基隆有煤，他们首先要抢煤哩！"刘铭传这才恍然大悟，便依计下令营官杨洪督拆除基隆煤矿机器，将之疏散到山后内陆，并将煤矿所有存煤、房屋一并烧毁，以免资敌。与此同时，孙开华又建议下令各营在山后各要隘处，迅速构筑工事，"坚筹血战"。两点建议，刘铭传全都欣然采纳，这个孙开华还是很有大局意识嘛，"坚筹血战"也与自己的想法不谋而合！刘铭传很是感激。

果如所料，孤拔以为摧毁了基隆炮台，中国守军已溃退后山就胜利在望了，忙将消息报给国内。当时的内阁总理茹费理及驻华公使巴德诺，俨然已以战胜国自居，一度趾高气扬、狂妄嚣张，公然对清朝政府进一步恐吓讹诈。而孤拔这边，更是不可一世，以为清军只不过是一帮废物，已经溃散山后，还敢出山应战么？

翌日清早，孤拔命令副司令李士卑斯挥军上岸索战，占领基隆港。一看没遭到任何还击，便更加肆无忌惮，对岸上残留炮台、营房及其余防御工事进行疯狂的破坏。这个被暂时胜利冲昏了头脑的副司令，到了下午时分，便率陆战队有恃无恐地冲进基隆市区，继而又搜索着进入后山，企图一举消灭中国驻台军队主力。谁料刚刚抵达山后，立即就遭到三路中国军队猛烈的迎头痛击。在刘铭传、孙开华亲自统率指挥下，总兵曹志忠率本部在小山坡后发起猛烈的炮击；总兵章高元、苏得胜率军突袭法军东翼；营官邓长安则领亲军猛攻法军西侧。由于法军已远离战舰，再厉害的炮火已无法隔山遥轰支援，可怜的李士卑斯副司令官就像只无头苍蝇一样到处乱撞，却又处处挨揍。但这个疯狂的家伙，并不相信中国守军有多大能耐，仍然不死心地带着陆战队负隅顽抗。他一会儿指挥向东迁回，一会儿又率军向西躲避，没待他站稳脚跟，回过神来，陆战队又被愤怒的炮火打得七零八落。仅几个小时的激战，法军已付出了惨重的代价，伤亡一百余人。眼见已至黄昏，李士卑斯意识到，再这样继续顽抗下去，非得全军覆没不可。他只好带着残兵败将，仓皇地逃回舰上。

孤拔见李士卑斯率残兵败将逃回舰上，顿时像泄了气的气球，一下子软了；他欲速战速决侵占基隆港的美梦，一日之内忽然破灭。这犹如当头一棒敲到了这个狂妄自大、不可一世的侵略者的头上，把他气得嘴唇发紫，两眼发黑。他决不甘心这首战的失败，发誓要报这一剑之仇。

刘铭传、孙开华亲自指挥的基隆后山阻击战，虽然暂时击退了法军，却没有半点胜利者的喜悦，掐指算来，最多也只是胜负各半。他们料定孤拔绝对不会善罢甘休，更加残酷，更加惨烈的战斗肯定在后头。于是，他们俩就此分手，刘铭传留在基隆继续指挥、谋划这以后的防御事宜；而孙开华则奔回淡水，准备迎接新的战斗。

二

软弱无能的清朝政府，在帝国列强面前，永远都在玩弄着阴阳两面手段，一边跟人家开战，一边始终寄希望于和谈。即使台海大战打响了，还应法国驻华公使巴德诺的要求，坐在了谈判桌上。当然，人家法国人可不会跟你客气，因为他们刚刚得到前方的消息，基隆炮台已被攻下，因此，在谈判桌上他们步步紧逼，进行疯狂讹诈之能事；而由李鸿章派出的和谈代表却是底气不足，只能且谈且让，磨磨叽叽。这一点，让那个法国小水手都看不起，他非常讨厌。他在给母亲的信中这样憎恶道："中国人是醒醐爱开玩笑的小丑，他们一手签约，另一手又把它划掉……我们法国人好得像法国的面包一样好，对这些黄猴子并无恶意，他们细小往上拉的眼睛看起来就像猕猴的面孔……不过这些猕猴的尾巴是长在头上，而不是长在……别的地方。我们一直相信他们很有诚意，这跟信赖一条腐烂的绳子不无两样。我听人家说所有东方人都一样，先从土耳其人谈起，他们只有一种诀窍，就是让对方失去耐心，一而再、再而三地去斡旋。"

愚蠢而幼稚的谈判，倒是没有影响到台湾前线的军民，他们绝对不相信一夜之间豺狼会变成宠物狗。但是朝廷除了"和谈"还是"和谈",却严重影响了大陆这边的一帮昏官、庸官。时任福建海疆会办的大臣张佩纶与船政大臣何如璋,他们就坚信"和谈大有进步",因而即使在中法台海大战打响后,他们仍然麻痹大意,毫无戒备之心。

应该承认,张佩纶在对待中法战争的问题上,始终是主战的。他曾经多次上书朝廷,认为中越唇齿相依,越亡,中国必受其害。若战,中国有可能取胜,其理由有三:(一)普法战争刚刚结束,法国失败后割地赔款,国力相当贫乏;(二)中法间距遥远,法军由本土到达福建要二三十日,而清军至福建快则三天,迟则十日即可到达,在人数上占优势;(三)法国占领越南后,施行暴政,只要派人进行号召,越南人民就会齐而响应,陷法军于四面受敌中。正因为他主战,所以朝廷授予他三品卿衔会办,遣派他主持福建海疆事宜。

他一上任就立即查勘福州船政局及闽江沿岸各要塞。其时,孤拔的侵略舰队已经驶进台海,大部分直接开往台湾,另一部分则有预谋地在福建闽江口游弋。张佩纶发现这一情况后,觉得大事不妙,主张沉船塞江,使法舰不得入内。可是,当他的奏折上达朝廷后,得到的回答却是"不许先发制人"。法舰最初设想会遭到抵抗,不料游弋几天后中国人对他们的存在似乎是视而不见,竟无人问津。他们便大摇大摆集中驻进了福州马江。而张佩纶得到朝廷的答复后,尤其产生了错觉,认为朝廷正在和谈,自有化解之策,自己就不要多此一举,节外生枝了。

谁料,孤拔在基隆首战受挫,这让他在舰队里威信受损,更让他在内阁总理茹费理那里颜面尽失。这个战争狂人说什么也吞不下这口窝囊气。他恼羞成怒,就在副司令李士卑斯从基隆后山仓皇逃回舰上后,孤拔咬牙切齿地给他下令,让他率舰迅速离开台湾海岸，驶向对岸福建。

当然，张佩纶并不是没有意识到危险的存在，只是他来福建时身上揣有醇亲王的密电"勿蹈险"；来福建后凭他观察到的情况分析，福建沿岸已经祸在旦夕，可当他致电朝廷请求增援和塞江，李鸿章却让他"刻刻防备退步，为国爱身，以图复振"。与此同时，福建官场，唯有他张佩纶一人主张与法军开战，上上下下都在装聋作哑，不予支持，包括他的搭档何如璋亦持消极态度。就这样，他的手脚被死死地捆住了，他一介书生，只能无所事事，毫不作为，成天长吁短叹。眼见马尾的法国战舰正在蠢蠢欲动，他知道战祸已经无法躲过，为了安慰家人，他给第二任老婆边粹玉写信撒谎道："兄现驻马尾，看山饮酒，静坐读书，较在省尤适。"实际上，他只有和泪摇头苦笑。

1884年8月23日（光绪十年），李士卑斯率战舰已渡过台湾海峡，闯进闽江口。同样，基隆后山的遭遇让这位飞扬跋扈的副司令官羞辱难当。他怀着一腔报复的心思，命令聚集在马尾的十多艘法舰与他所率舰队，对福州沿岸双面夹击，同时开火。一时间，炮火连天，攻势凌厉。战争狂人孤拔，在法舰无预警的情况下突然向中方开火后，不知是出于对中方的蔑视，还是出于节约弹药，电告张佩纶，令他十二小时内投降，否则，将炮击福建南洋水师。而一身书生气的张佩纶，不知是没接到电报，还是故意置之不理，他竟不知天高地厚地率领一批有血性的陆战队员与法军对峙。结果，南洋舰队福建海军的双艘舰船、马尾造船厂、沿江岸炮台等全被击毁。

法军大获全胜，从此，法军已牢牢地掌握了台湾海峡的制海权，使得福建与台湾之间本有的犄角之势荡然无存。台湾真正成了"孤悬海外"。在面对法军的坚船利炮和狂妄傲慢到极点的孤拔侵略军时，台湾将承受巨大的压力。台湾的防卫将更加困难；台湾军民的保卫战也将是孤军奋战，血染的风采。

胜利者在哂笑，侵略者在狂笑。那个小水手在给他妈妈写信时赤裸裸地说："活着！妈，我还活着！……你永远也想象不出海战中三千万炮火齐发会是什么样的声音，什么样的轰隆声……你知道，沉到茫茫大海深处的战友不只一位……并不是我们损失了许多人员，其实不多，尤其是打了一次胜仗，一次真正的胜仗，它给我们元帅一个极大的面子。你知道，我多么喜欢他，多么喜欢这个人，并不是因为他很客气，而是因为他是一位勇敢的海军！"

　　失败者在流泪，冤屈者在痛哭。世界上恐怕没有第二个人比张佩纶更倒霉的。他本是凭着一腔热血主战而踏上福建前线，却因朝廷和谈让他产生错觉而准备不足；当他发现危机四伏再次主战欲采取补救措施时，却因主和者让他退而却步而错失良机；最后还是由于他的孤胆担当不知"两害相形取其轻"，傻不楞登地带兵与法军对峙，却又因不懂军事而全盘皆输……他只能夹着尾巴逃跑，保住一条性命。这一切的一切，主要责任本应追究当朝的那些昏官、庸官，可在当时那种既不知道用国际法与外国人抗争而获得利益，又没有民族国家意识，朝上朝下只知道勾心斗角，玩弄权术，互相倾轧腐朽的官场上，一个个把责任都推得干干净净，到头来所有的板子，就只好打在内外不是人的张佩纶屁股上了。他被朝廷革职了，后来又被流放。他这是自讨苦吃啊！谁让你跳上跳下不安分呢？可怜一介拥有热血、怀揣梦想，还未满三十六岁的年轻文官，最终只能让人描画成一个仓皇怯懦、贪生怕死的小丑了……

　　亲者痛，仇者快。孤拔才不管你清廷是否腐朽没落，是否不公，是否制造了冤假错案；他尝到的是胜利者的甜头，助长的是侵略者的更加狂妄，巩固的是侵台司令官的威风。他野心勃勃，信心大增，他要乘胜追击。他立马命令李士卑斯返回台湾，抓紧一切时间和机会筹划再度攻台。

三

"不让他走了，把他揪下来！"一大群当地的老百姓，将一顶八抬大轿围住了。

"对，把他揪下来！这个贪生怕死的狗官，不保卫基隆就打死他！"人们不知从什么地方过来，越聚越多，已经将八抬大轿围得水泄不通。

"就是，打死他，让孙九大人来指挥算了！"人们你一句我一句，群情激愤，不可遏制。

"打死他！"

"打死他！！"

……

果然，就有人掀开了轿帘，鲁莽地从里面揪出了一位年近半百模样的朝官。不由分说，人们就粗暴地动起手来。

近卫勇丁不顾一切地护卫着主子，无奈寡不敌众，那个被揪下来的朝官，还是被愤怒的人们硬生生地揍了几拳。正在局势有可能进一步向坏的方面发展的时候，总兵曹志忠带着部队赶到了。"反了反了！谁胆大包天这么胡作非为啊！你们知不知道，你们打了当朝台湾巡抚刘大人哩。你们活腻了不是？啊！你们！！"

"打的就是他！"人群里有人喊了一声，接着，人们又起哄了。

曹志忠怒不可遏，毫不客气地驱散了人群。混乱甫定，曹志忠赶紧上前，又是道歉，又是安慰。原来，老百姓围殴的正是职任巡抚、手掌军权的"部院大臣"刘铭传。老百姓之所以找他的麻烦，甚至有人喊出要孙九大人孙开华来基隆指挥，正是因为他在法军猛烈攻击基隆炮台后，他不靠前指挥与法军拼一死战，而是命令所有守军放弃基隆，退至山后，虽然第二天与法军展开丛林战，击退了法军，老百姓仍然认为他是贪生怕死，置基隆百姓生死于不顾。

其实，这是老百姓不懂军事，冤枉了他。刘铭传真是有点哑巴吃黄连——有苦说不出啊！

刘铭传从一开始就看清了敌强我弱的形势，尤其是在海上作战，恐怕中国的战舰还没开出港就被打瘫了。因此，绝对不能在海上蛮干。而在近海或在海岸线上与法军对峙，也是徒劳，因为，基隆没像孙开华在淡水那样塞港，法舰可以长驱直入地进港靠岸，凭借强大的炮火，完全可以压制我方使之毫无还手之力。思前想后，刘铭传决定利用法军"远涉重洋，利在速战"的心理弱势，与法军打一场不对称的战争。即诱其上岸，以发挥中国军队熟悉地形地貌的优势，在丛林中与之短兵相接，巧妙周旋，选择有利阵地，和法军展开持久的、神出鬼没的游击战，"严防浪战"。与此同时，为改变中国军队处处设防、兵力分散、战防空虚、兵勇疲惫的状况，从保卫全台湾的大战略格局考虑，还必须大胆地作出战略调整，即以基隆为诱饵，将敌引入纵深，争取必要的从事整顿和加强战力的时间，以便在沪尾（淡水）一带强固工事，借以屏障台北；最后以淡水为决斗场，与法军决一死战。在战术上，即与法军接火后，守军坚决地毫不犹豫地撤出基隆，退守山后阵地，步步诱敌深入。

应该说，这是一个很大胆，很奇葩，很不错的战略思考，可是，竟没几个人懂他。当刘铭传把他这些想法与部将商量，大多数部将对他的所谓战略思考不可理喻，包括曹志忠、章高元都不支持，只有刘朝祜随声附和。他懒得与他们争论，就将想法电报给朝廷，令他没想到的是，却遭到了朝廷的申斥及重臣的弹劾和打击；一些舆论甚至斥责他是"逃跑主义""投降主义"，是"卖国贼"。消息传开，台湾的老百姓，尤其是基隆的民众更认为他刘铭传是胆小如鼠的"怕死鬼"。

在得不到理解，得不到支持，就像一只钻进风箱里的老鼠——

两头受气的时候，刘铭传郁闷透顶。他独自关在巡抚楼里，来来回回地踱着、旋着，骂朝廷，骂大臣，骂部将，骂信口雌黄乱七八糟嚼舌根的舆论：腐朽、昏庸、饭桶、狗屁不通。

谩骂终究解决不了问题，眼见着台海又将战事重开，刘铭传怀着极其复杂的心情，试着将他的想法与孙开华商量一下。没想到他刚叙述完，孙开华就表示赞成，并对他的战略思考予以充分肯定。更重要的是，孙开华考虑到台海大战的第二次冲击波已迫在眉睫，关系到台湾生死存亡的战略决策，决不容许有丝毫迟疑和半点闪失，有利的、正确的就要得到支持，得到贯彻与落实。他作为台湾主战场刘铭传军事上的第一搭档，就应该与主帅精诚团结，全力以赴一致对外。孙开华心之所愿，情之所系，莫不是以台湾一草一木为最高要义。九月初，孙开华心急如焚，斗胆给朝廷上奏，全力推荐刘铭传的军事战略建议。虽然朝廷内那些昏聩的大臣，异口同声地要弹劾刘铭传，但收到孙开华的电奏后，当局想，既然你们两个主事的都是这样敢冒天下之大不韪，那就同意吧。无论胜与败，正反你们两个都脱不了干系。就这样，朝廷终于批准了刘铭传的战略方案。可以说，孙开华的这份紧急电奏，无论对于台湾百姓生命财产安全，还是对于刘铭传个人智慧的肯定与认同，都是一场及时雨。

刘铭传又一次感激孙开华。如果说这是刘、孙两个人生路上剪不断、理还乱的一场恩怨游戏的话，无疑，孙开华在"恩"的天平这边又加重了一个砝码。

刘铭传心情很愉快，对有效应对法军即将开始的第二次攻台增添了不少信心。他带着随从马不停蹄地在基隆、台北间巡察。在巡察完基隆煤矿清场工作后，进入基隆市街区，准备前往后山巡察工事和掩体时，就遭到了基隆老百姓愤怒的围殴。刘铭传哭笑不得，从战略构想的形成，到战略方案获得批准，这中间的曲曲折折、是是非非，他怎么好给这些不明就里的老百姓解释清楚？况且，他又能说吗？他闷闷地挨了几拳，被曹志忠救场后，也只能闷闷地走开。他能跟这些本是一腔好愿却又不懂军事的平头百姓一般见识吗？唉，大人不记小人过，懒得费这般口舌。他摇摇头，一声不响地继续巡察去了。

该来的终于来了。孤拔将李士卑斯召回台湾后，迅速制订了第二次攻台的作战计划。他汲取了第一次攻台的经验教训，组织了一支精干的、训练有素的陆战队，并详细研究了丛林战法及基隆山区的各种地形地貌情况。同时，他还对基隆和淡水两处战略要地进行了通盘考虑，他认为这两处都是拱卫台北的咽喉，就像一条水管的两端，如果只扎死一头，水还可以从另一头流走。因此，他一改第一次攻台只打基隆的战法，决定对这两处要塞同时进行攻击，说不定还可以收到声东击西让中国军队顾头顾不了尾的战术效果。由此看来，孤拔这家伙也够阴险歹毒的了。

就在刘铭传被围殴的第三天凌晨，孤拔断然下令向基隆发起第二次猛烈的炮击。在此之前，他已命令李士卑斯率一支舰队离开基隆，偷偷地快速驶往淡水。刘铭传由于已经作了战略调整，所以对孤拔的猛烈炮轰并不着急，待孤拔轰累了，以为没事了准备登陆时，刘铭传便下令隐藏在丛林中的大炮突然对战舰方向开火。这令孤拔大吃一惊，庆幸自己还没有下令陆战队上岸。于是招来所有战舰对岸上一阵更为猛烈的炮轰，随后法军陆战队一窝蜂登陆，双方激战约两个小时，中方守军伤亡百余人。可是就在这期间，本来在淡水与孙开华一同守护的李彤恩，见法舰已攻淡水，担心孙开华守不住淡水，便自作主张一次又一次告急，请求增援淡水。刘铭传本是就要下令撤至后山，突然接到李彤恩的多次告急，不禁惊恐万分，这狡猾的孤拔怎么突然对基隆、淡水同时下手了啊?！该死！淡水比基隆更重要，拿下淡水，就意味着台北不保。他观察一会儿情势，见自己诱敌上岸的目的已经达到，便一声令下，移师淡水增援孙开华。

基隆山彻底失守。

基隆中法战争纪念公园　熊子杰摄

父子兵抗法

一

孙夫人范氏近段时间有点六神不定，寝食难安，心里总是觉得有什么事牵着、挂着。到底什么事，她自己也想不清楚，更说不明白。这天，她到圩场上买点东西，听到几个人在一旁窃窃议论，说是中法在越南开战了，弄不好马上就要打台湾了。孙夫人一听，像突然挨了一记闷棒，她打了一个寒战，急匆匆跑回了清塘湾。难怪这几天眼皮时不时跳啊，原来老公孙开华要有大麻烦了。

这些年来，她固执己见地留守孙家大院，哪里都没去过。开华多次派人或捎信让她去福建，她仍然"咬定青山不放松"。后来，儿子道元结婚了，娶了个漂亮的台湾媳妇儿，开华带着他们专程回来给她报喜，全家一起接她去福建，她只是激动、兴奋了几天，最后，她还是只答应等添了孙子后再去帮着带孙子。这一晃又是两年多过去了，那份牵挂，那份思念便像毛毛虫一样在她外刚内柔的心底里生长出来，而且与日俱增。她感到十分奇怪，这是从未出现过的现象。她是女强人，是女汉子，她从来都是放心大胆让开华父子俩守护疆土，保家卫国的，可当她听到那些人议论法国人要打台湾的消息，却怎么也按捺不住那份担心了。她突然决定要去福建走一遭，如果可能，台湾她也要去。

人，有时还真是邪蛟（门），三番五次接她去，她却不去，现在一时心血来潮，等她一切安排停当，准备启程时却又犯犹豫了。福建有多远呢？泉州又在哪方呢？坐车去、坐船去，还是走路去？的确这么多的不知道，让她这位从未出过远门的妇道人家犯难了。不过，她也就是那么犹豫了一闪念，范氏是真正有主见的女强人。她才不怕哩，不就是去福建、去泉州吗？路在嘴巴上。

她雇了车，从长沙清塘湾往福建行进。车把式是个四十来岁的中年汉子，人很勤快，也很活络，表面上看去也还老实。一路上的住店、餐饮及探路问路他全包了，为了打发长途劳顿与寂寞，他还动不动说个笑话或哼个小调，不过，都是些带荤的。

这天，天气晴朗，万里无云，高高的秋阳晒得人闷闷的，见范氏在车上打盹，车把式就哼起了湖南湘西北一带乡下男人们撩逗女人且绝对少儿不宜的《一笔写东南》的小调。他摇头晃脑，唾沫四溅地哼道："一笔写东南，今朝无人管，吃了早饭上街玩，街前街后转；街上的姐儿多，住在东南角，大姐小姐想哥哥，你爱上哪一个？"哼到这里，车把式回头看了看范氏，果然她就没打盹了，正仄着耳朵听他哼。他心里窃喜，来神了，接着说"姐儿开口了啊"："姐儿本姓麻，一头好黑发，天天在家守妈妈，心里猫儿抓；找个俏冤家，说的悄悄话，金钗银簪接在手，心儿交付他。"

接下来，车把式越哼越起劲，后来就变成大声唱了，男的两段女的两段对唱；那歌词不知原本是那样，还是车把式添油加醋自编了一些，全是男欢女爱互浪情爱的，越唱越露骨，越唱越肉麻，越唱越下流，什么"姐儿奶子好挺拔""哥儿你轻点插"之类，听得范氏的头皮一阵紧似一阵，浑身起了鸡皮疙瘩。她想笑，却又不好意思笑；想骂他几句，却也觉得不便骂他。就那么憋着，憋得遍身燥热，满脸发烧。最后，她竟忍不住问了句："那后来他们结婚没？"

车把式以为范氏被撩动了心思，嘴上就把不住门，更加轻狂了，放肆地说："男人女人爽个舒服就成，哪需要结什么婚喽！"

"哈哈哈！"范氏觉得这车把式表面上老老实实，却是满肚子男盗女娼，好厚颜无耻的，便一阵大声耻笑，"看不出啊，合着你是心术不正哩。"

一句话把个车把式噎得再也不敢吭声。他是怎么也没想到，这个女人看上去大大咧咧，可说可笑，骨子里坚守底线却如此强硬。他赶着马车闷不作声了，只是少了前几天的热闹与快乐，一路上倒也相安无事。

不日，进入泉州境内，到了德化。俗话说不怕贼偷，就怕贼惦记。这车把式还真就惦记上了范氏。他知道这个女人是个有钱人家，但不知道她到底是什么身份。虽说这女人不是特别漂亮，但的确有几分姿色；她不风骚，却也透着落落大方的成熟韵味。一路上过来，他曾经挖空心思试探她，就像《黔之驴》里的那只小豹子，忽而前面骚扰一下，忽而后面骚扰一下，可就是寻不到半点可乘之机。有人说，男人不怕没有色胆，就怕没有色心；有了色心，色胆是可以练出来的。车把式眼见就要将这女人送到目的地了，寻思着再不下手，就彻底没机会了。这些天来，他也清楚，对付这个女人，甜的、软的、献殷勤的、讨好卖乖的方式绝对弄她不到手，现在看来只有来硬的了，女人嘛，那根裤带子不扯下来，总是有点扭扭捏捏的。主意已定，他便暗暗地做好了准备。像前些天一样，住进店后，他早早地洗完澡不声不响地睡了。

范氏或许因为到了泉州境内，很快就要见到亲人了而异常兴奋。她翻来覆去怎么也睡不着，回想这么多年，她与开华夫妻俩，

235

与道元母子俩天各一方，她独自苦苦在清塘湾撑着，为的就是让他们在外头安个心。树高万丈，叶落归根，若是哪天不打仗了，没事干了，回到清塘湾也还有个家啊！她就是这么想的，别的什么她没脑筋去想，也不愿意去想。开华是个有良心、有本事的人，哥哥没看错人，她一辈子都感谢哥哥把她许配给了他。他把儿子带成了大人，还给他娶了媳妇儿，真是负责任的男人。原来开华在国内打长毛，剿捻子，打着打着就打成了一个大将军，还不是开华提着脑壳拼出来的。本以为打完这些就没的打了，就太平了，哪想到又跑到台湾平什么乱。平乱就平乱呗，你法国人来搅什么乱呢？天远地远，你法国人跑到中国来抢台湾，真是混账，不要脸！你抢得去么？不说开华不答应，就是我范某也不会答应！哦，对了，开华、道元会不会已经去了台湾呢？如果已经过去了，又怎么见得到他们呢？台湾隔着海，又怎么过得去呢？满脑子的糨糊，越搅越睡不着。

约莫已过午夜时分，房门忽然"吱呀"一声开了。范氏惊恐地一坐而起，接着就看见一条黑影窜了进来。她的心脏几乎跳到嗓子眼了，这么多年从未碰到过这种情况，她一个妇道人家为了坚守那条底线，不知担惊受怕了多少，但的确没有碰到如今天这样糟糕恶劣的情况。她断定就是那个人面兽心的车把式，可怎么办呢？她想喊人，可当她刚喊出一个"来——"字，她的嘴就被车把式捂住了。车把式早已兽性大发，不可遏止。他死死地将范氏压在身下。也许天助人道，就在车把式空出手来，准备扯下她的裤带时，不知哪里让她有如此大的力量，她竟一脚踢中了他的裆下。那是拼命的一脚，是歇斯底里的一脚，车把式当场就被踢下床去，疼得直在地上打滚。

她站起身来，点亮灯，怒不可遏地指着车把式说："你个该死的畜生，给你人脸你不要脸，打老娘的歪主意。你晓不晓老子屋里的男人是提督大将军啊！老实跟你说，你今天若是把老子搞了，老子明天就叫我男人孙开华灭你九族！臭不要脸的畜生，滚！！！”

车把式万万没想到这个女人竟是当今赫赫有名孙九大人的夫人，以前只听说过，但绝对不晓得孙大人是何许人也，家住何方。这女人的口风也太严实了，早说了就是给他一百个胆他也不敢造次啊！孙夫人的这一声断喝，犹如晴天霹雳，把他吓得魂不附体，屁滚尿流了。他忍着剧烈疼痛，爬起来双膝下跪，哀求道：“夫人，夫人饶命，小的再也不敢了！”

“你滚吧！”范氏连看都不愿看他。

许久，车把式确认夫人是真的让他滚蛋，他才怯怯地、灰溜溜地滚了。

范氏着实吓得不轻，见他滚了出去，赶紧过去将门顶死，然后和衣裹被，就那样在床上歪了一夜。第二天清早，指望早点坐车赶路的，谁料，那车把式半夜里就溜之大吉了。更让范氏没想到的是，待她一清点行李，裹盘缠的那个小包居然被他顺手偷走了。范氏气得两眼发黑，恨恨地骂了一句：“狗杂种！”

剩下的路，范氏只能沿门乞讨走下去了。

二

自从法军第一次炮轰基隆后，刘铭传就料定这将是一场恶战。他赶紧电告大陆这边，请求支援粮草与弹药，万一与法军打起了持久战，也才能为继下去。

朝廷接到电告，倒也重视，立即下令闽浙总督火速组织粮草弹药运往台湾。不可思议的是，俗话说，养兵千日，用兵一时，在这十万火急的国家大事当口，闽浙一带，从总督到地方各驻军总兵及各州府官员，竟无一人愿意牵头承担责任，更无人勇敢地站出来押运军火横渡台湾。一个个都当起了缩头乌龟，朝廷养了一帮如此贪生怕死的昏官庸官，不能不说是清朝的悲哀！最后，在万不得已的情况下，派遣了一位参将刘维兴押解军火枪炮到了泉州，接下来，这刘维兴说什么也不愿，更不敢押运军火运抵台湾了。

当然，他堂而皇之的一条理由是找不到船。的确，孤拔攻打基隆第一次受挫后，反过来对福建沿岸进行了疯狂的、报复性的大扫荡，造船厂、南洋水师全数覆没，使得闽台掎角之势丧失。如此一来，福建这边的港口、船舶全部被法国人控制，即使是渔民出港捕鱼，也必须经过法国人严格检查，否则，哪怕是一只舢板也不允许出港。他们在外海，还派有战舰全天候巡逻，一旦发现异常，他们立即开炮，就在刘维兴押运军火到泉州的当天，有一艘渔船因避风头，突然改变航向便被法军击沉。他们在中国的版图内草菅人命已经到了为所欲为、肆无忌惮的地步。

刘维兴害怕的正是这一点。

然而，他得到的军令是将这批军火枪炮押运至台湾，而不仅仅是到泉州。因此，他大为伤脑。这批物资既不能丢，又不能埋，更不能再运回去，如果不如期运抵台湾，无论怎样处置，他刘维兴都要遭到杀头之罪。这、这不是要命吗？他想，自己是哪条命运线不通了呢？怎就这样倒霉呢？现在莫说找不到船，即使找到了船又怎么出港？即使出了港，巡逻的法国战舰，一旦发现问题，不几炮就把你给轰了。死期，死期，硬着头皮闯，绝对是死路一条！……可是，可是，怎么办呢？对，必须找个替死鬼！他才不会自己找死哩。

刘维兴不愧是个藏奸耍滑的鼠辈，当他得知孙开华的二儿子孙道仁还在福建的擢胜营署里时，简直欣喜若狂了。你孙开华不是大英雄吗？朝廷不是一而再再而三地给你打赏吗？你台湾平乱有功，这回跟法国人打仗守台湾也让你父子俩都沾点光，哈哈。你儿子应该是将门虎子，不应该是个尿包吧？嘻嘻。他努力按捺住因内心狂喜而担心流露出的表情，一脸严肃地找到孙道仁，说："我是奉朝廷命令押运军火给你们擢胜营，我交给你们后还要继续去组织下一批物资，你们要千方百计将这批军火运过去支援台湾，误了大事朝廷要追责的！"

他连哄带吓，还不忘添油加醋假传圣旨。孙道仁一听感到责任重大，紧张得不知如何是好。虽然他是朝廷特批随爹入伍，可他毕竟到现在才十六七岁啊，上次道元哥和爹去台湾，正是因为他还小才将他留在福建练武的，如此重大又紧迫的事他可是头一回遇到啊！也许他正因为是孙开华的儿子，身上有着如孙开华一样"勇于担当"的基因，尽管他还不知道下一步该如何办，便囫囵吞枣似的满口应承下来："好，请爹将大人放心，我会想办法的。"刘维兴一听真正高兴了，还故意夸奖一句："不愧是将门虎子，看不出啊！"就那样，他匆匆忙忙赶紧办完交接，将天大的一桩国家大事，交给一个真正乳臭未干的娃儿后，便逃之夭夭了。

孙道仁回到鹿园，一副心事重重的表情。这么大的事他不想让母亲知道，也不想让曹阿姨知道，不然，她们会着急担心的。思来想去，他最后决定明天清早去找郭松涛叔叔商量。他是因为养伤才没去台湾的，现在擢胜营留守人员中，就郭叔叔是唯一跟爹爹时间最长也是感情最好的。想到这里，他心里得到了一丝安慰。可是，他一脸的焦虑还是被母亲曾蓉蓉察觉到了。"道仁，跟娘说说，是哪里不舒服了么？"她不无关切地问。

"没有啊。"孙道仁极力掩饰着。

"这可不像我儿子啊，从来都是有什么事就跟娘说的，今日是怎么啦？是哪门功夫练不会么？"曾蓉蓉也极力在他脸上寻觅着。

孙道仁倒也是不回避："娘说哪里话嘛，凭你儿子这聪明劲儿，哪有功夫学不会的？"说完，那种骄傲的表情果真就溢在了脸上。

"嘿嘿，装吧。说说，是不是看中哪个相好的了？"

"哎呀，娘，你怎么把你儿子看得这么没出息呢？如果有这样的好事，还不第一时间向娘报告啊？莫瞎猜了啊。"

"你这也不是，那也不是，我看你就是在撒谎！说说，你的眉结为什么打不开？"曾蓉蓉有些生气了。

"哎呀，娘，真没事的！"

就在母子俩争执得甚为热闹的时候，曹氏突然在门口大呼小叫道："蓉蓉姐，你看谁来了？"

曾蓉蓉、孙道仁母子俩骤然偃旗息鼓，愣愣地朝门口看去，只见曹氏挽着一位蓬头垢面、衣衫不整、斜挎包袱的中年女人进来了。曾蓉蓉的第一感觉非常奇怪：曹氏今天怎么领个乞丐进来？倒是孙道仁眼尖，第一眼就认出了是大妈，忙兴高采烈地迎上前去，亲热地叫道："大妈！"曾蓉蓉这才反应过来："哎呀，是大姐啊！怎么啦，你这是？"

范氏宽厚地笑笑，摇摇头："一句话两句话也说不清楚哩。"

曹氏这时就帮上了腔："说不清楚就不说，先进屋再说。蓉蓉姐，不是我表功，我若不是出门找老二，大姐不晓得什么时候才找得到家哩。"

一家人拥着范氏进屋，曾蓉蓉忙给她找来了换洗衣服，热好了水。曹氏便去厨房做吃的。范氏换洗完毕，吃罢饭，才给大家讲了她一路上的遭遇，听得一个个愤慨不已，直骂那车把式不是东西。范氏还是宽厚地笑笑："呔，那么只癞蛤蟆，也想吃天鹅肉啊，老娘让他占不到便宜的。"一句话把大家也逗笑了。忽然，范氏东瞧瞧，西望望，发现少了人，就问："道元他们呢？"

"嘻嘻，大姐忍不住了吧？"曾蓉蓉坏坏地讥笑她。

"哎呀，你个死妹子，跟你说正经话哩。"

"大妈，爹和道元哥正在台湾那边跟法国人打仗哩。"孙道仁见大妈一路上受了苦，不想瞒着她让她难受，就将实情告诉了她。

"啊！真的跟法国人打仗啊！……怎么过得去呢？"范氏一听，惊得张口结舌，一下子着急起来。

"大妈莫急，道仁这不也正在想办法哩。"话一出口，孙道仁立马意识到说漏了嘴，后悔不迭，忙改口说，"要到台湾去也是不容易，法国战舰天天在巡逻哩。"

"你个兔崽子，我说你藏着心思还不承认？！"曾蓉蓉像是终于抓住狐狸尾巴似的，"说，到底怎么回事？"

孙道仁再也隐瞒不下去了，只好原原本本将情况说了。曾蓉蓉还没听完，就气不打一处来："什么狗屁参将啊，我看他就是黑良心！"接着又说，"没关系，有老娘在，就不怕想不出办法！"

"就是！有大妈在，就不会让人把俺老孙家看扁！大妈陪你！"范氏义愤填膺，倏地站起来。

"陪你！"曾蓉蓉、曹氏也异口同声说，结果，几个人争了起来。最后，范氏当仁不让地发话了："这个家我是老大，你们两个都莫争了，在家里守着，我陪道仁走一遭！"

老大一锤定音。

三

郭松涛听完孙道仁的情况，立马心情沉重了。法国人控制了福建这边，渔船、商船都造册进行了登记，无论哪条船出港，事先必须申报，才能认领出港证；出港前还必须经过法国人的严格检查，没有问题才能出港。到了外海，尤其到了台湾海峡中间线，如果法军巡逻的战舰发现你有渡台倾向，战舰就会全速驶来进行拦截，或者直接炮轰。无疑，法国人已在闽台之间筑起了一道严密的防线，如此多的战备物资，要运抵台湾谈何容易！郭松涛一时实在想不出个好办法。

本来，他是要跟大哥孙开华一起到台湾开山抚番的，无奈旧伤复发，曾经被刺破的肚皮多处溃烂，让他无法成行。他为不能给大哥帮忙成天遗憾懊恼了很久，幸亏吴郎中医术高明，才让他恢复健康。近几个月来，他想去台湾的愿望尤为强烈，一直在琢磨怎样才能助大哥一臂之力。可没等他寻找到横渡海峡的机会，却走了桃花运。他认识了当地一位死了丈夫的女人，身边带着一个三岁多的小男孩。这女人有着闽南女人独有的勤劳与温柔，只接触几次，就让郭松涛感受到了女人的柔情与家庭的温暖。他特别喜欢那个小男孩，每次去她家，他都要给他带点吃的，或买个小玩具，惹得那小男孩都叫他阿爹了。随着两人感情的投入与加深，已经开始商量结婚大事了。她唯一的要求就是婆婆要跟着一起住。婆婆守寡多年，好不容易让儿子成了家，添了孙子，不料儿子去年得了暴病去世了。所以，她要替她儿子尽孝，将她养老送终。郭松涛一听这也不算什么条件，完全应该的，就满口答应了。哪想到，这边婚事还没开始准备，那边台海大战就爆发了，郭松涛的婚事只得暂时搁下来。他答应她等打完了仗就结婚，可惜一诺成永恒。

　　孙道仁见郭叔叔一时半会儿也没想出个法子，也着急起来。他转来转去，忽然想到了跟他一起练武的赖三儿，这小伙子是泉州乡下一个渔村的，为人仗义，鬼点子还多。孙道仁事不宜迟地前去与他商量。赖三儿一听觉得事情重大，便郑重承诺：雇船的事他全包了，要多少有多少，只是在法国鬼子那里怎么蒙混过关还没想好。孙道仁就问，村里有旧渔船的板子没有。赖三儿就说多了去了，老百姓都当柴烧哩。孙道仁听他如是说便心中有底了。他秘密嘱咐赖三儿如此这般一番后，回擢胜营去了。

　　晚上，郭松涛、孙道仁组织士兵们将弹药枪炮及其他物资秘密运至乡下，先将弹药和枪炮分散装进雇来的四条渔船的舱底，然后，村里的渔民们背来了大量废旧船板，接着就用那些板子将弹药枪炮严丝无缝地覆盖并钉死，使之面上看去就是一条整船，最后将其他杂物及鱼干、山货、渔网等装在上面，全副伪装成要出远海打鱼的模样。第二天一大早，郭松涛扮成渔老板，领着扮成舟子的孙道仁、赖三儿等去法国人那里领出港证时，孙道仁本来只雇了四条船，结果赖三儿为了帮孙道仁干扰法国人的视线，又多组织了几条渔船一并也领了出港证。擢胜营的士兵全扮成了渔民，范氏也和其他几位真正的渔姑一样打扮。在接受法国人查验时，赖三儿又将他组织的船派两条先行检验，然后将军火船插花排队逐一接受检验。本来已全部接受查验完毕，没查出什么问题，正待大家分头准备出港时，一个法国士兵似乎发现了什么，突然趑转回来，"哇啦哇啦"跳到一条军火船上。就在这时在另一条船上的赖三儿灵机一动，有意识一脚踩空，掉进了水里，实指望转移那法国士兵的注意力。可是，那家伙鬼得很，根本不为所动。他继续在舱内舱外翻着，查找着，大家的心都提到了嗓子眼，孙道仁更是出了一身冷汗。那法国兵折腾了很久，见没捞到什么油水，又用枪托在舱底板上捅了捅。这一下让所有人紧张得几乎要动手了，不幸中的万幸，那船底板居然发"唧唧"实笃笃的声响。最后，那法国兵终于上岸，让大家出港了。

孙道仁长长地舒了一口气，好悬啦！

孙道仁终于拗不过大妈范氏。他只好将她安排在郭松涛船上，让郭叔叔招呼她。这个大妈啊，他打小时候就有点既敬她又怕她，她发起脾气来，就是自己的亲娘也让她三分。郭叔叔跟爹是老朋友，是兄弟，大妈跟郭叔叔也熟悉，跟他坐一条船，大妈也好有个说话的。开始，范氏还有点不乐意，她要跟道仁坐一条船，郭松涛就劝她，莫给侄子增加压力，我们两个大人在一边，侄子才放得开手脚。最后，范氏就听劝了。

船队出港，赖三儿又动起了主意，他让四条军火船走在前面，孙道仁打头，郭松涛殿后；而他自己另外组织来的几条船则尾随在军火船之后。浩浩荡荡一共七八条渔船，在湛蓝湛蓝的台湾海峡，迎着朝阳向对岸疾驶。

这天，还真是老天助道，船队刚出港不久，就刮起了西南风，船队行进在台湾海峡，可谓顺风顺水。很快就到了台海中间线，孙道仁的神经越绷越紧。但是，他感到有些奇怪，都说法国战舰在外海全天候巡逻，今天怎么还没碰见呢？他有点庆幸，加快了航行速度。他镇定而勇敢地指挥全船士兵冲过了中间线，接着，一艘、两艘、三艘，眼见军火船全都要冲过中间线时，远远的洋面上，突然响起恐怖的让人心惊肉跳的汽笛的警报声。无疑，是法舰的警报，虽然，还没看见巡逻的法国战舰，但他们肯定是从望远镜里发现了渡台的船队。孙道仁急得出了一身冷汗，郭叔叔、大妈他们还没过中间线啊！"加油啊！郭叔叔。加油啊，加油啊！"他大声喊叫起来。当然，即使过了中间线也不一定就安全无恙万事大吉的，法舰照样可以赶上来拦截或者直接开炮。

这时，潮水正在猛涨，西南风也正在加大，这大大加快了船队航行。郭叔叔他们已经冲过了中间线，孙道仁心里得到了一丝安慰。而就在这一瞬间，远远尾随在后面的赖三儿领着的几条船，突然改变航线，朝着正南方向全速驶去，船上的渔民显得慌慌张张，像是要逃跑的样子。显然，这是赖三儿玩的一个花招，用军事术语说，赖三儿想调虎离山把敌人引开。孙道仁很是感激这位一起在武馆练武的朋友。可是，就在赖三儿的船队刚刚掉过头去，法舰拉过三次警报后就无情地开炮了。赖三儿朝孙道仁这边大喊一声"莫管我"后，就领着船队拼命地朝前驶去。炮弹尾追着赖三儿的船队一个劲地轰击，溅起几丈高的水柱，一颗、两颗……无数颗炮弹在海面上开花。突然，最后的那条船被击中了，顿时，海面上溅起渔船的碎片和渔民们血肉模糊的碎尸。范氏目睹这悲壮而惨烈的一幕，激愤地冲到前甲板上，挺着身子破口大骂道："该天杀的法国鬼子！"郭松涛一看大嫂十分危险，赶紧一个箭步冲过去，正要将她摁倒时，一块弹片正好击中郭松涛的胸背，顿时鲜血如注，郭松涛倒下了。范氏惊恐地张开大嘴，伏在郭松涛身上，号啕大哭："松涛兄弟，是大嫂害了你啊！我怎么跟开华交代啊，呵呵……"

罪恶的炮弹还在追着赖三儿的船队猛轰猛炸。他们已无法躲避，慌乱地在海面上划来划去，结果，全被炸得粉碎。正是赖三儿的船队为孙道仁争取了宝贵的时间，让军火船队脱离了法舰的视线及炮击距离。他忍着悲痛，领着船队，在隆隆的炮声中，于第二天凌晨抵达了台湾吾栖港。

一条后勤运输补给线，就这样由孙道仁这个娃娃冒险打通了。后来的接济者纷纷效仿，确保台防无虞。

沪尾港大捷

李士卑斯乘着横扫福建大获全胜的狂妄，趾高气扬地率舰开到了淡水（沪尾）海外。在他看来，只要不钻进圈套，中国军队根本就没什么战斗力，尤其是中国海军，简直就是不堪一击。此时此刻，他的心情格外地好，只要拿下淡水，法国就可以在中国人的谈判桌上进一步掌握主动权，届时就是真正挟洋自重了。然而，还没等他思绪的涟漪荡漾开去，前方开路的战舰就发来了信号：海港填塞，前进的道路受阻。也许人在好心情的时候是不能听到坏消息的，李士卑斯气得突然大骂一句："该死！这些狡猾的中国人！"

无独有偶，与李士卑斯同样冒出了沮丧、烦躁心情的还有他的顶头上司孤拔元帅。这个狂徒的内心永远只能驻下占有者的傲慢，却丝毫经不住半点挫折和失利。他的如意算盘是，李士卑斯拿下淡水，他则亲率勇士攻取基隆，然后两头夹击，直捣台北。他早就向内阁政府报告过，基隆不仅战略位置重要，而且战略价值重大。可是，等他发疯似的对基隆狂轰滥炸一通，命令陆战队上岸后，却发现基隆并不如他想象和吹嘘的那样具有军事和政治意义。炮台被完全摧毁，煤矿早已被中国人自己炸掉，所有生产的机械不知被拆走藏到哪儿去了，而堆存煤炭的煤坪里还冒着呛人的丝丝煤烟，显然，所有的煤炭已被烧成灰烬，只剩下一堆堆煤渣……所谓具有重大军事和政治意义的基隆，只不过是一片废墟和荒滩而已。这令孤拔大失所望。

更令孤拔气急败坏的是，全副武装的法军陆战队，气势汹汹地进入基隆市区后，虽然没遭到很大的抵抗，却也不敢轻易再往后山越雷池半步。他们对上次副司令官李士卑斯贸然率军进入后山心有余悸，正所谓一朝遭蛇咬，十年怕井绳，他们只敢驻扎在废炮台周围及沿海岸线一带。当然，孤拔并不甘心，他要千方百计打破寂寞和沉默。他命令陆战队，采取稳打稳扎、步步为营的战术，搜索着向后山推进。然而，当时刘铭传接到李彤恩的告急后，虽然下令撤出基隆，移师淡水增援孙开华，但他还是留了一部分军队藏进了后山各要塞工事里，待法军陆战队小心翼翼摸进后山，守军便对法军实施了神出鬼没的迎头痛击，使得法军陆战队再也不敢进山，而只能龟缩在基隆市区以外的开阔地带。更有甚者，守军见法军不敢进山后，他们便趁着夜幕降临，偷偷下山，时不时对法军驻地进行骚扰和夜袭，搅得法军鸡犬不宁、胆战心惊。这让孤拔不得不对先前单相思的美好愿望产生怀疑，废墟一片的基隆到底又有多大价值呢？而原计划迅速摧毁中国军队的幻想不仅不能实现，反而正在快速破灭，法军被迫困在基隆郊外的荒滩上，进不是，退也不是。现在看来，基隆已成了一个烫手灼嘴的硬壳果，既啃不动，又咽不下，而一时半会儿又不情愿也不能吐出。孤拔真正烦恼了，暂时的战术进退维谷倒也还能咬牙忍受，问题是在内阁总理大臣茹费理那里吹出的牛皮，夸下的海口，许下的诺言怎么交差？他是战争狂人，又是只狡猾的狐狸，他要用自己的战略失策试探一下国内对他

淡水二沙湾炮台　熊子杰摄

的反应，或者说与其以后被追究责任，不如早点将现在的困境向他的直接决策者报告清楚，到时也好拉个垫背的。于是，他秘密地给海军部长发去了一份电报：陈述军队被逐渐围困的现状，分析冒失攻入基隆的悲观前景，最后不得不承认基隆之战实际上是一场"时地不宜的战争"。

现在，他只能把所有的宝都押在淡水之战上面了。

然而，李士卑斯这边的情况却非常糟糕。9月底，蝮蛇号先行赶到淡水外海时，就已发生过一件非常不愉快的事。一艘英国船想把一批先进的武器卖给中国人，正准备进港时，幸亏被蝮蛇号及时赶到拦了回去。而当李士卑斯10月1日乘拉喀利苏涅尔号赶来时，却发现离港口几公里外就被沉船和石头填塞堵死。更可气的是，港口里面，又有一艘英国人的商船横亘在水中央挡住了去路，"混蛋！"李士卑斯破口大骂。这些可恶的英国佬，明显与法国人过不去嘛，当法国人请求他们帮助时，他们却借口中立而加以拒绝；而当中国人需要他们时，他们却乐此不疲，就连说话，嘴上也像抹了蜜一样的甜。"这些婊子养的！"在这种恶劣的情况下，要想让一位狂傲的副司令官保持一种很有教养的绅士风度，那是绝对不可能的。最伤脑筋的是，凯旋号、蝮蛇号、德斯坦号等战舰无法入港，只能在外海游来游去，就像一群饥饿难耐而又凶残狂暴的狮子，在追逐猎物时，突然被一道栅栏挡住了去路，只能鼓着血红的眼睛，在栅栏外狂躁地咆哮。拉喀利苏涅尔号果然拉响了示威的汽笛。

不可否认，李士卑斯是一位敢打敢拼的猛将。他登上指挥楼，举起望远镜，指望将岸上情况查看清楚，谁知那艘讨厌的英国商船挡住了大片视线。他晃来晃去，除了发现岸上有一座红色和一座白色的两座堡垒比较清晰外，其他似乎得不到一个完整的情况。难道岸上没有守军吗？他又仔细搜索一遍，还是只发现几个人影在晃动，守军都藏在哪儿了？莫非正好就藏在英国人那艘商船的背后？

"该死！"李士卑斯终于耐不住性子，将望远镜一扔，恶狠狠下令朝红堡、白堡及英国商船方向开炮。"炸碎你个婊子养的！"李士卑斯心里对那艘英国商船深恶痛绝。

顷刻间，淡水港沿岸尘土飞扬，硝烟弥漫。这是李士卑斯在基隆，在福建马江沿岸惯用的伎俩，先用炮火猛轰，炸毁岸上的堡垒，打开沿岸的防线，然后再实施登陆。但是，李士卑斯的这一顿狂轰滥炸，并不是真正意义上的开战，从战术的角度说，仅仅是一种试探；说得更准确一点，是李士卑斯见那艘英国商船不顺眼，而表现出来的一种撒气，一种发疯。猛轰一阵后，见岸上没什么动静，李士卑斯冷静下来，现在他要认真思考一下，明天的仗究竟要如何打。既然中国人已把进港出港口填满塞死，战舰肯定是进不去了，只能用筏子将士兵们渡上岸去，这样一来，几公里的进港路程，就十分恐怖了，倘若岸上有埋伏，弄不好就会全军覆没，葬身大海了。因此，先期的炮火必须更为猛烈，陆战队登陆时，还要用更大的炮火强力压制才能确保登陆安全。其次，中国人如此狡猾，肯定在登陆的水路上布了水雷，所以，在下水前必须探明水道，扫清水雷。另外，如果上岸作战，仅凭现来的几艘战舰上的陆战力量是不够的，必须请求支援。于是，他给在基隆的正在烦躁不安的孤拔发去了求援电报。一切思考成熟并安排完毕后，突然，他又想起了他们还雇有一位向导，便把那个向导叫来。

原来，孤拔从越南过来时，在香港就雇请了一个台湾本土的向导。这是个吃里扒外、见钱眼开的家伙。本来，几个月前，孙开华在淡水湾布防时，所有的水雷工程就是请他完成的。谁料想他拿了钱后就跑去了香港，当法国人找到他时，开始他嫌人家的钱给少了不干，法国人就从五万法郎往上加，十万、十五万、二十万；当然，这是笔要冒生命危险的买卖，但是这些水雷恰恰是他自己布置的，现在要拆起来岂不是易如反掌吗？他终于答应了。只是这些过

250

程李士卑斯不知道，因此，他差点把他给忘了。当李士卑斯将他叫到身边问起情况时，这条可怜虫居然有点受宠若惊，心想总算有用武之地了。他异常逞能地告诉李士卑斯，总共布了多少只水雷，每只水雷的位置如何如何，而且所有水雷的电器暗线开关都隐藏在红堡里面……他生怕漏掉某个细节似的，将所有水雷的部署情况一一给李士卑斯作了介绍。李士卑斯对他积极的表现大加赞赏，当即命令他趁着夜晚，将水雷拆除。

然而，当他在夜幕的掩护下，带几个人进入水雷区后，令他感到奇怪和吃惊的是，怎么就找不到他原来安装的水雷了呢？他着急，他恐惧，豆大的汗珠从额头上淌下，但他没有了退路，必须完成使命。他继续探着、摸着，突然，"轰"的一声巨响，他终于走向了一个人性泯灭者的悲惨世界。

二

孙开华几天前就已接到儿子孙道仁运过来的枪炮和弹药，心里十分高兴，没想到这小子还有点出息。令他甚为欣慰与感动的是，这么多年接不来请不来的夫人，居然冒着生命危险以这种方式来看他。他从心底里佩服和感激夫人。可惜的是松涛兄弟牺牲了，还有赖三儿等十多位渔民，他们为了民族的利益，为了家园的安危，为了疆域的完整献出了宝贵的生命。这让孙开华升腾出一种以血偿血、以牙还牙的刻骨情仇。范氏是要坚决留下来的，孙开华见大战在即，留下来极不安全，便好说歹说才将她劝了回去。

昨天，法国人丧心病狂地炮轰了几十分钟，没捞到什么油水；黄昏后又听到一声巨响，知是有人触碰了水雷，不知道炸死人没有。孙开华暗暗庆幸，当时布完水雷后，那个台湾工程师一离开，就叫自己的士兵将所有水雷位置全部作了调整，并且将暗线电器开关从红堡里面移到了白堡后面。这是孙开华几十年来养成的军事素质：秘密永远只能自己掌握。法军没摘到好果子吃，绝对咽不下这口气，看来，接下来肯定是一场硬仗、恶仗。

光绪十年（1884）十月初二清晨，天空晴朗，没有一丝风浪，海天之间一片蔚蓝，像一汪立体的大湖。阳光从东方的天际喷薄而出，像探照灯一样直射在西边的海面上，怪兽一样游来荡去的法舰被照得清清楚楚。淡水港笼罩在大战前死一般沉寂之中。孙开华忽然发现，法舰正处于逆光环境，无法看清岸上的情况，便下令主动开炮，以引诱其上岸。一时间，红堡白堡及其他炮台齐齐开火。而此时的法舰正在洗船，突然遭到炮轰，显得手忙脚乱，紧张兮兮。有意思的是，从红堡里发出来的炮弹其射程之远，威力之大，发发都落在法舰周围，溅起的水柱足有巴黎圣母院楼顶那么高。这是由那门德国造的克鲁伯炮发出的。两个月前，可能是德国人为了报复法国人，欲将这门大炮运进基隆港，然后安装在基隆的炮台上，结果被法国人发现赶出了基隆。德国人不甘心，他们就将大炮偷偷运到了淡水，孙开华如获至宝。

炮轰一阵后，孙开华下令休息，每隔十分钟再发炮一次。孙开华自己似乎没把法国人放在眼里，他端坐在高处一座炮台的前坪里，前面放一案几，几上摆着可口的午餐和英国人献殷勤的香槟。说起来颇具戏剧效果，这香槟正是那被堵在港内英国货船老板送的，开始被堵时，那英国人又是谩骂又是抗议，及至无可奈何上岸后，那英国佬眼见中法就要大打出手了，不知是出于想看中国人的笑话还是想看法国人的笑话，竟然给孙开华送来了几件上等香槟。双方开始炮击后，他便领着所有船员和手下，登上附近的山包作起了"壁上观"。孙开华是真正的从容淡定，他每打完一次炮，观望一下后便有滋有味地抿一口香槟。到了八点钟左右，孙开华的这些小动作，终于被李士卑斯从望远镜里察觉到了。在他看来，这是对法军莫大的轻蔑和侮辱，他气得暴跳如雷，再也耐不住性子，突然下令开炮。

炮火是异常猛烈的，由于台湾的那个死鬼已告知李士卑斯，控制水雷的按钮藏在红堡里，所以铺天盖地的炮火首先就集中朝红堡打去。孙开华见法军终于正式开战，便下令将所有大炮迅速转移到其他伪装了的更为隐蔽的掩体里。李士卑斯是彻底发疯了，轰过了红堡又炸白堡，他恨不得倾尽战舰上所有的炮弹，一口气将淡水夷为平地。或许正是因为逆光，打出去的炮弹也没个定准，忽左忽右，忽近忽远，有几颗炮弹还真像瞎子一样，飞到人家英国人的领事馆屋顶上，"轰轰"几声巨响，便把人家的领事馆给炸塌了，后来引起了一场不小的外交纷争。还有一颗炮弹又像长了眼睛，径直飞到孙开华所在的炮台前，离他端坐的地方不足一米，所幸那颗炮弹竟未爆炸。孙开华站起身对着炮弹，还不忘幽默一下："人不寻弹，何曾弹自寻人呢？可惜是个哑巴！"就在孙开华站身的时候，他突然发现他的好兄弟胡峻德，正在跟士兵们一起转移、隐藏已暴露了位置的大炮。这个胡老二啊，不要命了，法国人的炮火这么猛，先躲一躲再转移也不迟啊！他心中一急，大声喊叫起来："老二，快停下！老二，快停下！"然而，他那如洪钟般响亮的呐喊，却在法军似雷霆轰响的炮火声中被淹没得苍白无力。

法国人是真正疯狂了，一边朝岸上猛轰，一边就有两只筏子趁机在偷偷登陆。胡峻德一见有法国人登上岸来，便招呼兄弟们与登岸的法国人展开了肉搏。炮弹在继续狂轰滥炸，兄弟们跟着胡峻德猛冲猛砍。孙开华看见胡峻德像一头斗红了眼的牯牛，时而奔跑，时而卧倒，时而又猛扑法军，完全不顾那些没长眼睛的炮弹在他身前身后爆炸。他简直就是个拼命三郎啊！孙开华看在眼里，赞在心里，不免又替他担心。他似乎幻化出当年"杀虎胡五"的身影——一个箭步冲上去，抓住老虎的后腿，然后纵身跃上虎背，使着双雷贯耳的功夫，揍啊、揍啊……突然，胡峻德身边腾起一幕爆炸性的放射物，是烟，是雾，是尘，是埃，胡峻德不见了，胡峻德上天了，"轰"的一声，胡峻德血肉模糊地躺在了血泊中，手里还死死地攥着两颗法军的头颅……

"我操你法国鬼子八辈祖宗！！！"孙开华疯也似的奔到胡峻德被炸的地方。他失声痛哭着，模糊了双眼，从泥土中扒，从草丛中寻，将胡峻德被炸飞了的尸体一点一点找回来，用布包裹好；边裹边哭诉着："老二，是大哥没做好啊！老二，要怪就怪大哥啊！""法国鬼子，你个狗娘养的！"他哭着，骂着，揩着血，继续包裹着，周围的爆炸掀起一堆堆尘土，一会儿将他掩埋，一会儿将他掀翻。士兵们见提督大人面对法舰猛烈的炮火不管不顾，亲自为死难的兄弟涤血裹尸，涕泣哭祭，甚为震撼，顿时士气大振，纷纷从隐蔽处跑出来为提督大人掩护。孙开华一看，大吃一惊，如此集中在一起，十分危险。他赶紧奔向一处高地，大声疾呼道："兄弟们，吾军以整旅当敌炮火，即幸胜，伤损精锐亦必多，莫如化整为零，人各为战，伺隙蹈利，分进合击，减少伤亡，方可制敌。"士勇们听后方才大悟，迅速将胡峻德的尸首抬至隐蔽处，将提督大人强行拖走，然后分组编成"麻雀队"。

李士卑斯疯狂地炮轰了两个多小时，以为已经荡平淡水，便安排大部队登陆。由于孙开华将水雷暗线早已转移到白堡后面，尽管李士卑斯丧心病狂地炮击了几个小时，也没能将水雷机关破坏。当登陆艇一只只进入雷区，孙开华便指挥藏在白堡后面的兵勇按下了水雷的按钮。"轰隆隆"一阵巨响，一只登陆艇被炸上了天，其余陆战队见状，纷纷后撤，当日，法军再也不敢登陆。

第二天，李士卑斯故技重演。不过，在炮轰的同时，着重对水面也进行狂轰滥炸，因为狡猾的中国人太可怕了，即使那个台湾向导当了替死鬼也没搞清水雷的位置，他要把水雷用大炮轰掉。又是几小时后，在强大的火力掩护下，法军陆战队再次蜂拥登陆。由于孙开华早已将部队化整为零，在李士卑斯炮轰时，他既不还击，也不引爆水雷，而是将法军直接引诱上岸。他要与法军打一场不对称的战争。

大批法军终于踏上了中国的土地，他们在强大火力的支持下不再吹毛求疵，而是不顾性命地往前冲。突然间，丛林深处像刮起了阵风，草伏树摇，响声一片，孙开华在指挥士勇们迅速运动。不料，却让法军真以为草木皆兵了，正当他们不知所措之际，一个个头颅竟被从丛林深处神出鬼没闪出的士勇们割去了。一时间，"士卒皆以一当百，短兵相接，呼声震天动地"。有一个法军执旗官不知死活地以为可以旗开得胜，举着战旗冲在最前面。孙开华一见分外眼红，他正想为死难的兄弟报仇，只见他纵身跃上马背，挥着大刀径直冲向执旗官，眨眼间就取下了他的首级，夺旗而归。士勇们见提督大人身先士卒，个个受到鼓舞，争相以斩敌首级为荣。激战一日下来，守军斩获法军首级三百余颗，法军大溃，纷纷夺路而逃。

接连数日，法军没占到任何便宜，即使十月初四，孤拔亲率援军赶来后，又接连几天组织登陆，同样被打得落花流水，大败而逃。特别是中国军队斩首的习惯，简直令法军毛骨悚然了，以至于后来那些法军一见到中国守军，就捂着脖子逃跑。这令李士卑斯气得暴跳如雷。他想，必须改变战法。

三

那个小水手再也不好意思直接给他母亲写信了，他只能将这个极坏的消息向他朋友告知，以免他远在法国一个小镇上的疼他爱他的母亲替他担惊受怕。他给他的朋友这样写道："亲爱的朋友，今天写信告诉你有关淡水海面刚发生的一些琐事，因为这不具任何消遣性质，我不想跟我妈说，我只告诉她我很好，这倒是真的，也跟她说我一直都很高兴。事实上，如果说我身体不错，或运气出奇地好，在上次的战役中没有挨打，心情却是很低落。没有什么好隐瞒的，好朋友，我们被打了一顿，被谁？我问你……被这些中国笨蛋！"……"中国人由一个我不知道有多少纽扣的官员指挥，叫作孙将军，听说他心里一点也不焦急。我们摧毁他的堡垒的时候，他却在喝香槟吃午饭，他的士兵很会打仗，他觉得这样就够了。"……当然，这是那个小水手挨打几天后写的信。所幸他没有被斩首。

淡水之战的高潮，是在十月初八这天来到的。李士卑斯果然换了一种打法，即不待太阳升起，避免逆光，在凌晨五时就开始攻击。这实在是一种有效的打法，在晨曦中法军一瞄一个准，淡水岸边所有的暴露物都在舰炮的瞄准之下，"轰轰隆隆"炸得粉碎。约莫轰击半个多小时后，李士卑斯见岸上没有什么动静，准备再次组织大规模的登陆。这时，东方的红日正呆呆升起，淡水沿岸铺开一片血红的晨光，这在李士卑斯看来，好像已经杀开了一条血路。可是，就在他下令各战舰慢慢下放登陆艇的当口，岸上突然炮声大作，这一下彻底将李士卑斯这个狂徒轰明白了。原来，刚刚法舰的那些炮火炸掉的全是假体，而此刻中国军队的炮弹恰恰是从假体之外的更隐蔽处发出来的，在战舰上根本发现不了。"该死！这些狡猾的中国笨蛋！"就在李士卑斯愤怒的谩骂声还未落音时，中国军队的第一炮就将法舰"维伯"号的头桅击成两截，紧接着第二炮又将"维伯"号的船体炸出了一个大洞。这一下令法舰大乱，纷纷散开，唯恐躲之不及。更令法国人气得吐血的是，那些纷纷跑到山顶上坐山观虎斗的英国佬，真真切切看到了这一幕，而那个英国领事法来格竟像泄了恨一样，幸灾乐祸地给英国政府报告说："中国炮台发出炮弹，可命中击打法船，将法国'维伯'船头桅开成两截，复于其船旁击一大洞，而法船发出的炮弹甚不得利，均击中于事无济之他物，独不得打击炮台。是时，其炮台之完固，与开仗之先，差无几也。"

法军莫名其妙地挨了揍，孤拔与李士卑斯两个正副司令都恼羞成怒，一口气对着岸上又狂轰滥炸了三个多小时，随后继续组织登陆。不过，李士卑斯也许被中国这个不知有多少纽扣的孙将军给打怕了，登陆时也改变了战术，将陆战队分成三路，而且在大炮的掩护下，必须在一小时内全部登陆上岸。岂料，孙开华早已将守军编成麻雀队，而且兵分五路，做好了水来土掩、兵来将挡，"四面埋伏、聚而歼之"的准备。他以少量的兵力编成一路，专门对法军进行骚扰和挑衅，作为接应，实施诱敌上岸；其余四路则全部隐蔽在丛林深处，即孙开华亲督湘军的擢胜营右营营官龚占鳌埋伏在假港；已升任副将但还兼任擢胜营中营营官的李定明埋伏在油车口，擢胜后营营官范惠意则作为李定明这一路的后应；淮军将领章高元、刘朝祜等率营官朱焕明便埋伏在北台山后。而最后一路却既不属于湘军，也不属于淮军，而是由张李成率领的台湾本地的土勇。

几个月来，张李成一直参加孙开华的淡水湾布防，中法台湾大战打响后，他又领着兄弟们强烈要求参战。可喜的是，他的土勇部队像雪球一样越滚越大，开始是大里山那些被孙九大人治好了疟疾，以阿顺为首的上百人参加了进来，后来，在埤南教书的莫成金又宣传发动了数十人参加了队伍，及至孙开华将他们编成一队守在北路山间时，土勇部队已达五百余众之多。事后证明，这也是一支令法军为之胆寒的勇士，仅他们的装扮就令法军不寒而栗。他们披头散发，赤裸着上身，手握土枪，口嚼槟榔，汁液涂满双唇，吐出的口水犹如鲜血。以至于那个法国小水手，说他们的打法太不"光明正大"了。

上午九时半后，法军正式登陆。近千名法军陆战队员，在"雷诺堡"号战舰舰长波林奴的率领下，分乘登陆艇自沙仑东北海岸分三路登陆；见岸边寂然无声，便用两路人马向炮台猛扑过去。哪知炮台里空无一人，正待法军感到奇怪的时候，突然"砰砰砰"响起了枪声，接着孙开华就率领两个营，从各自营地的掩体内冲杀出来，从正面拦截法军；与此同时，孙开华命令埋伏在红堡炮台山后的部队从右翼侧攻。不料，法军凭借精良武器发疯一般进行还击，一度让孙开华所率部队的进攻受阻。章高元见状，与一朱姓哨官领一队人马"裸身衔刀"大呼冲入敌阵，使得法军一阵恐慌，阵脚大乱。孙开华趁机率李定明、范惠意分头截击法军。此时，法军已无阵法，一窝蜂似的退到一个小山包上结阵继续抵抗。守军连续组织几次冲锋，终因法军炮火太猛无法攻下。进攻再次受挫，伤亡较重。孙开华一时兴起，只见他身着短衣，脚蹬草鞋，纵身跃上马背，就要亲率勇士冲上前去。突然，一发炮弹打来，在他身边炸出了一个大坑，顿时，众勇士死伤数人，开华心爱的战马因负伤而卧地不起，孙开华自己也一头从马背上栽倒下来。

"孙大人——"众将士大惊失色，一阵惊呼，纷纷奔上前去。

没想到孙开华从尘土中慢慢站起来，"嘿嘿"一笑，说："法人的软弹，是炸不散我这把老骨头的！"

这时，那位朱哨官也一路杀了过来，只见他满脸血迹模糊，浑身血迹斑斑，但精气神十足。显然，他身上的血迹是溅上去的。孙开华一阵感动，有这样的勇士，就不怕法军的负隅顽抗。见军中好几位将领已经阵亡，孙开华将那位朱哨官叫到跟前，口授命令将他火线破格提拔为都司（相当于从排长一下子提拔为团长），接着高声称赞道："好男儿就当如朱哨官般英勇杀敌！"众将士受到莫大的鼓舞，个个奋跃着扑向敌阵。法军阵营被攻散，纷纷亡命奔逃，其中大部分法军向北路山间遁去。

朱都司带领众勇士紧追不舍，忽然听到前方一片鬼哭狼嚎。他有些不解，扭头询问似的看着孙开华。孙开华知道他的意思，便笑笑说："他们碰到了'天神'。"

这些"天神"正是张李成率领的土勇。他们先前见孙九大人久久未将法军驱赶过来，本想冲出去助阵，无奈孙九大人有令：法军不来，不得轻举妄动，必须严防死守。现在见法军终于逃来，他们躲在草丛中，以右脚为支架，跷起左脚，用脚指头扣动扳机，骤然间数百支土枪齐放，法军死伤一片。法军受此莫名其妙的突然袭击，惊魂未定，丛林深处又突然杀出数百名"散发赤身，嚼槟榔，红沫出其吻"的土勇。法军以为遇见了魔鬼，"大骇而遁"。在守军和土勇"圆阵包敌"的双重攻击下，双方激战一个多小时，法军弹药已罄，终于招架不住，全线崩溃了。一时间，丛林中，沙滩上杀声震天，只见法军个个抱着脖子拼命奔跑，唯恐落伍被斩；及至逃到水边，为了争渡又溺水身亡数十人；不可思议的是，法舰为掩护败兵溃退，一通盲目开炮，又将己方小轮击沉一只，遗下格林炮一门。至下午一时左右，当刘铭传赶来时，激战已经结束，共击毙法军三百余人；有二十五名被斩首，其中哪怕是陆战队冯丹司令还有另一名军官德芒亦未能幸免；十四人当了俘虏；另有七十八人为争渡时溺水身亡。淡水大战，孤拔也因此负了重伤。

孙开华淡水之役，大获全胜。他以"麻雀战""运动战""游击战"创造了以少胜多、以弱胜强的军事神话，史学家喜欢将它称之为著名的"沪尾大捷"。自此，法军再未敢在淡水武装登陆。法军哀叹："这次失败，使全舰队的人为之丧气。因为事前大家都喜欢说：'这次行动不过是一种军事的游行散步，一枪也不用放的。'所以感到的痛苦更为沉重。对于这样的一天的悲惨景象，又加上惨重的损失，大家的谈话总不能脱开这么令人伤痛的话题。""十月初八对淡水所作的企图，永不再试了。"

淡水之役清军古墓碑　熊子杰摄

　　实事求是地说，此时的刘铭传还是站在公道立场上的。他犒劳完参加沪尾大捷的全体将士之后，于光绪十年（1884）八月二十四给朝廷上奏道：孙开华斩执旗法酋，夺旗锐入，我军见敌旗被获，士气益涨，斩馘二十五级，内有兵酋二人，枪毙三百余人，敌乃大溃……沪尾英人登山观战，拍手狂呼，无不颂孙开华之奋勇绝伦，馈食物以鸣欢舞。

　　然而，世事多舛，命运之神却给孙九大人开了一个天大的玩笑。

大功臣受辱

一

　　皇上隆恩，孙开华得赏骑都尉世职，并赏给白玉翎管一支，白玉扳指一个，白玉柄小刀一把，火镰一把，大荷包一对，小荷包两个。慈禧太后此次也大发慈悲，发银一万两，赏给全体出力兵勇。

　　但是孤拔是不甘心失败的，中法之间的较量远没有结束。基隆虽然被控制，但价值却不大，为了掩盖侵台战略受挫的事实，以及发泄淡水惨败的私愤，孤拔要赖一般在中国的疆域内，突然宣布"禁海令"，企图以此困死台湾军民，逼迫清政府在谈判桌上就范。

　　由于孙开华的"沪尾大捷"，让清廷稍稍有了底气。孤拔虽然禁海，清廷却想收复基隆，便于11月7日电寄时任闽浙总督杨昌濬、福州将军穆图善、福建军务督办左宗棠等：台事紧要，着派孙开华帮办台湾军务。该提督沪尾一战，声威颇著；刘铭传务当同心协办，共济艰难。也许为了鼓励，或者为了拉拢，朝廷又于28日，赏给孙开华御赐福纸一张，大荷包两对，小荷包两对，银钱两个，银锞四个，莲子三斤半，挂面十把，奶饼五百个，百合粉一斤半，藕粉一斤半，荔干一斤半，南枣一斤半。

朝廷的这一纸电令和连续的奖励，明显已把孙开华摆在了刘铭传之上。但是，孙开华却没有半点居功自傲。他看到孤拔禁海以来，台湾外贸交通中断，生产停滞，粮饷支绌，不免心急如焚。他紧急动员全台军民同仇敌忾，有钱的出钱，有力的出力，支援前线。为了打破交通封锁，台湾人民还想出了一个不得已而为之的绝妙办法，即出港船只，都拉上一个大老板，让美国人参股进来，进出港口都挂上星条旗。法国人明知有猫腻，却也无奈。大陆这边一时也掀起了援台高潮，地方当局一改战初时的明哲保身，也纷纷"协饷馈械。""南洋最多，北洋次之。"东南沿海的民众，驾着大小船只，不顾风浪和被截捕的风险，采取夜航、偷渡，或在东南部海岸登陆的方式，将三千名援军、六十门钢炮、九千支步枪、二百万发弹药、四十只鱼雷和十万两饷银安全地运到了台湾，以图收复基隆。

当然，法国人也没闲着。尽管基隆对于他们来说意义并非重大，但既然已经控制在手，却是牛死也不肯放草。为了基隆，双方展开了激烈的争夺拉锯战。随着中国方面援台工作的展开，法国也开始大量增兵。1885年3月初，法军大批增兵到达，3日，法军派出一千三百余名精锐猛扑月眉山；5日又出动两千名陆战队员直攻戏台山。如此一来，中国守军腹背受敌，抵挡不住，月眉山失守，不得不退守基隆河南岸，而基隆港河北地区悉数为法军所据。自此，两军隔河对峙，中国军队始终没能收复基隆。

虽说中方未能收复基隆，但法方再也无力从基隆北岸跨到基隆南岸，始终只能局促于基隆港周围一隅。孤拔骑虎难下，大为光火。这个战争狂人总是心有不甘，为了摆脱进退维谷的困境，于3月29日，突然向澎湖发起进攻，31日就占领了澎湖。孤拔赢得了极为短暂的心理安慰，可待他正欲以此威慑而扩大战果时，国内却传来一个极坏的消息，法军在越南战场上的镇南关吃了一个大败仗，导致茹费理内阁倒台。孤拔如五雷轰顶，一下子被击倒了，自此，孤拔一病不起。与其说这个不可一世的战争狂人是被疾病打倒，不如说是被他自己的战略失策和沪尾惨败导致他焦头烂额、心力交瘁而给气死的。1885年6月15日，孤拔终于走进了一个侵略者的梦游世界。

消息不胫而走，台湾百姓奔走相告，孙九大人打败了孤拔。国内更是一片欢呼雀跃，民众以为政府会乘此大好时机，在谈判桌上据理力争，寸土不让的。谁料，朝廷却在一帮主和派的鼓噪下，决定"乘胜即收"，派出李鸿章作为中方代表，与法国代表巴德诺在天津签下了一纸《中法会订越南条约十款》。就此，中国承认越南为法国的保护国，开放蒙自、龙州两地与法国通商；而法国作为交换的条件竟是，法军撤出基隆、澎湖，并撤销对中国海面的封锁。这就像强盗抢了人家的东西，当你找他要回时，他却说：我给你这个就不能给你那个。典型的强盗逻辑。明眼人一看就知道，这是一份地地道道丧权辱国的条约，是世界外交史上空前绝后的丑闻。消息传开，举国上下一片哗然，坊间立马就有人讽刺地说：冯子材镇南关大捷，失去安南（越南）；孙开华沪尾港得胜，只为交换。奇耻大辱是也！而作为大清帝国最后一个鹰派的左宗棠，对于李鸿章的这种做法更是愤怒至极："对中国而言，十个法国将军，也比不上一个李鸿章坏事。""李鸿章误尽苍生，将落个千古骂名。"

更有甚者，左宗棠骂过李鸿章之后，接下来干的一件事却在朝廷上下掀起了轩然大波，引起了本已积怨颇深的湘淮之争又沉渣浮起。谁都知道，左宗棠是头出了名的犟驴，为了社稷，他曾经两次抬着棺材亲临火线领战。当孙开华沪尾大捷，朝廷突发奇想欲乘胜收复基隆，着孙开华为台湾军务帮办时，左宗棠也恰恰被指派为福建军务督办。他一上任就发现基隆的失守，台湾巡抚刘铭传有不可推卸的责任，尤其那个多事的营务处知府李彤恩更是罪责难逃。在他看来，如果不是刘铭传战略决策失误，接到李彤恩擅自连发三份告急书后不增援淡水，而是像孙开华一样坚守阵地与法军进行殊死的抗战，基隆也不至于那么轻易地被法军控制；这样，在谈判桌上法国人就不会把基隆当筹码，胡搅蛮缠地要挟中国而彻底地失去了安南。

因此，当李鸿章一签完条约，左宗棠便愤怒地给朝廷奏了一本：八月十三基隆之战，官军已获胜仗，因刘铭传营务处知府李彤恩驻兵沪尾，以孙开华诸军为不能战，三次飞书告急，坚称沪尾兵单将弱，万不可靠；刘铭传为其所动，遽拔大队往援，基隆遂不可复问。李彤恩不审敌情，虚词摇惑，拟请即行革职，递解回籍，不准逗留台湾。

平心而论，左宗棠的这份奏折主要是就事论事弹劾李彤恩，并没有要把刘铭传如何如何。但是，刘铭传恰好认为这是打狗欺主，因为李彤恩不仅属淮军，而且是他一手扶持的亲信。当刘铭传得知左宗棠弹劾李彤恩的消息，气得一跳三尺高，赶紧向淮军统帅人物李鸿章报告并请教对策。而此时的李鸿章也正在为左宗棠的那通臭骂气得头昏脑涨，接到刘铭传发来的密函，他第一个想到的问题就是如何保住李彤恩不被弹劾，余下的事再作打算。

可是，当李鸿章到皇上那儿准备尽最大努力为李彤恩开脱时，却碰了一鼻子灰。本来，在刘铭传向朝廷报告战略意图的当初，那些大臣就要弹劾刘铭传的，是孙开华俱本陈述、鼎力推崇替刘铭传挡了驾，现在左宗棠仅仅只弹劾一个区区芝麻官已经给刘铭传留足面子了。所以，大臣们纷纷赞成弹劾李彤恩。其中，经筵讲官内阁学士兼礼部侍郎周德润就讲得最直白不过："查二十日淡水大捷，孙开华力足歼敌，其不待刘铭传之救明矣！"不仅如此，还有一帮大臣如锡钧、万培因、邓承修、尚贤、汪鉴等，则主张直接弹劾刘铭传。

光绪十年（1884）十一月十八，李彤恩终于被弹劾落职。这让淮军的李鸿章、刘铭传等如鲠在喉，他们筹划着、密谋着，准备拿起派系争斗的尖锐武器，寻找一位湘军靶子开刀。其实，当台面上这些龌龊的政治丑剧疯狂上演的时候，孙开华这位本本分分做人、忠心耿耿卫国的大功臣，却还蒙在鼓里。

等待孙开华的又将是什么呢？

二

早在中法之间于越南开战之前，对于中法是否应该直接开战，朝廷就有个匪夷所思的说法。当时，中法大战一触即发，朝廷欲遣李鸿章出山，李鸿章却耍赖当起了缩头乌龟。朝廷无奈，只好打上了左宗棠的主意。但此时左宗棠已七十多岁，无力带兵打仗。尽管这样，左宗棠仍然毫不推辞，他调来广东东莞人王德榜，让他按当年楚军模式组成了恪靖定边军，挺进谅山。当王德榜诚心实意向朝廷请示战略指示时，却得到这样一句话："如法军打来，战亦违旨，退亦违旨，已电总理衙门请示。"这是什么狗屁指示啊，那就是说，上阵杀敌是违抗命令，撤退逃跑也是违抗命令，只有硬生生站着不动让法军打死才是服从命令。去他娘的王八蛋！王德榜气蒙了。

能够想出如此荒谬主意的不是别人，正是自己不愿带兵出战，却又手握朝廷军政大权、躲在幕后操弄一切的李鸿章。而且，他对中法之战的结果，还有一个更为荒唐透顶的说法："败固不佳，胜亦从此多事。"李鸿章自己也知道，他的这些所谓主意或说法不过就是个馊主意，完全是腐朽官场玩弄权术的伎俩罢了。但当他与刘铭传挖空心思寻找湘军靶子时，突然想到如果利用这个说法，岂不是可以做点文章？他们想到了这个靶子就是孙开华本人。因为，孙开华不是"沪尾大捷"了吗？朝上朝下都认为孙开华是有功之臣，那好，"胜亦从此多事"，孙开华不明显就是一个"麻烦制造者"么？刘铭传一听，觉得这是一个绝妙的罪名，当即表示赞同。可是，李鸿章毕竟是个玩弄权术的高手，他阴鸷着眼，仔细想了想，还是觉得这样的罪名实在太牵强附会了。再说，孙开华淡水一战，已经"声威颇著"，不仅皇上对他大加犒赏，就连慈禧也对孙开华赞赏有加，给孙开华罗列这么个罪名，不说大臣们不会答应，即使在主子那里恐怕也行不通。他打了个喷嚏，赶紧告诉刘铭传不能以孙开华本人为靶子写奏本，得另寻他人，拿湘军孙开华之外的人开刀。

本来刘铭传心中邪恶的欲火已被熊熊点燃，没想到主帅却给他兜头泼了一瓢冷水，这让他凉了半截腰。现在，还要他另寻靶子，这令他大伤脑筋。他明察暗访，四处打听，却没有找到任何有价值的线索，这令刘铭传十分苦恼。忽然，他想到了台湾的兵备道刘璈，虽然他没在台北地区直接参战，但他重南轻北，不济军饷，这基隆失败与他不无关系，应是罪不可赦。那次台南之行，就让他给气得差点吐血，阴差阳错，法国人没收拾他，现在正好可以狠狠地整治整治他了。刘璈是左宗棠一手培养起来的，名义上属楚军，但大系就是湘军序列。况且此次左宗棠弹劾李彤恩的情报，正是刘璈指使道员朱守谟反映的，这个朱守谟应属规避钻营，造言倾陷。更有甚者，当朝野上下都要求收复基隆的时候，由于左宗棠弹劾李彤恩的折子上奏后，刘铭传却无心收复基隆而一门心思去为李彤恩抗疏争辩了，而就在此节骨眼上，这个刘璈却一反常态，自请辞去兵备道一职，专办克复基隆之事。这不等于告知天下，人家都在为保家卫国出生入死，你刘铭传却在这里为帮派利益明争暗斗，岂不是当众掴了他一耳光故意给他难堪么？刘铭传当时就愤恨至极，在台湾军政圈内很快就有"二刘之争"的笑话。此时刘铭传想到刘璈克扣军饷，故意让他出糗的所作所为，简直有点迫不及待了，他恨不

266

得立马将刘璈碎尸万段。就在法军撤出基隆港后的第三天，即光绪十一年（1885）十二月二十四，刘铭传气呼呼地写好了《严劾刘璈折》并递奏朝廷，共列刘璈小罪五，大罪四，劣迹十端。

李鸿章对刘铭传在这么短的时间内就整出了刘璈的黑材料，十分满意。他将刘铭传电传上来的折子连看三遍，字字句句都让他称心解气，这下他可以舒舒畅畅地一解左宗棠那头犟驴子臭骂他的满肚子恶气了。本来，他对刘铭传折子里提到，左宗棠弹劾李彤恩是根据朱守谟反映的情况写就，而朱守谟又受到刘璈的指使这段话有所顾忌的，弹劾刘璈就弹劾刘璈嘛，何必又扯出左宗棠这头犟驴子呢？可喜的是，左宗棠已于光绪十一年九月初五去世，人死如灯灭，现在你左驴子即使脾气再大，嘴巴子再厉害也百口莫辩了吧？他有些得意地将折子呈了上去。

皇上一看，心下奇怪，怎么外国人一撤走中国人又内耗起来？刘铭传所反映的情况与前面左宗棠反映的情况差距怎么如此之大？一会儿是刘璈的罪状，一会儿又是朱守谟的过错，更有不能理解的还想为李彤恩翻案，说什么李彤恩的三次告急，实际上他只告急一次，另两次是孙开华自己一次，还有一次是刘朝祜所为。这到底是怎么回事？皇上签批下来：兹据刘铭传奏"道员朱守谟规避钻营，造言倾陷"各情，与左宗棠前奏，大相径庭。必须澈行查明，以昭是非之公。道员朱守谟于军务吃紧之时，辄敢擅请公款、乞假规避，殊属荒谬！着即行革职。至所参该员招摇播弄及倾陷李彤恩各节，如果属实，厥咎尤重，非永不叙用所能蔽辜。着杨岳斌即将朱守谟饬提赴台，归入前案秉公研究；孰是孰非？务得确情，奏明严行惩办，不准稍涉偏徇。原折片均着抄给阅看。将此由五百里谕令知之。

刘铭传之所以选择此时还要为李彤恩翻案，而且称李彤恩实际上只告急一次，另两次为孙开华和刘朝祜所为，是思考了很久的。

首先，左宗棠已死，再没有人抗辩，时机很好；其次，告急之事，只要李彤恩咬死只告急一次，另两次就好办了，刘朝祜是他刘铭传的侄孙，让他出面顶一次包也不是什么大问题，他应该百分百听他的；至于孙开华，他估摸着应该会给他的面子，毕竟是他在朝廷那里为他请功的。所以，他对重新将李彤恩捞回来充满信心。

杨岳斌不敢怠慢，首先查证弹劾刘璈的情况，所举罪例虽有出入，但克扣军饷确有其事（实为暂未拨齐）；至于朱守谟是否受了刘璈指使，无法查证，实际上意义也不大；问题是朱守谟是否"规避钻营，造言倾陷"，这就要查证告急之事李彤恩到底有几次。因此，杨岳斌的第二要务就是找到孙开华当面对质。

其时，孙开华已回到淡水。他要为那些为国捐躯的弟兄安葬，他们跟随自己这么多年，东扫西剿，南征北战，从大陆打到台湾，早已情同手足；那个曾经被他开除，后来又生死要跟着一起渡海的林得水，不仅在他孙开华第一次渡海时立了大功，就是淡水战斗中，也是奋不顾身，勇猛无比，前后一共取了三颗敌人的首级，可惜也牺牲了。多么好的兄弟啊！特别是胡峻德，自慈利赌博场上相识以来，两个人哪一件事又不是比亲兄弟还亲啊，都怪自己没照顾好，他可是连家都没成啊！他要给他修个墓，把他埋在高高的显眼的地方，让他看看淡水永远在中国人手里！告诉他，他值了！！！

当杨岳斌找到孙开华时，他刚刚从修墓的工地上回来。还没等杨岳斌将情况说完，孙开华就蒙了。直到此时，孙开华才知道朝廷内部又在进行那种毫无价值的派系斗争，而且把他也牵扯进来了，真是无聊透顶！对这种官场陋习，孙开华早就是深恶痛绝。当杨岳斌将全部情况说完后，孙开华非常气愤地说："我绝没有去信向刘铭传告急。不错，他的以基隆为诱饵，将敌人引进山里跟他们打麻雀战的战略我是赞成的，但我绝不会要他放弃基隆。不仅如此，我还曾经劝过刘铭传勿撤基隆之兵，要他坚守阵地，不要离开防区来沪尾。再说，我沪尾要他帮什么忙啊，他自己说的守土有责，谁丢了阵地砍谁的脑壳！他就没想想，如果我丢了淡水可以拿我人头是问啊！我说那天激战刚完，他刘铭传怎么跑来了，原来是李彤恩捣的鬼啊。这个小人！"

从来不会拐弯抹角的孙开华，实打实地一口气说了这些，最后又补充一句："我才懒得理会这些狗屁事哩！"

杨岳斌回朝作了如实报告，最后朝廷作了如下了断：李彤恩的处分不变；刘璈被流放黑龙江直到老死；朱守谟着即革职，永不叙用。

这样各打五十大板的结果，对于湘淮双方都无所谓输赢，某种程度上而言，湘军方面处理得要重些。按说，这样的争斗该告一段落了。可是，刘铭传却不依不饶。

三

胡峻德的墓终于完工，孙开华总算了却一桩心愿。他领着甘氏，祭拜完毕后回到擢胜营驻地。随着中法战争的结束，近段时间，孙开华还有一桩心思总是放心不下。他无限愧疚地看看甘氏，这个小姑娘，受爷爷之命十六岁就嫁给他，这么多年过去，他连碰都没碰过她。一方面是因为忙，而更重要的一个方面，却是孙开华觉得这么一个单纯、美丽的台湾姑娘，因为族群之忧而委身于他这个妻儿成群的大男人，实在是于心不忍。他不愿破坏这份美好，也不想糟蹋这个好姑娘。现在总算有了一点闲暇，他终于忍不住要将积淤心中已久的话跟她说说。"妹子，你看啊，你爷爷把你许配给我已经六七年了。我呢……"孙开华选词择字，不知如何说才好，"说实话是有些对不住你。忙开山啊，忙打仗啊，没照顾到你，大哥这里给你赔不是了。"

这是他们走到一起以来，从未这样面对面坐下来促膝交谈的场面。她从一个懵懵懂懂的小姑娘，已经长成一个熟谙世事，知冷知热的大姑娘了。孙开华的忙来忙去，她都看在眼里，记在心里；由陌生到熟悉，由胆怯到亲近，由喜欢到敬佩，慢慢地，她彻彻底底爱上了他，只是她从来没有机会向他表露过。见孙开华如是说，她就有些生气了："老爷，你是我拜过堂的亲老公，怎么就变成大哥了？你成天忙这忙那，我什么时候怪过你怨过你？男人就是在外忙世界的，又何来对不住我了？"

　　一连串的反问，让孙开华很是尴尬："不是……我是说我们两个那是有其名无其实的，到现在你还是女儿身。让你受委屈了，的的确确是我对不住你。"

　　岂料，不说这个还好，一说起这个正好戳到了甘氏的痛处。突然间，她的眼眶里就涌满了泪水，接着像断了线的珍珠扑簌簌掉了一地。许久，她抬起头来，一脸郑重："老爷，我也正想问问你，是我长得丑，还是你嫌我脏？我从十六岁嫁给你，今年已二十三了，六七年过去，你手都没牵过我，是哪一点让你看不上眼呢？"

　　孙开华的脸上一阵紧似一阵地发烧，此时此刻他几乎有点理屈词穷了："妹子，你怎么能这么想呢？我、我只不过是……是这样的，你看啊，你爷爷为了族群的安全把你嫁给我，本身让你就受了天大的委屈。我呢，为了让你爷爷放心才答应跟你成亲，但我不能恃强凌弱，让你再受伤害啊，如果那样也对不起爷爷啊！我要保住你的清白，等天下真正太平了，你再嫁个真正属于你的男人，也才好向爷爷交代啊。"

　　"这就是你的好心啊，看来我还要给你烧三炷高香啰。你是不知道山里的规矩，女人一旦出嫁，只有男人死了才能改嫁，如果改嫁，要过完三年丧期甚至更长才能改嫁；如果女人调皮离婚，要给男方赔很多财产；如果男人主动把女人休了，那女人就惨了，不是妖孽，就是不会下蛋的母鸡，这辈子就别想再找男人了，没人要的！"她停了停，眼里透出一道坚定的神情，"老爷，这辈子哩，我既不图钱财，也不图名分，不管你碰不碰我，反正嫁给你了，生是你的人，死是你的鬼了！"她说得那么执着，那么坚定。

孙开华阵阵感动，第一次紧紧地将她搂在怀里。

然而，始终对孙开华耿耿于怀的刘铭传，却不会让他这么安安宁宁地儿女情长。尽管孙开华多次对他有恩，但在派系的争斗场上，那已不足挂齿。随着中法战争的结束，刘铭传这个台湾的第一任巡抚已经集军政大权于一身了。见孙开华如此不懂世故，毫不给他面子，那好，你不仁也就莫怪我不义了。刘铭传便再度上奏朝廷，直接状告孙开华，非要把孙开华从眼中抹去不可。其奏本这样写道："上年十月奉旨帮办台湾军务，臣惟遇事和衷，以期共支危局，仰副圣主委任之至意。共事一年，处处迁就含忍，推诚相与，幸未致显然决裂。查刘璈之谤臣，左宗棠之参臣，均谓基隆不退，孙开华力能独保沪尾，其中委曲情形，不得不沥陈圣主之前。臣渡台之时，孙开华为台北总统，所部三营，一扎基隆，一扎淡水，一扎沪尾，兵勇皆散住民居，营官杨龙标等，出门乘舆张盖，营务废弛已极。六月十五基隆之战，杨龙标并未接仗，即退奔十余里，当经臣摘去顶戴，令其至八斗烧煤自赎，嗣经臣将该部三营，并归沪尾，派令修筑炮台。自六月十二兴工，至七月底，尚无一分工程，孙开华与李彤恩同居一室，李彤恩经营填塞海口，安设水雷，孙开华毫不预闻，七月间敌信日紧，臣函嘱李彤恩，转劝孙开华整顿队伍，速修炮台营垒，并请其往营督防，李彤恩屡言不听。臣于七月二十亲赴沪尾，面告敌情万紧，并言杨龙标之怯，嘱其拣选营哨，速领枪械，孙开华始将杨龙标、向兴贵两营官及时撤换，以李定明、范惠意接带，三营共领毛瑟枪五百杆，时已八月初旬。是月二十之战，孙开华三营忍守南路，章高元、刘朝祜四营仍守中路，土勇张李成一营派守北路。法兵由南路上岸，孙开华所部适当其锋，李定明等带队接战，片刻已阵亡六百余人，前队稍却。正在危迫之际，章高元等，率淮勇大队直捣其中，张李成土勇抄袭其后，孙开华堵住桥口，督队甚严，敌兵三面受敌，狂奔败北，张李成阵斩水师统领封唐首级，绅民皆道其首功。臣因沪尾紧要，欲助孙开华之声望，以便统属各营，保守要隘，故奏报时，推重孙开华一军战功为最。不料已故大学士左宗棠到闽后，刘璈合谋倾陷，蜚语上达天聪，孙开华竟乘势朋挤，夸功诿咎，忘其所以，楚淮构讼结仇，固自刘璈兴之，实由孙开华成之。臣带曹志忠一营，并新募土勇堵紧基隆一路，所有随带亲兵炮手劲旅利器，全在沪尾，该处布置防守，皆系臣同李定明、章高元随时商办。孙开华或住淡水，或住沪尾街镇，除饷项之外，布置一切并不闻问，且与楚淮诸将皆不融洽，臣得免肘腋之患。臣现已因病乞退，原不该追问前事；惟念臣若不速到台北，不知孙开华何以御敌，今事已终局，是非分明，臣固不欲直陈其过，亦不肯稍没其长。孙开华血气之勇，若遇内地土寇，以乌合之师，仗虚器之气，或可侥幸有功，如将来海疆再有事故，朝野采其虚声，一旦假以事权，侵扣饷项所失尚轻，特恐贻误大局，臣不能不据实密陈。"

如此罔顾事实、颠倒黑白的告状，连皇上都看明白了，前面说孙开华是大功臣，现在又说孙开华一无是处，而且有罪，自古以来还没有像刘铭传这样一百八十度大转弯对人褒贬不一之人。皇上觉得好笑，看来，这刘铭传还不仅是嫉贤妒能那么简单，派系争斗是这些人致命的毒药，可也不至于这样让人不可思议啊，这简直有点欲加之罪何患无辞嘛！毕竟孙开华已表彰在前，不会因为告状而受任何影响，你刘铭传喜欢告状你就告呗。皇上对刘铭传如此搞法很是生气，刘铭传自己"督师不力，谤书盈箧"，还成天告这个告那个。因此，皇上对他所告之事，来了个不理不睬。

虽然朝廷没把孙开华怎么样，但刘铭传却对孙开华采取了排除异己的措施。由于海防渐松，刘铭传便上奏裁撤台湾驻军，得到批准后，他借此机会裁撤了大部分擢胜营，并开去了孙开华帮办台湾军务的差使。与此同时，刘铭传让那个李定明接替了孙开华的职务。由于任用的是湘军人士，所以在外人看来，他刘铭传绝不是搞湘淮畛域之争。这才是刘铭传真正深思熟虑的。

光绪十二年（1886）三月初七，中华近代史上抗击来自海上的外国侵略者唯一一次取得辉煌胜利的大功臣，台湾家喻户晓的孙九大人，永远离开了功于斯，又伤于斯的台湾宝岛，重新回到了泉州"福建陆路提督"的任上。由于刘铭传的弹劾，朝廷对孙开华也没再重用。直到此时，孙开华才意识到，他无形中成了腐朽官场上，派系争斗的牺牲品。

孙提督西驾

一

孙道元最终还是没听孙开华的安排，强烈要求留在了台湾。

本来，孙开华想到了，刘铭传的所谓裁撤驻军，实际上就是排挤他孙开华。所有的淮军序列，他刘铭传一个也没裁撤，独独裁撤楚军和湘军，他的擢胜五营裁撤了四个营，只留下擢胜三营与台湾土勇再加上淮军的一个营共守淡水。这岂不是司马昭之心路人皆知的事？裁撤就裁撤了，他孙开华倒也无所谓，反正提着脑壳干到今天这个份上，对得起上苍，没辜负黎民，他孙开华知足了。问题是，道元所在的一营裁撤了，道元跟他孙开华一起回福建是理所应该的，可这孩子硬是犟着要留在台湾，说什么他的根已扎在台湾，他的心已属于台湾，他对台湾割舍不下。孙开华就跟他摆道理，一营都撤了，只有三营留下，你没归属啊。没想到这孩子甩出一句话，把孙开华气了个半死。"没有了擢胜营，跟着土勇照样混得到一口饭吃！"

真是儿大爹难教啊！你一个正规军人心甘情愿沦为土勇也就罢

了，何必要对你爹一手创建并视之为一生骄傲的擢胜营出言不逊啊！孙开华没再跟他理论，事后想想，也就释然了。道元跟秀容结婚已好几年了，去年生下一个宝贝儿子，给他取名孙捷，喻"沪尾大捷"之意。一家三口其乐融融，的确让道元也无法割舍。何况他的岳丈张李成，已被刘铭传编为民军，共守淡水，道元跟着他横竖还是守卫疆土，也就随他去吧。他的"没有了擢胜营"那句话，应该不是跟他爹老子赌气；这孩子脑瓜子好使，朝廷内的勾心斗角他也心知肚明，只是嘴上从来不说。也许他就是冲着刘铭传排挤他爹一事而说的一句气话呢？这孩子，又是何必哩，爹老子的事，用不着他操心，更不值当赌那口气。人在世上啊，退一步海阔天空，年轻人应该打扫脑瓜里的垃圾，身体力行做好分内的事就够了。

孙开华临离开淡水时，擢胜营的弟兄们，张李成的民军，以及淡水河两岸百姓，包括淮军的部分将士都前来送行。因塞港而未来得及疏浚，舰船不能进港，孙开华只能绕到十多里外的另一码头登舰，送行的人们始终不肯离去，非要送到码头。河岸已被大雾笼罩，孙开华回首望着隐隐约约矗立在淡水河上游的观音山，不禁湿润了眼眶。台湾，这片陌生而又熟悉的土地，自光绪二年（1876）到光绪十二年（1886），整整十年过去，孙开华往往返返恍若做梦，从阿棉、纳纳社平乱，到大里山驱邪降妖；从加礼宛攻抚到苏花大道的贯通，他倾注了大量心血和汗水；特别是淡水湾的这爿沪尾小镇，自乾隆年间开埠以来，日益繁华兴隆，为了它，擢胜营失去了三百多位弟兄，淮军、土勇也牺牲了三百多将士。这是一道用血肉之躯筑起的堤坝啊，这是一方以华夏情结连成的山水！他的情早已与台湾的百姓融为一体，他的心愿意毫不保留地为这片土地奉献，莫说孙道元割舍不下，即使他自己，现在也难舍难分。随着舰船的起航，那些一直隐忍在眼眶的泪珠，终于不听招呼地掉出了几颗……他想到台湾隐患未除，儿子道元一家又羁着留在台湾，不禁油然吟咏一首《别台湾》：

雾锁观音怅白头，
芸芸忧思沉悠悠。
伤此离别何日还，
一峡烟波两岸愁。

回到泉州，除孙道元一家三口外，孙开华一大家子终于团聚。孙开华虽然因离开台湾而有点怅然若失，回到家里却也感到一丝温馨与安慰；不过，大半辈子的戎马倥偬，一直没有停歇过，这突然闲下来，又有点空得慌。他吩咐厨房多做几个菜，晚上等道仁回来，他要跟他好好喝一壶。这小子只十六岁就帮着他爹一起抗法，将那么多枪炮弹药突破法军封锁线运抵台湾，是个了不起的壮举，因为是自己的儿子，在军中不好大张旗鼓地夸他，犒赏他，为了那份胆识，为了那份机灵，为了那份担当，在家里他要扎扎实实敬他一杯。可是，早过了晚餐时间，这小子却一直未归。孙开华不免有些闷闷不乐。

夫人范氏看懂了老爷的心思，忙摆好酒盅，拎来了温酒，请了孙开华后，又一个一个从大到小依次招呼曾蓉蓉、曹氏、潘氏（曹氏之后在泉州所娶）、甘氏入座："老爷，我晓得您在等道仁，兴许这孩子有事忙不开今日就没回来，俺们也不用等了。您大胜归来，俺们几个女人敬老爷一杯。"

"是啊，是啊，敬老爷一杯！"几个女人热烈响应，本以为从台湾来的甘氏不会喝酒，谁知这妹子从小就在爹爹、爷爷的酒气中熏大，不仅会喝酒，而且酒量不小，就在范氏将酒送到嘴边的时候，她竟一仰脖子先干了。

孙开华刮目相看，自从甘氏进门，他还从来没有跟她一起同桌吃过饭，更不知道她会喝酒，一下子来了兴致，忙举杯站身："甘妹子不愧巾帼豪杰啊！你们几个管家的辛苦了，特别是夫人了不起，陪道仁一起送弹药，差点连性命都送了，开华这里敬你们几个一杯！"说完，豪爽地干了那杯。

范氏受到了鼓舞，显得更加活跃："我们几个算什么，还是老爷有眼力，娶个甘妹妹，老孙家更不缺爽快人哩。"说着，又要给孙开华敬酒。

甘氏坐不住了，站身说："还是几个姐姐好，要不是姐姐们的面子，我恐怕跟老爷同桌吃饭的机会都没有哩。阿妹这里要敬姐姐的。"

"是啊，要敬姐姐的，老爷我作陪。"孙开华显然很高兴，又实实在在陪大家喝了一杯。

"我们哪有什么面子啊，还是阿甘面子大，老爷这是破天荒第一次作陪哩。"曾蓉蓉最擅长的就是挑个小毛病，要个小心眼儿，"依我看啦，要得好，大敬小，我们几个大的一起敬甘阿妹，也请老爷给我们作个陪好不好？"

"好，好！"几个女人都起哄附和。潘氏正在哺乳期，不能喝酒，加上要奶孩子了，就提前离席。

孙开华着实被将了一军，只好陪大家又喝一杯。正在这时，儿子孙道义领着弟弟孙道智和潘氏所生的孙道礼进来了，这小兄弟几个经常在外玩到天黑才回家。孙开华一见这一帮虎头虎脑的儿子，心里乐开了怀，忙将三兄弟中最小的孙道智揽进怀里："道智的名字又是曾姨娘取的吧？好啊，取得好啊！"

曹氏就一口接过了话题："那是当然啊，我们几个就曾姨娘墨砚水多一些，不光是道智，还有道礼和摇篮里的那个道信的名字都是曾姨娘取的哩。曾姨娘是取名字的专业户，是孙家的功臣，俺姊妹几个敬蓉蓉姐一个，老爷也敬一个吧？"

孙开华没想到曹氏的嘴巴子也厉害了，兴致勃勃地端起酒杯："应该，应该。"陪大家喝了。

曾蓉蓉有点得意，就开始调皮："我取个名字算什么，只有老爷厉害，一炮一个儿子，都快成军了。老爷，现在没仗打了，还生啵？还生，取名字的活我全包。"说完，还嬉皮笑脸地打了几个哈哈。

或许是喝多了点，或许是曾蓉蓉没轻没重的话触碰了孙开华敏感的神经，孙开华忽然激动起来，"吱啧啧"喝完一杯闷酒，接着就颇带情绪地将刘铭传请功后又告状、裁撤擢胜营及道元留在台湾的事给大家说了。

没想到夫人范氏一听，肺都要气炸，愤愤道："那刘铭传也太不是东西了！"继而，她又安慰孙开华，"好大个卵事！老爷，从今日起，您就待在家里，俺们伺候您。家，就是您的朝廷！"

孙开华喝了个酩酊大醉。

二

有范氏这样的夫人，孙开华的确得到了许多安慰。可是，好景不长，没过两年，范氏竟患上一种怪病：胸闷。孙开华忙请来吴郎中把脉。遗憾的是，吴郎中行医大半辈子还没摸到过如此紊乱的脉象，他也实在拿不准汤头，最后给个没把握的结论：气淤胸膈，独非药物能治。试过数遍药仍无好转，吴郎中只得摇摇头没了法子。

孙开华知道，范氏是得了心病。这个争强好胜的女人啊，嘴上还宽慰他孙开华"好大个卵事"，自己心里却积虑成疾，何苦来着？光绪十四年（1888）七月初四，心直口快，敢作敢当，浑身仗义，在孙家堪称"大哥"的第一夫人，怀着对孙开华的一腔深爱，带着对人世间的莫大遗憾，当儿子孙道元一家得知消息，匆匆忙忙赶到泉州时，她却离开了人世。孙开华忍着巨大的悲痛，将夫人葬回了长沙。

偏偏祸不单行。就在范氏去世的两年后，甘氏生下一个男孩。可惜，仅七天时间，曾蓉蓉刚给孩子取个孙道孝的名字就夭折了。孙开华悲痛欲绝。

有道是屋漏又逢连阴雨，当孙开华还没有从家事的悲哀中走出来的时候，福建德化县又出了大事。

光绪十六年（1890），永春州刑幕朱林午，派其流氓出身的亲信翁其珠把持德化盐局、税局和赤水盐馆，勾结德化县令周廷献，并串通土豪劣绅盘剥百姓。他们的"官盐"，不仅价格奇高，缺斤短两，而且掺沙充盐。他们以县衙名义到处出示布告，按户列册派额，强令百姓只能购买官盐，若百姓不从，私自贩盐，一旦发现，不仅盐要没收，他们还派出所谓的盐警，对盐贩子和买盐人，不是一顿毒打，就是抓起来直接投入监牢。德化县内一时间怨声载道。

有一位练得一身武功，生性耿直的陈拱实在是咽不下这口气了，邀集武举人出身的张品隍，将奸人的恶行和百姓的苦衷写成状子，告至县衙。谁料官商勾结，县令周廷献竟以"嚣民闹事"罪名，诬将陈拱拘禁。逃脱后，陈拱继续向州、道控告，结果没人受理，陈拱便越级上访，直接将状子告到省府，且连递三十状。岂料省府派来的办案人员又接受了流氓翁其珠的贿赂，不仅百姓的正当权益得不到保护，反而以"恶人作乱""蓄意谋反"罪，派兵要将陈拱缉捕究办。陈拱被逼上梁山，一路奔逃至戴云寺；寺中武僧林水知情后深表同情，恰巧这时陈拱的弟弟陈众，因寻找陈拱也到了戴云寺，三人便在戴云寺歃血为盟结为兄弟，当即决定扯旗造反。

光绪十七年（1891）六月下旬，陈拱被推为首领，林水为军师，陈众为先锋，聚众数百人于上涌法林寺，竖起"举义大元帅陈开成"大旗，登坛拜将练兵，择日祭旗举事。他们广发《反盐税锄恶檄文》，提出"订丙寅，焚盐馆，杀其珠"的口号，公开造反。八月初二，陈拱率义军三百攻打赤水盐馆，首战告捷，接着将两名苛恶盐吏枭首于三公格，并开仓放盐济民，大快人心。义军乘势而进，继而攻打县城，八月初四攻占东岳庙盐、税两局，开仓放盐，百姓欢呼雀跃，纷纷为义军送茶供饭。县令周廷献得知赤水盐馆被焚，又占县城盐、税两局，早已吓得魂不附体，连夜逃至永春；流氓翁其珠亦携眷潜逃。

陈拱造反，道、州各大衙门慌忙派出官兵围剿，无奈均不得力，奏本很快报至省城，旋又入奏京都。光绪皇帝一看异常惊恐，这法国强盗才赶出去不久，国内又生事端，岂能任其坐大？即刻降旨闽浙总督卞宝第务必尽快平息事件。卞宝第接旨后，立马想到了孙开华。

由于接连的家庭悲伤，孙开华接到命令并没有像以往一样显得激动。尤其是听说陈拱是为了反官盐，替民行道而造反，某种程度上心里并不是很乐意去平乱。然而，军令如山，他吃皇粮，授皇衣，绝对不可抗命不从。他怀着极其沉重而复杂的心情，领着擢胜营三个营的兵力，于光绪十七年（1891）九月十八，从泉州开赴德化，前往查办。最初，孙开华是想用"软"办法将其劝降，岂料陈拱软硬不吃；孙开华又张贴布告，悬赏缉捕陈拱，哪想到德化的百姓认为陈拱是为老百姓打抱不平的英雄，见一张布告撕一张，他们不仅不给官府提供任何信息，反而处处暗中保护义军。孙开华无奈，眼见朝廷规定"年底平乱"的期限将至，不得已只能强攻，他采取了各个击破的战术，分路进行缉捕。然而，义军盘踞的戴云山，又名迎雪山，海拔一千八百五十六米，雄奇险峻，气势磅礴，堪称"闽中屋脊"，易守难攻。孙开华不断增兵，强势压制，这一对峙便长达四个月之久。时间已到年底，孙开华仍然一无所获，这位视责任如泰山的大将军，不想强调任何理由，拟好奏折就上报朝廷自行请罪。哪想到就在这份奏折刚递出去，孙开华就于光绪十八年（1892）正月初一，将陈拱的弟弟陈众成功诱捕，抓回来一审，果如人们所说是因官商勾结，欺压百姓致使造反。将陈众枭首示众后，孙开华暗暗决定将那些贪官污吏、流氓地痞也要一并抓捕归案。直到此时，孙开华才想起来将战果上报。巧的是，就在孙开华第一份请罪奏折到达后，朝廷正准备将给予孙开华降一级调用的处分决定下达时，孙开华的第二份报功奏折赶到了，于是朝廷便将给予孙开华的处分改为降二级留任。三月，孙开华又利用分化瓦解之策，将陈拱的军师林水从内部除掉，整个义军只剩下陈拱一人带着残余在逃，眼见就要大获全胜，孙开华的副将余宏亮所辖兵勇却在此节骨眼上滋扰百姓，引起民愤；孙开华也因失察而受到降三级并予以调用处分；直到六月，孙开华将陈拱缉获，朝廷才加恩改为革职留任。

德化戡乱，孙开华虽将乱首全部捕获，贪官污吏永春知州刘朝缙、德化县令周廷献也被革职查办，永春州刑幕朱林午被判死刑，为非作歹的流氓翁其珠亦死于监禁狱中，翁栋被斩首示众。但是，一切赫赫战功悬于榜上，却挽留不住命运的劫数。光绪十九年（1893），无疑成了孙开华人生旅途中的大限之年，官运就此停驻，生命也油干柴尽。平乱开始，孙开华本来就是心事重重，不为别的，就为朝廷总是把百姓当敌人，到了民不聊生的境地仍不整治腐朽的官吏，此其忧国忧民；在缉拿乱首的过程中，由于时机的阴差阳错加上自己的主动担责，致使朝廷接二连三给他处分，这让他身心极度疲惫；更有甚者，孙开华是个责任感异常强烈的人，为了抓捕乱首，他连春节都没在家过，而是马不停蹄、夜以继日地在大山深处征剿，结果染上风邪，触发旧伤，让他一病不起。吴郎中费了九牛二虎之力，最终也没能挽救住戎马一生孙九大人的生命。光绪十九年八月二十七，孙开华走到了人生的尽头，客死泉州，终年仅五十三岁。

福建军政各界惊闻噩耗，纷纷前来吊唁，人们仰慕孙将军的丰功伟绩和他德高望重的人品，无不惋惜泣泪。有人送来一幅挽联：安邦思良将，定国念贤臣。还有人当即赋诗称赞道：

平原风雷起地烟，

志士一去不复还。

内胜外捷才存史，

将军至死仍征战。

三

孙开华弥留之际，将家人全部叫了过来，他一件一件将毕生所得奖励物件诸如顶戴、马褂、银牌、扳指、玉刀、荷包等等，分发给各位夫人和儿子；由于孙道元已在台湾安家，孙开华特别将一直珍藏并时常教导擢胜营将士们的一幅"还我河山"的湘绣，交给大儿子孙道元。孙道元深知爹的用意，那是要他像岳飞一样，一寸山河一滴血，誓死保卫好祖国的宝岛台湾，绝不退让！他精神为之一振，给爹行了一个标准的军礼。之后，孙开华又特别将"沪尾大捷"后，他觐见皇上，光绪帝亲赐他的"福"字匾交给了孙道仁。孙道仁一阵激动，只见金光闪闪的"福"字熠熠生辉，正上方是一个"赐"字，左右两边分别刻有"光绪十年十二月二十八""帮办台湾军务福建陆路提督臣孙开华"字样。孙道仁郑重接过牌匾，给爹爹深深地鞠了三个躬。最后，孙开华又将孙道元、孙道仁兄弟俩都叫到床前，抖抖瑟瑟从怀里掏出几张宣纸，然后默默地递给他们。只见上面写着孙开华的亲笔，抬头为：

光绪皇帝钦赐孙开华"福"字匾　孙培厚摄

赠儿孙

泱泱华夏，
芸芸炎黄。
赐我布衣，
赏吾皇粮。
天地两限，
唯存忠良。
生当报国，
死亦鬼惶。
人间正道，
遍布沧桑。
切切肺腑，
殷殷期望。
耕读传家，
莫贪银两。
名利双刃，
豪夺自伤。
德行天下，
前途无量。
邻里莫欺，
互爱友邦。
不辱祖宗，
无愧爹娘。
羞无珍宝，
留字几行。
唯此唯大，

念念不忘。

教与子孙，

福禄绵长。

光绪十九年秋孙开华

兄弟俩接过折叠得整整齐齐的字幅，似有千斤万两沉甸甸的；那纸还暖烘烘的留有体温，那字歪歪扭扭，显然是爹爹在病重时写就。兄弟俩看着看着，眼睛模糊了……从来都是刚毅、勇猛、威严、耿直的爹爹，忽然这般慈爱、和善，让他们如沐温汤一样热血沸腾；纸短情长，言少意深啊！突然，"扑通"一声，兄弟俩双双跪下，接着，所有的弟弟妹妹全部跪下，给孙开华齐齐地磕了三个响头……

孙开华英年早逝的消息传到朝廷，上上下下都觉得惋惜；特别是光绪皇帝，除了惋惜，还有几分愧疚和思念。他只接见他两次，但这个臣子不像其他大臣那般媚俗，每次他都是身子站得直直的，胸脯挺得高高的，即使向他叩拜也是中规中矩，没有丝毫奴颜和媚骨；特别是沪尾大捷后的那次接见，已经在他脑海里深深地打上了烙印。可是事后不久，刘铭传告他的状，虽然没把他怎样，却也没再亲宠他，对他有愧啊！最近，光绪皇帝得到一个绝密情报，日本明治维新后，制定了一个"征讨清国策略"，分五步实施，即攻占台湾、吞并朝鲜、进军满蒙、灭亡中国，最后称霸世界，是真是假不得而知。但从日本这些年的势头来看，他们是越来越不安分了。在此之前，日本已在台湾试过一次水，且已将琉球强夺过去，说不定哪天又会伸出他们侵略的魔爪，一旦台湾、朝鲜有事，孙开华这样的大将是少不得的。真可谓"国乱思良将"啊！

孙开华逝世后，闽浙总督谭钟麟呈请开缺。光绪皇帝想都没想，批下旨谕：从优议恤，任内一切处分，全部开复；赐谥号：壮武。可在原籍和立功省分诏建立专祠，礼部将其生平事迹宣付史馆。不仅如此，光绪皇帝还要亲自为孙开华写一篇祭文，这在中国历史上是绝无仅有的。纵观以往，只有李煜、刘骏和康熙祖爷为其宠爱的老婆写过祭文，而没有一个皇上为真正意义上的大臣写过祭文。光绪完完全全是被孙开华的精神所感动了。其《祭孙提督文》如下：

朕维奋武攸贤，听鼙鼓而思良将；饰终有典，纪旗常而考司勋，成劳既著于海疆，懋赏宜施于泉壤。用陈芬苾，式焕丝纶尔。

原任福建陆路提督孙开华，勇毅夙彰，忠勤丕著，早蕴六韬之略，遂超七萃之班。拔自偏裨，起而敌忾，一蹴黄梅之隘，再披赤棘之丛。列校投鞭，曾断豫章之水；望烽传箭，复定姑孰之山。枫岭晨夷，蒲圻夕刈。展壮猷于五岭，列寨俄摧；奋伟烈于三江，层闉叠铲。戎行克赞，麾旌表伐于臂扬；爵赏频颁，厘瓒铭功于虎拜。

洎膺专阃，志镇重洋，属宣沪尾之防，尽起苍头之众。射酒尊而不动，忠贯三灵；辨琅铎而不汹，知周百虑。氛清鹿耳，远符横、海之勋；会肃鲲身，无忝伏波之号。乃丑夷之又蠢，胡宿将之先殂？行间壮貔虎之容，威棱久树；海上列鹳鹅之阵，英爽独存。赠恤既优，洁蠲亦逮。

吁戏！台北无惊，足抗施黄之往烈；海东不靖，尚期颇牧之重生。灵而有知，庶其歆格？

按照生前遗愿，曾蓉蓉尽职尽责地承担起了安葬任务。全家将孙开华的灵柩送往长沙，安葬在张家嘴的庄山，与夫人范氏墓隔溪相望。孙开华的儿子孙道仁，在晚年做了寓公后写过一篇《退庵纪实》，曰："闻讣奔丧至泉州提署，将先壮武公领兵多年之交代料理清楚，乃率诸弟秉承先生母曾太夫人暨诸位庶母恭奉先灵回长沙，遵遗命安葬先壮武公于长沙张家嘴之庄山。一切典礼及碑碣、华表、翁仲各项，均遵大清会典办理。并于墓之左右遍植松柏，围以石栏，俾垂久远。又于墓旁设立家庙，岁时致祭，以致尊敬。"

孙家后人实指望"入土为安"，然而，孙开华的遗骸虽然得到了安葬，但他的灵魂仍然没有得到安息。

将门后托孤

一

光绪皇帝的担忧并非空穴来风，除了那份秘密情报外，这位年轻气盛、血气方刚的皇帝，更是感觉到这些年帝国的备战明显不足。中法之战南洋水师覆没后一直没有恢复，李鸿章倒是搞了个北洋水师，但自1888年后，既未购新舰，也未换大炮，无论是装备还是战力仍停留在老旧落后状态；每年拨给他们的经费也不少，李鸿章却为了讨慈禧欢心，将大把大把的银子挪出来，偷偷给老佛爷去盖颐和园，为老佛爷六十大寿庆典做准备去了。而陆路各军，因多年来相对安定，既不思进取，更不虑图强，而是一味坐拥实力，互相倾轧。如此一种腐朽昏聩的国防现状，一旦再生战事，水上、陆上都将不堪一击，这不能不令想有点作为却又各方受制的光绪皇帝忧心如焚。

正所谓担心什么来什么。光绪二十年（1894），也就是孙开华逝世还不满一周年的时候，日本国终于露出了狐狸尾巴。这一年大清帝国的藩属朝鲜境内爆发了东学党起义，政府军节节败退，紧急乞求大清帝国援助。而在此之前，日本早已划出了以日本本土为基地的"主权线"和以中国、朝鲜为范围的"利益线"，只是一直没能找到一个借口出兵。这下，他们觉得机会来了，当中国援朝通报日本时，他们还假惺惺回应你们去就是，"我政府必无他意"。岂料，这正是他们的阴谋，清朝政府压根就没识破。当直隶提督叶志超、太原镇总兵聂士成率两千五百名中国军队于牙山登陆赴朝，日本随后就以保护使馆和侨民为借口，派出了四百名陆战队员在朝鲜的仁川登陆。起义很快平息，朝鲜要求两国撤军，中方则要求日方先撤，以大鸟圭介为头目的日军口头答应撤兵，暗中却增兵一万多人；与此同时，大鸟圭介还不断挑起事端，一会儿否定朝鲜是大清国的藩属国，一会儿又声称要协助朝鲜"改革"内政；赖着不撤，就是为了开启战端。七月二十五，中日双方在平壤开火，甲午战争就此拉开了序幕。

恰好这一年，是慈禧六十大寿的庆典年，开战之前，大清朝廷内部就形成了"主战""主和"两派。这几乎成了晚清政府最丑陋不堪的政治顽疾，以光绪帝载湉、户部尚书翁同龢为首的一派当然主战，而以慈禧、李鸿章为代表的依然主和；战争开打后，慈禧、李鸿章又想早早结束战争。然而，这只不过是慈禧们的一厢情愿，日本人蓄谋已久，好不容易逮到个出兵朝鲜、剑指大清的机会，岂由你想结束就结束？光绪二十年七月初一（1894年8月1日），日本国正式向大清帝国宣战。日军从陆上打到了海上，黄海大战中，虽然丁汝昌、邓世昌不辱民族气节，上演了一幕可歌可泣的堪称史诗般的悲歌，却也没有抵挡住日寇的坚船利炮。整个北洋水师被迫躲进威海港，日本夺得了黄海的制海权。接下来，日寇更加疯狂，攻占旅顺口，横扫威海卫……

沦为国际笑话的是，战争伊始，慈禧、李鸿章就把尽快结束战争的希望寄托在帝国列强身上。在他们看来，中国是块肥肉，不错。但你想吃，别人也想吃，在利益不均的时候，帝国列强就会出面调停。当然，这还有个前提，之所以战争能够开打，最初慈禧一方面迫于舆论压力不好公开叫板主和，另一方面还存一分侥幸——万一打胜了呢？可是随着平壤战役、黄海战役的相继失利，掌控军政实权的慈禧、李鸿章，便不顾一切地重新起用被慈禧亲自罢黜的恭亲王奕䜣主持总理衙门。此人本身就是个铁杆主和派，他一出山，就亲自请求英国联合美国俄国出面调停中日战争，结果人家各有各的"小九九"，不疼不痒谴责几句，调停毫无结果。

光绪皇帝哭笑不得，此时此刻他尤为思念曾国藩、左宗棠、鲍超、孙开华等帝国的精英。无奈，他虽贵为皇上，却也势单力薄。眼见战火已烧到中国本土，主和派不顾光绪的强烈反对，在请示奕䜣同意后，李鸿章便派遣担任驻天津税务司的德国人——德璀琳，代表李鸿章到日本探商议和的条件。日本方面一口拒绝，并通过美国转告清政府，要谈就要派出"具有正式资格的全权委员"。

主和派碰了一鼻子灰，仍不甘心。慈禧亲自秘密指使田贝向日本疏通，并于1895年1月14日，正式委派户部侍郎张荫桓、湖南巡抚邵友濂为全权大臣，同时聘美国国务卿科士达为顾问，赴日求和。当时，日本正猛攻威海卫，凭着连续的取胜，日本根本不理清政府这一套，不仅仍以"全权不足"拒绝，还将清政府的两位代表羞辱一番后将其驱逐回国。

面对如此奇耻大辱，作为一国之君，光绪实在是只想找条地缝钻进去。但是，他又无力回天，只能找来他的老师翁同龢商讨对策，哪料老夫子也是一筹莫展。师徒俩躲在皇宫里长吁短叹，痛哭流泪。后来，光绪突然嘶哑着声音，仰天悲鸣道："颇牧何日再生啊！呵呵呵……"

日本虽然连胜连捷，但战争的巨大消耗，也加重了日本人民的沉重负担，到1894年底，日本国内爆发了大规模的农民运动。首相伊藤博文担心民意可畏，便主动提出可以议和。但前提条件是：
（一）必须是全权代表；（二）必须以割地、赔款为最终条件。否则
免谈。当美国人知道这个消息后，极力怂恿清政府：可以接受，可
以接受。1895年4月17日，李鸿章带着他的儿子李经方前往马关，
代表清政府签下了丧权辱国的中日《马关条约》，共十一款，除承
认朝鲜独立等条款外，最重要的一条就是割让台湾岛及所有附属岛
屿、澎湖列岛和辽东半岛给日本；但在条约签订六天后，俄国横插
一杠，逼迫日本放弃辽东半岛。如此一来，日本又向清政府勒索三
千万两白银。整个《马关条约》，中方共向日方赔款二亿三千万两
白银。

消息传回国内，举国上下十分震怒，堂堂中华曾几何时到了如
此不可救药的地步？学校及社会各界纷纷抗议清朝政府腐败无能，
并要朝廷惩办卖国的李鸿章。以康有为为首的知识分子，更是发动
在京的一千三百名举人联名上书光绪皇帝，提出拒和、迁都、练
兵、变法的主张。可惜，这份《公车上书》未能送达光绪手中。当
消息传至台湾，全岛内外一下子便炸开了锅。

在淡水，最先知道消息的是张李成。这天，他专程到台湾新任
巡抚唐景崧处请饷，一进台北市区就听到街谈巷议，说清政府将台
湾割让给日本了，很快日本人就要来了，许多有钱人正在想办法渡
海去大陆避难。开始，张李成还不相信，后来到了巡抚衙门，只见
衙门口人山人海，都在说台湾被割让的事，大家还劝唐巡抚不要
走，有的说索性建立"台湾民主国"，跟日本人干到底之类。他一
看不合时宜，请饷的事也就放下了。在返回时，见街上许多人在看
告示，他也不认识几个字，扯下一张就带回了家。

"道元，你来看看，这上面都写的些什么？"张李成回到淡水没
去营部，而是直接去了女儿家。他对在台北听到的"割让台湾"的
消息仍然半信半疑。

孙道元因还在守制（为亡父守孝三年）期间，没在军营。今天也是出去办事刚从外面回来，见岳父大人手里拿张黄纸，不知他要做什么，便凑了过去。然而，不看不知道，一看吓一跳，只见上面写着："照得日本欺凌清国，要求割让我国土台湾，台民曾向朝廷请愿，未克奏效……"接下来，告示上清清楚楚告诉全台湾人民，与其屈从沦为日本人的殖民地，不如团结起来自救。如此，或许还能得到国际上的同情和援助。

至于如何建国，告示上也讲得很明白，就是经会议推举现任台湾巡抚唐景崧为总统，同时推举防守台南的黑旗军统领刘永福为大将军。并告知台湾民众印玺已刻成，恳望不愿受奴役的广大民众于5月25日清早，赶到筹防局，举行首任总统就职典礼仪式……

孙道元一口气读完，惊愕地看着张李成："阿叔是不是听说什么了，这、这是真的吗？"

"这上面是不是也说台湾割给日本了？"张李成再次向孙道元投去询问的目光。

"是的。还说建立台湾民主国，推唐景崧为总统哩。"

"还真有这事啊，难怪那些人乱糟糟都在说啊！民主国？我看这些人是抓狂，都割给日本了哪还有国？道元，看来我们得上山。"张李成说着就要回军营。

二

张秀容抱着二儿子从外面进来，发现父子俩表情严峻，不知发生了什么大事，忙用略带责备的口吻问孙道元："道元，什么事惹阿爹生气了？"

孙道元知是秀容误会，但也不想跟她解释，瓮声瓮气道："我何时惹阿叔生气过？是朝廷哩！"

张秀容更加丈二和尚摸不着头脑了，就战战兢兢地凑过去对孙道元手上的那张黄纸仔细研阅起来。只见她越看越憋气，越看越愤怒："让台湾人遭罪，这清政府是吃狗屎的啊！"突然，她破口大骂起来。

"阿容，阿爹正要告诉你，苦日子就要来了，你要有所准备啊！"张李成心情异常沉重，台湾怎就这般多灾多难呢？早些年日本占琅峤，得沈大人将其赶出去；随后又是加礼宛叛乱，幸得孙九大人安抚了大家；才过上几天安稳日子，法国人又来捣乱，又是孙九大人领头打败了孤拔；实指望台湾平安无事了，谁料朝廷又把台湾给卖了……这世道啊！张李成想不出所以然来，一拳砸在桌子上。

见阿爹心事重重，张秀容的眼睛立马潮潮的。

孙道元心里也是乱糟糟一团麻，接过岳父的话说："秀容，阿叔的年岁大了，以后家里面你就要多操心了。"

张秀容连连点头："老公放心，我会照顾好家的。"

不料，张李成倏地站身，背着双手气呼呼说："这日本人来了，我在家里还坐得住啊！我不要她照顾！！"

孙道元见岳父大人如此气愤，忙改口对秀容说："阿叔是顺不下这口气的，你放心，我会保护好阿叔的。"他一扭头，望见挂在中堂上爹爹特别遗赠给他的那幅"还我河山"的湘绣，顿感心潮起伏，汹涌澎湃。这可是爹爹的殷殷嘱托啊，一寸山河一滴血，决不能让爹爹才保卫下来的台湾沦为日本人之手！继而，他接着对张秀容说："秀容，看来阿叔说得没错，我们要上山，跟日本人干到底！这家里就全靠你了。"

张秀容已经嘤嘤落泪，她万万没想到台湾的厄运来得这么早，这么快。她不无悲伤地抹一把眼泪，坚毅地点了点头。

孙道元见事已至此，便将老仆杨明六、奶妈周张氏叫来："二位长辈，日本人要来，台湾断无宁日，我与阿叔被逼无奈，只好上山与日本强盗一较生死。秀容在岛上已无什么亲人，唯一的姐姐远嫁大陆江苏，老二尚小，家中一应琐事，全仗二位长辈操劳帮衬，道元这里有礼了。"说着，双膝一跪，就给二位仆人叩起头来。

"使不得，使不得。"杨明六赶紧扶起孙道元，"老爷，您折老奴的寿啊，使不得的。您尽管放心，我老骨头一把，会拼尽全力保护好阿容和两个公子的，有孙九大人照着，法国人都打出去了，还怕他日本鬼子不成！"

"就是啊，还怕他日本鬼子不成？！"张李成一击双掌，来了精神，"阿容啊，照顾好家里，万一不成去大陆姐姐家躲躲。"

一大家子哭哭啼啼，好一番生离死别。当天，孙道元已顾不了自己还在守制，就随着张李成去了军营，着手安排淡水的防御。

随着战场和谈判桌上的双胜利，日本人早已迫不及待，于1895年5月上旬就着手准备接管台湾。但清朝政府总是磨磨蹭蹭，从内心里又不愿交接。到了5月下旬，日本人再也不管你清廷是否愿意，派出"横滨丸"号率舰队直接开往台湾，原准备将这最值得夸耀、最值得庆贺的交接仪式安排在台北举行，没想到与其一起签订卖国条约的李鸿章的儿子李经方，考虑到台湾已宣布建立民主国，担心自己和日本人遭到抵抗与报复，一再请求交接仪式改在海上进行。日本派出的台湾首任总督桦山资纪一听，觉得好笑：你有本事卖国，还没胆量交接啊，如此鼠辈，中国不败才怪！不过，他想了想，海上交接也好，免得他夹在中间反而碍事，就随他便了。与此同时，有一个台湾年轻人辜显荣，眼看仰仗政府无望，便以"保护台湾人生命财产安全"为由，公然举着白旗，欢迎日本人进驻台湾。自此，又一轮台湾保卫战拉开了序幕。

日本人不知深浅地首先选择淡水登陆，他们心想法国人在淡水惨败，那是孤拔的无能，看我们日本人的吧！结果，战舰未靠岸就遭到猛烈的炮击，吓得他们掉头就逃。随后，他们改由澳底登陆，四百名守军全部被日军杀光。接着攻打瑞芳，准备从背后进攻基隆。他们每到一处，都是疯狂的抢夺，残酷的杀戮，当时就有台湾诗人悲叹道："海上仙乡成鬼域，黎民遗恨却何之。"

恐怖的阴云笼罩台湾全岛，压得人们喘不过气来。有道是哪里有压迫，哪里就有反抗。然而，正当台湾人抵抗日本殖民者情绪高涨的时候，被台湾人自己推举出来的"民主国"总统唐景崧，一看大势已去，竟吓得屁滚尿流。他逮个机会，视"总统"皇冠如弊屣，置台湾生灵于不顾，偷偷摸摸就逃回大陆去了。台湾到了彻底"群龙无首"的状态。

在此节骨眼上，台湾百姓纷纷拥立台湾军务帮办刘永福出任总统。刘永福虽然不接受大家推举的"总统"头衔，但愿意领导大家抗日到底。当年，他带领一帮农民兄弟参加反清义军，高举七星黑色旗，"黑旗军"自此闻名。朝廷对黑旗军严厉清剿，刘永福被逼无奈，带着黑旗军躲进属国越南境内，并将黑旗军发展到两千余人。中法战争爆发，刘永福率黑旗军于纸桥大败法军，后又取得多次战果，队伍也越打越大，可惜，中法战争结束，越南却离中国而去。刘永福再也不好意思待在越南，只好带着三千多人的黑旗军撤回国内。朝廷此时虽然没对黑旗军清剿，但对他们一裁再裁，最后仅剩三百来人。中日甲午战争爆发，一帮有良知的大臣，考虑到台湾安危，又积极举荐刘永福。在他们看来，刘永福敢于反朝廷腐败者，实乃真民族英雄也！于是，甲午战争初期，刘永福率两个营被派往台湾，驻台南。随着《马关条约》的签订，朝廷本要将刘永福撤回大陆，刘永福不仅不撤，反而随着唐景崧被推举为总统，他也被推举为大将军。让刘永福没想到的是，唐景崧如此贪生怕死逃跑了。现在人们推举他为总统，他虽然不接受，但他毅然决然地扛起抗日大旗，表示为保卫国土"万死不辞"，"纵使片土之剩，一线之延，亦应保全，不命倭得"，在台湾岛上掀起了轰轰烈烈的抗日斗争。这在台湾产生了广泛而深刻的影响。

日军在淡水被大炮轰走后，改向澳底登陆。孙道元得知后奋然而起，跟岳父一商量，便率一帮年轻土勇前往增援。临出发前，他大声疾呼道："国家土地，不得以尺寸与人！台湾北通吴会，南接粤峤，乃东南之保障。又况物产丰腴，鱼盐充足，正多天然之利。而朝廷视若弁髦，一旦委诸敌人之手，是诚何心！某虽无能，然不忍睹此大好海疆沦于异域，重辱我先考也！"

众勇士热血沸腾，一路狂奔过去。

三

孙道元本是擢胜营被裁撤后留在台湾的，现在他只不过就是一个土勇身份。他率领的近二百人的队伍绝大部分都是张李成带出来的，他们的武器除了叉戟、长矛、砍刀、弓弩外，再就是些土枪土炮。孙道元考虑到这些原始落后的武器很难与日军抗衡，决定变卖家财购置一批新式洋枪与弹药。回家与夫人一商量，没想到张秀容全力支持。但是，老仆杨明六见道元要离开淡水增援他方，顿生怜悯和担心之情，好言相劝道："将军死未几，后事方殷，公子宜自爱重。且朝廷既允割弃，力复不敌，幸毋以千金之躯，轻于一掷也！"

道元理解老人的心情，但义愤填膺，大敌当前，先父嘱托言犹在耳，只好说："不然。今日之事，先考之灵，实式凭之。事纵不成，亦可告无罪，正不得以其必败而遂怀退志。人谁无死？死贵得当耳！"

老仆杨明六不无遗憾又充满敬佩地摇摇头，又点点头，自言自语道："公子实乃老将军重生也！"

土勇们扛上洋枪，剃掉了长发，全以黑布缠在额头，脚蹬草鞋，跟着孙道元一路狂奔到了宜兰境内。一听说日军已从澳底登陆，四百多名守卫将士已全部殉国，现日军正前往瑞芳，孙道元率着勇士们，马不停蹄地直接赶往三貂岭。

日军也许汲取了法国人的教训，他们不急于求成，有的是时间寻找薄弱环节。他们遇到强硬对手就撤，遇到弱者就攻。在他们看来，他们不是侵略，而是接管，是大清政府拱手让他们接管的，政府已经撤手，少数不服的岛民是小泥鳅翻不起大浪的，要有耐心。与此同时，区区弹丸小岛，不是他们日本政府构想的全部，台湾仅仅只是个开始。既然这样，就要有个良好的开端，要把台湾建成他们日本人的乐土，建成"大东亚共荣"的桥头堡、试验地。因此，登岛时务必确保大日本帝国军人不吃败仗，否则，兆头不好，登岛将会遭遇厄运；要对那些敢于反抗者以血的教训、头颅的代价形成威慑，要使全台湾的岛民彻底臣服。然后，好好地圈养这帮没有了爹娘、可怜巴巴的羊羔，驱使他们这帮没有了友帮的孤独者，最终成为效忠天皇陛下，服务日本，俯首伏地的二等皇民或者大日本乐土忠实的看家狗。

首任总督桦山资纪正是怀揣这样的意图寻找登陆点的。在正式登陆攻击时，他们集中兵力攻其一点，不及其余，一个口子一个口子撕开，一条血路一条血路地蹚过去。桦山资纪亲率十五艘战舰共五千余日军，在澳底登陆后，几乎没遭到什么抵抗，四百名还没来得及撤离的守兵，本身就是士气极为低落，一遇日军，一个个都吓得顾头不顾尾地忙着逃命，结果，日本人像削萝卜头一样，将他们全部砍杀了。这给桦山资纪带来莫大鼓舞和信心，他甚至都觉得奇怪，淡水和澳底的差别怎么如此之大？当然，他作为海军中将、首任台湾总督，并没有得意忘形，相反，在前往瑞芳的行进中，更加小心翼翼。

孙道元之所以带着勇士们直奔三貂岭，正是因为三貂岭是日军自澳底前去攻打瑞芳的必经之地。它是台湾主脉山体——玉山从宜兰伸向海边的一个横岭，山体陡峭，植被茂盛。但三貂岭并不是传统意义上的战略要地，因而防务上既没有工事壕沟，也没有重兵把守，更没有边关炮垒，只有粤勇统将吴国华带着一个营在此驻防。当孙道元带着勇士们赶到时，吴国华的守营正好与日军交火。

来不及进行周密部署，孙道元命令勇士们迅速抢占高地。留在台湾的这几年，孙道元没忙别的，除了遵爹所嘱，苦读兵书，"研究古兵略以求其变，按之时势以为其通"之外，就是与土勇们苦练精兵，即使守制期间，他也时常去军营与兄弟们一起练擒拿格斗、摸爬滚打。因此，他领着的一二百勇士，全是与他一起苦练出来的个个身手不凡的英雄好汉。他们再也不是过去"散发赤身，嚼槟榔，红沫出其吻"，只会使长矛、砍刀、弓弩、土枪的土勇；他们是台湾本土成长起来具有满腔爱国热血、训练有素的精兵强将。吴国华在北面高坡上猛烈地向日军开火，孙道元从侧后高地精准地射击敌人，整个战场形成夹击之势。日军遭此突然痛击，顷刻死伤数十人，不禁大骇。他们退出山谷，撤至稍微开阔的地带，架起小钢炮，对两边高地猛炸一个多小时，随后组织冲锋。岂料，勇士们越战越勇，当天，日军连续六次进攻，均被守军击退。

第二天，日军改变战术，他们凭借人多器精优势，采取分割包围进攻方法，将吴国华、孙道仁两个分守的高地用小钢炮轰炸隔开，然后分四队绕险道迂回包抄；要知道两位守将均对兵法有深入研究，吴国华号称粤勇统将，而孙道仁早已从兵书和爹爹那里领略战法要义，当他们发现日军意图后，竟不约而同地采取反迂回打侧后的战法，在丛林深处，打得日军晕头转向。特别是孙道元这边，他们本来从小就在山里长大，丛林对于他们来说，犹如鱼入大海，自由搏击。他们神出鬼没，躲闪自如，日军往往还没弄清袭击者方位时，就冷不丁又被一枪击毙了。就这样，双方激战两天两夜，日军除了捞个死伤五百余人的"成果"外，硬是没有迈过三貂岭这道"坎"。

第三天清晨，枪炮声骤起，日军的进攻又开始了。可是，一阵猛烈的还击之后，孙道元突然发现，吴国华所在的北坡，竟然死一般沉寂，既没听到枪炮的还击声，也没听到人的嘈杂声。出鬼了!？难道被日军偷袭把他们一锅端了？不对呀，昨天下半夜后没听到任何声响啊，即使是被偷袭，也不可能一枪不还啊！到底是怎么回事？孙道元怎么也想不明白，不禁大吃一惊。实际上，孙道元哪里知道，这吴国华也是个心胸极为狭窄的小人，他为了与另一支其他地方的守军争功，竟于昨晚后半夜连个招呼都不打，不声不响像做贼一样将部队撤走了……

　　孙道元陷入了真正的孤军奋战。

　　北坡已被日军控制，他们居高临下，朝孙道元这边猛烈扫射，让孙道元彻底被动了。这边的日军正一窝蜂地向上拥来。两天两夜的激战让孙道元伤亡惨重，已只剩下七八十勇士；要命的是，弹药消耗殆尽，坚持一会儿后，他们已没剩下一颗子弹。眼见日军离他们只有十几米了，孙道元突然跳上一块兀立的石头，高声喊道："兄弟们，为国捐躯的时候到了。我们以一搏一，够本；以一搏二，赚了！有愿洒完最后一滴血的，跟我来——"说完，纵身一跳，隐入丛林深处。

　　勇士们拿出砍刀，与日军展开了近身肉搏。孙道元连砍三个日军后，突然，他的刀被一个日军用枪托打掉了，接着，他的后胸挨了一枪。他一个趔趄，朝前栽去，就在即将倒地的那一刻，他猛地朝前一扑，紧紧地抱住了一个日军，然后死死地咬住日军的喉咙，双双滚下坎去……

　　日军已毙，奄奄一息的孙道元最后睁开模糊的双眼，嘴角露出了微笑。他十分满足地叹了一句："吾力已尽，可以见先人于地下耳！"

　　……

巾帼女复仇

一

张李成不慎摔了一跤，导致中风，抢救几天，终因不治而去世。张秀容无比忧伤，阿爹临终前总是念叨道元。这些天来，秀容对道元的消息也是一无所知，不知他怎么样了，心里更是七上八下的。听说苗栗、新竹那边，刘永福的黑旗军跟日本人打得不可开交，道元是不是也跟着他们一起作战呢？

秀容遵照遗嘱将阿爹葬回了山里。这天，她刚从山里回到淡水，一身孝服，痴痴地坐在床前。刚学会走路的二儿子孙闽胜歪巴歪巴来到跟前，见妈妈一脸愁容，天真地望着她："阿妈，外公睡觉怎么要回山里呀？"

张秀容一把搂过儿子，怜爱地摸摸他的头，眼泪就扑簌簌掉下来："闽闽乖，外公啊，在山里睡觉安静呀，他怕闽闽吵哩。"

"我不吵外公，不吵外公，阿妈把外公接回来好不好？"孙闽胜嘟着嘴，仿佛一下子懂事了许多，"我好想外公的。"

"好，好。"张秀容将孙闽胜搂得更紧，嘴上答应着，眼泪却越掉越止不住。

她现在唯一的希望，就是道元千万不要出什么事早点回家。可是，朝廷已不管台湾了，日本人已经上了岛，就台湾这点力量能将日本人赶出去吗？即使能赶出去，又不知要等到何年何月啊！依道元的性格，他不把日本人赶出去是不会回来的。想到这里，她不由得紧张起来，浑身直打哆嗦，嘴里竟念念有词道："妈祖保佑，妈祖保佑。"

就在这时，门外跌跌撞撞倒进来一个血肉模糊的人。老仆杨明六正在客堂打扫卫生，突然跌进来这么一个人，把他吓了一大跳。他赶紧扔掉扫把，跑过去将那人扶起，没想到那人吐出一口黑血，溅了杨明六一身。没等杨明六回过神来，那人就开口喊道："嫂子——"

张秀容听得外屋声响，将孙闽胜交给奶妈周张氏后，连忙出来，只见老仆杨明六扶着一个浑身是血的男子，不由惊恐地张开嘴差点哭出声来。她的第一感觉以为是孙道元回来了，瞬间掠过一丝惊喜，见他被弄成那样，又深度恐惧起来。可是，待她仔细一看，又觉得他不是道元。那又会是谁呢？他怎么成了这个样子？身上到处是伤，一只手好像也没了，只看见半截袖管在空中飘荡，有好几处还在汩汩地渗血……

她赶紧打来水，给他擦了一把脸，终于露出了清晰的面孔。这不看还好一点，一看，不禁让她再次惊恐地张大了嘴。

他似乎已拼出最后一点力气，急促地喘息中，又呻吟出一声："嫂——子。"

她认出来了，认出来了，这是经常跟道元一起的几个最要好的兄弟之一。他叫陈炳乾。"你、你不是跟道元他们一起打日本人了么？怎么啦，你这是……道、道元呢？还有其他兄弟呢？"一种强烈的不祥，顿时笼罩在她的心头。

"道元、道元哥，"他急促地喘着，呼吸越来越困难，"三貂……岭，牺、牺牲……"他没有了气息。他真的没有了气息……

"哎！哎！！！"她使劲摇晃着他，他没有半点反应，"炳乾——"

天在旋，地在转，五雷轰顶的张秀容轰然倒地。许久许久，她才苏醒过来。

恍若隔世，她目光迟钝，表情木讷，天，似乎不是原来的天；家，也好像不是自己的家。她什么事也不做，什么东西也不吃，一会儿哭，一会儿笑，整个人似乎已经痴了、呆了、傻了、疯了。老仆、奶妈都来劝她，开导她，安慰她，她只对人家看看，然后"呵呵呵"傻笑，继而又"呜呜呜"憨哭。大儿子孙捷，见阿妈已两天没吃没喝，心疼得要命，便将奶妈特意炖的鸡汤盛一碗送到阿妈跟前："阿妈，喝一口汤吧。您再不吃不喝，捷儿就不上学了。"孙捷想用这种方法劝阿妈吃点东西。

没想到小家伙的这招还真起了作用，张秀容终于情绪正常地露出了笑容："呵呵，捷儿真乖，阿妈这就喝。"说着，接过汤碗，却又放到床头柜上，她无限怜爱地摸了摸他的头，"是'奇力鱼'汤吗？"随后，她的目光又渴渴地望向窗外。

孙捷虽然脑瓜子聪明，而且已上学几年，但对阿妈痴痴地冒出这么一句仍然感到莫名其妙。"奇力鱼"是什么？他怎么从来没听说过？这时弟弟孙闽胜歪巴歪巴过来了，看见床头柜上放着一碗热气腾腾的汤，不管三七二十一，伸着粉嫩嫩的小手指，就在碗里蘸了一下，然后放进嘴里津津有味地吮着："好香。"没想到赞美声未落音，哥哥孙捷就"啪"的一个耳光扇在了弟弟脸上："就你嘴馋！"

"哇——"的一声，孙闽胜委屈地大哭了。

张秀容幡然大醒："捷儿，你怎么能这样呢？外公不在了，阿爹也被日本人杀了，你知不知道，知不知道？啊，呵呵呵……"她使劲推搡着孙捷，"弟弟还这么小，只有你照顾好弟弟才是，你怎么打弟弟，唉！？谁给你的权力？谁给你的权力？你有什么资格？……呵呵。"她发疯似的哭着，大声斥责孙捷，仿佛要把这些天来的思念、憋屈、忧伤、哀愁、悲痛、愤怒……全部发泄在这个还不满十岁的孩子身上。

"我错了，呜呜，"孙捷也很委屈、伤心地哭了，"我再也不打弟弟了，阿妈，呜呜呜……"

母子三人抱成一团，放声大哭。

奇力鱼？哭过之后，张秀容又沉迷到往日的情景之中：

"阿元哥，跟你说正经的，你应该是日，我只能是月。你看啊，这日月两潭，日潭大，月潭小，你大我小，所以你是日，我是月；再说，先生讲了，地球围着太阳转，月亮绕着地球转，月亮不管怎么转，还是离不开太阳啊！若是我们两个好了，结婚了，我就嫁鸡随鸡，嫁狗随狗了，你还不许我围着你转呀？"

……

日月潭，您是爱的见证；我们永远是您的儿女。无论山崩地裂，地老天荒，我们都不离不弃，永远守候在您的身旁。我们的爱，与山河同在，与日月同辉。日月相连，永放光芒。

这是他们浪漫的爱情故事，这是他们坚贞的爱情誓言。张秀容回想起初次与孙道元单独在日月潭那刻骨铭心的美好的过去，心底里仍然波澜起伏。突然，她决定，她要干一件惊天地、泣鬼神的大事。

二

《台战实纪》中记载着这样一段文字：

> 有张夫人者，孙庚堂（孙开华，字庚堂）军门忠义素
> 者，人人共晓，不赘。其公子于三貂岭殉难；夫人自得噩

耗，痛不欲生。既而曰："徒死无益"。遂散家财、募死士，奋袂而起，欲报夫仇。饬老仆杨明六、乳媪周张氏挈其二子至苏，托于其姊。其托孤书云：

"愚妹秀容沥血上书，美容贤姊妆次：敬恳者：愚妹命生不辰，痛先夫之殉难，悲惨何可胜言！本欲舍却残躯，从先夫于地下；细思夫仇未报，嗣续萦怀，死亦尚遗无穷之恨。况张、孙两姓，世代簪缨，将门之后，焉有弃仇而不报之理？且先夫为国为民而尽节，愚妹又安敢弃义而忘仇？虽不敢效邵姬之风，唯有竭愚诚而尽苦志。刻已素服从军，招集先夫旧部，并招新勇数营，誓除倭寇，以雪夫仇。唯是兵凶战危，事机难卜。古云：百行以孝为先。其最者莫如存嗣，以继大宗。今命老仆杨明六、乳媪周张氏挈两豚儿来苏。到日望贤姊念骨肉之情、同胞之义，妥为看顾，使先夫宗嗣有存，不独愚妹感德难忘，即孙氏殁存均皆感佩。愚妹此行，若能遂志，扫尽倭氛，夫仇报复，则子母重逢，或当有日。倘其力不从心，唯有付之一死，以继先夫之志。于本月十八日已身临行伍，兴众誓师，劳苦相加，百端交迫。语云成败由天，凡事只管尽其人力。泣血临书，敬言不尽。闰月二十日稿。"

噫！夫人忠勇节烈之气，不足以感天地而泣鬼神哉！前此降倭之辈，以夫人较之，岂不愧煞哉？刘大将军部下之兵勇，不因之而益加忠义哉！但本朝未闻有女将，从戎者自夫人始，必有继之者矣。

实际上，张秀容写好信后才开始与杨明六、周张氏商量。两位老仆一听，不由倒吸一口凉气，自古以来虽有穆桂英挂帅，杨八姐闯幽州的巾帼英雄，可那都是冷兵器时代啊，现而今这些倭寇强盗都是洋枪洋炮，一个女流之辈岂是他们的对手？杨明六想到了这些，却没敢说出口。他知道夫人的脾气，一旦认准和决定了的事，她都会义无反顾。面对夫人的决定，他们除了叹气，便是一个劲地摇头。

张秀容理解两位老人的担心，宽慰他们道："请两位恩人放心，到了姐姐那边，她会安排好的，只是让两位恩人费心操劳了。我虽然不是行伍出身，但从小跟着阿爹在山里打猎，多少也懂点技法。目前，岛上抗日情绪高涨，台中黎景嵩、台南刘永福都在领着岛民抗战，尽管我是女辈，但随大部队作战，应该没多少危险，即使我不拿枪杀敌，给勇士们做个饭，照顾一下伤员，也可尽我一分力呀！再说，万一没打赢，我们还可以跑回大陆呀……"她一口气说了许多，搜肠刮肚找词儿安慰两位老人，总算让两位老人没再犹豫。

收拾好行李，带好盘缠，家中一应念物统统不要，张秀容只从墙上取下爹爹遗留的那幅"还我河山"的湘绣，再三叮嘱两位老人无论如何要保护好，黉夜就要两位老人带着孩子们起程。不料，临走时大儿子孙捷却死活不肯走了，他要留下来跟阿妈一起打日本人。张秀容鼻子一酸，搂着孙捷又是一阵伤心。是啊，就此一别，骨肉分离，海峡两岸，天各一方，不知何年何月才能重逢啊！"捷儿，你已懂事，阿妈替你高兴。只因阿爹为日本人所害，阿妈不得不忍痛割爱，从此让你兄弟俩受苦，阿妈心里不安哩。"张秀容将孙捷搂得更紧，边哭边诉，"可是，阿爹的仇不报，阿妈这辈子不得安生哩，相信捷儿也会不服。你还小，要跟阿妈一起打日本人，阿爹在天之灵会为有你这样的好儿子骄傲自豪的。但是，阿妈不能让你冒这个险。你是阿妈的乖儿子呀，阿妈要保护好你。听阿妈的话，到姨娘家去，你要帮阿妈照顾好弟弟啊，你不去，弟弟谁照顾呢？捷儿乖，啊！记住，阿妈是为阿爹报仇去了，杀日本人去了，

孙开华后裔保存的"还我河山"绣品　孙培厚摄

杀一个，解气；杀十个，解恨；把他们全杀光或者赶出去了，才算真正报仇！若是阿妈也被日本人杀了，捷儿啊，你要给我好好长大，阿爹、阿妈的仇你都要报！乖啊，儿子，阿妈对不住你们兄弟俩了，若有来世，阿妈再照顾你们……"

泪人送泪人。分别后，张秀容变卖了所有家财，然后直接去了民军驻地和擢胜营。兄弟们一听嫂子要举旗抗日，纷纷响应。令张秀容没想到的是，部分淮军和沪尾镇上的血性男儿，都集合到了她的身边。大家伙一看，一天之内居然组成了四个营还多的兵力，一个个不禁热血沸腾，斗志高涨。张秀容更是激动，这就是炎黄子孙啊，之所以几千年来任何国家、任何民族都不可以将其亡族灭种，正是这些优秀的儿女前赴后继啊！在大家的建议下，他们索性打出了"淡水抗战队"的旗帜。

听说黑旗军到了苗栗，张秀容率义军南下，欲投到刘永福麾下。可是，当义军进入苗栗，全境走完，却没碰到一个日军，也没有遇到黑旗军。张秀容很是纳闷，难道黑旗军没有过来？或者，刘永福抗日难道只是个传说？她有些把握不准，急忙一打听，才知道黑旗军已转入台中。张秀容仿佛看到了曙光，信心大增，带领淡水抗战队一路急行军，赶往台中。

义军进入台中，一条大河挡住了去路。这是台湾四大河流之一的大甲溪。它发源雪山山脉与中央山脉的南湖大山，北邻大安溪，南倚乌溪，由东往西横贯台中县境，于大甲与清水间注入台湾海峡。张秀容率领义军正准备想办法蹚过河去，忽听上游方向传来枪声。张秀容好一阵激动，就像小时候跟阿爹在山里围猎，一听到狗叫，就知道有猎物要出现了。她立马号令义军，全体隐蔽，准备战斗。

约莫半个时辰过去，一队日军果然蹚过河来，朝张秀容义军方向拼命地逃窜。张秀容强压住复仇的怒火，哪怕牙骨咬得"咯咯"

响，她也要让鬼子靠近了再打。一百米、五十米……约莫只有二十米时，张秀容歇斯底里一声大吼："打——"

数百支枪齐放，子弹像雨点般射向日军。仓皇如惊弓之鸟的一队日军，还没弄清方向就被稀里糊涂给歼灭了。张秀容没想到自己第一次拿枪，第一次作战就旗开得胜，心中无比解恨。她吩咐弟兄们打扫战场，忽见河南岸追过来一大队人马，心中一紧，以为又来了日军，正要准备再战，仔细一看，队伍中竟有一面黑色的大旗，她不禁心中大喜：终于找到黑旗军了！

两队陌生的抗日大军意外相逢，双方欢呼雀跃。刘永福没想到，精心组织的这场大甲溪战役会大获全胜；而张秀容没想到的是，她竟捡了一个"漏"。自此，张秀容收起了"淡水抗战队"的大旗，将全体将士合并到黑旗大军之中，台湾的抗日队伍更加声势浩大。

三

领土已被割让，由不得你臣民服与不服。日本人现在是以主宰者的身份登上台湾岛的，岂容你刘永福、张秀容们野火遍烧？对于大甲溪的失败，日军自然心有不甘。他们最后终于找到了一个汉奸，给他们带路，偷袭黑旗军的后营，打了刘永福一个措手不及，大甲溪随即落入日军之手。日军得寸进尺，步步紧逼，刘永福不得不率军退守彰化。

1895年8月28日，日军以强大兵力进攻彰化城北八卦山，黑旗军和义军与日军展开肉搏战，击毙日本号称最精锐的近卫师团一千余人，打死少将山根信成。在这场悲壮的血战中，义军首领吴汤兴中炮牺牲，刘永福部将吴彭年英勇战死。刘永福黑旗军的精锐七星队三百余人也壮烈殉难，彰化失守。尔后，云林、苗栗亦相继沦陷，接着嘉义告急，刘永福命令黑旗军统领王德标迅速率领所部七星队北上增援，又派部将杨泗洪率黑旗军各营及各地义军密切配合，并亲赴嘉义前线坐镇指挥。由于黑旗军与义军的英勇善战，在刘永福的指挥下，各路义军协力作战，此役又获大胜，杀敌近千人。并相继克复云林、苗栗，反攻彰化。

帝国的悲哀不仅仅是积贫积弱，还在于帝国的当权者昏庸无道。当黑旗军和义军在台湾岛上抛头颅、洒热血，为祖国的一寸一土，为台湾民众的福祉殊死奋战的时候，朝廷却对台湾不闻不问。不仅如此，当刘永福派人回大陆求援时，清政府不但不予救济，反而将内地募捐援台款项强行扣留，并下令严密封锁沿海，断绝对台增援。刘永福面对断粮缺械的局面痛心疾首，发出"内地诸公误我，我误台民"的悲叹！

刘永福只得率军向台南退却。

1895年9月11日，日本又派第二师团增援台湾。嘉义一战，日酋近卫师团长北白川能久中将重伤毙命。10月15日，日军开始大举进攻台南东南的打狗巷。

自义军于大甲溪并入黑旗军后，张秀容与刘永福的义子刘成良结成了铁血同盟。他们一路随大军征战，斩杀击毙日军无数，多次取得辉煌战果。张秀容越战越勇，越战越亢奋，完全忘记自己是女流之辈，随大军退至台南时，她身上已多处受了轻伤。她奉命与刘成良共同在旗后驻扎下来，又恰巧与刘永福之女刘某（名不可考）相识；她们的丈夫都为日军所害，为了共同的敌人走到了一起，彼此的一腔爱国热忱让她们互相倾慕，两人一见如故，遂结为姊妹。在日军第二师团没有登陆之前，她们姊妹俩率军在迄凤山等地，与日军展开周旋；并在桃仔园，巧设计谋，将一个中队的日军全数歼灭。消息传开，"寡妇复仇营"令日军闻风丧胆。

然而，整个黑旗军已经到了山穷水尽、粮尽弹绝的境地。当奸民将日军第二师团引到岛上，并在枋寮登陆，打狗巷很快就被日军攻下，随后，日军包围了旗后。刘成良带领大家与日军激战三日，后来，在全队没有一颗子弹的情况下，刘成良又组成二百多人的敢死队，在巷内、在山间与日军展开近身肉搏，又相持了两日；最后，终因寡不敌众，敢死队全体勇士战死，刘成良只身突围出去。

张秀容和刘永福女儿姊妹俩领一队人马，也被日军逼到了山上。本来，刘成良拼命牵制日军，是让她们突围的，结果，刚出小镇就被一大队的日军死死地咬住，她们被迫上山。蹚过一条小溪，她们迅速朝山上爬去，绕过一个土包，进入一片茅草地。由于且战且退，一路跟过来的义军勇士不时被日军射杀，进入茅草坡时，一大队人马已只有十多人跟着张秀容姊妹俩了。她们已经没有了还击能力，手无炸弹，枪无子弹，只能拼命地逃跑；她们发现只要翻过前面一道土梁，顺坡而下，就可进入峡谷中更为茂密的丛林深处，那样，也许能甩掉日军的追赶。然而，就在这时，刘永福的女儿脚底一滑，一跟头摔倒，接着滚下坡去。恰巧日军已扑上来，冲在前面的两个日本兵一看山上滚下来一个东西，开始吓了一跳，连忙躲闪；待定睛一看，才发现是个女人，一个日本兵上去就给她捅了一刺刀。在上面的张秀容只听得惨叫一声，就再也没有了声响。她回头一看，那些禽兽不如的日本兵，居然上前将她的衣服全部挑开，用刺刀划破她的肚皮，然后，又朝她的乳房、阴部一顿乱捅……

张秀容惊愕地看到这失去人性的凄惨一幕，目光被突然升起的一股强烈的怒火烧得模糊不清了。她想象着道元牺牲时的情景，不知是怎样的一种惨烈程度……道元、道元……她的眼神在飘移，她的思绪在翻飞，日月潭、四角网、奇力鱼、神鹿、邵族人、一大堆儿女……"就是就是就是，我月你日……哎呀呀，羞死我了，不理你了！"……她猛地抽搐了一下，怎么又回到了日月潭呢？可惜这一切都不复存在了！她不再奔逃，停下了脚步，她的好妹妹被日本人惨无人道地残害了，侮辱了，这新仇旧恨已化作炽烈的岩浆，在她心底堆涌为一座活的火山，她要奔突，她要怒吼，她要喷薄而出。突然，她纵身一跃，不顾一切地冲下坡去，扑向敌人，立即引来敌人一阵猛烈的射击。她的遍身被无数颗子弹穿透。她终于死死地抱住了一个日军，直到最后一口气熄灭，她的嘴里仍然咬着那个日军的半只耳朵……

旗后完全被日军攻占，市民们四处逃散，没来得及逃掉的人们，悉数被日军残酷地杀害。整个台南，笼罩在一片恐怖的阴云之下。

1895年10月18日，刘永福欲做最后的努力，紧急召集部将会议，商讨战守之计，可惜没有一个人想得出对策。第二天，日军从海上大举轰击安平炮台，刘永福披挂上阵，亲手点燃炮火，轰击敌舰。当晚，日军登陆，疯狂地向市区进攻。城里的守军早已粮尽弹绝，只能拼着最后的一点气力，与日军在巷内巷外、街头街尾展开近身肉搏，以至于到后来连举枪挥刀的力气都没有了。城内大乱。

刘永福丢下炮台，欲冲进城去与敌人同归于尽，几个近卫士兵一看，大将军要以身殉国，死活不让。他们拼命地抱着将军，往海边奔去。这时，他的义子刘成良也只身奔了过来，与士兵们一起将刘永福拖到了岸边一艘小艇上，驾艇就逃，最后搭乘英国商船"迪利斯"号回到厦门。刘永福只听得城里一片凄惨的哭号，又看见火光冲天，见大势已去，不由得捶胸顿足，仰天悲叹："我何以报朝廷，何以对台民啊！"

1895年10月21日，台南沦陷。

随后，台湾全境被日本占据。台湾岛上，大清帝国最后一支抵抗力量，彻底丧失了。

妈祖庙显灵

一

台湾在哭泣，整个中华民族在呜咽。

曾经一度自命不凡堂堂的大清帝国，忽然被曾经不放在眼里的蕞尔小国日本给打败了，除了奇耻大辱以外，更重要的是，自此，大清帝国走向了日暮西山、风雨飘摇的穷途末路。帝国列强一改过去的商品输出为资本输出，美国甚至强行在中国推出"门户开放"政策，列强们对大清帝国政治、经济的控制与瓜分进一步加快，国内的民族危机也随之加深。

窝在泉州还在守制的孙道仁，听到哥嫂相继以身殉国，台湾彻底为日本人所占，心里万分悲痛。他恨不得插上翅膀飞越台湾海峡，也与日本强盗拼他个你死我活。然而，他知道自己只不过是一腔愤懑与热血而已，根本无力回天；他只能在家里闷闷不乐、长吁短叹。眼见国运衰败得如此不济，他开始思考一个深刻的问题：这么腐朽的清廷还能撑多久？中国的未来又将走向何方？从英法联军到中法大战，从台海风云到甲午海战，历数各次对外抗战，哪一次又不是以失败告终？即使赢了战争，结局还是要赔款割让，比直接输掉战争还让人气愤！这些除了朝廷的昏庸腐败外，还有一个重要的原因，就是没有一支敢打敢拼强大的军队。爹爹不同样是这腐朽朝廷的一名将军么？他为什么就能打败孤拔呢？作为军人，孙道仁暗下决心，一定要把治军强军摆在头等重要的位置。只要拥有一支强大的铁军，而且这支铁军只有强大到无人匹敌的时候，中华民族才不会让人欺负，泱泱华夏的任何一寸疆域也才不至于被割让或分裂。

　　三年守制期满，孙道仁荫袭世职。守制期间，他一直在思考、研究爹爹的沪尾大捷，打败法军后，孤拔再未敢犯淡水，即使是甲午战争后，日军也不敢在淡水登陆。但是，爹爹指挥的军队，毕竟是冷兵器向现代武器过渡时代的旧式军队，运用的战术也就是"长枪大戟，画地为式诸阵法"。他承继父业，但作为年轻一代的军人，现在面临的敌手早已今非昔比，他觉得军队的改革已刻不容缓。因此，当他一归队，就把他平时所学及成熟的思考直接上书："余素具尚武精神，亟思继绍前业，自经沪尾之战，尤知非练兵不能强国；具知练兵之要，尤以改良教育为急。故平日于东西洋兵法军学各译本，无不详细考求。"他虽然没留过洋，也没正式上过军备学堂，但他毕竟出于将门，"少承庭训，于驾驭士卒颇识机宜。"从小就耳濡目染，对旧式军队知根知底，可谓对治军深得三昧。于是，从军容军纪，到整编培训；从技法科目，到营伍统带……他提出了一整套全新的治军方案。

　　当时的闽浙总督许应骙一看到建议书，很是赏识，觉得这年轻人虽贵为将门之后，却无戾气逸情，如此肯思考，有志向，值得栽培。1897年，孙道仁刚刚步入而立之年，许总督就下令直接委任孙道仁为福胜中营、前营两营的统带（相当于团职），让他试练新军。"此时既统率千人，自宜著手小试，乃延聘北洋毕业学员，调用自强军排长来营任用，藉资实习。又因我国军营编制不适于用，闽省饷粮又不充足，爰禀请当道采用自强军营制，抽调防军三旗，合之余本部千人，汰弱留强，编成步队六营，炮队一营，暗合各国步兵六中队，炮兵一中队之制，亲自教练。……又增设随营学堂集合各官弁逐日讲习，并捐款改良服装，一洗军营旧习，未及五月，成效日著。"

事有凑巧，孙道仁刚尝试训练新军，朝廷正好也下旨令各省更改营制。总督许应骙一看，孙道仁帮他训练出一队如此面目一新的新军，不仅让他的部队跟上了"时代的节拍"，也让他个人在朝廷那里挣足了脸面。他喜不胜喜，特别给孙道仁予以嘉奖，并大力支持。接下来，许应骙一高兴，将福建全省的军队培训事宜全权委托给孙道仁，授孙道仁"充全闽营务处，整顿闽防"。

正在孙道仁训练新军得心应手时，他又奉命赴日参加大演习并考察陆军教育。这让他很是纠结，哥哥、嫂嫂均为日本人杀害，而且台湾还为日本人霸着，国仇家恨都淤积在心中，要他去日本学习实在有点难以接受。但是，国家如此落后，军队又如此羸弱，的确需要学人之长；况且，当时朝野上下都受到魏源"师夷长技以制夷"思想的影响，孙道仁怀着极其复杂的心情，最后还是决定率团亲赴日本。他挑选了三十名精明强干的中下级军官，组成考察团，从中小学校至士官学校，从军队操练、机动演练到部队大演习，对日本新式陆军的整套教育、训练体系进行了全方位的考察，让他对新式军队与旧式军队有了更深刻的认识，看到了中国军队与外国军队巨大的差距，特别是日本中下级军官都必须接受正规军校的教育，让他感受颇深。短短几个月的学习，也让他如虎添翼。

回国后，孙道仁立即着手创办福建武备学堂，同样得到总督许应骙的大力支持。他从日本聘来了步、马、炮、工、辎士官各二人，日本士官学校副教习大尉二人，到武备学堂任教官，教育程序均仿日本学校办理。一年下来，学员毕业成绩十分理想，无论是赴省还是进京考试都名列前茅。其他各省知悉后，艳羡不已，纷纷招揽福建武备学堂的优秀人才，其中不少被委以统带、管带重职。

孙道仁创办武备学堂，名声大振，不仅为福建新军培养了大批优秀的军事人才，也为他自己在福建新军中奠定了良好的基础和地位。随着时光的推移，孙道仁成了执掌福建新军的实权人物。

孙道仁治军几乎到了"两耳不闻窗外事"的境地，他哪里知道近几年来国内外早已是波诡云谲、风起云涌了。实际上，他到日本去学习考察，正是发生在以光绪为首而发起的"戊戌变法"的背景之下。遗憾的是，帝国刚刚露出的一抹晨曦，很快就熄灭了。百日维新失败，"六君子"遇难，光绪帝自己也被软禁。此后不久，北方又兴起了义和团运动。本来，慈禧在扼杀变法分子、囚禁光绪后，全权掌控了大清帝国，她最害怕的是国内暴乱。然而，义和团运动恰恰不同于其他暴乱，打出的旗号是"扶清灭洋"，这正中朝廷里那些主张排外大臣的下怀。慈禧虽然派袁世凯前去解散，但义和团的队伍却由山东向津京地区迅猛发展，一路过去，他们见洋人就杀，见教堂就烧，并撤除电线，捣毁铁路，引起了各帝国列强的愤怒与恐慌。他们纷纷要求清朝政府镇压义和团。问题是这些年来，随着帝国列强资本的输出，慈禧眼见着中国的政治、经济逐步为列强控制，心中早已对洋人不满，加上朝廷内排外派占着上风，因此，义和团不仅没被镇压，反而得到暗中支持，这样，导致八国联军以保护使馆为名，直接出兵镇压义和团，拉开了八国联军侵华的序幕。

当八国联军攻入京城时，慈禧太后犹如叶公，之前以为画龙好玩，当龙真的出现时，竟又吓得魂不附体携着仍被软禁着的光绪帝，顾头不顾尾地逃往西安，在忻州境内还差点被刺客杀了。随后，慈禧太后焦恐不安，赶紧又派李鸿章与联军议和，于1901年9月

7日，签订了又一份丧权辱国的《辛丑条约》，致使庚子赔款达到四亿五千万两。条约的签订，不仅加深了帝国列强对中国政治、经济、军事的控制，而且也加速了大清王朝的灭亡。各有志之士都在寻求救国图存的出路，各种救国救亡的社会组织便应运而生。

这天，孙道仁正在闽江口长门炮台整治营伍，入夜，卫兵报告，有一神秘人物拜见。孙道仁一惊，不知何事。

二

来人自称是乾记洋行的一位伙计，姓叶。虽然孙道仁从未见过此人，但他持有乾记洋行老板蔡展庞的名帖，而孙道仁平日与蔡展庞这个洋行的大老板交情颇深，所以，叶先生到来后，没客套几句，就将来意委婉地告知孙道仁，问他是否愿意加入福建刚建立的一个政治团体——汉族独立会。

孙道仁一听，顿时出了一身冷汗。虽然他废寝忘食忙于治军几乎"不闻窗外事"，但他对孙中山创立兴中会，黄兴创立华兴会，蔡元培创立复兴会，后又组建同盟会，并提出"驱除鞑虏，恢复中华，创立民国，平均地权"纲领，都有所耳闻，只是没怎么上心地去思考。因为这些对于朝廷来说，都是大逆不道的叛逆。虽然他并不是朝廷忠实的拥趸，朝廷的种种腐朽劣行，也常常令他愤懑，但是否应该彻底推翻朝廷，的确他还没认真想过。现在这叶先生说的"汉族独立会"，不也与"驱除鞑虏"没什么两样么？不推翻满清，汉族又何谈独立？叶先生还说，他只是转告蔡老板的意思，但已身为福建新军第十镇（相当于师）统制的孙道仁，始终未置可否。

叶先生见孙道仁没有明确的态度，不好勉强。寒暄几句后，叶先生告辞而去。

其实，孙道仁哪里知道，在他所统制的新军里面不仅有人加入了汉族独立会，而且有人直接加入了同盟会。当时，驻扎在省城福州的军队主要为八旗捷胜两营官兵两千五百人和孙道仁统制的第十镇。这第十镇的主要军官，大多是曾经留学日本士官学校的学员出身，思想比较活跃。同盟会福建支部积极在军警中开展活动，看重的就是新军中的这批军官。结果，不到半年，驻防省城福州的第十镇第十九、二十两标的新军和巡警道所属的警察，大都加入了军警特别同盟会。

孙道仁对叶先生所商之事虽然没有明朗态度，但叶先生的到来，的确在他心底里掀起了狂涛巨浪。各种迹象表明，大清王朝正在摇摇欲坠，无论是国际还是国内，这个王朝都失去了公信力；特别是慈禧、光绪相继去世后，朝廷又将一个还只会撒娇的三岁娃儿扶上皇帝宝座，大清已然暗淡无光；定个"宣统"年号，到时候真有可能被"统统掀掉"。国家、民族的前途实在令人堪忧，难道个人的命运要为这腐朽的朝廷所绑架吗？为这样的朝廷殉葬又有什么意义和价值呢？但是，掀掉了这样的朝廷又能怎样？"创立民国"，列强们会不会趁火打劫更加疯狂地瓜分中国？民国又能一蹴而就吗？前景又怎样呢……孙道仁极其矛盾和复杂，很长时间寝食难安。

他抽空带着夫人李氏，秘密前往妈祖庙，欲得到神灵的指点。他祭拜完所有程序，左右瞧瞧，见没有人注意他，便装着漫不经心地抽了一支神签。待他定睛一看，不禁大骇。他抽到了一支下下签，而且是末签，只见上面赫然写着：

> 欲就东兮欲就西，
>
> 逢人说事转痴迷；
>
> 登山不见神仙面，

莫若守常且待时。

　　这是不是说拿不定主意的时候，就应该静观其变，等待时机呢？俗话说，算个命，三天闷。早知如此，大不该抽这支签的，现在倒好，不仅对未来到底要不要顺应时代潮流，加入革命队伍中去作不了抉择，反而让他举棋不定，犹豫不决，惹上了一肚子的烦恼。

　　他们来到后殿一偏僻处，那里有一个解签台。一位白眉长髯的老者坐在台后，眼睛微闭着，一副对这大千凡尘不屑一顾的神情。孙道仁犹豫了一下，终于鼓起勇气，将那纸签条递了上去。

　　老者睁开眼睛，正想道个佛福，不料垂眉看一眼签文，竟然大惊失色。"官人，请跟我来！"他也不多说什么，站身就朝内屋走去。

　　孙道仁不知何故，被他那一脸严肃弄得神神秘秘了。他不自觉地跟着老者进了内间的一个小屋。只见老者顺手将门关了。

　　老者压低嗓门说："官人，你摊上大事了。这签，面上看去虽然是下下签，本意是讲你正处在一个难以决断的关键时刻，若是犹豫不决，弄不好会两头落空。但是，依老朽细观官人之相，你绝非如你所扮，是一介草民。你应该是身在仕途，为求前途命运而来。妈祖的奥妙恰恰就在这里，凡人绝难悟出此签的玄机。"老者一口气说了这些，像是在卖关子，又像是竭尽诚意，他接着说，"你若问治国理民，这是国家局势大变之刻了；你若问政局前途，这可是个改朝换代的时刻了。"老者自己也显得有些紧张，边说边喘着粗气。

　　孙道仁本身跟他走进内屋就已感到神秘兮分，听老者如此一说，浑身的神经顿时高度紧绷了，压迫着他几乎喘不过气来，不由得着急地问了一句："请大师明示，我究竟应该怎么办？"

老者笑了笑，竟然是一副慈眉善目："此签形容俗人不知真理真相，而神佛则变化示现，目的就是要人们能够觉醒。出家人不打诳语，老朽也不便给你细释。这么给你说吧，你这是'末签'，它代表一件事情的终结，同时也是另一个新状态之开始；'末签'也意味着，凡事恐会成'空'，但是，你可以大力行善布施，至诚求拜神佛，以祈事情有个好的转机。"

　　老者似乎释签完毕，意欲开门出去。孙道仁却坐在那里意犹未尽，很是迟疑地没有动弹。

　　老者已经伸手开门，突然又回过头来，似是自言自语道："当断不断，反受其乱；顺势而为，必成大业！"说完，开门出去了。

　　孙道仁如梦初醒，赶紧跟了出去。尤其是老者最后那句话，又让他犹如醍醐灌顶，他浑身打了一个激灵。他对老者感激不尽，就要给他赏钱。

　　不料，老者却对他一挥手说："大功告成之日，再来给妈祖还愿吧，老朽这里就不预收枉费了。"

　　从妈祖庙出来，孙道仁像换了一个人，一改这么多天来郁闷的心情，豁然开朗了许多。得到了神灵的指点，他像终于吃了定心丸似的，不再犹豫，决定等着有了机会，他要主动与同盟会员，与革命党人接触；他思考着、规划着未来新军的出路……不知不觉心潮澎湃，一激动，竟健步如飞，拉扯着夫人李氏朝一家餐馆走去。进得店内，他大着嗓门，直接点了数盘美味佳肴，捎带一酲老酒，破天荒地要与夫人开怀畅饮。李氏见他发神经似的像个孩子，也不好拂他意，觍着脸笑笑，要了一只小杯，为了助兴不停地与他推杯换盏。不过，酒过三巡之后，李氏便压低声音提醒他一句："莫轻狂。"正所谓响鼓不用重槌敲，李氏的一句轻轻提醒，让孙道仁立马沉稳了许多。下完馆子，孙道仁又领着李氏去商铺给孩子们买了一大包礼物。

由于孙道仁创立陆军学堂、整编军队营伍及整顿闽江口长门炮台成绩显著,宣统三年(1911)初,朝廷授予他为福建水陆提督,成为掌握福建新军军权的第一人。

虽然孙道仁不断地得到朝廷的宠幸,但他无时无刻不在观察时局,伺机而动。

三

宣统三年,无疑成了清朝政府的大限之年,先后长沙的万人大游行,川汉铁路线上的流血事件,四川境内为护路而发生的"成都血案"等,直接导致革命党人向封建腐朽统治打响了第一枪。1911年10月10日,武昌起义爆发;随后,全国各省纷纷响应。

本来,孙道仁在妈祖庙抽签后,一直在寻找机会想主动接触同盟会员。他曾经几次前往乾记洋行老板蔡展庞处试探情况,并隐隐约约把他的思考传递给蔡老板,实想探知这汉族独立会与同盟会有何关联,同盟会怎么加入。但是由于叶先生那次试邀,孙道仁表现出来的犹豫不决,让蔡老板对孙道仁的诚意和决心没有十足把握,因此,蔡老板几次也只是顾左右而言他,并没有向他完全敞开心扉。这让孙道仁很是懊恼,这同盟会员都藏在哪里?由于他职位很高,身份特殊,一般人不好轻易与他探讨,而他自己又不便明目张胆地去打听。一来二去,阴差阳错,孙道仁硬是没与同盟会员接上关系。这让孙道仁越来越着急,越着急越苦恼,他甚至还埋怨蔡老板不够朋友。

随着武昌起义枪声的打响,早已是同盟会员的蔡展庞再也稳不住了。1911年11月5日晚,叶先生受蔡老板委托,匆匆忙忙再次走进孙道仁府内。他跟他只说了声:"蔡老板有请!"然后,转身就走。

孙道仁知是有甚大事,二话没说,也就跟着叶先生急匆匆出去了。他们几乎是一路小跑，来到一艘停泊在魁岐江面船的甲板上。孙道仁一看，全是他新军里面几位重要军官郑祖荫、彭寿松、许崇智以及巡警道里的大警察林斯琛。他就纳闷了，这么些人在这里干什么呢？蔡展庞这时看出了他的疑虑和尴尬，赶紧介绍他们都是福建军警特别同盟会各支部的负责人。说完，不好意思地笑笑。其他几位提督的部下"唰"的一下全体起立，齐声给孙道仁请安："提督大人晚上好！"蔡展庞又是笑嘻嘻地上前，准备将孙道仁请进舱内。

孙道仁火冒三丈，冲上去就给蔡展庞当胸一拳："蔡展庞，你也太不仗义了吧！"

众人刚想大笑，突然又全都捂住了嘴——他们要进行的弄不好是要杀头的绝密行动啊！他们只好窃笑一阵。蔡展庞赶紧赔不是，简单地解释一番后，言归正传就要商量起义之事。

不料，孙道仁又来气了："我同盟会员都不是，跟你们起什么义啊！"

这时，孙道仁的部下，第十镇第二十协协统许崇智站起来，很是歉疚地说："大人请莫怪，汝为这里先赔个不是。本来，汝为早于光绪三十二年就已入同盟，只是一直不敢暴露。这些年来，汝为素仰大人为人正派，心系国家，实在敬佩之至。依余揣测，大人早已倾慕革命，只是事不当急，未敢擅扰；今武昌枪响，南方数省已告独立，余以为大人正好顺势而为，一展平生抱负。福建同盟会第二十协支部斗胆愿为大人铺垫，火线诚邀大人入会，不知大人意下如何？"

"顺势而为？"这岂不是跟妈祖庙的大师一个口气么？孙道仁越听越热血喷涌，他要的就是这个，虽然刚才还在为许崇智这几个手下瞒着他加入同盟会而生气，但事已至急，没必要计较。他当即表态入会。简单举行仪式后，大家仔细研究了一番起义计划。一切布置停当，孙道仁赶回家中，贪夜将家人眷属全部秘密转移。为了慎重起见，第二天一大早，孙道仁又去拜会八旗驻福建的将军朴寿，劝他"识大体、顾大局，不要过于固执"。实想将他稳住。不料，朴寿发现孙道仁已起异心，竟将他软禁了。消息传到总督松寿那里，担心事态扩大，松寿亲自出面，要朴寿赶紧释放孙道仁，直到第三天，孙道仁才得以回到革命军机关总部。

1911年11月8日，孙道仁连发三道密令，号召各要塞驻军同时起义。第一道密令即"令二十协协统许崇智为前敌总指挥"。第二道密令："旗界（清军旗兵驻地）除东门开放外，汤门以南，环绕旗汛口、大王庙、庆城寺、鳌峰场，观音巷等处与旗界交接各街道地带，都分布进攻和堵截部队，以于山为总攻阵地，前敌指挥部设在于山观音阁。"第三道密令："由桥南总机关部密报各社团联甲等，于本晚紧密巡防，严守栅门，九时以后，无口令不得犯夜过栅。口令另发（本晚口令为'女子'两字）。"紧接着，孙道仁又以"中华民国军政府闽都督"的名义，电召各路大军向省府集结……

福建起义一举成功。1911年11月11日，闽都督府成立，正式宣布福建独立。众人推举孙道仁为都督。13日，在督署大堂举行都督就职典礼，郑祖荫代表同盟会授予孙道仁"中华民国军政府闽都督之印"印信。顿时，礼炮齐鸣，音乐响起，在一片庄严肃穆的气氛中，孙道仁健步走向前台，举起右手宣誓道：

"开佑我汉，胡运告终，鄂省首义，各省继层。义旗高举，指日光复。此皆我祖黄帝之灵，与同胞之福也。孙道仁承大众推举中华民国军政府闽省都督，矢愿尊重人权，建立共和政府，协同众力，扫除满清弊政，宏我大汉功业，以慰祖宗，以答同胞。皇开后土、祖宗、中国同胞、闽省同胞，共鉴斯言！"

接着同盟会负责人宣读颂词：

"天以克肖其德，光复中华，创立民国，天所指，薄满饮。不匝月间，中原庇定。天时乎？抑地利乎？要在人和也。所以垂手燕云，树扫穴利庭之伟绩，誓心日月，和同仇敌忾之骏声。从此天地皆春，山河生色，专制之弊一扫而空，共和之政体不谋而合，凡兹黎庶，同醉太平，猗与休哉，何其戚也。"

随着福建宣布独立，全国已有湖北、湖南、陕西、江西、云南、江苏（含上海）、贵州、浙江、安徽、广西、广东、四川等十三个省宣布独立。辛亥革命的大潮席卷中华大地。1911年12月25日，中华民国南京临时政府成立。1912年元旦，孙中山就任中华民国临时政府大总统。

1912年2月12日，清廷发布皇帝逊位诏书，刚刚过了三年皇帝瘾才六岁的宣统皇帝爱新觉罗·溥仪，只能是无可奈何花落去，黯然退位。中华民族几千年的封建统治，从此一去不复返了。

历史翻开了新的一页。

孙道仁墓　孙培厚摄

后记

是我们这个民族缺乏英雄？还是我们这个民族缺乏对英雄的敬仰与膜拜？抑或这就是个伪命题。

但是，在孙开华的族人们看来，他们却是怎么也不相信这是真的。他们总觉得有一种要为祖爷爷鸣不平的情愫。有人说孙开华是继郑成功之后，第二个保卫台湾真正与台湾同呼吸共命运并作出巨大贡献的民族英雄，还说他是中国近代史上百名民族英雄之一，为何如此寂寞？特别是自中华人民共和国成立以来，大陆这边无论是报刊，还是影视，以及现在无处不在的多媒体，在浩如烟海的中华民族英雄史实的发掘、研究中却鲜有学者或作家提及孙九——孙开华。因此，他们觉得应该是人们把他给忘了。或者，人们压根就还不知道有个孙开华。是由于数十年来，大陆与台湾海峡相隔，而忽视或没来得及发掘这么一位民族大英雄吗？

当然，在孙开华的老家湖南省慈利县，却又出现另一种情况。

孙开华祖上原居住在慈利县岩泊渡镇，从父辈始搬迁至柳林铺，孙开华出生在柳林铺，在柳林铺民众看来，他的故居应是柳林铺。可是，1943年日军侵华进入慈利，将他的老家孙家大院付之一炬，柳林铺已没什么痕迹；加上"文革"期间，孙开华石人石马的墓地被毁坏殆尽，因此，柳林铺关于孙开华的历史遗存只留在了人们的美好记忆之中。然而，孙开华的祖居地岩泊渡镇，却遗留下来几栋清代的老木屋。随着乡村旅游、全域旅游的兴起，镇政府忽然发现孙开华的巨大历史与现实价值。他们迅速将这一发现做成项目，将老木屋与孙开华故居一并打包，向上申报文物保护。与此同时，他们还赋予了岩泊渡特有的文化内涵，即岩泊渡群众自发过"二端午"的习俗。

中国人的传统节日"端午节"是农历五月初五，其来历缘由有多种版本；但岩泊渡人的"二端午"是每年农历的五月十五，而且唯一的内容就是祭奠、纪念孙开华。1896年，孙开华之子孙道仁，按照皇帝上谕：允许在孙开华家乡和仕宦之地建立祠堂和石人石马墓地作为纪念。他押运两套石人石马墓材（一套置柳林铺南岸出生地，一套置岩泊渡祖居地），择农历五月十五运抵回家。当岩泊渡人知悉后，为了欢迎"孙九大人"灵魂归葬故里，当即决定以孙开华生前最喜爱的划龙舟方式，举行盛大的欢迎仪式来安放石人石马。自此，岩泊渡人过"二端午"的习俗沿袭至今。这些独特的文化内涵与珍贵的历史遗迹，无疑引起了省、市、县各级政府的高度重视。2011年元月，湖南省政府果然批准所申报的"孙开华故居"为省级文物保护单位。

当岩泊渡镇最初向上申报的消息传开，柳林铺人就纳闷了，孙开华分明出生在柳林铺，故居怎么跑到岩泊渡去了？特别是每年都为孙九大人焚香烧纸祭奠的孙开华兄弟孙开富的第六代孙媳覃常盛，一听到消息更是一夜之间"疯狂"了。本来，这么多年过去，没几个人研究孙开华、宣传孙开华，她就隐忍得不行，现在倒好，外面不出名，家里却争起了屋场（故居），她怎么也接受不了这个现实。她就不相信这社会上就没人知道孙开华，她更不相信，那么显赫的连皇帝都亲自写祭文的一个大英雄，就没人对其进行研究。

2009年春，覃常盛这个已经六十岁的疯狂女人，正式开始了她的疯狂之举。她跑到县城，找到儿子，谎称要出去旅游一趟，管儿子要了两千元钱，然后不声不响扛个三轮车，一路长途大巴坐到福建。一着地，她便打开一条"寻找民族英雄孙开华后裔"的横幅，每天蹬着三轮车，大街小巷转，历时三十多天，她走遍了晋江、厦门等地。还真应了那句"踏破铁鞋无觅处，得来全不费工夫"。在厦门她果真找到了孙氏祠堂乐安堂的几位后人及一些珍贵资料。

如果说孙家女人不乏巾帼英雄，诸如千里走单骑、冒死运弹药的孙夫人范氏；为夫复仇、生死抗日的儿媳张秀容。那么，覃常盛表现出来的疯狂举动，却是一个柔弱女人的无奈抗争。她的肺腑之言是："我没啥文化，但我知道孙开华是我们的民族英雄，我是孙家的媳妇就要为他讨个说法。"她为的就是把孙开华弄明白，就这么简单。

无独有偶，另一位孙开华第六代侄孙——常德市烧伤整形医院院长孙培厚，2008年他无意间看到，由中央电视台播出的历史剧《台湾巡抚刘铭传》，其中将孙开华描写成一个不学无术的形象。孙培厚越看越气愤，武警大校出身的他，当时就想质询有关部门是如何把关的。剧中孙开华的形象，不仅与他小时候在慈利老家听到的关于他祖爷爷孙九大人相去甚远，而且与他从《清史稿》及零星研究孙开华的一些资料比较也是大相径庭，那完全是对一个伟大民族英雄名誉与形象的扭曲与玷污！他不干了，他自掏腰包请一些专家、学者，要对孙开华展开全方位的、深入的研究，以还历史一个本来面目，以树他祖爷爷一个公正形象。他带着一帮人出发了，亲赴福建、台湾，走访、探寻、搜集资料。可喜的是，不仅福建民间有人研究孙开华，而且台湾有许多专家、学者也在研究孙开华；政界人物马英九退位后，在台湾一所大学特意用长沙话演讲时，对孙开华的丰功伟绩更是赞不绝口；一位对台湾历史了解较多的儒商熊子杰，根据丰富的史料编著了《你不知道的台湾》一书，其中对孙开华也有独到的研究；特别是还有一位学者许雪姬教授，对孙开华的研究尤为实在、深刻。让孙培厚更为激动的是，台湾民间对孙开华可谓有口皆碑，他们还编有一出五幕戏剧《西仔反》，经常演出。同时，在二十一世纪初期，台湾民间人士一行十多人，还专程前往孙开华家乡——湖南慈利县寻访孙开华及他的副将胡峻德的祖居地。看来，孙开华早已活在台湾人民心中。无论是研究文献中，还是戏剧的表演中或者民间人们的心目中，孙开华都是真正的当之无愧的民族大英雄，与大陆中央电视台播放的《台湾巡抚刘铭传》中的孙开华截然相反。这一方面让孙培厚十分欣慰，另一方面又让孙培厚陷入深深的思考：为什么大陆与台湾对孙开华的了解、宣传出现如此大的落差？是因为主人公主要成名地或重要贡献故事的发生地都在福建、台湾的缘故吗？还是因为说不清、道不明的原因让这样的民族英雄明暗两面？

　　沈从文曾说："人类的欲望正泯灭着劳动本身的古典诗意，风干着生命中的浪漫情趣，陷在这种物化和类化的涡流之中，作为万物之灵长的人，怎样才能纯洁地栖居在大地上，守住生命的正气与灵光，这像魔构一样困扰着人的灵魂。然而，对于每个个体的人而言，自我救赎的路其实就在脚下，我们的灵魂必须以诗意的姿态，回到我们生命的源头。"好在岁月无语，唯石能言，历史就是历史，不会因为某些欲望的驱使，而将历史的浪漫情趣风干，或者将历史的本来面目扭曲变形。随着覃常盛老人只身寻访消息的传开，以及孙培厚院长一行搜集的大量资料的带回，常德市启动了"文化名城建设资助"项目，张家界市也启动了"历史文化丛书研究"项目；湖南文理学院的周星林教授，张家界市原档案局局长于平，南京市的左虎平，湖南媒体的黄柏强、文热心、刘玉锋、范亚湘等一批专家、学者，以及戴楚洲、罗显庆、赵宗山等对民族英雄的崇拜者，纷纷开始了对孙开华的全方位的研究。他们自发地形成了一个研究团队，互通有无，在各自的领域、各自的平台上，抓金抢宝地对孙开华进行研究与宣传。

"历史，让我们如此相遇。"正如孙家后代、媒体人孙健所感慨的，"冥冥之中，人类天赋的史学良知，基因无法褫夺地在历史温润的河床上悄然苏醒，并勃发出婴儿般成长的活力。历史怎会忘记？历史怎能忘记？!"对于我而言，幸好大陆这边前些年对孙开华的研究处于一个相对空白状态，否则，这样一位闪烁着人性光辉、充满着浪漫情怀、为中华民族做出过巨大贡献的民族英雄，怎么也轮不到我这个"小笔杆子"为他写一部让我自己无数次感动的纪实性的历史作品。这是历史的幸运，更是作者的幸运。

总算给这位一百多年前立功反受辱，逝世后默默无闻且不说，反倒被那些对历史不负责任的人扭曲的民族大英雄有了一个公正的佐证。或许，它能够给孙开华的灵魂带来些许的告慰。我们不得不以这样的姿态，来一次真正的历史唯物，因为中华民族五千年的文明史，从来都是人民写就，真正的民族精英，也从来就是这个民族不断繁衍、发展、复兴的中流砥柱！在本书的写作过程中，除了敬佩孙培厚、覃常盛两位孙家后代，参考以上所提及的各位专家、学者的研究成果外，还查阅了《清史稿》，参见了网络媒体的相关资料，吸纳了台湾郑顺德所译《孤拔元帅的小水手》中的个别情节，这里一并致谢。当然，这里更要特别感谢的是，湖南文理学院的周星林教授。他与孙培厚一起自台湾、福建回来后，就开始动笔写一部《孙开华评传》专著，当我知悉此情后，向他们请求给予史料帮助，令我没想到的是，他们刚将专著初稿定稿，就连同他们收集的其他资料无私地毫无保留地一并寄给了我。这让我在创作上少走了许多弯路，或许，我们正因为都已被英雄所感动和激励吧！

历史灿烂的星云，永远都在中华民族际宇的上空普照，不会因为作者对历史的肤浅和写作水平的不足而失去它应有的光泽与辉煌。相信在举国上下都殚精竭虑实施中华民族伟大复兴的今天，将会有更多水平更高、有良知的史学家、文学家，蓄积正能量，还原历史更亮丽的精彩。

作者　杨慈安
2017年冬初稿于湖南张家界
2018年8月第三次修改于北京

图书在版编目（CIP）数据

孙九：清末名将孙开华传 / 杨慈安著 . -- 北京：作家出版社，2020. 1

ISBN 978-7-5212-0611-1

Ⅰ . ①孙… Ⅱ . ①杨… Ⅲ . ①传记小说 - 中国 - 当代 Ⅳ . ①I247.5

中国版本图书馆CIP数据核字（2019）第124276号

孙九：清末名将孙开华传

作　　者：杨慈安
责任编辑：宋辰辰
装帧设计：意匠文化·丁奔亮
出版发行：作家出版社有限公司
社　　址：北京农展馆南里10号　　邮　　编：100125
电话传真：86-10-65067186（发行中心及邮购部）
　　　　　86-10-65004079（总编室）
E-mail:zuojia@zuojia.net.cn
http://www.zuojiachubanshe.com
印　　刷：玉田县嘉德印刷有限公司
成品尺寸：152×230
字　　数：282千
印　　张：21
版　　次：2020年1月第1版
印　　次：2020年1月第1次印刷
ISBN　978-7-5212-0611-1
定　　价：40.00元